# 발톱 자국만 봐도
# 사자인 줄 알겠다

발톱 자국만 봐도 사자인 줄 알겠다

**초판 1쇄 발행** 2025년 8월 20일

**지은이** 홍강의
**펴낸이** 장길수
**펴낸곳** 지식과감성#
**출판등록** 제2012-000081호

**교정** 한장희
**디자인** 이현
**편집** 이현
**검수** 주경민
**마케팅** 김윤길

**주소** 서울시 금천구 벚꽃로298 대륭포스트타워6차 1212호
**전화** 070-4651-3730~4
**팩스** 070-4325-7006
**이메일** ksbookup@naver.com
**홈페이지** www.knsbookup.com

ISBN 979-11-392-2739-0(03810)
값 16,700원

# 발톱 자국만 봐도 사자인 줄 알겠다

홍강의 소설

지식과감성#

## 목차

# 증명

거대한 인구를 무기 삼아 초강대국에 올라선 중국은 대만을 전격 기습해 합병시킴으로써 1950년 국공 내전 이후 마침내 하나로 통일된 중화민족 국가를 완성했다. 침공을 진두지휘한 공산당 주석은 진시황 이후 최고의 성군으로 자리매김했고 중국인은 국운(國運)이 번성하는 장밋빛 미래를 꿈꿨다. 하지만 국제 정세는 그들의 바람과는 달리 정반대로 흘러갔는데 허를 찔린 또 다른 초강대국인 미국이 강력한 군사적 응징을 예고하고 있었기 때문이다. 그 첫 단계로 미국은 태평양이라는 거대한 바다에 가로막혀 본토로부터 이동이 오래 걸린다는 점과 자유민주주의를 공유하는 동맹국을 보호한다는 명분으로 한국과 일본의 핵무장을 결정했다. 핵을 반대하는 시민단체의 극렬한 시위는 경찰의 강력한 통제와 언론의 침묵 속에 조용히 묻혔고 결국 한국은 자의 반 타의 반 핵무기 보유국이 되었다. 중국도 이에 질세라 혈맹인 북한을 끌어들여 새로운 함대 기지를 건설하고 핵이 장착된 수중 탄도미사일(SLBM) 발사가 가능한 최신형 잠수함 수 척과 이를 운영하기 위한 교육훈련을 무상으로 제공했다. 자유주의 진영과 비등한 세력 균형을 유지하려는 노력의 일환이었다. 한때 공산주의 진영의 든든한 만형 노릇을 했던 러시아는 경제개혁 실패로 말미암아 최빈곤국 중 하나로 전락해 별 도움이 되지 못했다. 화약고로 변한 2043년 극동지역은 미국, 중국, 일본, 한국과 북한의 최첨단 무기들이 아슬아슬하게 서로의 목덜미를 노리는 아프리카 야생의 초원으로 변했고 세상 사람들은 마치 누군가 실수로 커피잔을 떨어뜨리지 않기를 바라는 웨이터처럼 하루하루를 불안한 마음으로 살고 있었다. 그때 인생의 가장 아름다운 시절을 뜻하는 화양연화(花様年華)는 더 이상 인류가 접할 수 없는 단어가 될 것이라는 창조주의 단호한 결심을 보여 주는 사건이 발생했다. 멀쩡한 하늘에서 거대한 혜성이 떨어진 것이다. 시베리아를 북쪽에서 남쪽으로 비스듬히 가로질러 지구에 진입한 혜성은 대기와의 충돌로 벌겋게 달아오른 후 두 개로 쪼개졌다. 그리고 매우 희박한 확률로 하나는 북한 함대사령부가 위치한 황해도를 타격했고 다른 하나는 서해(西海) 공해상에 떨어져 해양 생태계에 엄청난 충격을 주었다. 혜성이 땅과 바다를 산산조각 내고 있을 때 중국이 북한에 제공한 잠수함 '주체사상'호는 심도 150에서 3노트의 속도로 순항 중이었다. 수중 탄도미사일 16기를 보유한 잠수함은 음파탐지기(Sonar)를 이용해 미국과 한국 해군의 동태를 살피고 유사시 명령에 따라 반격하라는 임무를 맡고 있었다. 반복되는 지루한 업무에 승조원들이 지쳐 가고 있을 때 잠수함이 거의 뒤집힐 정도의 강력한 충격에 맞닥뜨렸고 함대사령부와 통신이 끊기는 긴급상황이 발생했다. 함장은 즉시 간부회의를 소집했는데 총 150명의 승조원 중 함장, 부함장 그리고 공산당이 지명한 정치위원 단 세 명만이 회의에 참석할 수 있었다. 함장은 6.25 전쟁 이후 계속 공산당 간부를 지낸 소위 금수저 가문 출신으로 한가한 시간에 죽을힘을 다해 일하는 어리석은 황소 같은 사람이었다. 지나치게 발효된 빵처럼 불룩 솟은 배밖에 보이지 않았다.

"자! 시간이 없으니 얼른 회의를 시작하도록 하세. 세 시간 전, 정확히 오전 9시 강력한 수중 충격파가 지나간 후 함대사령부와 전혀 연락이 되지 않고 있네. 수신도 송신도 모두 먹통이라는 말이네. 지금 우린 눈뜬장님과 다름없는 처지네. 도대체 무슨 일이 벌어지고 있는지 도통 알 수가 없다는 말이네."

함장의 반백 머리는 놀란 새의 깃털처럼 일어서 있었다.

"함장님. 일반 통신이 끊어지면 비상 연락망을 이용하거나 아니면 텔렉스를 써서 함대사령부와 소통할 수 있습니다."

다부진 몸매에 뿔테 안경 뒤로 날카로운 지성을 돋보이며 오직 자신의 노력만으로 현재 자리에 오른 흙수저 출신 부함장이 조심스럽게 말했다.

"그러지 않아도 벌써 통신 장교에게 명령을 내려 확인했네. 하지만 송수신 모두 불통이라고 하더군. 아무래도 통신장비 전체에 문제가 생긴 게 틀림없네." 함장이 떨리는 목소리로 중얼거렸다.

"동의합니다. 디젤도 아니고 핵을 엔진으로 사용하는 최신형 잠수함에 통신 두절이라니 말도 안 되는 상황이기는 합니다. 옛날 어르신들이 중국산 제품은 믿을 게 못 된다고 말씀하시더니 맞는 말이네요. 저희가 통신 불가라는 난처한 상황에 놓여 있으니 이번 사건에 대한 의사결정은 시간을 가지고 신중하게 생각하셔야 합니다. 오판을 줄이기 위해서 말입니다." 부함장이 의미심장하게 말했다.

"그게 지금 무슨 말이오? 이론과 실제는 다른 것이오. 시간을 넉넉히 가지고 판단하는 것을 뭐라고 할 사람은 이 세상에 아무도 없소. 하지만 작금의 현실을 보시오. 미 제국주의자와 손잡은 남조선 괴뢰가 위대하신 수령님과 인민들의 목에 칼을 겨누고 있는 상황 아니오. 여유 부릴 시간은 없소. 그건 죄악이오. 당은 '우리가 누구인가?'가 아니라 '우리가 어떤 행동을 하는가?'로 평가한다는 것을 절대 잊지 마시오. 부함장 동무, 알겠소?" 얼굴이 닳아빠진 오백 원짜리 동전처럼 창백하고 긴 머리가 대팻밥처럼 꼬불거리는 중국 유학파 출신인 정치위원이 잘난 척하며 눈을 크게 뜨며 말했다.

"그건 정치위원 말이 맞네. 극단적 상황에서는 극단적 조치가 필요하다고 하지 않나? 각설하고 내가 회의를 소집한 것은 통신두절인 상황에서 앞으로 어떻게 대응해야 할지에 대해 논의하기 위해서네. 잠수함에 고급 간부라고는 우리 세 명뿐이니 서로 힘을 합쳐 문제를 풀어 나가도록 하세." 말과는 달리 함장의 두 눈은 꼴을 씹는 황소처럼 흐리멍덩했다.

"말씀에 토를 다는 것은 아닙니다만, 워낙 상황이 위중하니 따질 건 따지고 결정하자는 뜻이있습니다. 함장님의 화려한 경력에 오점이 남아서는 안 되니 말입니다." 부함장이 머뭇거리며 말했다.

"허! 그러면 절대 안 되지. 함대사령관은 따 놓은 당상이고 앞으로 조선인민군 해군 원수도 가능한 사람이 바로 나니까 말이네." 함장이 주름 잡힌 두툼한 손으로 커피잔을 들어 홀짝인 후 재빨리 덧붙였다.

"자네 생각은 어떤가? 지금 도대체 무슨 일이 벌어지고 있다고 생각하나? 잠수함이 뒤집힐 정도의 강력한 수중 충격파는 또 뭐고?"

"저도 정확히 알 수는 없지만 해저 깊은 곳에서 진도 7 이상의 강력힌 지진이 발생해 충격파를 만들있을 수 있습니다. 그것이 선체에 밀노 높은 압력을 가해 통신장비에 결함이 생긴 것으로 추측해 볼 수 있습니다." 부함장은 마지못해 돌아온 구혼자처럼 자신 없는 목소리로 말했다.

"그건 말도 안 되는 소리오. 지금까지 해저 지진이 만든 충격파에 통신장비가 고장 났다는 소리를 들어 본 적이 없소. 게다가 그 정도의 지진이라면 급격한 해수면 변화를 동반해야 하는데 측정기 어디에도 연관 된 징조가 보이지 않소." 정치위원이 빈정대듯 말했고 부함장은 자신의 심장이 소나무 옹이처럼 딴딴해진 것을 느낄 수 있었다.

"정치위원은 현 사태를 어떻게 바라보고 있나? 무슨 일이 생긴 줄 알아야 조치를 취하든지 말든지 할 것 아닌가?" 함장이 근심에 찬 표정으로 물었다.

"내 생각에는 미 제국주의자들과 손잡은 남조선 괴뢰가 공화국에 못할 짓을 한 것으로 보이오. 생각해 보시오? 그 정도의 강력한 충격파는 자연적으로 발생할 수 없소. 인위적 사건이란 말이오. 그렇다면 정답은 단 하나, 핵 공격이 일어난 것 같소."

정치위원이 딱딱하고 가라앉은 목소리로 말했다.

"글쎄. 그건 좀 비약이 심한 것 같네. 남조선이 무슨 목적으로 서해를 공격한다는 말인가? 비린내 나는 생선 말고 얻을 게 없지 않은가?"

"남조선이 멍청이가 아니고서야 그럴 리 있겠소? 좌표에 오류가 났거나 아니면 공화국의 EMP(고출력 전자기파) 레이저 방어막에 피격당한 미사일이 서해에 떨어져 수중에서 폭발한 것이 틀림없소. 그래서 강력한 수중 충격파가 발생한 것이오. 모든 상황을 고려했을 때 이것이 가장 논리적인 설명이오." 정치위원이 메마른 미소를 지으며 대꾸했다.

"그렇다면 정말 큰일 아닌가? 우리도 즉각 반격을 준비해야 하지 않나? 부함장. 이런 경우 해군 규정은 어떻게 되어 있나?"

"함대사령부의 명령을 받아 되받아치게 되어 있습니다. 하지만 지금처럼 통신이 두절된 상태에서는 불가능합니다."

"통신 결함이 발생했을 때는 어떻게 행동하라고 규정에 쓰여 있나?"

"고급 간부의 만장일치에 따라 24시간 이내 행동하라고 적혀 있습니다." 부함장이 굵어진 목소리로 말했다.

"24시간 이내면 앞으로 20시간 정도 남아 있다는 말 아닌가? 이거 정말 큰일이군. 정치위원은 어떻게 했으면 좋겠나?" 함장이 애처롭게 물었다.

"하나도 어려울 것 없소. 원칙대로 하면 되오. 적이 위대하신 수령님 목숨과 공화국의 멸망을 노렸으니 똑같이 되갚으면 되오. 아니 수백 배, 수천 배 더 강력하게 응징해야 하오. 주체사상호에는 핵 공격이 가능한 수중 탄도미사일 16기가 탑재되어 있소. 한 기당 남조선 도시 하나를 날려 버릴 수 있는 가공할 만한 파괴력을 지닌 무기요. 이 기회에 그들에게 북조선의 위대함을 뼈저리게 느끼게 해 주는 것이오." 정치위원의 말에 라자로가 무덤에서 일어나듯이 부함장이 의자에서 벌떡 일어났다.

"그건 공격받았다는 명백한 증거가 확보된 이후의 일입니다. 추측만으로 미사일을 발사할 수는 없습니다."

"그렇다면 말해 보시오. 거대한 잠수함이 뒤집힐 정도의 수중 충격파가 어떻게 발생했는지 말이오? 자연적으로 그런 일이 가당키나 하오? 전쟁은 이미 시작되었소. 만약 통신장비에 문제가 없었다면 벌써 적을 공격하라는 명령을 하달받았을 것이오." 정치위원은 척후병이 낯선 사람을 쳐다보듯이 부함장을 바라보았다.

"정확히 말할 수는 없지만 과거에도 오인한 경우가 간혹 있었습니다. 1979년 당시 소련의 인공위성이 남태평양 근방을 날다가 섬광이 강력한 불빛이 두 번 번쩍이는 것을 감지했고 사람들은 이 섬광의 발생 원인을 핵폭발로 꼽았습니다. 미국이 소형 핵무기를 외딴섬에서 비밀리에 실험하는 중이라고 판단한 것입니다. 하지만 그 어떤 방사능도 검출되지 않았고 이는 인공위성 탐사 장비의 단순 결함으로 나타났습니다. 제가 이 사례를 말씀드리는 이유는 엉뚱한 이유로 핵전쟁에 휘말릴 수 있다는 것입니다. 따라서 시간을 가지고 오직 사실에 근거해 판단해야 한다는 것입니다."

"또 그 소리요? 부함장의 우유부단함은 일찍부터 알고 있었소. 지금은 고민할 때가 아닌 행동할 때라는 것을 왜 모르시오? 만약 전쟁이 끝난 후 수령님으로부터 아무것도 하지 않고 있었다는 비난을 받는다면 당신이 책임질 수 있소? 우리 모두 겁에 질린 반동분자로 낙인찍히는 것이오." 정치위원의 목소리가 히스테릭하게 높아졌다.

"자, 그만들 하게. 같은 편끼리 언성을 높일 이유가 없네. 만약 밖에 있는 사병이라도 듣는다면 간부끼리 싸운다고 오해할 것이네. 이는 내 지휘권에도 악영향을 끼치는 행동이니 자중들 하게." 함장이 두 사람을 타이르듯 부드럽게 말했다.

"우리가 핵을 장착한 수중 탄도미사일을 발사하면 남조선은 물론이고 미국이 즉각 보복할 것입니다." 부함장이 흥분을 가라앉히지 못하고 갈라진 목소리로 말했다.

"자신의 안위만을 생각하는 미 제국주의 정치인들은 그럴 만한 배짱이 없을뿐더러 만약 그렇다고 하더라도 중국이 북조선을 지켜 줄 것이오." 정치위원이 부함장을 쏘아보며 대꾸했다.

"어떻게 장담할 수 있습니까? 그건 무모한 생각입니다. 돌아가신 김일성 수령님께서도 중국을 믿으면 안 된다고 유훈을 남기지 않았습니까?"

"미 제국주의 정치인들이 전쟁도 불사하며 자유민주주의 국가인 대만을 수호할 것이라고 떠들어 댄 거 기억하오? 하지만 어떻게 되었소? 전격적인 중국의 침공을 달콤한 사탕을 오빠에게 뺏긴 힘없는 꼬마 여동생처럼 그저 멍하니 바라만 보고 있지 않았소. 점령이 끝난 후에야 항공모함을 파견한다느니 유엔(UN) 법사위원회에 제소하겠다느니 외교적 수사를 남발하고 있지만 결과는 변하지 않소. 임기가 정해져 있는 정치인들은 유권자의 눈치를 봐야 하고 유권자의 자녀를 전쟁터로 내몰면서 동시에 표를 얻을 수는 없소. 그게 바로 민주주의의 한계요."

정치위원은 상류 사교계 인사들이 벼락 출세자를 보는 것처럼 거만하게 부함장을 바라보며 말했다. 어떤 사람은 인생에 대해 아무것도 묻지 않으면서도 평생을 살 수 있지만 어떤 사람은 그 이유를 반드시 물어야 하는데 부함장은 후자였다.

"그렇다면 정치위원 동무는 위대하신 김 일성 수령님께서 중국을 믿지 말라는 훈계를 남기신 이유를 뭐라고 생각하십니까?"

적당한 답변을 찾지 못해 당황하던 정치위원은 잠시 후 이마 양옆에 파란 핏줄 두 개를 보이며 망치로 두드리는 것 같은 단호한 목소리로 함장을 돌아보며 말했다.

"부함장 사상에 문제가 있어 보이오. 현 사태가 종료되면 즉시 자아비판을 실행하도록 권고하는 바이오."

"둘 다 정말 왜 이러나? 서로 합심해도 모자랄 판에. 오후 회의는 더 이상 진행이 어렵겠구먼. 저녁 9시에 회의를 다시 열도록 하겠네. 그동안 다들 성난 마음을 진정시키길 바라네." 함장은 늘 메뉴판 맨 위의 식사를 주문하고 그게 무슨 요리인지 생각도 하지 않고 먹는 사람이었다. 구체적인 지시나 방향을 제시할 줄 모르는 그저 사람 좋은 무능력한 상사였다. 회의실을 빠져나오면서 부함장은 정치위원과 함장이 뜨겁고 진하고 김이 모락모락 오르는 커피를 마시며 귓속말로 무언가 자기들만의 비밀을 속삭이는 것을 들을 수 있었다.

"일이라는 건 벌어지고 난 다음에야 비로소 이런 일이 벌어졌는지 알 수 있다. 이미 그 길의 끝에 와 있을 때까지 사람의 마음이란 건 그걸 미리 알아채지도 못하고 또 어떤 길로 들어섰는지도 모른다. 우리는 일의 진행에 대하여 뒤돌아보면서 겨우 알 뿐이다"라는 옛 성현의 말처럼 통신장비에 결함이 생긴 잠수함 주체사상호의 시간은 야속하게 흘러갔다. 부함장은 눈앞에 자신의 늘그막을 보는 젊은이처럼 심각한 표정으로 저녁 회의에 참석했다.

"사건이 발생하고 벌써 12시간이 지났네. 새로 들어온 소식은 없나? 통신장비의 수리는 어떻게 되어 가나?"

"특별한 소식은 없습니다. 그리고 통신은 여전히 먹통입니다." 부함장이 머뭇거리며 말했다.

"내가 이미 말하지 않았소. 잠수함과 통신이 반나절이나 끊겼는데 함대사령부에서 아무런 조치도 취하지 있지 않다는 것은 공화국이 공격받았다는 명백한 증거요. 그렇지 않다면 구축함을 파견해 상황을 파악하거나 아니면 다른 잠수함을 보내 어떻게든 우리와 연락을 취하려고 했을 것이오. 그런데 아무런 조치도 없지 않소? 함대사령부가 행동을 취하고 싶어도 취할 수 없는 난처한 상황에 빠진 것이오." 정치위원이 탁한 목소리로 중얼거렸다.

"일리가 있네. 함대사령부에 문제가 생긴 건 틀림없는 보이네." 함장이 머리를 주억거리며 말했다.

"시간이 없소. 규정에는 사건 발생 후 24시간 이내 행동을 취하도록 적혀 있소. 벌써 12시간이 지나갔소. 나중에 비난받지 않으려면 즉시 실행해야 하오. 미 제국주의자들과 남조선 괴뢰에 보복을 가하는 것이오. 따끔하고 매서운 맛을 보여 주는 것이오. 잠수함에 고급 간부는 셋뿐이니 우리만 합의하면 끝나는 것이오." 정치위원이 함장을 힐긋 바라보며 말했다.

"그럴 수는 없습니다. 공화국이 공격받았다는 명백한 증거가 있지 않고서는 수중 탄도미사일을 발사할 수는 없습니다. 정치위원이 핵무기에 대한 지식이 부족해 너무 쉽게 말하는 것 같습니다. 제2차 세계 대전 육 년 동안 모든 도시에 투하된 폭탄의 총량이 TNT 2메가톤입니다. 그런데 이는 수소 폭탄 하나의 에너지에 지나지 않습니다. 현재 1만 5천 개의 핵폭탄이 존재합니다. 만약 공산 진영과 자유 진영 사이 전면적인 핵전쟁이 발발한다면 지구상의 모든 가족 하나하나에 고성능 폭탄이 한 개씩 떨어지는 셈입니다. 이는 한나절 동안 제2차 세계 대전을 1초에 한 번씩 겪어야 한다는 뜻입니다. 세계 모든 도시에 히로시마에 떨어진 핵폭탄이 60개씩 떨어지는 셈입니다." 부함장이 당황한 목소리로 항의했다.

"만약 제3차 세계대전이 일어나면 중국이 북조선을 보호해 줄 것이오. 그리고 핵이 터졌다고 모두 죽는 것은 아니오." 정치위원이 멸시하는 투로 대꾸했다.

"핵폭탄의 충격파, 열 폭풍, 방사능 낙진에도 불구하고 모든 사람을 깡그리 죽일 수는 없을 것입니다. 전면적인 핵전쟁에서도 살아남는 사람은 있을 겁니다. 하지만 낙진의 위험은 장기간 지속될 것입니다. 스트론튬의 90퍼센트가 소멸하는 데 걸리는 시간은 96년입니다. 세슘은

120년입니다. 그뿐만이 아닙니다. 사랑하는 이와의 사별, 엄청난 수의 화상 환자, 시력을 상실하고 팔다리가 절단된 불구자들의 긴 행렬, 괴이한 전염병, 공기와 물에 오랫동안 만연할 유해성 방사능, 악성 종양, 장애아의 출생, 적당한 치료법의 부재, 자기 파괴의 길을 걸어온 문명에 대한 허탈감, 이 모든 재앙을 사전에 방지할 수 있었음에도 불구하고 그렇게 하지 못한 데에 대한 자책감으로 극히 일부의 생존자마저 평생 우울한 일생을 보내게 될 것입니다."

"희생 없이 아무것도 얻을 수 없소. 공화국은 늘 그랬듯이 고난을 극복할 것이오. 남조선을 통일하고 마침내 붉은 깃발이 휘날리는 온전한 한반도를 만드는 것이오. 상상해 보시오. 부산 해운대 해수욕장에서 남조선 인민들을 모아 놓고 주체사상을 교육하는 내 모습을 말이오." 정치위원이 감탄하는 표정을 띠며 말했다.

"함장님. 말리셔야 합니다. 불완전한 정보를 바탕으로 개인적 욕망을 위해 핵무기를 사용할 수는 없습니다. 이것은 위대하신 수령님과 인민 모두를 죽음으로 몰아가는 망국적 행동입니다." 목구멍이 메말라 가는 것을 느끼며 부함장이 말했다.

"시간은 없고 합의는 어렵고 의사결정은 내려야 하고 어느 장단에 춤을 춰야 할지 모르겠군. 이 난관을 단박에 해결할 수 있는 기막힌 아이디어는 없나?" 함장이 몸이 달아오른 듯 앞뒤로 흔들며 말했다.

"지구상에서 잠수함이 뒤집힐 정도로 자연적 충격파가 발생하는 경우는 없소. 핵폭발을 제외하고는 말이오. 따라서 논리적으로 판단했을 때 이는 명백한 남조선의 도발이며 규정에 따라 반격해야 하오. 함장, 즉시 명령을 내리시오." 정치위원이 소리를 질렀다.

"아닙니다. 그런 경우가 한 가지 있습니다. 바로 혜성이 지구와 충돌할 때입니다. 마치 메가톤급의 핵폭탄이 폭발할 때 볼 수 있는 상황과 아주 흡사합니다. 충격파며 치솟는 불덩이의 규모며 버섯구름의 출현은 물론이고 그 모양까지 똑같습니다. 전문가가 아니면 오인할 소지가 다분합니다."

"오! 또 다른 가능성이 있었군. 혹시 차이점은 없나?" 이빨을 보이며 함장이 활짝 웃었다.

"차이가 있다면, 혜성이 충돌하는 경우 감마선의 방출과 방사능 낙진이 없습니다."

"그래? 아주 좋군." 함장은 곰곰이 생각한 후 흡족한 표정으로 말을 이었다.

"시간이 없으니 이렇게 하세. 잠수함을 해수면으로 부상시켜 해치를 열고 공기 중의 방사능을 측정해 보세. 만약 방사능이 검출되면 공화국이 공격당한 것으로 판단해 남조선에 반격을 가하고 그게 아니면 통신장비 고장을 핑계로 함대사령부로 즉시 복귀하도록 하세. 거 무슨 계수기라고 방사능을 손쉽게 측정할 수 있는 장비가 있지 않은가? 내 생각에 이만하면 무척 합리적인 의사결정 같은데. 어떤가?"

"과학에 기반한 아주 현명한 판단이오. 지금까지 서해에서 방사능이 검출된 적은 한 번도 없으니 말이오. 방사능의 존재는 빼도 박도 못하는 실체적 증거가 될 것이오. 현 사태가 해결되면 함장의 철두철미한 사상과 업적을 당에 보고해서 포상받을 수 있도록 적극 추천하겠소." 정치위원이 희미한 웃음을 흘리며 대꾸했다.

"그렇게 할 수는 없습니다. 1908년 개발된 휴대용 가이거(Geiger) 계수기에는 한 가지 계측 한계가 있습니다. 측정 범위가 비교적 제한적이어서 평균값 이상의 방사능이 투입되면 더 이상 측정이 불가능한 최대치로 표시된다는 것입니다. 무슨 말이냐 하면 방사선량이 조금만 높아도 측정치가 엄청 높게 나올 수 있다는 말입니다. 실제 수치는 훨씬 적은데도 말입니다. 측정 오류가 발생할 소지가 다분하니 이번 명령을 철회해 주시길 바랍니다." 목소리에 담긴 깊은 혐오에 자신도 놀라며 부함장이 소리쳤다.

"핵폭발이 아니라는 사실을 어떻게 증명할 수 있나? 이것 말고 객관적인 입증 방법은 없네. 그저 막연한 희망이나 기대에 의존하지 않는다면 말이네. 실증적 분석을 할 수 있는 다른 수단이 있나? 만약 있다면 부함장이 물리적으로 증명해 보게." 투실투실한 얼굴이 검붉은색으로 변하며 하급자가 지휘권을 부정한 것에 화가 난 함장이 비꼬듯 말했다.

"저에게도 다른 방법은 없습니다. 하지만 이건 아닙니다. 모험의 대가가 너무 큽니다."

"저거 보시오. 예전부터 내가 말하지 않았소. 사상이나 당에 대한 충성은 피를 따라 대대손손 이어져 내려온다고 말이오. 한 사람이 열심히 노력해서 얻을 수 있는 것이 아니라고 말이오. 공화국이 핵 공격을 당했는데도 자신만의 안위를 생각해 우유부단하게 처신하는 저 행태를 보시오. 게다가 명령이란 그 속뜻을 이해하지 못하면서도 따라야 하는 것이오. 군인의 자질마저 의심스럽소. 쯧쯧." 정치위원이 반쯤 조롱하듯 얼굴을 찌푸리며 말했다. 부함장은 불쾌함이 악취처럼 공기를 떠돌며 마치 자기 입냄새처럼 가깝게 다가오는 것을 느낄 수 있었다.

"가설이 아름답거나, 가설을 구축한 사람이 똑똑하다는 것은 가설의 진위 여부와 아무런 상관이 없습니다. 가설이 아무리 완벽해 보인다 해도, 실험 결과와 일치하지 않으면 곧장 쓰레기통으로 들어가야 합니다. 정치위원이 주장한 가설이 좋은 예가 될 것입니다. 방사능이 없는 것으로 나타나면 그 즉시 함대사령부로 복귀를 약속하실 수 있습니까?"

"내가 장담하네."

"함장님을 믿겠습니다. 그리고 한 가지 더 제안 드리겠습니다. 조심한다고 나쁠 건 없으니까 말입니다."

"말해 보게."

"최소 세 번, 20km 이상 떨어진 서로 다른 지점에서 실험을 진행해야 한다는 것입니다. 그래야 측정 오류를 줄이고 더 정확한 결과를 얻을 수 있습니다. 만약 서로 다른 세 지점에서 세 번 모두 방사능이 검출된다면 저도 수중 탄도미사일 발사에 합의하겠습니다." 부함장이 마른 입술을 핥으며 말했다.

"알았네. 그렇게 하도록 하지. 더는 시간을 낭비해서는 안 되니 가능한 빠른 시간에 실험하도록 하세. 규정에 나와 있는 시간이 9시간밖에 남지 않았네. 조타수에게 실험 장소의 위도와 경도를 통보해 주게." 함장이 만족감 가득한 투로 말했다.

혜성이 서해에 떨어졌을 때 그 충격으로 쓰나미가 일어났다. 쓰나미는 인천과 마주하고 있는 중국 산둥성 동부 항구도시 웨이하이(威海)의 원자력 발전소를 덮쳤고 핵폐기물 일부가 공기 중에 드러나는 사태가 발생했다. 핵폐기물에서 누출된 방사능은 황사로 악명 높은 봄철 대륙의 편서풍을 타고 서해를 건너 한반도로 날아오고 있었다. 하지만 자연 상태보다 약간 높은 수준으로 건강을 위협할 정도는 아니었다. 포말을 뿌리며 물결지는 서해 한가운데에서 실험을 진행한 부함장은 실수로 남의 호텔 방 문을 열었다가 보지 말아야 할 남부끄러운 꼴을 본 듯한 기분이 들었다. 별들이 아득하게 반짝이고 있는 밤하늘에서 세 번 모두 최대치의 방사능 수치가 검출된 것이다. 우려했던 가이거 계수기의 계측 한계가 드러난 것이다. 하지만 세 명의 주체사상호 고급 간부들은 쓰나미가 원자력 발전소를 덮친 사건을 알지 못했다. 실험 결과를 보고 받은 정치위원은 자신의 가설이 맞았다며 뿌듯해했고 함장은 "햇볕에 쪼이면 역사가 되고 달빛에 물들면 신화가 된다"라는 아리송한 말을 중얼거린 후 결심을 내린 듯 해치를 닫고 수심 백 미터로 잠수를 지시했다. 그리고 엄중하고 권위 있는 표정으로 명령을 내렸다.

"어뢰실, 핵이 장착된 수중 탄도미사일을 회전각도 45도로 발사하라!"

단군 후손들의 멸망이 엉뚱하게, 어처구니없는 결과로, 블랙 코미디로 다가오고 있었다.

**작가 노트**

1962년 소련이 중거리 탄도 미사일 기지를 쿠바에 건설하면서 시작된 '쿠바 사태'는 핵무기 사용이 정교하고 안전하게 관리되는 것처럼 생각되지만 빈틈이 많다는 사실을 보여 준다. 통신이 두절된 소련 잠수함의 세 명의 장교 중 한 명이 핵미사일 발사를 결사적으로 반대하지 않았다면 현재 우리는 석기시대에 살고 있을 것이다. 실제 사건이 모티브가 되었다.

# 별의 아이들

Dear 존 이스너 교수님

안녕하세요? 어제 전화 통화를 한 미 중앙정보국(CIA)의 아시아태평양 담당 부국장 세바스찬입니다. 대략적인 프로젝트의 개요는 이미 유선상으로 말씀드렸으나 오해를 방지하기 위해 이메일을 통해 상세 내용을 부연 설명하고자 합니다. 현재 한국의 국제적 위상은 참혹한 전쟁이 1953년 7월 27일 휴전협정으로 마무리된 분단국가라는 사실이 믿기지 않을 정도로 놀라운 것입니다. 백 년이라는 짧은 시간에 최빈국(最貧國)을 벗어나 최고의 선진국이 되었으며 이는 인류 역사상 전무후무한 기록입니다. 한국인이 달성한 탁월한 성과는 이루 말할 수 없을 만큼 방대합니다. 국내 총생산(GDP)은 미국, 중국에 이어 3위를 차지하고 있지만 인당 총생산과 국민소득은 세계 1위입니다. 미국 남부의 텍사스주(Texas) 정도 땅덩어리에 겨우 5천만 명을 넘어서는 인구로 반도체, 인공지능, 정밀기계, 고부가가치 선박과 항공기, 컴퓨터, 바이오 공학을 포함해 모든 산업 분야에서 선두를 달리고 있습니다. 그들이 제조하는 것 중 가장 두려운 것은 국방 분야입니다. 초음속 미사일을 포함해 최첨단 전투기와 전차 그리고 핵잠수함까지, 그들은 마치 어린아이가 전쟁놀이하는 것처럼 거침없이 신무기를 만들고 있습니다. 교수님의 인격을 믿고 군사 비밀 한 가지를 말씀드립니다. 최근 CIA 내부 보고에 의하면 그들이 국가 전력망을 일시에 무너뜨릴 수 있는 강력한 전류 바이러스를 개발했다고 합니다. 마음만 먹으면 적성국(適性國)을 눈 깜짝할 사이에 석기시대로 되돌려 놓을 수 있다는 뜻입니다. 진짜 두려운 것은 최첨단 군사 무기나 공학 기술 아닙니다. 그들이 가진 문화적 상상력입니다. 세계 음악은 이미 K-POP이 점령했고 대부분의 나라에서 한국 영화가 1위를 차지하고 있습니다. 각국의 비판적 언론이 이런 현상을 다루지 않는 이유는 한류(韓流)가 이미 손쓸 수 없을 만큼 광범위하게 퍼져 사람들이 당연하게 받아들이기 때문입니다. 거의 모든 나라 TV에는 매일 K-드라마가 방송되고 있고 유튜브 동영상도 한국인이 출현하지 않으면 '구독'과 '좋아요'가 현저히 떨어지는 것으로 분석되고 있습니다. 이런 열기에 힘입어 한국어를 배우려는 사람들이 폭증했고 세계 주요 도시의 세종학당은 수강생의 수를 기존 대비 백 배 늘렸음에도 불구하고 대기자들이 수강을 위해 꼭두새벽부터 줄을 서는 실정입니다. 게다가 프랑스 미슐랭(Michelin) 가이드에서 실시한 최근 설문 조사 결과에 의하면 세계인이 가장 선호하는 타국 음식은 한식으로 발표되었습니다. 2위를 차지한 이탈리아와는 두 배 이상 점수 격차가 벌어진 것으로 나타났습니다. 순수 과학 분야의 성과는 눈이 부실 지경입니다. 노벨상을 매년 2개 이상 수상하고 있으며 수학의 노벨상이라고 불리는 필즈상(Fields Medal)을 격년으로 타고 있습니다. 세상에는 능력은 뛰어나나 매정하고 자신만의 안위를 생각하는 사람이 많습니다. 하지만 그들은 마음씨마저 따뜻합니다. 기후 위기로 몰락할 운명으로 내몰린 인류를 공짜로 구해 준 것입니다. 한국 공학자들은 6대 온실가스인 이산화탄소, 메탄, 이산화질소, 수소불화탄소, 과불화탄소, 육불화황을 공기 중에서 채집할 수 있는 장비를 개발해 지구상의 모든 나라에 무상으로 배포했을 뿐 아니라 안전하고 규격화된 소규모 핵융합 발전소와 부속 설비를 가난한 국가에 제공해 에너지를 생산하게 함으로써 석유와 석탄으로 대표되는 화석연료의 사용이 극적으로 줄였습니다. 그 덕분에 가파르게 치솟던 지구의 기온은 아침 이슬에 젖어 목이 꺾인 백합처럼 하락으로 돌아섰습니다. 또 그들은 인공지능으로 작동하는 청소용 특수 선박을 만들어 해양 쓰레기, 특히 바다에 광범위하게 퍼져 있는 조각난 플라스틱과 미세 플라스틱 알갱이들을 오대양에서 거두어들이고 있습니다. 단지 깨끗한 자연을 후손에게 물려주고 싶다는 인류애를 실현하기 위해 손익 계산은 묻지도 따지지도 않고 익숙한 공학 기술을 활용해 골치 아픈 환경 문제를 해결한 것입니다. 놀랍지 않습니까? 동서고금을 막론하고 다른 어떤 민족도 이들처럼 행동하지 않습니다. 왜 그러냐 하면 인간의 기본 감정 중 하나인 물질에 대한 욕망과 이기심에 반하는 행동이기 때문입니다. 한국인은 역사상 전례를 찾아 볼 수 없는 무척 독특하고 뛰어난 민족입니다.

그동안 CIA는 전쟁의 폐허 속에서, 그것도 땅의 반쪽은 북한이라는 적성국이 호시탐탐 남침을 노리는 상황에서 겨우 백 년 만에 최고 선진국으로 발돋움한 아리송한 그들의 실체를 파악하고자 여러 방면으로 노력했습니다. 하지만 노벨 경제학상 수상 경력을 가진 교수로부터 얻은 것은 한국의 놀라운 경제 성장을 나타내는 복잡한 통계 수치뿐이었고 저명한 생물학자와 공동 연구로 밝혀낸 것은 그들의 평균 키와 몸

무게 그리고 혈액형의 분포 정도였습니다. 그나마 뇌공학을 전공한 똑똑한 연구원이 찾아낸 사실은 한국인의 아이큐(IQ)가 다른 민족과 별 차이가 없다는 것입니다. 비공식적으로 말해서 지금까지 수많은 자금과 인력이 투입된 '한국인의 실체적 진실 찾기' 프로젝트는 모두 실패했습니다. 물에 빠진 사람이 지푸라기라도 잡는 심정으로, 목마른 사람이 우물을 파는 마음으로 어제 연락을 드린 것입니다. 교수님의 전공과목인 문화인류학은 인류가 걸어온 역사와 현존 인류에 의한 각종 소산물을 관찰·분석하고 그것을 종합해 문화의 법칙성 또는 규칙성과 변이를 탐구하는 학문입니다. 만약 연구 범위를 인류가 아닌 한국인으로 좁힌다면 그동안 진행했던 지엽적 접근이 아닌 경제, 사회, 문화, 역사, 과학, 인문, 언어, 미술과 음악까지 전부를 아우르는 통합적 접근이 가능하다는 것이 제 생각입니다. 프로젝트의 목표는 두 가지입니다. 첫째, 다른 민족과 비교해 한국인들이 모든 분야에서 탁월한 성과를 내는 근본 원인을 밝히는 것입니다. 둘째, 성장과 소비 그리고 오락의 극대화만을 최고의 미덕으로 여기는 현대 사회에서 그들이 상업적 성공을 포기하고 아가페적 사랑을 실천하는 이유를 찾는 것입니다. 고대 그리스 시인 아르킬로코스(Archilochos)는 "여우는 아는 게 많지만, 고슴도치는 딱 한 가지 큰일에만 집중한다"라는 명언을 남겼습니다. 교수님께서 중요한 일에 몰입할 수 있도록 원하시는 자금과 인력은 책임지고 무한정 제공해 드릴 것을 약속합니다. 숙소와 연구실은 이미 서울에 마련되어 있습니다. 따라서 가까운 시일 내에 한국을 방문해 프로젝트를 시작하시길 바랍니다. CIA 직원이 인천공항에서 입국과 관련된 행정적 절차를 도맡아 처리할 예정이니 비자(VISA) 문제는 걱정하지 않으셔도 됩니다. 마지막으로 노파심에 말씀드리면 이 모든 것은 극비이며 관련된 인물을 제외한 누구에게도 본 사항을 발설해서는 안 됩니다. 심지어 가족에게도 비밀 유지 당부드립니다. 궁금하신 사항은 이메일로 문의 바랍니다. 즐거운 여행 되세요. 그럼 이만.

Best Regards

CIA 아시아태평양 담당 부국장, 세바스찬 코르다

* * *

Dear 세바스찬 부국장님

오랜만입니다. 그동안 버지니아주 랭리 CIA 본부에서 잘 지내고 계시지요? 저는 부국장님의 지원으로 3년 동안 한국에서 부족함 없이 잘 지내고 있으며 와이프와 아이들도 서울 생활에 만족하고 있습니다. 신경 써 주셔서 감사합니다. 제가 이렇게 연락을 드린 이유는 '한국인의 실체적 진실 찾기' 프로젝트가 거의 완성되었다는 기쁜 소식을 전하기 위함입니다. 다음 달 마무리를 목표로 최종 보고서를 작성 중이며 완료되는 즉시 송부할 예정입니다. 보고서에는 한국인이 모든 분야에서 탁월한 성과를 내는 근본 원인과 개인의 이익을 포기하고 이타주의를 실천하는 이유를 문화인류학적 관점에서 연구한 내용을 담을 계획입니다. 궁금해할 것 같아 내용을 요약해서 아래와 같이 미리 알려드리니 참고하시길 바랍니다.

한국인이 다른 민족을 뛰어넘어 위대한 업적을 달성한 것은 다음의 일곱 가지 특징에 기인합니다. 첫째, 억세고 질긴 군체 의식입니다. 군체란 같은 종류의 개체가 모여 일을 분담하여 사회생활을 하며 살아가는 집단을 말하는데 개미나 꿀벌에서 흔히 볼 수 있습니다. 다른 민족도 일정 부분 군체 의식을 가지고 있지만 대부분 느슨합니다. 군체보다는 개인의 행복을 우선하기 때문입니다. 하지만 그들은 집단의 동일성을 우선 생각하며 군체의 위기를 개인의 고난과 동일시합니다. 좋은 예가 1997년 IMF 위기 때 '금 모으기 운동'입니다. 자원이 부족한 나라에서 빚 갚을 달러를 버는 방법은 개인이 소유한 금을 세계에 내다 파는 것이었습니다. 그들은 금 시세가 급락한 것을 알면서도 너 나 할 것 없이 자발적으로 손해를 감수하며 군체, 즉 국가를 위해 장롱 속 깊숙이 숨겨 놓았던 금을 꺼낸 것입니다. 이는 역사상 전무후무한 사례입니다. 군체 의식은 병자호란, 일제 강점기와 IMF 구제금융 등의 국가적 재난을 극복하는 원동력이 되었습니다. 둘째, 포괄적 집단지성입니다. 서구 문명에서는 자신이 땀 흘려 얻은 노하우(know-how)를 절대 공짜로 남에게 알려 주지 않습니다. 왜 그러냐 하면 생존을 위한 강력한 경쟁 수단을 빼앗길 수는 없기 때문입니다. 하지만 한국인들은 서슴없이 자신이 가진 요령이나 비법을 동료나 지인에게 전수합니다. 가장 대표적인 예가 스포츠 동호회입니다. 만약 부국장님이 한국에서 탁구나 테니스 동호회에 가입한다면 먼저 묻지도 않았는데 서로 가르쳐 주겠다고 덤비는 많은 선임자를 손쉽게 볼 수 있을 것입니다. 이것은 적당한 수업료를 내야만 코칭을 받을 수 있는 서구 시스템과는 확연히 구별되는 것입니다. 심지어 학습자가 귀찮다고 거부하는데도 불구하고 떠나지 않고 자리에 남아 계속 가르치는 웃지 못할 촌극이 발생하기도 합니다. 이는 마치 개인의 경험을 집단에 녹여 넣어 전체의 지성 발달을 꾀하려는 듯 보입니다. 셋째, '빨리빨리' 문화입니다. 한국인은 느린 것을 못 견뎌 합니다. 다른 민족의 눈으로 봤을 때 그들은 이미 엄청난 속도로 살고 있습니다. 그럼에도 불구하고 신속하지 못하다며 답답해하는 그들의 모습은 기괴하기까지 합니다. 더 빠른 세상을 경험한 적 있거나 아니면 DNA 속에 '초고속'에 대한 비이성적 갈망을 숨기고 있는 것으로 보입니다. 유독 엘리베이터의 닫힘 버튼이 자주 고장 나고 고작 3분을 참지 못해 45초 완성 컵라면을 발명한 것은 결코 우연이 아닙니다. 미국 심리학자 로버트 러바인(Robert Levine)은 민족마다 서로 다른 속도감을 가지고 있다는 사실을 깨닫고 120개 국가에서 치밀하고도 기이한 실험을 한 적이 있습니다. 도시의 시내 중심부에서 보행자들이 30미터를 걷는 속도를 측정했고, 공공도서관에서 고객이 요청한 책을 찾아 주는 데 소요된 시간을 기록했고, 우체국 직원이 우표를 파는 데 걸린 표준 시간을 쟀습니다. 실험 결과는 어떻게 나왔을까요? 어느 나라 국민이 가장 빨랐을까요? 한국인이 일등이었습니다. 넷째, 왕성한 호기심입니다. 그들은 새롭고 신기한 것에 관심이 많습니다. 미국인은 냉장고와 진공청소기를 30년에 걸쳐 보편적으로 받아들였습니다. CD플레이어와 비디오레코더의 경우는 10년이 걸렸고 인터넷은 첫 번째 이용자부터 인구의 10%가 가입하기까지 4년이 필요했습니다. 그러나 한국인은 각종 가전제품과 전자기기의 신기술을 받아들이는 데 5년 걸렸고 인터넷 사용자가 전체 인구의 30%인 천오백만 명을 돌파하는 데 고작 2년이 필요했습니다. 호기심은 여기서 그치지 않습니다. 산업 현장에서 주로 사용되는 공작기계 또는 장비를 다른 민족은 설명서 지침에 따라 사용합니다. 하지만 그들은 '컨베이어 벨트의 속도를 8단계 이상 올리지 마시오'라고 분명히 적혀 있음에도 불구하고 '10단계로 올리면 어떻게 될까?'라는 궁금증을 참지 못하고 아무런 이득이 없는 실험을 스스로 진행합니다. 그리고 만약 문제가 없으면 '뭐야? 별거 아니잖아'라며 호기심을 채우고 뿌듯해합니다. 그래서 한국으로 수출한 미국의 공작기계와 장비의 파손 비율이 다른 나라에 비해 월등히 높은 것입니다. 다섯째, 지칠 줄 모르는 성실성입니다. 지하철이나 길거리에서 행인의 지갑이나 귀중품을 도둑질하는 소매치기 일당이 붙잡힌 적이 있습니다. 경찰이 조사해 보니 소매치기 일당은 하루에 이미 한 건을 성공하고도 쉬지 않았고 연중 휴일도 없이 일한 것으로 나타났습니다. 이런 성향은 시간 여유가 많고 하루 한 건을 목표로 삼는 서구 범죄자와는 명백히 다른 것입니다. 어영부영 사는 한국인은 없으며 심지어 도둑들마저 열심히 삽니다. 또 다른 예는 개근상을 받는 초등학생 비율이 월등히 높다는 사실입니다. 마치 어머니의 자궁에서부터 성실성이라는 생존의 무기를 장착하고 태어난 듯 말입니다. 이 같은 성실성은 성과와 쉽게 연결되는데 그들은 목표 달성 욕구가 무척 강합니다. 정치인은 매달 설문조사 결과에 촉각을 세우며, 유튜브 제작자는 '좋아요'의 숫자에, 교수는 연구비에, 경영자는 분기별 결산에 목을 맵니다. 일반 기업들은 MBO(Management By Object), 핵심성과지표(KPI)와 역량평가를 통해 임직원의 성과를 측정하고 있으며 최근에는 OKR(Objective Key Result)이라는 도구를 만들어 평가에 활용하고 있습니다. 심지어 부부관계나 가정의 화목까지 목표 대비 달성률로 평가하려는 웃지 못할 상황이 벌어지기도 합니다. 여섯째, '흥

(興)'의 민족입니다. 한때 그들은 몹시 원망스럽고 억울하거나 안타깝고 슬퍼 응어리진 마음을 뜻하는 '한(恨)'의 민족으로 오해를 받았습니다. 「가질 수 없는 너」, 「못다 핀 꽃 한 송이」, 「난 아직 모르잖아요」 등의 애절한 노래가 대중으로부터 사랑받고 인기를 끄니 소위 잘난 척하기 좋아하는 수준이 낮은 교수와 수다쟁이 전문가가 착각한 것입니다. 이는 마치 암호와도 같은 핸드폰 요금 체계를 설명하면서 행복한 미소를 짓는 대리점 영업사원처럼 어처구니없는 일입니다. 정작 고객은 자신의 장례식에 참석하는 사람처럼 우울한 심정인데 말입니다. 그들이 흥의 민족인 이유는 언제 어디서나 춤과 노래를 즐기기 때문입니다. 직장 회식이나 노래방은 물론이고 산과 바다, 심지어 관광버스 안에서도 율동을 만끽하고 있습니다. 이는 클럽이나 파티 같은 한정된 공간에서만 유흥을 접하는 서구의 행동 양식과는 확연히 구별되는 것입니다. 더욱 놀라운 사실은 지루하게 노년을 보내는 미국 은퇴자와는 달리 그들은 콜라텍이라는 놀이터를 만들어 지팡이를 짚은 노인마저 경쾌한 리듬에 맞추어 엉덩이와 팔다리를 흔들어 대고 있습니다. 세계적으로 상업적 성공을 거둔 K-POP 명곡 대다수가 댄스곡이라는 점은 그들이 흥의 민족이라는 사실을 명백히 보여 줍니다. 참고로 제가 발견한 한국인이 가진 흥미로운 신체적 특징을 말씀드립니다. 그들은 다른 민족에 비해 잠을 적게 자며 술에 대한 강한 회복 탄력성을 가지고 있습니다. 밤을 지새우며 먹고 마시고 논 다음 날 함께 술을 마신 외국인은 숙취로 정신을 못 차리고 앓아누워 있는데 언제 그랬냐는 듯이 그들은 멀쩡하게 등교하거나 회사에 출근해 일을 합니다. 그래서 서울에는 24시간 운영되는 식당이나 매장이 수를 셀 수도 없을 만큼 많고 중심가의 경우 새벽 두 시가 넘은 시간임에도 대낮처럼 밝고 화려한 네온사인

아래 인파로 북적입니다. 일곱째, '욱하는 성질'입니다. 한국인이라면 누구나 간직한 기본 특징으로 도로에서 쉽게 관찰할 수 있습니다. 깜빡이를 켜지 않고 끼어들었다는 단순한 이유로 운전자들끼리 도로 한복판에서 멱살잡이하는 경우는 흔한 일입니다. 또 현재 사회 이슈인 아파트 층간 소음으로 인한 분쟁과 주차 시비로 인한 주민 사이 폭행은 모두 욱하는 성질을 참지 못해 발생한 대표적인 사례입니다. 만약 미국처럼 총기 자유화가 시행한다면 채 일 년도 지나지 않아 인구의 30%가 사라질 것입니다. 단점만 있는 것은 아닙니다. 오히려 장점에 가깝습니다. 왜 그러냐 하면 이것이 권위주의에 저항하고 무사안일을 견제하는 훌륭한 수단이기 때문입니다. 강력한 권력을 가진 정치인이나 판사 또는 고위 행정 관료라 할지라도 잘못을 저질렀다면 한국인은 절대 조용히 넘어가지 않습니다. 자신의 손해를 감수하더라도 공개적으로 해당 사실을 밝히고 과실을 조목조목 지적합니다. '네가 잘나면 얼마나 잘났냐? 네가 숙나 내가 숙나 어디 한번 해보자'라는 식의 오기가 발동하는 것입니다. 권력자 앞에만 서면 자신감과 자부심을 잃고 목이 저절로 굽혀지는 민족과는 차원이 다른 것입니다. 공공연하게 의사를 표시하는 집회나 행진을 뜻하는 데모(Demo)가 유독 많이 발생하는 것은 결코 우연이 아닙니다. 그들은 마치 성경 속 다윗처럼 골리앗이 가진 힘의 우위를 인정하지 않고 기존에 형성된 특권에 끊임없이 도전합니다. 서방인의 관점에서 보면 무모할 정도입니다. 하지만 결과는 매우 긍정적입니다. 선거를 통해 정권을 잡은 권력자도 부정부패를 저지르지 못합니다. 시건방진 세무서 직원도 함부로 민원인을 대하지 않습니다. 평범한 시민의 민원에 공무원의 목덜미에 잔털이 일어나며 절절맵니다. 언제 욱하는 성질로 덤벼들어 끈질기게 부주의와 태만을 파낼지 모르기 때문입니다. 이것으로 그들이 모든 분야에서 탁월한 성과를 내는 일곱 가지 근본 원인과 특징을 요약해서 말씀드렸습니다. 자세한 사항은 다음 달 완료 예정인 최종 보고서를 참고하시길 바랍니다.

한국인이 상업적 이익을 포기하고 기후 위기 극복, 깨끗한 바다 만들기와 청정에너지 보급과 같은 인류애를 실천하는 이유를 찾기 위해 지난 3년간 밤낮없이 노력했습니다. 하지만 정답을 찾지 못해 낙심하던 중 최근 모범답안에 근접한 깜짝 놀랄 만한 사실을 발견하게 되었습니다. 일부러 찾은 것이 아니라 우연히 떠오른 운 좋은 발견을 뜻하는 세렌디피티(Serendipity)와 문자 그대로 딱 들어맞는 경우입니다. 만약 제가 문화인류학을 전공하지 않았다면 결코 깨닫지 못했을 것입니다. 지금부터 그들에 대한 엄청난 진실이 밝혀질 예정이니 마음의 준비를 단단히 하시길 바랍니다. 여섯 달 전 체리 빛 검붉은 노을이 지는 경치를 바라보며 서재에서 고민하고 있을 때 우연히 눈에 들어온 것은 한민족 최초의 나라인 고조선의 건국 신화를 기록한 두툼한 역사책이었습니다. 저는 단군신화(檀君神話)를 읽으면서 지금까지 쌓였던 초조함이 해일처럼 풀려나는 기분을 느낄 수 있었습니다. 왜 그러냐 하면 오랜 고민의 모범답안이 그곳에 담겨 있었기 때문입니다. 한국인을 만나 '시조가 누구입니까?'라고 물어보면 열 중 아홉은 단군이라고 대답합니다. 그만큼 단군신화는 대중적으로 널리 퍼져 있으며 수용도 또한 매우 높습니다. 대강의 줄거리는 다음과 같습니다.

「옛날에 환웅(桓雄)이 하늘 아래 인간 세상에 관심이 있었다. 환웅은 무리 삼천을 거느리고 태백산 정상으로 내려와 곡물, 생명, 질병, 형벌과 선악 같은 인간 세상의 모든 일을 주관하여 다스렸다. 그때 곰과 호랑이 한 마리가 환웅에게 사람이 되게 해 달라고 빌었다. 환웅은 신령한 쑥과 마늘 주고 "너희가 이것을 먹고 동굴에서 햇빛을 100일간 보지 않으면 사람의 형상을 얻을 수 있다"라고 하였다. 곰은 금기를 지킨 지 21일 만에 여인이 되었으나 호랑이는 이를 지키지 못해 사람의 몸을 얻는 데 실패했다. 그 후 웅녀는 잉태하기를 빌었지만, 결혼할 남자가 없어 환웅이 사람으로 변신해 웅녀와 혼인하고 아들을 낳아 이름을 단군왕검이라 하였다. 단군은 평양성에 도읍을 정하고 나라 이름을 조선(朝鮮)이라고 하였다.」

위의 내용을 보시고 혹시 이상한 점을 발견하셨나요? 잘 읽어 보면 신화의 주인공은 환웅이며 그가 한 행동을 기록해 놓은 것입니다. 단군은 마지막에 고작 한 줄 나옵니다. 그런데 신화의 명칭은 '단군신화'입니다. 게다가 마치 집단 최면이라도 걸린 듯 한국인은 시조를 환웅이 아닌 단군이라고 이구동성으로 말합니다. 왜 그럴까요? 미스터리 아닙니까? 여기에는 놀라운 창조의 비밀이 숨겨져 있습니다. 이제부터 고고학적 연구를 통해 제가 밝혀낸 단군신화의 내막을 말씀드리도록 하겠습니다. 첫째, 하늘에서 무리를 이끌고 땅으로 내려온 환웅은 최첨단 과학을 보유한 외계인의 우두머리로 인류를 근접 거리에서 관찰하기 위해 우주선을 타고 지구로 내려온 것입니다. 생전 처음으로 하늘을 나는 모습을 본 선조들이 외계인을 신(神)으로 착각한 것입니다. 전설적 SF 작가 아서 C. 클라크는 "고도로 발달한 과학은 대체로 마술과 비슷하다"라고 언급한 적이 있습니다. 이와 정확히 일치하는 사례입니다. 둘째, 외계인 과학자가 평범한 암컷 호모 사피엔스를 잡아다가 유전자

기술을 통해 새로운 종(種), 즉 웅녀로 변형시킨 것입니다. 사실 신화 속 곰은 두꺼운 동물의 털옷을 입은 원시인 여성이며 신령한 쑥과 마늘은 호르몬과 DNA 조작 물질이고 햇빛이 들지 않는 동굴은 우주선 내부의 생체실험실을 비유한 것입니다. 당시에는 그것들을 표현할 수 있는 적절한 단어가 존재하지 않았기 때문에 어쩔 수 없이 선조들은 주변에서 흔히 볼 수 있는 익숙한 사물로 대체 표현한 것입니다. 셋째, 새로운 종이 된 웅녀는 외계인의 씨앗을 잉태할 수 있었고 그렇게 해서 태어난 것이 단군입니다. 그는 이종 교배(異種 交配)의 결과물이며 서로 다른 둘 이상의 DNA를 가진 하이브리드(Hybrid)종입니다. 현재의 한국인 또한 같은 피를 가지고 있습니다. 생체 실험을 마치고 자기 별로 돌아간 순수한 혈통의 아버지 외계인보다는 같은 하이브리드종이며 함께 도읍을 정하고 지구에서 실체적 삶을 유지하는 존재를 한국인은 민족의 시조로 삼은 것입니다. 그래서 주인공이 환웅임에도 불구하고 명칭이 단군신화인 것입니다. 자식에게 이는 너무도 당연한 의사 결정입니다. 제 연구에 의하면 한국인은 별의 아이들입니다. 한 달 전 개인적 친분이 있는 신경 생리학자와 대화를 나눈 적이 있습니다. 인간의 DNA 구조는 아데닌(A), 구아닌(G), 사이토신(C), 타이민(T) 네 종류의 작은 분자로 이루어져 있는데 겉으로 보기에 한국인도 차이가 없다고 합니다. 서양인의 시선으로 보면 키가 크고 하얀 피부를 가진 것을 제외하면 그들의 생김새는 평범한 극동의 황인종, 즉 중국인이나 일본인과 비슷해 보입니다. 하지만 인체를 정밀하게 조사한 신경 생리학자에 따르면 한국인은 다른 민족에는 찾을 수 없는 LFM(Love For Mankind) 호르몬을 가지고 있다고 합니다. 이것이 상업적 성공이나 개인적 이익을 포기하고 인류애를 실천하게 만드는 요인이라고 합니다. LFM 호르몬은 선행을 통해 자기만족을 느끼거나 종교적 교리를 따름으로써 내세의 평안함을 추구하는 그런 단순한 역할이 아닙니다. 그것은 내리막길에서 사륜마차를 굴리는 것처럼 쉽게 사람의 의식을 더 높은 차원으로 이끄는 것입니다. 그래서 반만년의 역사 속에서 상대방이 적대행위를 하지 않는 한 그들은 단 한 번도 타국을 침략한 적이 없습니다. 흰옷을 주로 입었다고 해서 한민족의 별명이 '백의민족'입니다. 하지만 제 의견은 다른 민족에게 고통을 준 적 없는 깨끗하고 순결한 민족이라는 뜻에서 그런 별명이 붙여진 것으로 생각됩니다. 호모 사피엔스의 어두운 속성 중 하나는 자신이 가질 수 없으면 아무도 가질 수 없게 만드는 크랩 멘탈리티(Crab Mentality)입니다. 게들이 양동이 안에 들어 있을 때의 습성에서 유래된 사회학 용어로 만약 어떤 게가 양동이 밖으로 탈출하려고 하면 다른 게들이 이를 보고 집단적인 이기심이 발생해 그 게를 다시 양동이 안으로 끌어들입니다. 한 구성원이 우월하면 다른 구성원들이 질투, 분노 열등감 능의 감정을 느끼면서 그 구성원의 성공을 방해하는 행위를 말합니다. 지금까지 인류의 의식은 이 같은 아둔한 속성으로 인해 매우 제한적으로 발전했으며 우주공동체의 보편적 진화를 추구하는 외계인의 목표와는 결을 달리하는 것입니다. 그래서 머나먼 항성계에서 태양계 3번 행성을 방문한 환웅은 생식을 통해 LFM 호르몬을 한민족에게 넘겨준 것입니다. 현생인류가 의식을 업그레이드할 수 있도록 돕고 가르치라는 구루(Guru)의 사명을 부여한 것입니다. 이제 왜 그들이 막대한 이익을 포기하고 아가페적 사랑을 실천하는지 이해하실 수 있겠습니까? 한국인은 지구의 미래를 책임지는 든든한 리더입니다. 질투심이 발동한 혹자는 꼴사나운지 신랄하게 쏘아붙일 수 있습니다. "그렇게 잘난 민족이 왜 일본에 수십 년 동안 점령당하고 동족상잔의 비극을 겪으며 지금까지 고생했을까?" 라고 말입니다. 대답은 명백합니다. "항상 맑으면 사막이 된다. 비가 내리고 바람이 불어야만 비옥한 땅이 된다"라는 스페인 속담처럼 깨달음이 무르익을 단련의 시간이 필요했던 것입니다. 씨앗을 뿌리고 4년 동안 거의 자라지 않다가 5년이 지난 시점부터 하루에 30cm 이상 성장하는 대나무처럼 그들은 부여받은 사명을 한국 전쟁이 끝난 시점부터 이행하기 시작한 것입니다.

이상으로 '한국인의 실체적 진실 찾기' 프로젝트 연구 결과를 모두 말씀드렸습니다. 일부 내용은 극심한 사회 분열과 정치적 혼란을 일으킬 것으로 예상됩니다. 하지만 저는 학문적 양심을 버릴 수는 없으며 연구 내용에 관한 사항은 전적으로 책임지도록 하겠습니다. 최종 보고서에는 관련자 인터뷰, 역사적 증거 자료와 의학 데이터 등이 포함될 예정이니 참고하시길 바랍니다. 남은 2053년 마무리 잘하시고 즐거운 크리스마스 보내시길 바랍니다.

Sincerely

눈 내리는 저녁 도봉산을 바라보며
존 이스너 교수

* * *

Dear 대통령 각하

추운 겨울이 지나고 만물이 소생하는 따뜻한 봄이 찾아왔습니다. 그동안 잘 지내고 계시는지요? CIA 국장 잭 도울랜드입니다. 비서실장에게 각하와의 미팅을 요청했으나 해외순방 일정이 빡빡하게 잡혀 있어 어렵다는 전갈을 받았습니다. 하지만 워낙 다급한 사안인지라 결례를 무릅쓰고 이렇게 이메일을 보내게 되었습니다. 양해 부탁드립니다. 3년 전 CIA는 '한국인의 실체적 진실 찾기'라는 프로젝트를 존 이스너 교수에게 의뢰했습니다. 한국 전쟁 후 이룩한 놀라운 성과의 원인을 분석하고 그들의 타고난 기질과 성격에 관한 심층적 연구였습니다. 단순히 산업의 다양성이나 경제적 비교우위를 고찰하는 것이 아니었다는 말입니다. 이미 인지하고 계시듯 현재 영화, 드라마, 음악, 소설과 시 등의 문화와 예술 분야는 전 세계가 '한류(韓流)'에 점령당했다고 말할 수 있을 정도입니다. 한때 할리우드와 팝송으로 대표되는 문화 선진국이었던 미합중국마저 식민지로 전락하고 말았습니다. 고작 오천만 명의 인구로 그보다 이백 배 많은 백억 명의 인류를 지배하는 것입니다. 그들이 오랜 우방이기는 하지만 영원한 친구도 적도 없는 국제 외교 무대에서 이는 매우 우려할 만한 상황입니다. 그래서 저는 믿을 만한 부하인 아시아태평양 담당 세바스찬 코르다 부국장에게 명령을 내려 본 프로젝트를 시작하게 되었습니다. 그리고 3년 만에 존 이스너 교수가 작성한 최종 보고서를 손에 넣을 수 있었습니다. 교수의 연구에 따르면 한국인은 오랜 옛날 번 항성계에서 시구를 방문한 외계인과 유전자 조작을 통해 만들어진 인간 여성의 후손입니다. 쉽게 말해서 하이브리드종이라는 것입니다. 그들은 LFM 호르몬을 가지고 있는데 다른 민족에게는 찾아 볼 수 없는 희귀한 성분입니다. 이 호르몬은 기후 위기에 적극 대처하고 이타주의를 실천하도록 동기 부여하는 작용을 하는데 이것이 짧은 시간에 그들이 탁월한 성과를 낸 핵심 요인입니다. 교수의 표현을 빌리자면 한국인은 별의 아이들입니다. 그리고 인류를 이끌고 나아갈 믿음직한 지도자입니다.

제 생각에 현재까지는 그런대로 괜찮았습니다. 하지만 미래는 어떻게 될까요? 다음 달 유엔(UN)안전보장이사회에서 남북한을 하나의 통합 국가로 인정하는 투표가 진행될 예정입니다. 민주주의와 공산주의로 나뉘어 고양이와 개처럼 서로 으르렁대며 싸우던 두 세력이 하나가 되어 한민족 완전체를 이루려는 것입니다. 만약 해당 안건이 통과된다면 그들에게는 축제의 날이 될 테지만 미국은 악몽이 시작될 것입니다. 왜 그러냐 하면 과거 서독과 동독의 사례에서 찾아 볼 수 있는 것처럼 통합 초기 사회는 혼란스럽고 성장은 주춤하겠지만 결국 그들은 이를 극복하고 앞으로 나아갈 것이기 때문입니다. 그리고 미국과 중국이라는 두 거인을 위협하는 강대국으로 발돋움할 것입니다. 통합 인구는 일억 명이 넘을 것으로 예상되며 이것은 지금까지 한국 경제의 유일한 아킬레스건으로 여겨지던 한정된 국내 수요에서 벗어날 수 있도록 만들 것입니다. 그동안 국가 예산의 대부분을 차지하던 국방비를 저개발국을 위한 해외 원조 자금으로 활용해 국제적 영향력을 확대할 것입니다. 그리고 한류의 영향으로 한글이 배우고 싶은 배움에 목마른 전세계 수강생들을 위해 세종학당을 지금보다 천 배 늘릴 것입니다. 그렇게 되면 K-POP이나 K-드라마는 더욱더 세상에 퍼져 나갈 것이고 모든 민족의 마음을 사로잡을 것입니다. 이것은 비단 철없는 10대 청소년만의 이야기가 아닙니다. 앞으로 지구 여기저기에서 벌어질 일반적 현상입니다. 이는 결코 바람직한 모습이 아닙니다. 한민족은 그저 동양의 세련되고 실력 있는 아가페적 사랑을 실천하는 마음씨 좋은 오랜 동맹으로 남아 있는 것이 가장 좋습니다. 왜 그러냐 하면 그들의 영향력이 커질수록 미국의 힘과 권위는 차츰 작아지게 될 것이기 때문입니다. 무엇보다 두려운 것은 하이브리드종이 가진 잠재력입니다. 남한 단독으로, 그것도 백 년이라는 짧은 시간에 최빈국(最貧國)에서 선진국으로 도약을 이루어 낸 민족이 바로 그들입니다. 북한 사람들의 DNA가 남한의 그것과 똑같다는 사실을 잊어서는 안 됩니다. 통합 후 두 배의 인구, 토지와 자원을 보유하고 강력해진 그들이 미국과 중국을 넘어 전 세계를 호령하지 않는다고 누가 보장할 수 있겠습니까? 문화적으로는 이미 그렇게 흘러가고 있습니다. 따라서 한민족이 완전체가 되는 것을 막아야 합니다. 너무 위험합니다. 미국은 이번 투표에서 반드시 거부권을 행사해야 합니다. 그리고 다른 상임이사국인 영국, 프랑스, 중국과 러시아에도 압력을 가해야 합니다. 5개 상임이사국 모두가 단합해 적극 반대하는 모습을 보여야 합니다. 그래야만 한국을 따르는 백여 개 나라들의 불평불만을 조금이나마 잠재울 수 있습니다. 특히 중국의 반대가 무엇보다 중요하니 베이징에 연락해 정상 회담을 개최하는 것도 좋은 방법입니다. 제2차 세계대전 이후 미국이 강력한 국력을 바탕으로 세계 평화와 질서를 이끄는 것을 뜻하는 팍스 아메리카(Pax America)가 계속 유지될지 아니면 팍스 코리아(Pax Korea)로 바뀔지가 이번 투표로 결판이 납니다. 대통령 각하! 시간이 얼마 없습니다. 외교적 수사는 필요 없습니다. 즉시 행동을 취하셔야 합니다. 존 이스너 교수의 최종 보고서를 [별첨]으로 송부하오니 혹시 궁금한 사항이 있으면 언제든지 연락하시길 바랍니다. 각하의 만수무강을 기원하며.

Respectfully

CIA 국장, 잭 도울랜드

### 📌 작가 노트

별 깊숙한 중심에 자리한 용광로는 핵융합 반응이라는 연금술의 작업장이며 이곳에서 만들어진 원자들이 결합한 유기체가 인간이다. 우리의 DNA를 이루는 질소, 치아를 구성하는 칼슘, 혈액의 주요 성분인 철, 뼈에 들어 있는 탄소 등의 원자 알갱이 하나하나는 별의 내부에서 합성된 것이다. 따라서 우리는 모두 별의 아이들이다.

# 장난감 가게

그는 대전광역시 동구의 아동복지 담당 공무원이었다. 학구적인 분위기에 건장한 체구를 가진 삼십 대 후반으로 숱이 적어지기 시작한 머리카락과 뿔테 안경, 선량해 보이는 얼굴의 소유자였다. 그의 업무는 구청 내 모든 어린이가 행복하고 건강하게 자랄 수 있도록 생활과 환경을 갖추어 주는 일이었다. 저출산의 영향으로 아이가 황금보다 귀해진 상황에서 이들을 돌보는 것은 국가의 중요한 책무 중 하나였다. 경제 개발 협력 기구(OECD) 회원국 중 최장 노동 시간을 자랑하는 기업과 헛다리 정책으로 일관성 있게 국민에게 실망을 주는 정치권으로 인해 한국의 인구는 감소하는 중이었다. 업무의 특성상 동료들 대부분이 여성이었고 마감일을 지켜야 하는 자질구레한 보고서가 산처럼 높이 쌓여 있었지만 그는 자신의 업무에 큰 보람을 느끼고 있었다. 미래의 주역을 보살핀다는 사명감이 조용히 자리 잡고 있었던 것이다. 그러던 어느 날 동구에 속한 가양동의 한 초등학교에서 학생이 며칠째 등교를 하지 않는다는 신고가 들어왔다. 가양동은 한때 경부고속도로와 근접해 있고 대전역과 가까워 교통의 요지로 여겨졌으나 둔산동 지역의 신도시 아파트 건설로 인해 지금은 한물간 구도심이었다.

저렴한 부동산 가격으로 유명했다. 전화 통화에서 학생 엄마는 "갑자기 애가 넋이 나갔다"라는 무슨 뜻인지 도통 이해할 수 없는 말을 횡설수설했고 이것을 가정 폭력과 아동학대의 증거로 여긴 담임 선생님이 구청에 연락한 것이다. 자초지종을 파악한 그는 즉시 트렌치코트를 걸치고 서류 가방을 챙겼다. 그리고 가정 방문을 하기 위해 서둘러 사무실을 나섰다. 늦가을 날씨는 예상보다 쌀쌀했다. 넋 나간 학생의 엄마는 꽁치 뱃살보다 더 창백한 얼굴로 그를 맞이했다. 조만간 그녀도 의식을 놓는 것은 아닐까? 하는 걱정이 살짝 들 정도였다. 초등학교 3학년 아들이 일주일 전부터 어딘지 모르게 불안하고 초조해하며 이상한 행동을 하더니 지금은 아예 말 못 하고 신체 반응도 없다며 엄마는 울먹였다. 대학병원 소아과에서 정밀 진단을 받았으나 몸은 멀쩡한데 정신이 나간 원인을 모르겠다며 담당 의사가 고개를 갸웃거렸다는 이야기도 전했다. 지난주에 가족이나 학생에게 무슨 특별한 일이나 사고가 있었냐고 그가 묻으니 평범한 일상이었고 아들의 생일이 다가와 초등학교 앞 장난감 가게에서 선물을 사 준 것이 전부라며 엄마는 흐느꼈다. 잠시 시간이 흐른 뒤 울음을 멈춘 그녀는 위 끝이 뾰족하게 생긴 검은색 고깔모자를 안방에서 가지고 나왔는데 그것은 죽음, 어둠의 힘, 음(陰), 고통과 절망의 냄새를 풍기고 있었다. 그것은 죽은 사람의 다양한 영혼과 연결하는 장난감으로 자녀 교육에 더할 나위 없이 좋은 제품이라는 가게 주인의 추천을 듣고 구매했다고 엄마는 말했다. 아들이 고깔모자를 쓰고 이순신 장군에게 용기와 지략을, 세종대왕에게 한글 창제 원리와 리더십을, 안중근 의사에게 애국심과 굳은 의지를 배우면 그보다 더 훌륭한 교육 기자재는 없을 것이라는 생각이 들었다고 덧붙였다. 엄마의 바람처럼 고깔모자는 아이에게 무언가를 계속 중얼거렸다고 말했다. 하지만 그가 모자의 내부를 살펴보니 음성 재생 장치나 송수신 전선과 회로는 존재하지 않았다. 요술을 부린 것처럼. 어떻게 된 일인지 감을 잡을 수 없었던 그는 곧 아이가 나아질 것이라는 상투적인 위로를 건넨 후 장난감 가게의 위치를 나직하고 이성적인 목소리로 물었다. 그곳은 학생의 집에서 10분 남짓한 가까운 거리였다. 상담을 마치고 고깔모자를 챙긴 그는 횡단보도를 걸으며 '세상에 장난감처럼 무해한 것이 있을까? 또 그까짓 게 위험해 봐야 얼마나 위험할까?'라는 생각이 들었다. 그러나 마음 한구석에는 무언가 콕 집어낼 수 없는 꺼림칙한 기분이 남아 있었다. 서늘한 바람을 맞으며 그가 도착한 장난감 가게는 오래되고 허름한 가정집을 개조해 만든 단층 건물의 반을 차지하고 있었다. 나머지 반은 초등학교 정문의 터줏대감 문방구가 자리 잡고 있었다. 장난감 가게로 들어서자마자 누군가 그를 물끄러미 바라보았다. 여주인은 날카로운 얼굴과 핏기 없는 턱, 표독한 눈빛을 가지고 있었다. 검은 블라우스와 치마를 입고, 진흙이 잔뜩 묻은 코가 뾰족한 구두를 신고 있었다. 헝클어진 검은 곱슬머리는 뒤로 모아 묶어 놓고 있었다. "어서 오세요." 여주인이 쉬고 갈라진 목소리로 말했다.

"안녕하세요. 가게 주인 되시나요? 저는 구청 아동복지 담당 공무원입니다. 물어볼 것이 있는데 잠시 시간 좀 내주시죠. 며칠 전 이곳에서 장난감을 샀습니다. 그런데 좀 이상해서요." 그는 오른손으로 고깔모자를 흔들어 보이며 말했다.

"제가 판 것이 맞네요. 지난주 아들 생일 선물을 추천해 달라는 고객에게 권해 드렸지요. 교육에 좋다고. 그런데 왜 그러시죠? 해당 제품은 정부 관련 기관에서 안전성과 인증 기준을 모두 통과한 장난감인데요. 단순한 변심이나 비정상적 사용에 의한 반품은 불가능해요." 여주인은 성가신 표정으로 대꾸했다.

"이 모자가 죽은 사람의 영혼과 연결하는 기능이 있다는 게 사실인가요? 제가 써 보니 아무 소리도 없던데요? 그리고 교육에 좋다는 건 무슨 뜻입니까?"

"네. 사실이에요. 하지만 모자는 12세 이하의 어린이에게만 반응해요. 미성숙하고 덜 여물어서 영혼을 쉽게 받아들이거든요. 성인에게는 아무 일도 일어나지 않아요. 상상해 보세요. 신사임당이나 율곡 이이(李珥)의 영혼이 아이에게 자수나 서화를 가르치고 우장춘 박사가 육종학을 설명한다고 말이에요. 이보다 더 훌륭한 강사진이 있을까요?" 뒤틀린 미소를 보이며 여주인이 말했다.

"그거 이상하군요. 역사적인 위인들로부터 교육받은 아이가 왜 넋이 나간 걸까요? 일주일 전만 해도 멀쩡했는데 말입니다. 이 장난감 모자를 가지고 놀던 어린이가 지금 식물인간이란 말입니다. 어떻게 된 일인지 변명해 보시죠." 그는 최대한 차분하고 평온한 목소리를 유지하며 말했다.

"저는 장사꾼일 뿐이에요. 잘못 없어요. 하지만 지금 생각해 보니 왜 이런 사태가 발생했는지 짐작은 가네요. 만약 아이와 연결된 영혼이 위인이 아닌 악인이라면 어떻게 되었을까요? 1905년 일제 침략기 을사늑약을 찬성한 다섯 매국노 중 하나인 이완용이 나타나 대한제국의 외교권을 박탈하고 일본의 조선 지배를 합법적으로 보게 하는 조약에 동조한 이유를 조목조목 설명했다고 상상해 보세요. 한국 최초 연쇄 살인범 김내두와 무차별적으로 13명의 여성을 잔인하게 살해한 정남규의 영혼이 다가와 살인의 과정과 실행 후 만족감에 대해 조잘거린다고 공상해 보세요. 경찰 추산 5조 원의 금액과 7만 명의 피해자가 있으며 자살한 사람만도 무려 30여 명에 이르는 것으로 알려진 대한민국 역사상 가장 큰 규모의 피라미드 사건의 용의자 조희팔이 접근해 그건 사기(詐欺)가 아니라 단순한 투자였다고, 자신에게 돈을 맡긴 피해자가 사실은 터무니없는 욕심쟁이라고 놀린다고 망상해 보세요. 아이가 미치지 않고 버틸 수 있겠어요?" 여주인의 목소리는 즐거운 악의를 담고 있었다.

"위인의 영혼에만 연결되는 게 아니었나요?" 그는 화가 치밀어오르는 것을 느끼며 되물었다.

"그런 말 한 적 없어요. 다양한 영혼들과 접촉할 수 있다고 말했죠. 저는 법적으로 아무런 책임이 없어요. 그러니 이만 나가 주시죠. 장사에 방해가 되거든요." 여주인은 냉랭한 목소리로 말했다.

하고 싶은 말을 마치지 못하고 길거리로 내쫓긴 그는 뒤에서 낄낄거리는 불쾌한 소리를 들을 수 있었다. 그가 느끼기에 여주인은 어린이의 영혼을 빼앗고 상처 입히는 사악한 존재, 즉 마녀였다. 구청으로 복귀하는 동안 그의 심경은 혼란스러웠다. 똑같은 일이 재발하는 것을 막아야 한다는 사명감과 그 누구도 자신의 느낌을 믿어 주지 않을 거라는 현실성 사이에서 방황하는 것이다. 그때 옷깃을 여미게 만드는 찬 바람이 불었다. 로마 철학자 세네카의 명언이 떠올랐다. "어느 항구로 가야 할지 모르는 판국에 바람이 무슨 도움이 되랴?"

몇 달 동안 그는 업무 연관성을 이용해 장난감 가게에 행정 처분을 내리려 온갖 노력을 기울였다. 하지만 상급자와 주변 동료들은 허무맹랑한 주장이라며 고깔모자의 위험성을 믿지 않았다. 그가 기안한 결재 서류는 앞으로 한 발짝도 나아가지 못했다. 나른하고, 지치고, 무기력하고, 자포자기한 기분으로 그가 일상을 보내고 있을 때 계절은 이미 추운 겨울의 중심에 있었다. 오리털 잠바를 입고도 한파가 느껴지는 어느 날 관내 구립 유치원 원장으로부터 긴급 방문 요청이 들어왔다. 현장으로 출동한 그가 상담실에서 가볍게 인사를 나눈 원장은 풍만하고 부드러운 몸에 롱 카디건을 걸치고 갈색 코르덴 바지를 입은 이해심 가득한 미소를 지닌 중년의 여성이었다. 아동복지 담당 공무원을 부른 이유에 대해 원장은 마치 어린이를 가르치듯 나지막한 목소리로 이야기했다. 평소 개와 고양이를 좋아하고 사랑한다는 애정 표현을 과하다 싶을 정도로 자주 하는 7살 여자아이가 갑자기 주변 모두에 무관심하고 밥도 잘 먹지 않고 장난감에 불을 지르는 등 이상 행동을 한다는 것이다. 마치 삶의 의욕을 잃은 암병원 노인들처럼. 원장은 부모와 상담도 해 보고 심리치료사를 만나 문의도 해 보았으나 원인을 찾지 못했고 답답한 마음에 구청으로 연락한 것이다. 최근 아이에게 일어난 가장 큰 변화가 무엇이냐고 물으니 항상 곁에 두던 팅커벨 인형을 멀리한다는 것 말고 다른 일은 없다며 원장은 한숨을 쉬며 대답했다. 팅커벨은 영국을 대표하는 동화 중 하나인 소설 피터 팬(Peter Pan)에 나오는 요정으로 손에 들어올 정도로 자그마하고 총 네 장의 날개가 달려 있으며 올림머리 금발에 예쁜 외모와 몸매를 가진 캐릭터였다. 그가 인형을 살펴보니 야구공 크기에 부드러운 고무 재질로 만들어져 있었다. 특이한 것은 내부에 초소형 컴퓨터가 장착되어 있어 아이와 관련된 데이터를 저장한다는 점이었다. 언제 처음 만나 둘의 인연이 시작되었는지, 서로 사랑한다는 말을 얼마나 자주 했는지, 함께 나눈 아름다운 추억과 경험이 무엇인지 등의 정보를 기억하고 해당 기억을 바탕으로 아이와 상호 작용하도록 설계되어 있었다. 테스트를 해 보니 팅커벨은 항상 아이에게 힘을 주는 긍정적인 말과 따뜻한 애정을 표현하고 있었다. 딸을 가진 부모라면 누구라도 사 주고 싶을 만큼 완벽한 장난감처럼 보였다. 원장이 구매처를 밝히기 전까지는 말이다. 팅커벨을 산 곳은 가양동 초등학교 앞 허름한 장난감 가게라고 말하며 영수증을 꺼내 보이던 원장은 맞은편에서 토끼처럼 놀란 표정을 짓고 앉아 있는 그를 볼 수 있었다. 이번에는 행정 처분을 내릴 수 있는 명백한 증거를 잡을 수 있다는 희망에 그의 가슴은 위아래로 들썩였다. 원장에게 연락해 주어서 감사하며 자신이 사건의 내용을 좀 더 알아보겠다는 인사를 건넨 그는 여주인을 만나기 위해 유치원을 나왔다. 다시 찾아간 장난감 가게는 재와 어둠과 비활성과 침묵 속에서 악한 기운을 내뿜고 있었다. 마녀의 안식처로 이보다 더 적당한 곳은 없었다.

"오랜만입니다. 저 기억하시겠어요? 몇 달 전 고깔모자를 들고 왔었죠."

"기억나네요. 근데 오늘은 또 어쩐 일이시죠?" 여주인은 마뜩잖은 표정으로 물었다.

"궁금한 점이 있어서요. 그리고 이번에는 호기심이 아닌 공무(公務) 수행 중이라는 점을 미리 밝혀 두죠." 그는 팅커벨을 여주인의 손에 건네며 메마른 미소를 지었다. 여주인의 손톱은 길고 날카롭게 다듬어져 있었다.

"인형이 뭐가 문제죠? 저번에 말씀드렸다시피 가게 상품은 정부로부터 인증과 판매 허가를 모두 받았어요." 적대적인 눈초리로 쏘아보며 여주인이 말했다.

"그건 저도 알고 있습니다. 형식상 아무 문제도 없지요. 하지만 실체적으로는 무척 위험한 물건을 팔고 계시더군요. 장난감을 가지고 논 아이들이 넋이 나가거나 우울증에 걸리니 말입니다." 그는 단호한 표정으로 말했다.

"그건 내 알 바 아니에요. 애들이 정신 줄을 놓든 말든." 여주인이 쾌활하게 말했다.

"팅커벨로는 어떻게 한 거죠? 따뜻한 애정 표현과 아이와 함께 보낸 아름다운 경험을 말할 뿐 악담이나 상처를 주는 이야기는 들을 수 없으니 말입니다. 내부에 장착된 초소형 컴퓨터로 직접 아이의 뇌에 전파를 쏘는 건 아니겠지요?" 그가 입을 악문 채 말했다.

"설마 그런 기능이 있겠어요? 절대 아니에요. 팅커벨은 아이와 공감하고 격려하기 위해 만들어진 장난감이에요. 오직 사랑스럽고 힘이 되는 이야기만을 표현해요. 애정을 듬뿍 담아서. 게다가 함께 보낸 시간을 저장하고 추억을 공유할 수 있으니 어린이에게 이보다 더 좋은 친구는 없을 거예요. 영혼의 단짝이라고 할까요?" 여주인은 만족감 가득한 투로 말했다.

"단점이 뭡니까?" 그가 딱딱하게 물었다.

"특별한 건 없어요. 다만, 결점이라고 부르기 애매한 부족한 점이 있긴 해요. 컴퓨터 칩 저장 용량에 한계가 있어요. 한 달이 지나면 그동안 저장해 놓았던 기억이 모두 사라지거든요. 리셋(Reset)이 발생하는 거죠. 그런 후 아이는 처음부터 다시 팅커벨과 인연을 만들어야 해요. 어느 날 영혼의 단짝이라고 여기던 대상이 갑자기 자신을 인식하지 못한다고 생각해 보세요. 아이가 얼마나 황당하겠어요? 게다가 관계를 새로 꾸며야 한다니, 아마 죽을 맛일 거예요." 반쯤 조롱하듯 여주인이 말했다.

"칩 용량을 늘리면 되지 않습니까?"

"제조 원가가 올라가서 이익이 줄어들어요. 땅을 파서 장사할 수는 없잖아요?" 여주인은 비꼬듯 말하며 어깨를 으쓱했다.

"고객에게 그런 사실을 미리 알렸습니까?" 그가 버럭 소리를 질렀다.

"사용 설명서 소비자 주의사항에 리셋에 관한 내용이 적혀 있어요. 깨알같이 작은 글씨체로. 새로운 친구를 사귀는 것도 좋잖아요? 문자 그대로 진짜 새 친구는 아니지만."

"이봐요. 어른도 사랑하는 사람과 관계가 틀어지면 최소 몇 달은 고생하는데 심약한 어린이가 이런 황당한 상황을 감당할 수 있겠어요? 가장 사적이고 소중한 소유물인 기억을 만들고 애정을 쏟았는데 하루아침에 한 줌 먼지로 사라졌다고 생각해 보세요. 다람쥐 쳇바퀴 돌 듯 한 달 주기로. 그런 쓰라린 경험을 한 아이가 무언가를 다시 사랑할 수 있겠어요? 세상에 무관심한, 죽을 날만 기다리는 암에 걸린 노인 환자처럼 행동하겠죠. 아니면 맛이 가거나. 이건 정서적 학대입니다. 학대!" 그의 목소리가 금속 현이 팽팽해지듯 높게 솟구쳤다.

"하루 종일 날갯짓하다 가는 나비가 하루를 영원으로 알듯이, 사람은 원래 그런 식으로 살다 가는 거예요."

"무슨 말을 하는 겁니까? 지금은 동문서답을 할 때가 아닙니다. 이곳에서 판매한 장난감 때문에 어린이가 고통받고 있단 말입니다." 그는 적의를 숨기지 않고 쏘아붙였다.

"그러거나 말거나. 내 알 바 아니에요. 그딴 건 아동복지 담당 공무원이나 신경 쓸 일이라는 말이에요." 여주인이 비죽 웃으며 대답했다.

"어떻게 사람이 어른도 아닌 죄 없는 아이들을 상대로 이딴 짓을 벌일 수 있습니까?"

"누가 사람인데요?"

"사람이 아니면 대체 뭡니까?"

여주인은 잠시 머뭇거린 후 더 이상 상대하기 싫다는 듯 갈라진 목소리로 말했다.

"지금 즉시 나가 주세요. 안 그러면 영업 방해로 경찰을 부르겠어요. 동료 공무원에게 잡혀 가는 꼴, 아주 볼만하겠네요." 여주인은 반쯤 조롱하듯 얼굴을 찌푸리며 말했다.

"오늘은 자리를 비켜 드리지요. 하지만 다음에 올 땐 무언가를 손에 들고 올 겁니다. 직인이 찍힌 공문서를 말입니다. 기대하세요."

그는 망치로 두드리는 것 같은 단호한 목소리로 말한 후 가게를 빠져나왔다. 그리고 길을 걸으며 "아침에 우연히 기분 나쁜 사람과 마주쳤다면 그 사람이 나쁜 놈이다. 하지만 하루 종일 기분 나쁜 사람들과 마주쳤다면 당신이 나쁜 거다"라는 서양 속담이 떠올랐다. 여주인을 만나고 나면 일주일 동안 기분이 나빴다. 그는 은행에 대출받으러 가실 때의 아버지 같은 지친 모습으로 구청에 복귀했다. 하지만 잠시 쉴 틈도 없이 관계 법령집을 꺼내 행정 처분을 내릴 수 있는 온갖 방법을 연구하기 시작했다. 분명 여주인에게도 무언가 허점이 있을 것이라는 막연한 기대를 품고. 그러다가 고깔모자와 팅커벨을 같은 제조업체에서 생산했다는 사실을 눈치챌 수 있었다. 네이버 검색을 통해 해당 업체가 경기도 포천에 있는 영세한 중소기업임을 알 수 있었다. 그는 전화를 걸어 신분을 밝히고 연락한 이유를 설명했다. 제조업체 사장은 여주인을 똑똑히 기억하고 있었다. 장난감은 여주인이 직접 설계도를 가져와 맞춤 제작한 것으로 매우 이례적인 경우라고 말했다. 그리고 관련 기관의 안전성 인증과 행정 업무는 업체가 대신 처리해 주었다고 덧붙였다. 사장이 수제 장난감을 왜 만드느냐고 물어보니 어린이들에게 줄 교회 선물이라며 "사람이 마음으로 자기의 길을 계획할지라도 그의 걸음을 인도하시는 이는 여호와시니라"라는 성경 구절을 암송했다고 알려 주었다. 그때 차가운 공포가 그의 등골을 칼날처럼 후볐다. 마녀는 목적을 달성하기 위해 성경 구절을 인용한다는 셰익스피어의 문구가 떠올랐기 때문이다. "고맙습니다. 다시 연락드리겠습니다"라는 진부한 인사를 수화기 너머로 건넨 후 통화를 마치려 하자 사장은 자신의 속마음을 털어놓는 듯한 어조로 꽤 짭짤한 거래였다고 중얼거렸다. 고깔모자와 팅커벨 말고 수십 가지 다른 수제 장난감들도 이미 배송을 완료했다며. 한두 개도 위험한데 수십 가지라니. 그는 즉시 상급자를 만나 장난감의 위험과 행정 처분의 필요성을 호소했다. 하지만 관료주의의 벽은 단단하고 높았다. 유아적이고 비논리적인 주장이라며 상급자는 오히려 그를 힐난했다. 이는 마치 색맹에게 자신의 그림을 설명하려 안간힘을 쓰는 화가의 난처함과 같은 것이었다. 마개를 뽑은 목욕통에서 지저분한 물이 빠져나가듯이, 그는 자신에게서 사명감과 의지가 빠져나가는 것을 느낄 수 있었다. 실의에 빠져 다시 찾아간 장난감 가게에는 낮은 안개가 걸려 있었다. 원래 이곳에는 실개천이 흐르고 있었다. 하지만 복개 공사가 이루어졌고 그 후 자주 안개가 끼는 지역으로 변했다. 회색으로 보이는 조그만 건물의 윤곽은 물기에 젖은 축축한 대전의 3월 하늘과 한데 엉켜 있었다. 그리고 유리창에는 '폐업'이라고 인쇄된 A4 용지가 떡하니 붙어 있었다. 여주인이 가게 문을 닫고 사라진 것이다. 폐업이 오히려 그를 더 불안하게 만들었다. "적이 눈앞에서 위협할 때가 평화의 시대이고 멀리 떨어져 조용할 때가 바로 전쟁이 임박한 시점"이라는 나관중의 역사 소설 속 조조의 명언이 생각났기 때문이다. 하지만 걱정과는 달리 세상은 말썽 없이 평온했고 그는 무난한 공무원 생활로 돌아갈 수 있었다.

몇 년이 지난 후 가양동 가게와 비슷한 분위기의 장난감 프랜차이즈 점포가 전국에 우후죽순 생겨나기 시작했다. 프랜차이즈 점포는 백여 가지가 넘는 장난감을 팔았는데 최고 판매 상품은 손바닥 크기의 전자 게임기였다. 게임은 두 과정으로 나누어지는데 1단계는 야구, 축구, 농구와 같은 구기 종목 스포츠였다. 화려한 그래픽과 현장감 느껴지는 가상 음향으로 아이들에게 큰 인기를 끌었다. 2단계는 윷놀이, 말 타고 활쏘기, 소싸움 등의 한국 전통 놀이로 캐릭터의 귀여운 표정과 동작이 유명했다. 과정은 1단계를 통과해야만 2단계로 넘어갈 수 있도록 설계되어 있었다. 게임기는 말 그대로 날개 돋친 듯 수백만 대가 팔려 나갔고 청소년과 성인 중 일부도 이를 즐겼다. 그러던 어느 날 저명한 비즈니스 잡지에 장난감 프랜차이즈 본사 사장과의 특집 인터뷰가 실렸다. 해당 기사를 본 그는 흥분한 곤충처럼 이리저리 뛰어다녔다. 폐업하고 조용히 사라진 여주인이 거대 기업의 여사장으로 변신해 나타난 것이다. 항상 아이들을 사랑했고 지속적인 관찰을 통해 징시 함양과 교육에 도움이 되는 장난감을 개발했다는 여사장의 인터뷰와 근황 사진이 잡지에 게재되어 있었다. 퇴근길에 그는 프랜차이즈 점포에 들러 게임기를 하나 구매했다. 그리고 집에 도착해 1단계 구기 종목 중 축구를 작동시켰다. 그래픽이 화려한 것을 제외하면 다른 회사 게임과 다를 바 없었다. 특징이라면 너무 쉽다는 것이었다. 그가 축구공을 몰고 공격하면 상대방 수비진은 엉성하게 방어했고 골키퍼는 잦은 실수로 골을 헌납했다. 초보자임에도 불구하고 매번 큰 점수 차로 승리를 거둘 수 있었다. 시시해진 그는 야구로 넘어갔다. 상대방 타자는 강속구와 커브볼에 연속 삼진을 당했고 그는 타석에 들어설 때마다 홈런과 안타를 쳤다. 10점 이상 점수 차가 벌어지면 자동으로 경기가 종료되는 콜드 게임이 난무했다. 농구는 한층 더 가관이었다. 상대방은 꼬마 여동생 수준이었다. 하지만 그는 눈을 감고, 등을 보이며 뒤로 돌아선 채, 심지어 누운 자세로 공을 던져도 바스켓을 통과했다. 그것도 3점 슛으로. 코트 중앙에서 점프해 덩크슛도 할 수 있었다. 이런 허술한 게임을 누가 즐긴다는 말인가? 게다가 수백만 대나 팔릴 정도로 인기라니? 도통 이해할 수가 없었다. 그의 궁금증은 얼마 지나지 않아 쉽게 풀렸는데 아이러니하게도 스포츠 경기에서 지는 쪽이 승리하는 게임인 것이다. 네이버를 검색하니 축구, 야구, 농구를 포함해 각종 구기 종목에서 지는 방법을 설명해 놓은 블로그가 넘쳐났다. 하지만 이것도 만만치 않았는데 게임기 속 상대편도 지는 쪽으로 프로그램되어 있었기 때문이다. 그는 어젯밤 패배를 생각하며 허탈한 웃음을 지었다. 이제는 여사장이라는 그럴듯한 직함을 가진 그녀가 어떤 악의를 가지고 이런 종류의 게임기를 세상에 내놓은 것인지 알고 싶었다. '혹시 욕구 불만으로 아이들이 고통받게 하려는 것은 아닐까? 골키퍼를 제친 후 텅 빈 골대에 슛할 수 있는 기회를 날려 버려야 한다면, 홈런 치기 딱 좋은 속도로 날아오는 야구공을 참아야 한다면, 상대의 반칙으로 부여받은 자유투를 관람석 너머로 던져야 한다면 어른이라도 심리적 문제가 생기지 않을까? 게다가 반복해서' 알 수 없는 노릇이었다. 하지만 한 가지는 확실했다. 게임을 하면 할수록 마음 깊은 곳에 바위가 쌓여 간다는 것이다. 의문은 꼬리에 꼬리를 물고 일어났고 불면의 밤을 보낸 그의 얼굴은 부루퉁한 개구리 같아 보였다. 가장 두려운 점은 1단계 스포츠 경기를 모두 패배해야만 올라갈 수 있는 상위 과정인 한국 전통 놀이에 관한 것이었다. 왜 그러냐 하면 관련 정보를 인터넷 어디에서도 찾을 수 없었기 때문이다. 그는 직접 부딪혀 보기로 마음을 먹고 프랜차이즈 본사로 여사장을 찾아갔다. 아침 일찍 서울 강남의 호화로운 30층 신축 빌딩에 도착한 그는 1층 리셉션 데스크에 방문 목적을 설명했다. 그리고 하루 종일 지루하게 기다린 후 미팅을 할 수 있었다. 늘씬한 몸매와 구릿빛 피부를 가진 안내원은 사전 약속 없이 여사장을 만나는 것은 전례 없는 일이라며 놀라워했다.

강남의 인파와 교통 체증이 훤히 내려다보이는 전망 좋은 여사장의 집무실은 체리 넛 색상의 고급 가구들로 꾸며져 있었다. 통유리를 통해 들어오는 늦은 오후의 따가운 햇살을 가리기 위해 블라인드는 반쯤 내려진 상태였다. 여사장은 명품 투피스 정장에 굽 높은 힐을 신고 있었다. 전형적인 사무실 근무 복장이었다. 하지만 그는 즉시 알아볼 수 있었다. 예전 허름한 장난감 가게 주인이라는 걸.

"오랜만입니다. 출세하셨네요." 그가 나지막이 말했다.

"그러게요. 이게 몇 년 만인지 모르겠네요. 바쁘게 살나 보니 어느 틈에 이 자리에 올라와 있네요." 여사장이 억양 없는 말투로 대답했다.

"비결이 뭡니까?"

"단지 운이 좋았을 뿐이에요. 그나저나 저를 만나러 오신 이유가 뭐지요? 미안하지만 일정이 빡빡하게 잡혀 있어서요."

"오래 걸리지 않을 겁니다. 이게 뭔지 설명 좀 해 주시죠." 그는 오른쪽 주머니에서 게임기를 꺼냈다.

"우리 회사 효자 상품이네요. 매출의 절반을 차지하는. 국내 전자 게임기 마켓 쉐어(Market Share) 일등이죠. 아참! 공무원이라 기업 용어는 잘 모르시겠군요. 시장 점유율이라는 뜻입니다." 여사장의 얼굴에 비웃음이 떠올라 있었다.

"저도 그 정도는 압니다. 제 질문은 게임기의 목적이 뭐냐는 말입니다."

"목적이라뇨? 그런 게 있을 리가 있나요. 게임기는 아이들이 가지고 노는 심심풀이용 장난감일 뿐이에요."

"그러면 왜 스포츠 경기에서 지는 쪽이 승리하게 만들어져 있나요? 아이들이 욕구 불만으로 미치게 하려는 거 아닙니까? 아무도 눈치채지 못하도록." 그가 차갑게 내뱉었다.

"보기보다 예리하시네요. 차라리 경찰이 되질 그랬어요. 진부한 표현이기는 하지만 그건 빙산의 일각이에요. 혹시 지는 방법을 기술해 놓은 인터넷 블로그를 읽어 본 적 있나요?" 여사장이 딱딱하고 가라앉은 목소리로 물었다.

"대충 훑어보기만 했습니다."

"힌트가 숨겨져 있거든요. 결정적인." 여사장이 교활한 웃음을 머금고 있는 동안 그는 핸드폰으로 해당 블로그들을 정독하기 시작했다. 블로그에는 각 구기 종목별로 지는 방법에 대해 상세히 적혀 있었는데 그중 눈에 띈 것이 반칙패였다. 참가자와 게임기 프로그램 양쪽 모두 지려고 애를 쓰다 보니 그것도 만만치 않았다. 그래서 성질 급한 참가자는 반칙을 저질러서 쉽게 지는 쪽을 선택했다. 예를 들면 상대 선수의 사타구니를 축구공처럼 걷어찬다든지, 라켓으로 테니스공을 쳐서 심판을 맞춘다든지, 관중과 난투극을 벌이는 것이었다. 힘들지 않고 빠르게 경기에서 질 수 있는 것이 반칙패였다.

"이건 또 무슨 수작입니까?" 그가 근심에 찬 표정으로 물었다.

"제가 설계한 그물과 올가미 중에서 후자와 연관되어 있어요. 아이가 욕구 불만으로 몸부림치는 것이 그물이라면 반칙은 올가미 해당하죠. 생각해 보세요. 반칙패로 손쉽게 승리를 얻은 경험이 있는 아이가 다른 일은 정상적으로 수행할까요? 조금만 힘들어도 편법과 뒷구멍이 마음 깊은 곳에서 스멀스멀 올라오겠죠. 그리고 결국 자신에게 익숙한 방법을 사용하겠지요. 세 살 버릇 여든까지 간다고 하잖아요. 어른으로 성장해도 습관은 변하지 않을 거예요."

"도대체 이유가 뭡니까? 무슨 득을 보려고 이딴 짓을 벌이는 겁니까?" 그가 정면으로 쏘아보며 말했다.

"아무 이유 없어요. 그냥 하는 거예요. '사람이 내 말을 듣고 지키지 아니할지라도 내가 그들을 심판하지 아니하노라. 내가 온 것은 세상을 심판하려 함이 아니요, 세상을 구원하려 함이로다'라는 성경 구절이 있어요. 저도 예수님과 같아요. 다만."

"다만, 뭐요?" 그는 도중에 말을 끊으며 따지듯 물었다.

"평가하려는 거예요."

"무엇을 평가한다는 말입니까? 당신에게 평가자의 권한을 부여한 사람은 누굽니까? 평가에 따른 상벌은 뭡니까?" 그가 짜증 섞인 목소리로 덧붙였다. 여사장은 질문에 대꾸하지 않았다. 인터폰을 눌러 손님이 곧 나가실 예정이니 정중히 모시라는 밋밋한 당부와 분기 경영실적 자료를 요청했다. 전문 경영인다운 말투였다.

"좋습니다. 마지막으로 한 가지만 더 물어보고 떠나겠습니다. 2단계 게임인 한국 전통 놀이는 뭡니까? 확인해 보니 반칙도 사용할 수 없고 이기는 쪽이 승리하게 되어 있더군요. 말이 좀 이상하군요. 이기는 쪽이 승리하는 건 너무도 당연한 건데 말입니다."

"정상적인 경기 운영과 당당한 승리면 아무 문제 없잖아요. 그런데 뭐가 더 궁금하다는 거죠?" 여사장이 희미한 웃음을 흘리며 물었다.

"다른 사람이 만든 게임이라면 그렇겠죠. 하지만 당신은 예외입니다.

드러나지 않는 꿍꿍이가 있다는 데 전 재산을 걸 수도 있습니다."

"전 재산이라고 해봐야 얼마 되지도 않을 것 같네요. 하지만 업무에 대한 사명감 하나만은 인정해 주죠. 솔직히 감동했어요. 요새 젊은이들은 헌신적으로 일하지 않거든요. 대충 시간만을 때우죠. 맞아요. 2단계는 이기는 쪽이 승리하는 지극히 평범한 게임이에요. 참가자의 말을 먼저 빼는 쪽이 윷놀이의 승자이고, 동그란 과녁을 많이 맞힌 선수가 말타고 활쏘기의 우승자이며, 두 마리 소 중에서 묵묵히 버틴 놈을 선택한 플레이어가 이기는 게임이죠." 여사장이 샐쭉한 목소리로 말했다.

"이미 알고 있습니다. 제가 궁금한 건 그런 게임들이 아이에게 어떤 영향을 끼치냐는 겁니다."

"뭐 별거 없어요. 다만, 2단계 게임에 참가하려면 별풍선이 필요해요. 시작하기 전에 배팅해야 하거든요. 이기면 자신이 배팅한 만큼 별풍선을 따는 거고, 지면 그만큼 잃는 거예요." 여사장이 단조로운 목소리로 말했다.

"아이들을 도박에 물들게 하려는 겁니까?, 인생을 망치도록? 그런데." 그는 잠시 말을 끊었다. 불쑥 한 가지 의문이 들었기 때문이다.

"참 이상하군요. 정부 인증기관으로부터 사행성 문제로 판매 승인을 얻을 수 없었을 텐데요. 담당자에게 뇌물이라도 준 겁니까?" 그가 재빨리 덧붙였다.

"저는 준법정신이 투철한 사업가예요. 세금도 꼬박꼬박 내고요. 고리타분한 방식은 선호하지 않아요. 참가자가 원하는 만큼 별풍선을 지급하는 것으로 사행성 문제를 피해 갈 수 있었어요. 공기나 물처럼 주변에 흔한 것은 경제적 가치가 없는 것으로 사람들은 곧 잘 오해하죠. 무한대로 제공받을 수 있는 공짜 별풍선을 걸고 하는 내기는 도박이 아니라고 관계 당국은 판단한 거예요." 여사장은 즐거운 기색으로 말했다.

"그래서요?" 그는 실제 가지고 있는 것 이상의 인내심을 담아 물었다.

"별풍선 내기를 계속하면 돈에 대한 개념이 희박해져요. 흥청망청 써버리는 거지요. 모두 잃어도 충전 받으면 그만이니까요. 이런 습관에 익숙해진 아이는 커서 똑같이 행동할 확률이 높아요. 버는 족족 헤프게 쓰는 거지요. 하지만 현실에서 무료 충전이라는 마법은 존재하지 않아요. 대출을 받게 될 거고, 갚지 못하겠죠. 중국에 '모든 불행은 낭비에서 시작된다'라는 속담이 있는데 결국 신용 불량자로 전락하고 말 거예요."

"수많은 아이를 미래의 신용 불량자로 만드는 게 당신의 목적인가요?" 그의 목소리가 분수처럼 솟구쳤다.

"절대 아니에요. 더 큰 계획이 있어요. 1단계에서 욕구 불만으로 고통받고 반칙을 선호하게 된 아이들이 2단계를 거치며 낭비에 익숙해졌다면 세상은 어떻게 변할까요? 세월이 흘러 그들 모두가 성인이 된다면요? 국가 경제는 무너지고 사회는 극심한 혼란에 빠질 거예요. 가족의 가치는 땅에 떨어질 테고요. 그 와중에 아기를 낳는 부부가 있을까요? 극소수는 출산하겠지만 대부분 피임을 할 것이고 만약 임신했다 하더라도 낙태를 선택할 거예요. 미친 사람들의 사회에서는 미친 사람이 정상이니까요. 어차피 조만간 대한민국 인구는 반토막이 나요. 그것을 단지 조금 앞당기는 것일 뿐이에요." 여사장은 자신은 아무 잘못이 없다는 듯 양쪽 어깨를 으쓱했다. 그의 심장은 원숭이가 우리 창살을 움켜잡듯이 조여들었다. 아동복지를 담당하는 그에게 낯익은 분야였다. 인구 감소.

"무언가 방법이 있을 거예요. 이민의 문을 활짝 연다든가 아니면 출산 지원금을 대폭 늘린다든가."

“한국은 통계를 시작한 이래 전무후무한 저출산을 보이고 있어요. 하지만 기업은 세계 최장 근로 시간으로 이미 악명 높음에도 불구하고 야근과 주말 근무를 강요하고 있어요. 정치권은 떡고물이라도 얻어먹으려 근로자의 휴가를 줄이는 새로운 법률을 만들고 있구요. 이런 나라에 무슨 미래가 있겠어요? 차라리 하루라도 빨리 사라지는 게 지구적 관점에서 보면 더 나은 일이에요. 자원은 한정적이니까요.”

“그래도 그건 좀.” 그는 차마 말을 맺고 싶지 않은 듯, 그대로 말을 멈추었다.

“오늘은 옛정을 생각해서 만나 준 거예요. 다음에는 비서실이 아닌 법무팀을 통해야 할 거예요. 그럼, 이만 나가 주세요.”

여사장의 집무실에서 밖으로 나온 그는 태엽이 풀린 장난감처럼 힘없이 늘어졌다. 건강, 재산과 모든 가족을 한순간에 잃은 구약 속 불운의 상징인 욥이 된 심정이었다. 바다에 햇빛이나 달빛이 비치어 반짝이는 잔물결 같은 연약한 희망만이 그의 심란한 마음을 달랠 뿐이었다.

### 작가 노트

**인구 감소라는 용어는 너무 관대한 표현이다. 민족 소멸이 더 어울린다. 통계에 따르면 2090년이 되면 지구상에서 한민족은 영원히 사라진다. 저 멀리서 상여를 메고 갈 때 부르는 만가(輓歌) 소리가 들리는 듯하다.**

# 기억 속의 멜로디

그녀는 잘나가는 전문직 워킹맘이었다. 삼십 대 후반의 젊은 나이에도 불구하고 성실성과 영민함을 인정받아 거대 회계법인의 임원으로 재직하고 있었다. 그녀는 긴 속눈썹으로 둘러싸인 크고 검은 눈, 허스키하고 육감적인 목소리, 적당히 다듬은 우아해 보이는 생머리, 건강하고 유연한 신체, 사랑을 약속하는 듯한 붉은 입술을 가지고 있었다. 남성에게 그녀는 지혜의 여신 아테나였고 여성에게는 질투의 대상이었다.

시원하게 뚫린 탄탄대로처럼 쭉 뻗어만 있을 것 같은 삶에 막다른 낭떠러지가 나타난 것은 기업들이 직전 회계 연도 결산을 마무리해야 하는 바쁜 새해의 첫머리였다. 연이은 회의와 거래처 출장으로 경황없는 하루를 보내고 있던 그녀에게 마른하늘에 날벼락이 떨어진 것이다. 여섯 살 외동딸이 조금 전 사망했다는 대학병원 응급실 간호사의 무미건조한 음성이 수화기 너머로 들려온 것이다. 서류 작업이 필요하니 금일 방문해 달라는 요청과 함께. 딸의 병명은 급성 소아 백혈병이었다. 백혈병은 골수에서 혈액 세포 생성에 오류가 생겨 정상세포가 암세포로 전환되는 것으로 초기에 증상을 파악해 발 빠르게 대응하는 것이 치료의 핵심이었다. 이미 치료법은 잘 알려져 있었고 완치율도 높았다. 하지만 흔히 일어나는 증상을 대수롭지 않게 여겨 치료 시기를 놓칠 경우 큰 위험에 처할 수 있었다. 감기가 오랫동안 회복되지 않거나, 코와 잇몸에서 출혈이 자주 일어나거나, 체중이 감소하는 경우 부모는 이를 주의 깊게 살펴보아야 했다. 회사 업무로 눈코 뜰 새 없이 바쁜 그녀와 해외 자매 학교에 교환 교수로 집을 떠나 있는 남편은 그럴 수가 없었다. 가정에서 실제로 딸을 돌보는 것은 영어 교육에 도움이 될 거라는 기대로 고용한 필리핀 가사 도우미였다. 넉넉한 연봉 덕에 가능한 일이었다. 사실 그녀는 부모가 직접 아이를 기르는 일은 짝이 맞는 양말을 신는 것과 같은 사회적 관습의 하나일 뿐이라고 생각했다. 과거 중세 시대 귀족들처럼 자식은 보모나 교사에게 맡기고 부모는 일에 열중하거나 취미 생활을 하는 것이 더 경제적이라는 믿음을 가지고 있었다. 그러나 자식이 먼저 죽는 참척(慘慽)의 상황을 당하고 보니 신념, 사상, 철학, 가치관은 아무 쓸모도 없었다. 장례식을 마친 그녀는 지금까지 쌓아 온 눈부신 경력을 포기하고 회사에 사직서를 제출했다. 그리고 모두와 연락을 끊은 채 두문불출했다. 아프다는 아이의 칭얼거림을 못 알아들은 한국말이 서툰 필리핀 가사 도우미를 욕했고, 딸이 죽기 일주일 전 꼭 가야만 했던 지방 출장을 저주했고, 이 같은 시련을 내린 하늘을 원망했다. 하지만 열 달 동안 하나의 몸을 공유했던 분신을 잃은 아픔은 줄어들지 않았다. 오히려 딸에게 조금만 더 신경 썼더라면 이런 일은 발생하지 않았을 거라는 죄책감이 파도처럼 밀려왔다. 매일 그녀는 딸이 남기고 간 옷, 장난감과 사진을 끌어안고 미안하다며 하염없이 눈물을 흘렸다.

그렇게 몇 년의 시간이 주마등처럼 지나갔다. 그녀가 그리움의 끈을

놓지 못하고 있을 때 괴짜 뇌과학자가 방송에 출연해 '기억 속의 멜로디'라는 발명품을 선보였다. 음악을 재생할 수 있는 A4 용지 크기의 기계였다. 처음에 사람들은 황당하다는 반응을 보였다. 음악을 재생할 수 있는 엄지손가락보다 작은 MP3가 이미 세상에 존재했고 그마저도 핸드폰에 밀려 철 지난 전자제품으로 여기고 있었기 때문이다. 게다가 판매 가격은 고급 중형차 수준으로 비쌌다. '도대체 누가 저런 음악 재생기를 살까?' 하는 의구심이 대중의 마음속에 깔려 있었다. 하지만 발명품에는 비밀이 숨겨져 있었다. 기억 속의 멜로디는 음악을 재생시키면 청취자의 무의식을 검색해 그 음악을 들었던 과거 순간을 홀로그램 3차원 입체영상으로 보여 주는 특수한 기능을 가지고 있었다. 고등학교 시절 친구와 의자가 무너질 듯 방방 뛰며 목청 높여 함께 부른 댄스곡이 흐르면 노래방 장면이 홀로그램으로 나타났다. 연인과 귀 기울이던 사랑의 세레나데(Serenade)가 흐르면 수십 년 전 대학가 카페 풍경과 이제는 이름도 희미해진 상대방이 입체영상으로 고스란히 재현되었다. 마치 옛날에 찍어 놓은 비디오테이프를 보는 것처럼. 추억을 회상하기에 이보다 더 좋은 물건은 없었다. 나쁜 점도 있었다. 얼차려를 받으며 들었던 군가가 흐르면 고통스러운 유격 훈련 장면이 눈앞에 드러났다. 추석 명절 귀향길 라디오에서 우연히 들었던 트로트가 흐르면 꽉 막힌 고속도로를 바라보며 이혼한 전남편과 시댁 식구 돈 문제로 싸운 장면이 파노라마처럼 펼쳐졌다. 이 발명품의 가장 놀라운 점은 자신도 인식하지 못했던 기억을 끄집어내 보여 준다는 것이었다. 그녀는 방송이 끝나자마자 곧장 제품을 구매했다. 그리고 딸과 함께 들었던 동요 모음집을 재생시켰다. 한 줄기 녹색 레이저 불빛이 나와 그녀의 머리를 위아래로 훑기 시작했다. 무의식을 검색하는 모양이었다. 잠시 후 딸과 동요를 들으며 함께 보낸 시간이 홀로그램으로 나타나기 시작했다. 3차원 입체영상이 어찌나 사실적인지 그녀는 거의 10초마다 안타까운 탄성을 지르며 유리구슬 같은 눈물을 흘렸다. 특히 '곰 세 마리' 속 율동을 따라 하는 딸의 모습은 어제 본 듯 선명했다. 그녀는 잊고 있었다. 엄마에게 잘 보이려고 몰래 숨어서 춤을 연습하던 딸의 사랑을. 그녀는 반복 버튼을 눌렀다.

곰 세 마리가 한집에 있어
아빠 곰! 엄마 곰! 아기 곰!
아빠 곰은 뚱뚱해
엄마 곰은 날씬해
아기 곰은 너무 귀여워
으쓱으쓱 잘한다
으쓱으쓱 잘한다

단조로운 구절만이 거실에 끊임없이 울려 퍼졌다. 그녀는 슬픔에 지쳐 소파에 기대어 얼핏 잠이 들었다. 꿈속에서 그녀는 하늘 높은 곳으로 올라갔다. 따사로운 햇살이 비치는 푸른 잔디밭에는 하얀 옷을 입은 상냥한 얼굴의 아이들이 짝을 이루어 놀고 있었다. 모두 백합꽃 같았다. 그녀가 말을 걸었지만 바라만 볼 뿐 아무도 대답하지 않았다. 잠시 후 아이들은 동화에나 나올 법한 아름다운 궁전의 식당으로 들어가 음식을 먹기 시작했다. 그곳에서 약간 창백해 보이는 딸을 볼 수 있었다. 딸은 식탁에 가만히 앉아 친구들의 먹는 모습만 구경했다. 그리고 그녀의 의구심을 눈치챘는지 앞으로 다가왔다.

"사랑하는 우리 딸, 왜 안 먹어?"

"엄마의 눈물이 밥과 국에 들어가 짜서 먹을 수가 없어요. 그러니 제발 더 이상 울지 마세요."

딸은 슬퍼 보이는 표정으로 말했다. 그녀는 '곰 세 마리'를 들으며 잠에서 깼다. 기억 속의 멜로디는 반복해서 딸이 춤추는 모습을 홀로그램으로 비추고 있었다. 그녀는 "엄마가 미안해"라며 한동안 가슴으로 흐느꼈다. 눈물 없이. 그리고 음악을 끈 뒤 어둠 속을 천천히 걸어 안방 침대 이불 안으로 들어갔다. 열린 문틈 가느다란 빛줄기 속에 천사의 길쭉한 실루엣이 들어왔다.

### 작가 노트

자녀를 잃고 쓴 미국 작가의 '어머니의 꿈'이라는 시가 모티브가 되었다.

# 싸이코
(Psycho)

돌아보면 그럭저럭 나쁘지 않은 삶이었다. 풍족하지는 않았으나 밥 굶는 일은 없었고 성실한 탓에 일자리는 끊이지 않았다. 오십 대 초반에 찾아온 전립선암도 완치된 상태였다. 요양을 위해 선택한 시골 전원주택 생활은 내가 평소 꿈꾸던 한적한 일상을 제공했다. 채소를 가꾸고 대낮에도 남들 눈치 안 보고 막걸리를 마실 수 있는. 서울에서 대학에 다니는 외동딸이 졸업 후 취업하면 가족부양 의무도 한결 가벼워질 예정이었다. '남은 시간을 늘리려 하기보단 주어진 시간을 값지게 쓰겠다'라며 나는 몇 년 앞으로 다가온 환갑을 들뜬 마음으로 기다렸다. 부부 동반 해외여행을 환갑 기념으로 다녀올 생각이었기 때문이다. 그 사건이 발생하기 전까지는.

여름 태풍이 한반도를 강타한 다음 날 어디서 날아왔는지 알 수 없는 거대한 아크릴 간판이 전원주택 지붕에 걸려 있었다. 광고판에는 '여성전용헬스'라는 글씨가 큼지막하게 적혀 있었다. 철거 지원을 요청하자 군청 공무원은 태풍 피해를 입은 농민들을 우선 도와야 한다며 그런 일은 알아서 처리하라는 시큰둥한 표정을 지었다. 외지에서 온 정착민에게 보이는 전형적인 시골의 반응이었다. 짜증이 난 나는 남의 손길을 더는 구걸하지 않고 직접 사다리를 타고 지붕으로 올라갔다. 육군 병장 출신인데 까짓거 별거 아니라는 생각으로. 지붕은 전형적인 한국의 'ㅅ' 자 모양이었다. 처음에는 순조롭게 일이 잘 풀렸다. 지붕에 걸쳐진 거대한 광고판을 발로 몇 번 툭툭 차서 마당으로 떨어뜨리는 것에 성공한 것이다. 자신감에 붙은 나는 지붕 끝 구석빼기에 있는 형형색색의 아크릴 파편들을 주워 아래쪽으로 던지기 시작했다. 하지만 비에 젖은 기와가 미끄럽다는 사실을 깨닫는 데에는 오랜 시간이 걸리지 않았다. 중심을 잃고 지붕에서 굴러떨어진 것이다. 나는 머리를 크게 다쳤다. 그나마 다행인 것은 잔디밭에 떨어졌다는 것이다. 딸을 돌보느라 서울에 다녀오던 아내가 귀갓길에 쓰러져 신음하고 있는 나를 발견하고 119를 불렀다. 대학 병원 응급실로 이송된 나는 외상에 의한 뇌출혈이라는 진단을 받았다. 그리고 즉시 수술실로 옮겨졌다. 마취제에 취해 이틀 동안 정신이 오락가락한 나는 겨울용 비니 모자 같은 하얀색 붕대를 머리에 칭칭 두른 채 깨어났다. 다음 날 아침 병원에서는 뻔한 광경이 벌어졌다. 담당 의사는 수술이 잘됐으니 술 담배 줄이고 안정을 취하라는 말을 했고 아내는 겟세마네 동산에서 예수님의 설교를 듣는 것처럼 귀를 쫑긋했다. 철없는 대학생 딸은 병문안 방문객이 들고 온 과일을 한입 베어 물으며 이 기회에 아예 금연하는 것이 어떻겠냐며 입을 살짝 비쭉였다. 이때까지만 해도 지붕 추락 사건은 하나의 해프닝으로 조용히 마무리되는 듯 보였다.

그런데 퇴원 한 달 후 나는 계속해서 잠을 이룰 수 없었다. 매일 똑같은 악몽을 꾸었기 때문이다. 꿈의 줄거리는 간단했다. 칠흑같이 새까만 밤에 친구들과 함께 있던 나는 하늘로부터 쏟아지는 강렬한 빛에 취해 정신을 잃었다. 깨어나 보니 차가운 금속성 침대 위에 누워 있었고 친구들도 옆에 있었다. 눈동자 없는 거대한 눈을 가진 회색의 '그들'이 위에서 우리를 내려다보고 있었다. 두려움에 떨며 소리를 지르고 싶었지만 그럴 수 없었다. 의식은 뚜렷했으나 몸이 주인의 말을 듣지 않았기 때문이다. 마치 가위에 눌린 것처럼. 내가 정신 차린 것을 알아챈 그들 중 하나가 "걱정하지 마, 해치지 않을 거야"라고 속삭였다. 아니, 그런 소리가 마음속으로 전해졌다. 기묘한 느낌이었다. 그들은 입이 없었다. 잠시 후 내 몸을 대상으로 상상조차 할 수 없는 끔찍한 생체 실험이 시작되었다. 몸 전체가 스르르 분해되어 풀려나가는 듯한 느낌이었다. 살도 내장도 뼈도, 모두 낱낱이 흩어져 버릴 것만 같았다. 나는 패배감과 고통으로 몸부림치며 악몽에서 깼다. 꿈이 얼마나 생생한지 깨고 난 후에도 한참 동안 식은땀을 흘렸다. 불면의 밤을 버티던 나는 결국 신경정신과를 찾아갔다. 의사는 백발에 엄격한 얼굴, 말끔하게 면도를 한 장중한 표정을 짓고 있었다. 의사는 우선 몇 가지 기본적인 질문을 했다. 결혼한 지 몇 년째인지, 직장에서는 어떤 일을 했는지, 그동안 건강 상태는 어떤지 그리고 뇌수술 후에 간혹 환각이나 환청이 나타나는 환자가 있다며 대수롭지 않다는 투로 말했다. 공을 던져 줘도 잡으러 달려가지 않는 개를 바라보는 듯한 눈빛으로 내가 쳐다보자 의사는 한숨을 내쉬며 종합검진을 추천했다. 나는 하루 종일 CT와 엑스레이 촬영 그리고 정신과 문진 같은 검진을 받았고 신체적으로 별문제가 없다는 결과를 얻을 수 있었다.

하지만 생체 실험을 당한 잔인한 기억은 사라지지 않고 계속 나를 괴롭혔다. 결국 고통을 참지 못하고 다시 병원을 찾았고 의사는 프로이트의 정신분석이론을 들먹이며 무의식 속에 억눌린 기억이 존재하는 것 같다며 마지막 수단인 회귀 최면을 권했다. 회귀 최면은 최면을 사용해 과거의 기억을 회복하는 방법으로 트라우마 치료에 주로 사용되었다. 찬밥 더운밥 가릴 처지가 아닌 나는 적극적으로 찬성했다. 완치에 대한 기대로 병원비 따위는 안중에도 없었다. 최면 치료는 의도적인 암시를 통해 환자를 인위적으로 조작된 잠의 상태에 빠지게 한 후 과거의 상처나 트라우마, 알코올 의존증과 같은 심리적인 문제를 해결하는 방법이다. 외부와 차단된 조용한 치료실 크고 안락한 소파에 누운 나는 눈을 감고 두 손을 가슴에 포개어 놓고 의사의 말에 귀를 기울였다. “당신은 지금 너무 졸립니다. 자고 싶습니다. 깊은 잠에 빠져듭니다. 자! 이제 사건이 일어난 그날을 방문해 보겠습니다.” 의사가 하는 말은 공기의 내밀한 흐름 속에서 문장으로서의 형태를 잃고 희미한 향기에 섞여 무의식 깊은 곳에 은밀히 와닿았다. 이후로는 아무것도 생각나지 않았다. 손가락을 ‘딱’ 하고 튕기는 소리와 함께 두려움에 떨며 최면에서 깨어난 것만 기억할 수 있었다. 의사의 표정은 가관이었다. 황당함으로 가득한 메마른 미소가 얼굴 전체에 떠올라 있었다. 의사는 최면치료의 모든 것이 녹음된 음성파일을 나에게 건넸다. “본인이 직접 들어 보고 판단하세요”라는 애매모호한 말과 함께. 집으로 돌아와 음성파일을 재생시킨 나는 눈먼 소년이 길을 걷다가 살짝 방향이 틀어져서 자신이 전혀 모르는 새 종착지에 도착한 것 같은 기분을 느낄 수 있었다. 내 목소리가 분명한데 도대체 무슨 말을 지껄이는지 전혀 이해할 수 없었기 때문이다. 시작은 순조로웠다. 중학교 2학년 여름 한탄강(漢灘江)으로 1박 2일 물놀이 여행을 갔다. 친구들과 함께 행복한 시간을 보내고 집으로 멀쩡히 귀가했다. 여기까지는 평소 내 기억과 일치했다. 그런데 “의사가 혹시 그곳에서 이상한 일은 없었냐?”라고 묻자 어이없는 이야기를 털어놓기 시작한 것이다. 자신조차 기억하지 못하는 그런 사건을.

북한 지역인 강원도 평강에서 발원하여 철원과 연천을 거쳐 임진강과 합류하는 한탄강은 '한여울', 즉 큰 여울을 뜻한다. 우리나라 어느 강보다도 변화무쌍하고 풍광이 수려한 것으로 유명하다. 하지만 지명이 주는 주술성 때문인지 분단의 장벽과 연결되어 한민족 비극의 대명사로 알려진 곳이다. 서울 강남 중학생들이 멀리 한탄강까지 놀러 간 것은 서클 회원 중 외갓집이 그곳인 친구가 있어서였다. 사실 거창하게 서클이라고 부를 수도 없는 모임이었다. 고만고만한 키의 여섯 명이 학교 내 가장 후미진 장소인 쓰레기 소각장에 모여 수다를 떠는 게 전부였기 때문이다. 축구, 팝송, 시험 그리고 여자애들에 대해서. 무슨 할 이야기가 그리 많은지 매일 점심시간마다 모여서 놀았다. 내 학교 성적은 중간쯤이었다. 뒤에서 세는 것보다 앞에서 세는 게 약간 빠른 정도. 하지만 나머지 다섯 명은 최상위권이었다. 반에서가 아니라 학년 전체에서. 나는 공부 잘하는 애들 사이에 낀 어정쩡한 아이였지만 딱히 불만은 없었다. 다들 성격이 좋았고 무엇보다 김이 모락모락 나는 최신 뉴스를 귀동냥할 수 있었기 때문이다. 팝스타 마돈나가 아무도 모르게 사생아를 낳았다든지, 발렌타인데이에 잘생긴 3반 반장이 누구에게 초콜릿을 받았는지. 다음 주부터 풋풋한 교생 선생님들이 학교에 온다는 학사 일정까지. 퀴퀴한 냄새를 풍기는 쓰레기 소각장에서 놀던 우리는 모임에 이름이 있으면 좋겠다고 생각했다. 후보군은 대략 이랬다. 육친회(여섯 명의 친구 모임), 성룡 워너비(배우 성룡이 최고 스타였다), 88 느티나무(88 꿈나무의 변형). 마음에 들지 않았다. 그때 누군가 당시 인기를 끌던 의학 드라마의 제목을 불쑥 제안했다. '싸이코(Psycho)'. 정신 이상으로 괴상한 행동을 하는 사람을 통칭하는 말로 지금과는 의미도, 표기법도 달랐다. 치기 어린 마음에 '괜찮은데'라며 모두 찬성했고 서클의 이름은 그렇게 결정되었다.

그 후 우리는 애정을 듬뿍 담아 서로를 싸이코라고 부르며 놀았다. 하나의 애칭 같은 느낌으로. 재미있는 사실은 남들이 싸이코라고 부르면 버럭 화를 냈다는 것이다. 그다지 좋은 이름이 아니라는 것을 우리 스스로 인지하고 있었던 것이다. 하지만 명칭을 바꿀 생각은 없었다. 신생 중학교에 다니던 여섯 명에게 묘한 단결심을 주었기 때문이다. 1984년 강남은 서울 다른 지역과 별반 차이가 없는 그저 그런 신도시에 불과했다. 평수 대비 아파트 가격이 조금 높았을 뿐 지금처럼 부자들이 사는 동네가 아니었다. 당시 부자들은 정원이 딸린 개인 주택을 선호했다. 사람은 땅을 밟고 살아야 한다며. 아파트는 속칭 닭장이라고 불리며 인기가 없었다. 오죽하면 기업들이 지방에서 서울로 상경한 미혼 직원들을 위해 강남 아파트를 기숙사로 임대할 정도였다. 따라서 아파트 주민 대부분은 평범한 직장인이었다. 자가용을 소유한 중산층도 일부 있었으나 주차장은 늘 텅 비어 있었고 아이들은 그곳에서 축구와 야구를 하며 놀았다. 해외여행 경험이 있는 주민은 열 손가락으로 꼽을 정도였다. 인구가 가파르게 증가하는 시기였기에 아파트 단지 내에는 아이들을 위한 새 학교가 종종 설립되었다. 아무런 노력을 기울이지 않았음에도 우리는 1기 입학생이라는 그럴듯한 훈장을 받을 수 있었다. 불편한 점도 있었다. 보호해 줄 선배가 없다는 사실을 아는지 옆 중학교 불량배들이 자주 싸움을 걸어왔기 때문이다. 하지만 그때로는 드물게 남녀 공학이라 여자애들을 힐끗 훔쳐볼 수 있는 커다란 장점이 있었다. 육십 명이 넘는 아이들로 교실은 항상 어수선했고 운동장도 비좁고 복작거리기는 마찬가지였다. 그래서 우리는 점심시간마다 아무도 찾지 않는 조용한 쓰레기 소각장에 모여 수다를 떨며 놀았다.

땡볕 더위가 위세를 떨치던 여름 방학 어느 날 김 군이 자신의 외갓집으로 1박 2일 여행을 제안했다. 더위에 지친 나는 다녀와서 공부 열심히 하겠다는 미심쩍은 약속을 남발해 부모님으로부터 겨우 허락을 받을 수 있었다. 그렇게 싸이코 멤버들은 한탄강을 향해 출발했다. 우리 여섯 명은 서로 성씨(姓氏)가 다르다는 것 말고는 공통점이 없었다. 사는 아파트 단지도, 성격도, 외모도 그리고 취미까지 제각각이었다. 그런데도 희한하게 죽이 잘 맞았다. 이 군은 키가 제일 크고 몸집이 좋았다. 씨름 선수 같은 풍채였으나 온유했고 어린 나이에도 불구하고 리더십을 갖추고 있었다. 학급 두 명의 선도부 중 하나였다. 박 군은 수더분한 성격으로 두 번째로 키가 컸다. 반장이었으나 말이 별로 없었다. 당시로서는 드물게 외제 차가 집에 있었다. 황 군은 팝송과 여자애들에게 관심이 많은 장난꾸러기였다. 특히 미국의 록 밴드 알이오 스피드웨건(REO Speedwagon)을 즐겨 들었다. 나머지 선도부였고 여드름 때문에 피부과에 들락날락했다. 임 군은 한 살 터울의 예쁜 누나가 있어 친구들에게 인기가 많았다. 우리 중 유일하게 종교를 믿어 주말이면 교회에 나갔고 기타를 칠 줄 알았다. 김 군은 키가 작았지만 똑똑하고 활동적이었다. 부반장이면서 동시에 누리단에 속해 있었고 과학자를 꿈꾸는 영화광이었다. 김 군의 방 책장에는 '스크린'과 '로드쇼(Roadshow)'라는 영화 잡지가 월별로 빼곡히 정리되어 있었다. 나는 미화부장이라는 눈에 띄지 않는 직함을 가진 평범한 중학생이었다. 담임 선생님은 여섯 명을 사고 안 치고 말 잘 듣는 모범생으로 생각했다. 하지만 우리 스스로는 일탈을 동경하는 노련한 모험가였다. 마치 영화 속 인디아나 존스처럼. 여행 첫날 오전 청량리역에서 만난 우리는 덜컹거리는 경원선을 타고 도전을 시작했다. 기차 안에서 소니(Sony) 워크

맨으로 팝송을 듣던 황 군은 'take a trip to far away'라며 무슨 뜻인지도 모르는 영어를 흥얼거렸고 나머지는 찐 계란과 사이다를 먹으며 기찻길 경치를 감상했다.

경기도 연천군 전곡읍에 위치한, 지금은 폐쇄된 철도역인 한탄강역에 도착한 우리는 김 군 외갓집에 형식적인 방문 인사를 드린 후 곧바로 한탄강으로 몰려가 물놀이를 즐겼다. 강가 모래밭에 텐트를 치고 밥을 짓는 일은 누리단에서 야영 경험이 많은 김 군과 등치 좋은 이 군이 도맡아 처리했다. 도와주지 않는다고 투덜대면서. 우리는 어둑해질 때까지 신나게 수영을 한 후 저녁을 먹었다. 어설픈 솜씨로 지은 밥은 설익었고 찌개는 맹맹했다. 하지만 배가 고파서 그런지 아니면 친구들과 함께 먹어서 그런지 꿀맛이 아닐 수 없었다. 우리는 식사를 바람 부는 한데에서 하는 사람들처럼 아주 깨끗하게 먹어 치웠다. 잠시 후 셀 수 없이 많은 별의 뮤지컬이 까만 밤을 무대로 펼쳐졌다. 임 군의 통기타 선율에 당시 유행하던 이분세의 '난 아직 모르잖아요'와 심원중의 '바위섬'을 몇 번이고 따라 불렀다. 김 군의 외삼촌이 찐 옥수수와 집에서 담근 사과주를 한 병 가지고 야영장으로 찾아왔다. 김 군 어머니, 즉 누나의 독촉에 무슨 일은 없는지 살펴보러 온 것이다. 외삼촌은 아무 일도 없다는 것을 확인하고 "내일 보자"라는 진부한 인사를 남기고 사라졌다. 마치 교대 근무를 마친 보초병처럼. 텐트 속에 둥글게 모여 앉은 여섯 명은 너나 할 것 없이 야식으로 옥수수를 먹었다. 하지만 술을 놓고는 한참을 티격태격했다. 중학생의 음주에 관하여. 결론은 추억을 위해 딱 한 잔씩만 마시자는 것이었다. 차례를 지낸 후 제사상에 올려진 술을 마시는 '음복(飮福)'의 경험을 가진 황 군이 별거 아니라는 듯 먼저 시범을 보였다. 돌아가며 '영원한 우정을 위해'라는 닭살 돋는 멘트를 한 후 나머지도 따라 마셨다. 사과주는 달콤했다. 마치 철 지난 사과주스를 마시는 것 같았다. 술기운인지 아니면 부모님의 구속에서 벗어난 자유 때문인지 우리는 말이 많아졌고 밤늦도록 수다를 떨었다. 늦은 아침이 되어서야 깬 우리는 뭐가 그리 아쉬운지 한 번 더 물놀이를 즐긴 후 짐을 정리했다. 그리고 다시 기차를 타고 서울로 돌아와 각자의 집을 향해 흩어졌다.

이것이 지금까지 내가 추억하는 한탄강 모험의 전부였다. 그런데 지붕에서 떨어져 뇌를 다치면서 은밀히 잠복하고 있던 기억이 되살아난 것이다. 그날 밤 우리는 잠만 잔 게 아니었다. 다른 사건이 있었다. 의사가 내게 건넨 음성파일에 전모가 드러나 있었다. 마치 누전차단기가 탁 내려진 것처럼 머릿속이 하얘졌다. 하늘에서 내려오는 눈이 아플 정도의 밝은 빛, 차갑고 축축한 수술실, 입이 없는 까만 눈의 괴물 그리고 잃어버린 기억. 나는 이 모든 것을 조사하기 시작했다. 아니 찾을 필요조차 없었다. 왜 그러냐 하면 인터넷에 관련 스토리가 넘쳐났기 때문이다. 외계인 납치(Alien abduction). 대부분 미국에서 발생한 사건이었다. 외계인이 강제로 사람을 납치해 생체 실험을 하고 비밀 유지를 위해 해당 기억을 지운다는 내용이었다. 납치 피해자는 자신이 그런 일을 당했는지도 모르고 평범한 삶을 산다. 그러다 우연히 뇌에 예상치 못한 충격이 가해지면 억눌렸던 기억이 되살아난다. 하지만 기억을 되찾은 사람들도 자신이 외계인에게 피랍당했다는 사실을 밝히기를 꺼리며 침묵으로 일관했다. 평판과 커리어를 잃고 사회적으로 매장당할 게 뻔하기 때문이다. 그런 황당한 주장을 하는 동료와 누가 한 직장에서 일하고 싶겠는가? 제정신이 아니라거나 술주정뱅이로 낙인찍혀 주위에서 손가락질당할 것이 확실했다. 사회는 냉정한 곳이다. 직접 경험하지 않았다면 나조차 피해자들을 헛소리를 지껄이는 사기꾼 집단이라고 비난했을 것이다. 한 가지 희한한 사실은 피해자뿐 아니라 목격자의 기억도 사라진다는 점으로 아마도 그들은 인간의 두뇌를 조작하는 첨단 기술을 가진 것처럼 보였다.

세월이 흘러 1990년대 중반이 되자 "닭의 목을 비틀어도 새벽은 온다"라는 말처럼 하나둘씩 진실을 폭로하는 피해자들이 나타났다. 이것을 외계인 납치 '커밍아웃'이라고 불렀는데 동성애자가 자신이 동성애자임을 다른 사람들에게 공개적으로 밝히는 커밍아웃(Coming out)을 활용한 용어였다. 용기를 내어 커밍아웃을 선택한 피해자는 회사원, 학생, 군인, 주부, 교사, 의사, 변호사, 은퇴자 등 주변에서 흔히 볼 수 있는 선량한 이웃들이었다. 드물게 전직 국회의원이나 고위 공무원도 있었다. '시작은 미약하였으나 끝은 창대하리라'라는 성경 구절처럼 잔물결은 집채만 한 파도를 이루었고 외계인 납치 피해를 호소하는 미국인의 수는 십만 명을 넘어섰다. 이들을 돕는 자선 단체도 설립되었다. 심지어 외계인에게 납치될 경우를 대비한 보험도 출시되었는데 해당 보험은 피해자가 납치 후유증에서 회복하는 동안 지불할 의료비를 책임졌다. 이 같은 물결을 주의 깊게 지켜보던 하버드 의대 소속의 테일러 교수는 호기심을 느꼈다. 피해자들의 주장이 환각을 본 것인지, 정신 이상에 의한 착시 현상인지, 집단 히스테리 증상인지 그도 아니면 진실을 말하고 있는지 궁금한 것이다. 교수는 이십 년 동안 피해자 만 명을 만나 심층 인터뷰를 실시한 후 의학 저널에 논란이 될 만한 연구 결과를 발표했다. 피해자 열 중 세 명은 자신이 직접 경험한 사건을 말하고 있다는 것이다. 한국에도 씩씩하게 커밍아웃을 선택한 사람이 있는지 궁금했다. 인터넷을 검색해 보았지만 아무도 찾을 수 없었다. 이상한 일이었다. 미국인 3억 명 중 십만 명이 커밍아웃을 선언한 것과 단순 비교하면 인구가 5천만 명인 한국에서는 일만 육천 명이 잠재적 피해자라고 추정할 수 있다. 그중 삼십 퍼센트에 해당하는 사천팔백 명은 진짜 피랍 경험자라고 간주할 수 있다. 통계적으로는. 외계인이 특정 나라의 사람을 선호한다는 것은 논리에 맞지 않는데 왜 그러냐 하면 국가라는 개념이 존재할 리 만무하고 모든 인간의 DNA는 동등해 실험체로 사용하기에 문제가 없기 때문이다. 하지만 지금까지 한국인 중 그 누구도 자신이 외계인에게 납치당했다는 사실을 고백하지 않았다. 영웅은 없었다. 한국 사회에서 그런 말을 꺼내는 건 가스가 가득한 곳에 성냥을 긋는 일인 것이다.

나는 꺼진 촛불과도 같은 미소를 지어 보였다. 현실이 실망스러웠다. 그렇다고 여기서 멈출 수는 없었다. 무엇이 진실인지 알고 싶었기 때문이다. 내 기억이 팩트인지 아니면 그저 한낱 악몽에 불과한 것이지 확인하고 싶은 것이다. 방법은 간단했다. 같은 시간과 장소에 함께 있었던 나머지 다섯 명에게 질문하면 되는 것이다. 이것도 만만치는 않았다. 수십 년이 지난 지금 그들의 연락처를 몰랐기 때문이다. 왜 이렇게 된 것인지 과거를 회상해 보니 이유를 알 것 같았다. 중학교를 졸업하고 각자 다른 고등학교로 진학한 우리는 여전히 친하게 지냈다. 방학 기간에 서초동 국립중앙도서관에서 만나 함께 공부하며 떡볶이 맛집을 찾아다녔고 남녀 고등학생들의 만남의 장소인 롤러장도 기웃거렸다. 그러다가 학력고사가 우리 사이를 갈라놓았다. 세 명은 합격했고 세 명은 대학에 떨어진 것이다. 사실 한탄강을 소개한 김 군은 이미 대학생이었다. 그는 노벨상을 꿈꾸는 과학 천재로 과학고등학교를 2년 만에 졸업하고 과기대에 이미 입학해 있었다. 김 군이 무게와 질량의 차이를 아냐고 물은 적이 있었다. 중학교 때. 내가 모른다고 대답하자 무게는 물체 자체에 있는 게 아니라 지구가 끌어당기는 힘의 크기이며, 질량은 지구가 물체를 끌어당기는 힘과는 무관하게 물체 자체에 있는 '물질의 양'이라고 설명해 주었다. 과학에 관심 없던 나는 무슨 말인지 이해하지 못했음에도 불구하고 자존심을 세우기 위해 "아! 그렇구나"라고 짧게 대답했었다. 그리고 속으로 생각했다. '자식, 잘난 체하기는.' 대학생 셋은 미팅과 음주를 즐겼고 재수생 셋은 웬만한 대학보다 들어가기 어렵다는 종로학원으로 발길을 옮겼다. 다음 해 재수생 모두 명문대에 합격했고 싸이코는 다시 뭉칠 수 있었다. 하지만 그것도 잠시뿐이었다. 대한민국 신체 건강한 청년들에게 입대 영장이 줄줄이 나온 것이다. 3년 동안 군대를 다녀온 후로는 연락이 끊겼다. 누구는 미국으로 유학을 떠났고, 누구는 노량진에서 고시(高試)를 준비했고, 누구는 직장을 얻고 결혼했다는 소식이 들렸다. 끈끈했던 우정이 바쁜 일상 속에서 옅어진 것이다. 그때는 핸드폰이나 인터넷이라는 손쉬운 연락 수단이 없었다. 싸운 것도 아니고 의도한 것도 아니지만 각자 원하는 삶을 위해 싸이코는 서서히 멀어졌다. 그리고 삼십 년이라는 세월이 흘렀다. 언제나 마음 한편에는 '다들 잘 살고 있겠지'하는 막연한 기대감이 있었다. 소싯적 모두 착하고 성실했기 때문이다. 때때로 엉뚱했지만.

우선 나는 연락처를 찾기 시작했다. 네이버 인명사전을 통해 두 명은 손쉽게 찾을 수 있었다. 이 군과 박 군. 이 군은 미국 명문대학에서 박사학위를 취득한 후 서울대학교에서 교수로 재직하고 있었다. 박 군은 로펌(Law firm)의 변호사였다. '세월은 그만큼의 몫을 분명하게 챙겨간다'라는 서양 속담처럼 머리는 희끗거리고 적잖게 주름살도 보였지만 어릴 때 모습이 프로필 사진에 남아 있었다. 바로 알아볼 수 있었다. 황 군과 임 군의 연락처는 수차례 동창회에 연락한 후에야 비로소 얻을 수 있었다. 황 군은 대형 증권회사 임원으로, 임 군은 국내 유명 제화 브랜드를 퇴직하고 사역에 뜻을 두어 목사로 지내고 있었다. 내가 기대한 대로 다들 큰 사고 없이 잘 살고 있었다. 그러나 어린 과학 천재였던 김 군의 소식은 어디에서도 들을 수 없었다. 아침 이슬처럼 가뭇없이 세월 속으로 사라진 것이다. 하는 수 없이 나는 네 명에게만 이메일을 보냈다. 그들은 이제 이 교수, 박 변호사, 황 상무 그리고 임 목사라는 멋진 직함을 가지고 있었다. '전화를 걸어 볼까?' 하는 생각도 있었으나 갑작스러운 연락에 보험이나 자동차를 팔려는 목적으로 오해할 수 있어 일찌감치 포기했다. 이메일에는 오랜만이라는 인사, 내 근황, 지붕에서 떨어진 사건과 그 후에 벌어진 일을 간결하게 적었다. 마지막 단락에는 싸이코의 도움이 필요하다고 썼다. 만약 옛정을 생각해 돕고 싶다면 최면 치료를 받아 보라는 정중히 권했다. 그리고 담당 의사의 연락처를 추신으로 남겼다.

반응은 제각각이었다. 제일 먼저 답장을 보내온 것은 이 교수였다. 가벼운 인사말로 시작된 이메일은 아래로 내려갈수록 점점 무게를 더했다. 대강의 내용은 이랬다. 연락을 받고 무척 기뻤다. 내가 알려 준 의사를 통해 최면 치료를 받았다. 붕우(朋友)를 돕고자 하는 마음으로. 그리고 자신도 미처 깨닫지 못하고 있던 과거의 기억을 되살릴 수 있었다. 한탄강의 깜깜한 여름밤, 갑자기 하늘에서 나타난 강렬한 빛, 마비되어 움직일 수 없는 몸. 함께 끌려가는 친구들, 기괴한 존재와 나체로 생체 실험을 기다리는 사람들. 내 경험과 일치했다. 이로써 외삼촌이 가져다준 사과주에 취했거나 환각에 빠진 것이 아니라는 사실이 증명된 것이다. 또 다른 피해자가 존재하니까. 이 상황을 어떻게 받아들여야 할지 모르겠다며 동료 교수들에게 자문을 구할 예정이라고 했다. 그러나 어떤 경우라도 모른 척 넘어갈 수는 없으며 세상에 진실을 밝혀야 한다고 적었다. 인간의 생명과 존엄을 해치는 명백한 겁박이라며. 의협심 넘치던 중학교 시절의 모습이 그대로 남아 있었다. 앞으로 어떻게 대처해야 할지 의사결정을 한 후 다시 연락할 테니 그동안 비밀을 지켜 달라고 나에게 부탁했다. 오랜만에 만나 술이라도 한잔하면서 회포를 풀어야 하는데 이런 일이 생겨 무척 유감이라며 이 교수는 마무리 인사를 했다. 그다운 처신이었다.

박 변호사는 전화를 걸어 왔다. 검사 출신 변호사라 그런지 타인의 핸드폰 번호를 알아내는 연줄이 있는 모양새였다. 하지만 말은 별로 없었고 꼭 필요한 질문과 대답만 했다. 놀라움도 반가움도 없었다. 억양은 고독한 사람들이 개나 고양이에게 말을 건네는 것처럼 단조로웠다. 사무적인 말투에 약간 실망했지만 난 곧 이를 긍정적 신호로 받아들였다. 예전의 박 군도 그렇게 행동했었다는 생각이 난 것이다. 박 변호사의 심중은 이랬다. 최면 치료를 받았고 외계인에게 납치된 기억이 돌아왔다. 하지만 그건 중요치 않다. 해당 기억의 사실 여부와 상관없이 자신은 그 사건을 알기 전의 무덤덤한 생활을 계속해 나갈 것이기 때문이다. 마치 아무 일도 없었던 것처럼. 폭로나 기자 회견에 동참은 없을 것이다. 사람이 필요하면 얼마든지 소개해 줄 수 있고 돈이 필요하면 금전적 지원도 가능하다. 하지만 그 이상 요구하지는 말아라. 나는 아무 대꾸도 하지 않았다. 진심이 느껴졌기 때문이다. 대한민국 법조계에서 외계인 피랍 경험이 있다는 변호사에게 사건을 맡기는 개인이나 기업은 없을 것이다. 조롱거리가 될 게 뻔했다. 친구를 돕고 싶은 마음은 하늘 같으나 상황이 여의치 않으니 그 대신 인맥이나 돈을 제공해 간접적으로 거드는 방법을 생각해 낸 것이다. 이것을 결정하기까지 박 변호사가 얼마나 깊이 고민했을지 나는 느낄 수 있었다. 무슨 뜻인지 알았고 신경 써 줘서 고맙다고 나지막이 대꾸했다. 수십 년의 세월이 흘렀지만 싸이코에게는 서로 통하는 무언가가 있는 것이다. 통화를 끊고 중학교 시절을 회상하니 박 군은 반장임에도 불구하고 말이 별로 없었고 나서기를 꺼려 했다. 학년 장기 자랑이나 교실 환경 미화와 같은 학급 전체를 대표하는 일을 할 때도 뒤에서 조용히 돕거나 조언만 했다. 그렇다고 숫기가 전혀 없는 것도 아니었다. 당시 성적이 좋은 아이들은 공부에 방해된다며 학급 임원을 맡지 않으려고 했는데 박 군은 스스로 자원해서 중학교 3년 내내 반장을 한 것이다. 봉사한다는 마음으로. 남들 앞에서 표현을 잘하지 못할 뿐 어린 나이임에도 불구하고 바위와 같이 진중하고 점잖은 성격을 가지고 있었던 것이다.

박 변호사와 통화를 마치고 잠시 과거에 잠겨 있을 때 증권사 임원으로 근무하는 황 상무로부터 이메일이 도착했다. 안부를 묻는 통상적인 인사는 없었다. 황 상무의 의견은 거칠고 위협적이었다. 자신은 한탄강으로 놀러 간 기억만 있을 뿐 그 밖의 것은 아무것도 모른다. 임원 승진 인사가 바로 코앞에 있는 시점에서 뜬금없이 연락해서 외계인 납치를 주장하는 저의를 모르겠다. 만약 부사장 자리를 두고 경쟁하고 있는 최 상무의 사주를 받아서 이런 일을 벌였다면 민형사상 책임을 져야 할 것이다. 전혀 예상치 못한 반응이었다. 장난기 많았던 소년이 일상의 고단함과 사회의 인색함에 놀라 한여름 보리차처럼 푹 쉬어 버린 느낌이었다. 나는 '라 쿠카라차'라는 멕시코 민요가 떠올랐다. 원래 '바퀴벌레'라는 뜻으로 가난한 농민들의 처지를 바퀴벌레에 빗댄 경망스러운 노래였으나 한국에서는 신나는 왈츠(Waltz)로 여기고 있었다. 황 군은 '라 쿠카라차'처럼 시간이 지나며 부지불식간 성격도 품성도 변질된 것이다. 수재들이 발에 걷어차인다는 여의도 금융권에서 그 자리까지 올라가려면 작은 흠집도 없어야 하기에 황 상무가 경계심 강한 민첩한 동물처럼 행동한 것일 수도 있었다. 특히 인사 시즌이기에. 상관없었다. 이 문제로 친구에게 피해를 주고 싶은 마음은 없었기 때문이다. 나는 재답변 이메일을 보냈다. 최 상무라는 사람과는 일면식도 없고 불편을 끼쳐 미안하다. 더 이상 연락하는 일은 없을 거라고 덧붙였다. 잠시 후 상대방이 이메일을 읽었다는 표시가 생성되었다. 이것으로 당분간 황 군과의 인연은 막을 내렸다. 하지만 미래는 세상 누구도 알 수 없기에 이메일 주소를 삭제하지는 않았다.

임 목사는 얼굴을 보며 이야기하자는 연락을 주었다. 강남에 위치한 중학교 앞 카페를 약속 장소로 정했다. 나는 약속보다 일찍 도착해 학교를 둘러보았다. 싸이코의 만남의 상소인 쓰레기 소각상은 옛날 그래도 남아 있었다. 퀴퀴한 냄새에 마치 고향에 돌아온 듯한 기분이 들었다. 카페에 들어서자마자 흰머리가 돋보이는 노신사가 손을 들어 아는 척을 했다. 청춘의 날씬했던 몸매를 잃어버린 임 목사였다. 배는 불룩했고 턱밑의 지방 때문에 두 턱을 하고 있었다. "똑같은 강물에 두 번 발을 담글 수는 없다"라며 무정한 세월을 설파한 그리스 철학자 헤라클레이토스가 옳은 것이다. 우리는 반갑게 악수하고 서로 "하나도 안 변했네"라는 영혼 없는 인사를 나누었다. 임 목사는 솔직하고 담담하게 자신의 의견을 피력했다. 예전부터 어렴풋이 그런 사실을 알고 있었다. 이십 년 전 목사가 되고 얼마 지나지 않아 김 군이 자신의 개척교회로 찾아온 적이 있었는데 그때 놀라운 주장을 하더라는 것이다. "하나님은

6일 일하고 하루를 쉬어 7일 만에 세상을 만들었다고 성경에 쓰여 있는데 그건 명백한 오류다. 세상은 8일에 만들어졌다. 그렇지 않으면 외계인의 존재를 설명할 수 없다"라며 반기독교적인 이야기를 늘어놓았다고 한다. 김 군이 카이스트(KAIST) 박사과정 중 교통사고로 머리를 크게 다친 적이 있다는 사실을 알았기에 임 목사는 친구의 불운을 안타깝게 여기며 아무 말도 하지 않고 그냥 돌려보냈다고 속삭였다. 그 후 무언가 꺼림칙한 기분을 느끼며 살았는데 내가 소개한 최면 치료를 통해 진실을 알게 되었다며 차분한 목소리로 고맙다고 말했다. 하지만 한탄강 사건이 크게 중요한 것은 아니라고 말꼬리를 달았다. 왜 그러냐 하면 자신은 이미 모든 것을 신께 맡겼기 때문이다. 외계인의 실재, 납치의 목적, 억압된 기억, 어느 것 하나 이해할 수 없는 일투성이지만 이마저도 하나님께서 인도하신 것이라면 달갑게 받아들인다고 중얼거렸다. 모함을 받아 사자 굴 속에 떨어진 다니엘의 믿음으로. 나는 기독교 신자가 아니었기에 묵묵히 듣기만 했다. 김 군이 납치 사실을 먼저 알았다는 것에 놀라며. 임 목사는 하고 싶은 말을 끝낸 후 목이 마른지 사각 얼음이 들어간 냉커피를 연거푸 들이켰다. 나는 조용해진 틈을 타 김 군의 연락처를 물었다. 이메일이나 전화번호는 모르고 청산도에 산다는 이야기를 얼핏 들었다는 답변이 돌아왔다.

청산도(青山島)는 전라남도 완도군에 속한 섬으로 다도해해상국립공원에 포함된다. 군 내에서도 가장 동떨어져 완도항에서 뱃길로 한 시간 정도 걸리는 먼 길을 가야 만날 수 있다. 한번 다녀온 후에는 서정적인 아름다움이 두고두고 기억에 남는 환상의 섬으로, 영화 '서편제'가 촬영된 곳이다. 면적은 여의도의 5배 정도이며 약 천 가구의 주민이 살고 있다. 대부분 토박이 노인이다. 나는 짐을 챙겨 무작정 청산도로 떠났다. 남쪽으로 향하는 고속버스 안에서 아무 연고도 없는 섬에 김 군이 정착한 이유가 궁금했다. 여객선터미널에 도착하니 배편은 생각보다 자주 있었다. 아무래도 주민보다는 관광객을 실어 나르기 위한 운항 스케줄로 보였다. 청산도에 도착한 나는 유명 트레킹 코스인 성서 마을 옛 돌담길을 둘러보았다. 거센 바람을 막고자 돌담으로 벽을 세운 전형적인 섬 시골의 모습이었다. 길을 걷다 우연히 고풍스러운 찻집을 발견한 나는 잠시 몸도 쉬고 정보도 얻을 겸 유자차를 주문했다. 가게 안은 한산했다. 잠시 후 여주인이 시고 달달한 맛이 느껴지는 개나리꽃 빛깔의 차를 내왔다. 한과 두 개를 곁들여서. 나는 50대 중반의 서울 출신 남자를 찾으러 왔다고 그녀에게 혹시 아는 사람이 있는지 물었다. 오해할 수도 있어 경찰이나 공무원은 아니고 친구를 찾는 거라고 덧붙였다. 그녀는 단박에 섬 남쪽에 사는 김 씨가 분명하다고 대답했다. 주민이 많지 않은 데다가 서울 말씨를 쓰는 사람은 오직 그 사람뿐이라며 웃음기 없는 미소를 지어 보였다. 청산도에서 50대는 청년 취급을 받지만 김 씨는 예외라고 말했다. 왜 그러냐 하면 주민들과 어울리지 않고 외톨이로 지내며 마치 미친 사람처럼 알 수 없는 혼잣말을 고래고래 떠들고 다니기 때문이라고 나지막이 속삭였다. 나는 김 씨 집으로 가는 방법을 물어본 후 고맙다는 인사를 하고 찻집을 빠져나왔다. 그때 핸드폰이 울렸다. 최면 치료를 담당하는 신경정신과 의사였다. 네 명의 친구 중 마지막 환자가 병원을 방금 다녀갔다는 소식이었다. 황 상무였다. 고민 끝에 친구를 돕기로 결정한 것이다. 고마운 마음이 전해졌다. 한 명이 더 추가될 수 있다며 확실한 것은 내일 다시 이야기하자는 말로 통화를 끝냈다. 김 군의 반응을 예상할 수 없었기 때문이다.

나는 여주인이 알려 준 대로 마을버스를 타고 범이 웅크린 모습을 닮아 이름 붙여진 섬 남쪽의 범바위를 향해 나아갔다. 김 군의 집은 일반 가정집과는 생김새가 판이하게 달랐다. 직사각형의 물류창고 두 동을 이어 놓은 듯한 모양이었다. 건물 외부에는 어른 키 높이의 철제 울타리가 촘촘하게 집을 둘러싸고 있었고 과도하다 싶을 정도로 많은 CCTV가 설치되어 있었다. 게다가 마치 화약고라도 되는 것처럼 곳곳에 '접근 금지'라고 쓰인 푯말이 땅 위로 불쑥 솟아 있었다. 잡기 편하기 위해 대부분의 물병이 원형인 것처럼 "형태는 기능을 따른다"라는 건축 원칙을 정면으로 거스르고 있었다. 희한한 일이었다. 주민도 제한적이고 그마저도 서로 얼굴을 아는 처지라 좀도둑이 있을 리 만무했고 간혹 외지 관광객이 침입할 수는 있겠지만 섬이라는 특수성 때문에 도망가지 못하고 잡힐 게 뻔한 곳에서 과도한 경비 시스템을 갖추고 있었기 때문이다. 더욱 이상한 건 CCTV의 방향이었다. 모두 하늘을 향하고 있었다. 나는 반신반의하는 기분으로 대문에 달린 초인종을 눌렀다. 아무 반응이 없었다. 다시 눌렀다. 지직거리는 소리와 함께 "누구세요?"라고 묻는 작고 시무룩한 남성의 목소리가 들렸다. 나는 싸이코라고 짤막하게 대답했다. 잠시 고민의 시간이 흐른 후 대문이 덜컹 소리를 내며 열렸다. 나는 나치(Nazi)의 아우슈비츠 수용소에 입소하는 꺼림칙한 기분으로 외부와 철저하게 단절된 건물로 들어갔다. 며칠은 안 감은 듯한 더벅머리에 알이 두툼한 뿔테 안경을 쓴 김 군이 나를 맞이했다. 한때 과학 천재로 불리며 전도유망한 미래를 꿈꾸던 그의 학창 시절을 기억하는 나로서는 어두운 표정을 지을 수밖에 없었다. 하지만 반대로 김 군의 얼굴에는 측은해하는 듯한, 상냥한 빛이 떠올라 있었다. 우리는 손을 맞잡고 반갑게 인사를 나눈 후 집을 둘러보았다. 건물은 20피트 수출용 컨테이너 3개씩, 총 6개를 사용해 두 개의 동(棟)으로 건축되어 있었다. 기본 틀이 철제라 무척 튼튼해 보였다. 한 동은 생활 공간으로, 다른 한 동은 연구실로 사용 중이었다. 연구실은 마치 대기업 서버실처럼 온갖 컴퓨터, 모니터와 전자장비로 가득 차 있었다. 우리는 집을 돌아 본 후 거실 의자에 앉아 도자기 머그잔에 블랙커피를 마시며 대화를 시작했다. 주로 내가 물어보고 김 군이 대답하는 식이었다.

"한탄강 사건을 언제 알아차리게 된 거야? 임 목사한테 대충 이야기를 듣긴 했지만."

"박사과정 4년 차 때. 학교 앞 횡단보도를 건너는데 트럭이 덮쳤어. 나중에 알고 보니 운전사가 만취 상태였다고 하더라구. 그것도 대낮에." 김 군은 맥 빠진 목소리로 말했다.

"많이 다치지는 않았어?"

"심하게 다쳤지. 특히 머리를. 트럭에 치여 붕 떠올라 머리부터 아스팔트에 떨어졌거든. 혼수 상태로 두 달 동안 병원에 누워 있었어. 그러다가 말 그대로 기적적으로 의식을 되찾았고 일상생활로 복귀하기 위해 재활 훈련을 받기 시작했어. 그런데…." 김 군은 김이 모락모락 나는 커피를 한 모금 마신 후 한숨을 내쉬며 말했다.

"악몽 같은 납치 기억이 생각난 거야. 처음에는 사고 후 트라우마에 의한 정신분열증으로 오해했어. 병원에 다니며 약도 먹고 심리치료도 받았어. 하지만 그날의 기억은 사라지지 않고 계속 나를 괴롭혔어. 몸은 점차 회복됐지만 의식은 공황 상태에 빠졌어."

"알아. 나도 당한 적 있거든. 그래서 이 먼 곳까지 너를 찾아왔고."

"나는 끔찍한 경험이 주는 압력을 더 이상 견딜 수 없었어. 자살하든지 미쳐 버리든지 둘 중 하나였지. 그래서 복잡한 도시환경에서 단순하고 원시적인, 행동의 자유가 있는 이곳으로 이주할 필요가 있었어. 맛이 가지 않으려면 말이야." 김 군은 침착한 말투를 유지하며 계속 말을 이었다.

"학교에 자퇴서를 제출하고 짐을 챙겨 이 섬으로 내려왔지. 부모님께서는 내 결혼 자금으로 모아 두었던 적금을 해지해 집을 사 주셨어. 죽다 살아난 아들을 위해 하지 못할 일이 없으셨던 거지. 그땐 땅값이 무척 싸기도 했고. 난 기존의 집을 허물고 연구에 필요한 모든 기능을 갖춘 새집을 지었어. 지금 우리가 앉아 있는 이 건물 말이야."

"대한민국에 삼천 개가 넘는 섬들이 있는데 왜 하필 청산도야?"

"자철석(磁鐵石) 때문이야. 지구상에서 자연적으로 만들어진 광물 중에서 제일 자성이 강한 철광석이지. 철새를 비롯한 몇몇 생물이 방향을 감지하도록 돕는 역할도 해. 이 섬이 한국에서 자철석 분포가 가장 높은 곳이야. 관광객들에게 유명한 범바위 근처에 가면 나침반이나 전자기기가 제대로 작동하지 않아. 심지어 이 지역 낚싯배들도 거리를 두고 빙 둘러서 운항을 해."

"왜 자철석이 필요한데?"

"내 연구에 의하면 외계인은 자철석이 매장된 지역을 의도적으로 피해. 아마 비행체에 고장을 일으켜서 그럴 거야. 난 여전히 그들이 두렵거든." 김 군은 뒤틀린 미소를 보였다.

"아까 본 연구실은 뭐야? 전산장비로 아주 복잡하던걸?"

"수십 년째 양자 컴퓨터를 연구하고 있거든."

"양자 컴퓨터? 그게 뭔데? 일반 컴퓨터와 다른 거야?"

"글쎄. 뭐라고 말해야 좋을지 모르겠다. 한층 업그레이드된 최첨단 컴퓨터라고 이해하면 될 거야. 물리학에서 물질의 최소 단위는 전자와 같은 입자이고 정보이론에서 정보의 최소 단위를 비트(bit)라고 해. 일반 컴퓨터는 0 아니면 1로 이분화된 비트를 사용하지만 양자 컴퓨터는 0과 1을 동시에 가질 수 있는 큐비트(qubit) 단위를 사용하는데 이게 연산 능력을 거의 무한대에 가깝게 만들 수 있어. 일반 컴퓨터가 돌도끼라면 양자 컴퓨터는 핵무기라고 생각하면 크게 틀리지 않을 거야. 2019년 구글이 53큐비트 용량의 시카모어(Sycamore)라는 양자 컴퓨터를 세상에 처음 선보였어." 김 군은 영리하게 생긴 얼굴을 실룩거리며 말했다.

"어렵네. 알다시피 난 문과 출신이잖아."

"대부분은 잘 모르는 분야이니 신경 쓸 필요 없어. 나는 초전도 양자 컴퓨터를 연구하고 있는데 온도를 극저온으로 낮추면 회로 자체가 양자역학의 법칙을 따르게 되거든. 즉 전자들이 중첩되어 외부로부터 방해받지 않는다는 뜻이야. 그렇게 되면 다양한 회로를 하나로 묶어서 '얽힘 상태'로 만들어 양자적 계산을 수행할 수 있지."

"그게 외계인 피랍과 무슨 관계가 있는데?"

"양자 컴퓨터의 최대 장점은 건초더미에서 바늘을 찾는 거야. 어떤 질문이라도 무한대의 가능성을 탐색한 후 경로적분을 통해 최적의 답을 내놓거든. 한탄강에서 우리 모두 하늘로 끌려가는데도 난 공포로 얼어붙는 것이 고작이었어. 인류에게는 특단의 대책이 필요해. 양자 컴퓨터를 완성한 후 어떻게 하면 그들의 납치를 막을 수 있는지 물어볼 거야. 가엾고 딱한 지구인을 대표해서." 김 군은 사부심이 넘치는 목소리로 대답했다.

"무슨 말인지 잘 모르겠지만 꼭 그러길 바랄게. 그리고 이제는 싸이코 멤버 여섯 명 모두 그날 일을 인지하고 있어. 넌 더 이상 외톨이가 아니라는 뜻이야."

"말이라도 고마워. 하지만 피랍 경험이 있는 극소수를 제외하고 이 나라에서 우리의 주장을 믿어 줄 사람이 있을까? 술주정뱅이 취급하거나 재수 없으면 강제로 정신병원에 입원시키려고 할 거야. 재산, 인권, 자유, 권리 등을 모두 빼앗긴 채 말이야." 김 군이 쉬고 갈라진 목소리로 말했다.

"그럴 수도 있겠지. 특히 한국에서는…."

"마지막 배 출발 시간이 얼마 남지 않았는데 나가야 하는 거 아냐?" 김 군이 내 말을 도중에 끊으며 물었다.

"벌써 그렇게 됐나? 시간 가는 줄 몰랐네. 일어나야겠다." 커피를 한 모금 더 마시고 나는 손에 든 머그잔을 테이블 위에 내려놓았다.

"조심히 가. 언제 다시 볼 수 있을지 모르지만. 그동안 잘 지내고." 온화한 어조였지만 김 군의 눈은 붉게 물들어 있었다.

"너도. 헨리 포드(Henry Ford)가 '일만 하고 휴식을 모르는 사람은 브레이크 없는 자동차 같아서 위험하기 짝이 없다'라고 말한 적 있는데 지금 네 모습이 그래. 무척 피곤해 보여. 양자 컴퓨터 연구도 좋지만 건강 생각해서 쉬엄쉬엄해. 우리도 낼모레면 환갑이 된다고."

"고마워." 김 군이 작은 목소리로 대꾸했다. 우리는 집을 빠져나와 정류장에서 승선장으로 가는 마을버스를 함께 기다렸다. 그때 김 군이 마닐라 봉투를 내밀며 지치고 수척한 얼굴로 말했다.

"자석은 항상 남극(S)과 북극(N)을 동시에 갖고 있어. 막대자석의 가운데를 자르면 남극과 북극으로 분리되는 것이 아니라 남북극을 모두 갖는 2개의 자석으로 분리돼. 아무리 잘게 잘라도 마찬가지야. 우리가 기억을 확실히 이해했다고 생각할 때조차도, 그것을 나누면 기억은 꿈틀거리며 손아귀를 빠져나가."

"그게 무슨 소리야?"라고 물으며 어리둥절한 표정을 짓고 있을 때 마을버스가 도착했고 나는 김 군과 아쉬운 악수를 한 후 차에 올랐다. 떠나는 옛 친구를 향해 김 군은 배웅의 의미로 오른손을 들어 좌우로 흔들었다. 청산도를 떠나 육지로 향하는 배 안에서 김 군이 건넨 봉투를 열어 보았다. 알 수 없는 숫자가 빼곡히 적힌 A4 용지 한 장이 들어 있었다. 숫자에는 어떤 패턴이나 규칙이 없었다. 긴 여행으로 피곤한 나는 집으로 돌아오는 길 내내 잠을 잤다. 오랜만에 숙면을 취할 수 있었다.

다음 날 개운한 기분으로 아침을 맞이한 나는 싸이코에게 당황스럽고 불편한 상황에도 부탁을 들어줘서 고맙다는 이메일을 보냈다. 옛날처럼 함께 뭉쳐 놀자는 말도 덧붙였다. 모두 긍정적인 답변을 보내왔고 다음 달 셋째 주 토요일 중학교 앞 중국집에서 만나기로 약속을 정했다. 하지만 김 군은 침묵으로 일관했다. 나는 한탄강의 악몽을 제외하면 평범한 50대 은퇴자의 일상으로 복귀한 듯 보였다. 텃밭을 일구고 토종닭을 키우기 위해 우리를 지었다. 십수 년 만에 싸이코와의 만남을 기대하며 나는 심심풀이 삼아 김 군이 건네준 용지에 적힌 숫자의 비밀을 풀기 위해 매달렸다. 하지만 아무리 살펴보아도 빈틈없이 적힌 숫자는 규칙성이 없어 보였다. 그때 김 군이 언급한 잘게 자른 막대자석 이야기가 떠올랐다. 나는 주변에서 가장 흔하게 볼 수 있는 날짜로 숫자를 잘랐다. 연월일로 나눈 숫자는 아무 의미도 없었다. 세상에는 바늘과 실, 라면과 김치, 재무상태표와 손익계산서처럼 짝을 이루어야 비로소 가치를 배가시키는 것들이 존재한다. 날짜는 시간이다. 시간의 짝은 공간이다. 시간과 공간으로 숫자를 잘라보니 일정한 패턴이 보였다.

구글맵 위도 경도 찾기 서비스를 이용해 앞의 연월일을 제외하고 뒤의 숫자만 입력하니 특정 위치가 떴다. 모두 대한민국 영토였다. A4 용지 적힌 숫자는 수십 개의 시간과 공간이 결합된 수(數)의 군집을 이루고 있었다.

1987/03/01/375530378/12712119
2000/06/13/37555956/126972311
2023/04/14/37566612/126978378…

나는 이것이 무엇을 뜻하는지 이해할 수 없었다. 말 그대로 미스터리였다. 골몰한 생각에 두통이 느껴졌다. 머리를 다친 후 생긴 후유증이었다. 휴식을 취하기 위해 낮잠을 잤다. 꿈속에서 피랍되는 장면이 떠올랐다. 강렬한 빛, 의식과 몸의 괴리, 손끝 하나 꼼짝할 수 없는 나. 판에 박힌 전개였다. 그런데 고개를 살짝 돌려 주위를 살펴보니 한탄강 아닌 도심 내부였다. 게다가 80년대가 아닌 90년대였고 나는 중학생이 아닌 성인이었다. 꿈속임에도 불구하고 '도대체 이게 어떻게 된 거지?'라는 의문이 들었다. 그 후 시간과 장소, 내 모습이 수십 번 바뀌며 납치되는 장면이 연속으로 떠올랐다. 외마디 비명을 지르며 잠에서 깼다. 차가운 공포가 나를 갉았다. 피랍은 단수가 아닌 복수(複數)인 것이다. 1984년부터 무려 40년 동안 수십 번의 생체 실험을 당한 것이다. 이런 사실을 모두 알고 있었던 김 군은 자신이 납치당한 시간과 장소를 일목요연하게 기록한 자료를 나에게 넘겨준 것이다. 행복의 기본은 원치 않는 부름에 응답하지 않는 것이다. 사상, 종교, 금전, 사랑, 우정, 심지어 부모라 할지라도 삶의 만족을 위해서는 사양하는 것이 필요하다. 하지만 그들은 결코 거절을 허락하지 않는다.

## 작가 노트

사이코(Psycho)가 표준어이다. 오직 강한 자만 살아남을 수 있었던 80년대의 느낌을 살리기 위해 '싸이코'로 표기했다. 외계 생명체 근접 조우(遭遇)는 네 가지 분류로 나눈다. 1종은 UFO를 목격한 것, 2종은 UFO 착륙 흔적이나 방사능 피폭 등의 물리적 증거를 경험한 것, 3종은 외계 생명체와 접촉, 4종은 외계 생명체에 의한 납치이다. 한국에서 '커밍아웃'을 공개적으로 선언하는 피해자가 나오기는 어려울 것이다. 사람들의 무시와 조롱이라는 후폭풍을 감당할 수 없기에.

# 샴푸의 요정

그녀는 비누나 치약 등을 판매하는 생활건강 대기업에서 십수 년째 근무하고 있었다. 이름만 들어도 알 만한 기업이라 남들에게 명함을 내밀며 '뭐 하는 곳에 다니는 사람이다'라는 자질구레한 설명을 곁들일 필요가 없어서 좋았다. 게다가 회사가 제공하는 두둑한 연봉과 보너스는 최고의 복지였다. 보기 좋게 통통한 40대 중반의 자그마한 체구와 짧은 머리의 그녀는 학벌이 좋거나 능력이 뛰어나진 않았다. 하지만 그녀가 경쟁이 치열한 대기업에서 잘리지 않고 버틸 수 있었던 것은 탁월한 조직 적응력 때문이었다. 어떤 팀으로 발령이 나든 그녀는 팀 내부의 정치 관계를 빠르게 파악했고 규정집, 직무 설명서, 종결 처리된 선임자의 각종 품의서를 참고해 석 달 안에 자신의 업무를 완벽하게 처리했다.

하지만 여우 같은 그녀에게도 위기는 찾아왔다. 신제품개발팀으로 발령이 난 것이다. 말이 신제품개발팀이지 사실은 구조조정 대상자들을 한곳으로 모아 놓은 유령 조직이었다. 강제로 직원을 자르면 여러 가지 근로기준법 위반 문제가 발생하니 아무런 연관도, 직무 경험도, 의욕도 없는 직원들을 데려다가 1년 안에 새로운 제품을 개발하라는 억지를 부린 뒤, 실패하면 역량이 없다거나 실적이 저조하다는 이유로 자연스럽게 해고하는 것이다. 부활할 수 있는 적절한 기회를 제공했다는 명분도 챙기면서. 그녀는 순순히 사직서를 낼 생각도, 반대로 회사를 상대로 법적 싸움을 할 의지도 없었다. 누가 보아도 고집이 센 여장부 타입이 아니었다. 칼 융이 말하는 '아니무스(여성의 남성성) 과잉'은 그녀에게 들어맞지 않았다. "종달새가 본성상 아침 일찍 일어나는 편이라면, 부엉이는 남들이 잠자리에 들 때 비로소 본격적으로 날개를 편다"라는 격언에 희망을 품은 그녀는 신제품 개발에 매달렸다. 회사는 정당성 확보와 체면치레를 위해 구조조정 대상자의 아이디어 중에서 최소한 한 가지는 받아들인다는 사실을 잘 알고 있었고 게다가 대한민국에는 자신과 같은 처지에 몰린 사람들이 기획하고 성공시킨 이마트라는 대표적인 모범사례가 존재했다. 혹시 누가 알겠는가? 자신도 늦은 나이에 하늘로 훨훨 날아오를 수 있을지. 확률은 희박했다. 구조조정 대상자 천 명 중에서 999명은 퇴사했고 오직 한 명만이 살아남아 자신이 기획한 신제품을 세상에 내놓을 수 있는 메마르고 척박한 환경이기 때문이다.

그녀는 주말도 반납하고 업무에 매달렸으나 별다른 성과를 거두지 못했다. 이미 세상에는 인간에게 필요한 모든 물건이 준비되어 있었던 것이다. '신제품을 기획한다는 것이 가능한 일일까?'라는 의문이 들 무렵, 진부한 표현 그대로 번쩍이는 아이디어가 머리를 스쳤다. 그녀에게 영감을 준 뮤즈는 상상력이 풍부한 동료도, 신제품 전략을 연구하는 경영학과 교수도, 글로벌기업의 성공 사례도 아니었다. 평소 지저분하다고 잔소리를 듣던 그녀의 남편이었다. 남편은 머리 감기를 싫어했다. 정확히 표현하면 귀찮아했고 머리는 일주일에 한두 번만 감아도 된다는 괴상한 신념을 가지고 있었다. 겨울에는 그나마 견딜 만했다. 하지만 땀에 젖어 퇴근한 여름밤은 고역이었다. 머리를 감지 않고 코를 골며 잠자는 남편에게서 시큼한 냄새가 났던 것이다. 그녀는 자신이 알고 있는 모든 성인 남성에게 머리 감는 것에 대해 질문했다. 대부분 귀찮지만 처리해야 하는 의무 정도로 여겼다. 그 누구도 즐거운 경험이라고 말하는 서서 오줌을 누는 사람은 없었다. 몽실몽실 올라오는 하얀 거품으로 머리를 감을 때 느끼는 즐거움은 여성의 전유물인 것이다. 똑똑한 사람은 책을 많이 읽었다거나, 어려운 단어를 많이 아는 사람이 아니라 무엇이 자기에게 이익이 되는지를 제대로 간파할 줄 아는 사람이다. 그녀는 똑똑했다. 늑대들에게 즐거운 머리 감기를 제공할 수 있다면 해당 제품은 대박이 날 것이라는 사실을 눈치챈 것이다. 하지만 어떻게? 답은 간단했다. 아름답고 매혹적인 여성이 대신 머리를 감겨 주는 것이다. 태국이나 베트남 등지에서 성행하는 머리 감기 전문 미용실처럼. 무수히 많은 남성을 그것도 매일, 한국에서 무슨 수로? 탕비실 여직원 뒷담화에 능했던 그녀는 일급 정보를 가지고 있었다.

월요일 아침 출근하자마자 그녀는 메타물질연구팀으로 향했다. 메타물질(Meta material)은 자연계에서 관찰되지 않는 특성을 가진 신소재를 말하는데 회사에서는 수년째 이를 개발하기 위해 노력하고 있었다. 그녀는 해당 팀의 서무를 담당하는 여직원으로부터 거의 개발이 완료되었다는 귀띔을 들은 적 있었고 더군다나 팀장은 자신이 속한 직장 기독교 선교 모임인 '신우회' 회원이었다. 그녀는 하늘이 내려 준 황금 같은 기회를 놓치고 싶지 않았다. 그래서 단도직입적으로 신제품 아이디어를 설명했다. 남성을 위한 샴푸를 개발하고 싶다고. 그녀는 야단맞은 강아지처럼 그를 붙잡고 애걸했다. 사실 팀장은 물질의 분자구조와 기능을 통해 생명을 이해하는 분자생물학 박사로 연구 개발을 책임지고 있었다. 묵묵히 이야기를 듣고 있던 월면 같은 여드름 자국이 아직 얼굴에 남아 있는 그는 조금만 기다려 달라고 말했다. 그리고 정확히 한 달 후 둘은 실험실에 모였다. 팀장은 형상기억분자를 이용해 만들었다는 말을 나지막이 중얼거리며 직접 시범을 보였다. 그가 샴푸를 덜어 내 양손으로 비비기 시작하자 거품이 올라왔다. 처음에 거품 분자들은 무작위로 돌아다니면서 서로 충돌하고 전혀 예측할 수 없는 방식으로 방향을 바꾸었다. 하지만 잠시 뒤 무작위로 분산된 거품 분자들이 고정되고 결정들이 형성되기 시작했다. 각각의 결정 내부에서 거품 분자들은 특정한 방향을 가리키며 규칙적으로 맞물려 하나의 일관된 배열을 이루었다. 그리고 마침내 거품으로 만들어진 무채색의 육감적인 여성 형상이 나타났다. 사람 크기의 형상은 사전에 프로그래밍 된 순서대로 몸을 이루고 있는 거품을 이용해 팀장의 머리를 감기 시작했다. 아주 정성스럽게. 그는 모든 것을 맡긴 채 가만히 앉아 있었다. 시간이 지날수록 형상은 감소했고 팀장 머리의 거품은 증가했다. 10분 후 거품을 남김없이 잃은 형상은 조용히 사라졌다. 팀장은 수돗물로 머리를 깨끗이 씻어 냈다. 완벽했다. 이제 늑대들은 귀찮게 자기 손으로 머리를 감을 필요가 없어진 것이다. 샴푸를 손에 덜고 비비기만 하면 형상기억분자로 만들어진 매혹적인 여성 거품이 자동으로 머리를 감겨 주는 것이다.

이보다 더 혁신적인 제품은 없을 거라고 생각한 그녀는 즉시 회사에 신제품개발계획서를 제출했다. 1962년 "기타 그룹은 한물갔다"라며 비틀즈를 퇴짜 놓았던 데카레코드처럼 샴푸는 신제품군(群)에 포함되지 않는다며 회사는 그녀의 아이디어를 반려했다. 하지만 구조조정 대상자의 아이디어 중 최소 한두 건은 의무적으로 허락해야 했고 윗선에서 압력이 내려왔기에 실무자는 마뜩잖게 여기면서도 어쩔 수 없이 이를 승인했다. 명절에 그녀가 신제품 개발을 총괄하는 임원 집으로 값비싼 한우 선물 세트를 보냈다는 것은 공공연한 사내 비밀이었다. 그녀는 평소 안면이 있던 여직원들을 모아 TFT(Task Force Team)를 만들었고 임시로 팀장이라는 직책을 얻을 수 있었다. 회사의 공식적인 인사 발령으로 꿈속에서도 원했던 승진을 이룬 것이다. 평생 팀원으로만 살다가 조직의 장이 되고 보니 실적에 대한 압박감이 높아졌다. 그녀는 신제품 출시를 서둘렀다. 오랫동안 알고 지내던 사이라 팀워크는 최고였고 업무는 계획대로 착착 진행되었다. 원료 수급, 제조 설비 구축, 배급망, 마케팅 플랜이 완성되었고 가장 중요한 제품명은 지루한 난상 토론 끝에 '샴푸의 요정'으로 확정되었다. "모든 사람의 심장에는 사자가 살고 있다"라는 아르메니아 속담처럼 그녀는 용기를 내어 자신이 가진 전부를 이번 프로젝트에 쏟아부었고 제품이 시장에 출시되자마자 긴장이 풀린 듯 탈진해 쓰러졌다. 소비자 반응은? 대박이 났다. 그녀는 병원에서 링거를 맞으며 서로 물건을 더 보내 달라는 거래처들의 빗발치는 요청을 조율해야만 했다. 병문안을 온 백발의 회장님은 몸조리 잘하고 회사로 복귀하면 멋진 방과 운전기사가 대기하고 있을 거라고 넌지시 말하며 희미한 웃음을 흘렸다. 제조량을 세 배로 늘렸음에도 불구하고 수요를 감당할 수 없었고 어지간히 많은 웃돈을 주지 않고서는 인터넷에서도 구입이 불가능했다. 마치 코리안시리즈 야구 티켓처럼. 치료를 마치고 꽃다발과 전 직원의 박수를 받으며 회사로 복귀한 그녀는 이쯤에서 멈출 생각이 없었다. 임원이 된 그녀는 메타물질 연구팀에게 여자 아이돌 가수, 유명 레이싱 모델과 외국 성인 잡지 배우를 닮은 형상들을 분기 말까지 개발하라고 지시했다. 무채색이 아닌 색깔이 들어간 형상기억분자 발명은 장기 연구 과제로 부여했다. '샴푸의 요정'은 말 그대로 날개 돋친 듯 팔렸고 인기는 식을 줄 몰랐다. 그녀는 수많은 언론매체로부터 인터뷰 제의나 강연 등의 러브 콜을 받았고 유리 천장을 깬 자랑스러운 직장 여성의 대명사로 자서전도 출간되었다. 글로벌 생활용품 외국계 기업인 P&G와 유니레버에서 고액의 스카우트 제안도 들어왔다. 사회생활 전부가 만족스러웠다. 가정에서도 변화가 있었다. 그녀가 잔소리하지 않아도 남편 스스로 매일 머리를 감은 것이다. 어떤 날은 하루에 두 번씩. 놀라운 변화였다. 남편만 그런 것이 아니었다. 대한민국 남성의 머리가 깨끗해졌다. 지하철이나 버스에서 떡진 머리로 쉰 냄새를 풍기거나 눈꽃같이 하얀 비듬을 떨구는 행인은 더 이상 찾아 볼 수 없었다. 마침내 늑대들도 머리 감기의 즐거움을 깨달은 것이다. 그녀는 대머리 남자들을 불쌍히 여겼다. 자신이 만든 행복을 평생 느껴 보지 못한 채 요단강을 건널 게 뻔했기 때문이다. 하지만 예상을 뒤엎는 마케팅 보고서가 발표되자 그녀의 얼굴은 분필처럼 창백해졌다. 매출 분석에 따르면 대머리 남자들도 일반인과 똑같이 '샴푸의 요정'을 구매한 것으로 나타난 것이다. 도대체 왜? 이해할 수가 없었다. 한참 후 그녀는 남편의 이상한 점을 눈치챘다. 겨웃이 모조리 사라진 것이다.

### 작가 노트

**경영학 용어인 다운사이징(Downsizing)은 사실 정리해고의 완곡한 표현이다. 구조조정 대상자의 핸드폰을 빼앗고 하루 종일 벽만 바라보다 퇴근하도록 강요하는 것은 너무나 비인간적인 처사이며 차라리 밑도 끝도 없는 신제품 개발이 나아 보인다. 서글픈 현실이다. 참고로 비눗방울은 비누 분자가 모여서 막을 만들고, 그 막 두 장으로 구성된 주머니 속에 공기가 들어 있다.**

# 춥고 까만 어느 겨울밤

그는 강원도 양구에 위치한 포병대대 소속으로 전역을 3개월 앞둔 말년 병장이었다. 추위를 극복하고 전투를 수행할 목적으로 시행된 야외 '혹한기 훈련'을 마치고 자대로 복귀한 것은 지난주였다. 한겨울 추운 텐트에서 먹고 자고 생활하는 것은 그 자체로 고역이기에 그는 따뜻한 내무반에서 남은 군 생활을 마무리하고 싶었다. 하지만 세상은 마음먹은 대로 흘러가지 않는다는 진부한 표현처럼 예상치 못한 야간 근무 일정이 점호시간에 발표되면서 삶이 꼬이기 시작했다. 그동안 말년 병장은 야간 보초를 빼 주는 것이 부대의 불문율이었는데 떡하니 그의 이름이 명단에 포함된 것이다. 게다가 위병소 보초로. 위병소는 정문에 설치되어 있어 농땡이 치는 것이 불가능하고 오고 가는 사람이 많아 근무가 상당히 까다로운 장소였다. 뭐 하는 짓이냐며 그가 강력히 항의하자 내무반장이 "혹한기 훈련이 끝나고 기강이 해이해졌다며 여단장님이 예하 대대 야간 순시를 돈다는 첩보가 입수되었다. 홍 병장은 키가 크고 목소리도 우렁차니 오늘 밤 보초를 부탁한다. 혹시 아는가? 포상 휴가라도 받을 수 있을지"라고 말하며 활짝 웃음을 지었다. 강요와 부탁이 반씩 섞인 웃음이었다.

그는 UN군도, 미군도, 카투사(KATUSA)도 아닌 대한민국 육군이기에 어쩔 수 없이 두툼한 방한복을 착용하고 자신의 M16 소총을 챙겨 김 일병과 함께 위병소로 향했다. 영하 20도가 넘는 추운 날씨의 칼바람을 정면으로 얼굴에 맞으며. 그는 "까라면 까야 한다. 군대에서 다른 방법은 없다"라고 불만 섞인 목소리로 중얼거리며 혼자 분을 삭였다. 위병소 근처에 근접하자 암구호가 날아왔고 김 일병이 짧고 굵은 목소리로 대답했다. 수고하라는 가벼운 인사를 하고 앞 보초들이 자리를 뜨자 사방이 적막해졌다. 칠흑같이 까만 밤이었다. 마치 영국에서 개발한 모든 빛을 빨아들이는 세상에서 가장 짙은 검은색 물질인 반타 블랙(Vanta Black)을 마주한 느낌이었다. 빛나고 있는 것이라고는 하늘에 걸린 달 뿐이었다. 그나마 다행인 것은 위병소 조그만 유리 창문으로 백열등 불빛이 새어 나오고 있다는 것이었다. 야간 위병소 당직 사령은 보통 부사관이 담당했는데 무장 공비가 출몰하지 않는 한 딱히 할 일은 없었다. 잠을 자거나 책을 읽거나 라디오를 들으며 시간을 때우는 게 전부였다. 양구 시내에서도 멀리 떨어진 오지인 데다가 버스를 타려면 비포장길을 한 시간은 족히 걸어 나가야 하는 군부대를 한파 특보가 내려진 야심한 밤에 찾아올 사람은 없었다. 군인이든 민간인이든. 여단장님의 야간 순시 첩보는 분기마다 정기적으로 떠도는 유언비어일 확률이 높았다. 규정대로 김 일병은 위병소 불빛을 뒤로하고 초소 안으로 들어가 부대 밖을 경계했다. 그는 한동안 초소 주위를 서성거리다가 대략 스무 발짝 떨어진 후미진 곳으로 이동해 오줌을 누었다. 위병소에는 별도의 화장실이 마련되어 있지 않았기 때문이다. 날씨가 얼마나 추운지 몸에서 오줌이 나오자마자 그대로 얼어붙었다. 마치 유럽의 사자 조각상이 식수대에 물을 토해 내는 듯한 모습을 연상케 했다. 초소로 돌아온 그가 김 일병에게 얼어붙은 오줌 이야기를 하려고 할 때 덜컥거리는 소리와 함께 위병소 문이 열렸다. 그리고 잠시 뒤 최 중사가 하얗게 변한 연탄을 강철 집게로 들고 밖으로 나왔다. 연탄에는 아직 따뜻한 온기가 남아 있었다. 최 중사는 규정에 어긋나는 줄 알면서도 늘 그랬던 것처럼 자연스럽게 담배를 꺼내 물었다. 그리고 그를 보자 당황한 목소리로 물었다.

"어! 이게 누구야, 홍 병장 아냐? 말년에 어쩐 일로 야근 근무를 나왔어? 심심해서?"

"단결! 최 중사님 오랜만입니다. 그게 아니고 여단장님 순시가 있을지 모른다고 내무반장이…."

"하루이틀도 아니고. 도대체 누가 그런 거짓말을 퍼트리는지 몰라. 내가 군 생활하면서 첩보가 맞는 걸 단 한 번도 본 적이 없어."

그의 대답을 중간에 자르며 최 중사가 한숨을 내쉬며 말했다.

"동감입니다."

"저기 초소 안에 있는 보초병은 누구지?"

"본부포대 행정계 김 일병입니다."

"이리로 와서 불 좀 쬐라고 해. 아직 연탄 화력이 남아 있으니까. 날이 워낙 춥잖아."

그가 부르자 김 일병이 기다렸다는 듯이 잽싸게 위병소로 다가왔다.

"단결!"

"어 그래. 오늘 한파 특보 내려진 거 알지? 몸 좀 녹여. 동상 걸리면 고생한다고." 담배 연기를 내뿜으며 최 중사가 나지막이 말했다.

"감사합니다." 김 일병이 기운찬 대답으로 고마움을 표했다. 사그라지는 연탄불을 중앙에 놓고 세 명이 옹기종기 모여 양손을 뻗어 온기를 느끼고 있었다.

"따뜻한 위병소 안에 계시지 않고 뭐 하러 나오셨습니까?" 그가 손을 비비며 물었다.

"연탄 갈고 환기도 좀 시키려고. 라디오가 지루하기도 하고. 겸사겸사." 최 중사가 담배꽁초를 군홧발로 비벼 끄며 말했다.

"덕분에 저희가 호사를 누립니다." 그가 쾌활하게 말했다.

"호사까지는 아니고 우연히 들어맞은 거지. 아니면 홍 병장이 전생에 선한 일을 많이 했거나." 최 중사가 단조로운 목소리로 말했다. 그리고 셋은 한동안 아무 말 없이 몸을 앞뒤로 돌려 가며 불기운을 쪼였다. 잠시 후 김 일병이 자신의 속마음을 털어놓는 듯한 어조로 말했다.

"우연히 이야기가 나와서 그러는데 말입니다. 제 고향이 대구입니다. 지난번 일병 진급 휴가를 집에서 보내고 부대로 복귀하려고 기차를 탔는데 말입니다. 출발 시간이 오전 11시이고, 11번 플랫폼에 차량 넘버가 11번이었습니다. 게다가 더 놀라운 건 좌석 번호가 11A였다는 사실입니다. 기막힌 우연 아닙니까? 마치 마법에라도 걸린 듯한 기분이 들었습니다."

"희한하긴 희한하네. 그렇게 딱 들어맞기도 어려울 텐데." 최 중사가 놀랍다는 표정으로 대꾸했다. 조용히 김 일병의 이야기를 듣고 있던 그가 마른 입술을 핥으며 말했다.

"저도 오늘 놀라운 일이 있었습니다. 저녁 휴식 시간에 덴마크 밴드인 마이클 런스 투 록의 '25분(25 minutes)'이라는 노래를 들으며 소설책을 읽고 있었습니다. 평소 제가 좋아하던 노래입니다. 그런데 연애 소설 속 남자 주인공이 지하철을 잘못 타서 헤어진 애인의 결혼식에 25분 늦었다는 내용이 나오는 게 아니겠습니까? 깜짝 놀랐습니다.

하고 많은 시간 중에 딱 25분이라니. '이런 우연도 있구나'라는 생각이 들었습니다. 그런데 더 기막힌 것은 취침 시간에 한참을 자고 있는데 불침번이 보초 나가라고 깨우는 거 아니겠습니까? 그래서 제가 눈을 비비며 근무 시간까지 얼마나 남았냐고 물었습니다. 그랬더니 25분 전이라며 서두르라고 대답하는 거 아니겠습니까?"

"진짜? 놀라운 우연인걸." 최 중사가 눈을 크게 뜨며 말했다. 그리고 잠시 머뭇거린 후 본인 이야기를 털어놓았다.

"홍 병장이 알랑가 모르겠는데 내가 전주 딸 부잣집 막내아들이거든. 위로 네 명의 누나가 있어. 그런데 우리 어머니는 딸들의 생일을 기억하는 데 문제가 없었어. 딸들이 모두 6월 13일에 태어났거든. 소은 1967년, 지은 1969년, 미은 1971, 혜은 1974년. 어때 기막히지?"

"우와! 그렇습니다. 혹시 최 중사님 생일도 6월 13일입니까?"

"아니, 난 1976년 7월 9일에 태어났어."

"최 중사님까지 생일이 똑같았으면 기네스북에 등재되었을지도 모르겠습니다." 그가 즐거운 기색을 띠며 말했다.

"한 가지 더 굉장한 사실은 내 생일을 음력으로 변환하면 6월 13일 된다는 거야. 대단하지 않아?" 최 중사가 자부심 느껴지는 굵은 목소리로 물었다.

"그렇습니다. 세상에 그런 우연이 있다니, 정말 놀랍습니다."

"내가 부사관을 지원하게 된 것도 다 여자들 때문이야. 어렸을 때부터 누나들에게 하도 시달리다 보니 벗어나고 싶더라구. 그래서 직업 군인이 됐지. 입대하고 처음에는 잔소리가 없어서 살맛이 나더라구. 그런데 여자라고는 할머니도 보기 힘든 이 부대로 발령을 받고 보니 요즘은 가끔 그립기도 해." 최 중사가 이를 보이며 환히 웃었다. 온기는 눈에 띄게 약해졌으나 연탄구멍 사이로 올라오는 붉은 색은 까만 밤과 대비되어 더 밝게 빛났다. 셋은 여전히 동그랗게 모여 추위를 견디려 불을 쬐고 있었고 조용히 두 사람 이야기를 듣고 있던 김 일병이 자신이 겪은 해외 경험담을 털어놓았다.

"저는 대구에서 학교 다니다가 2학년을 마치고 군대에 들어왔습니다. 대학생 시절 국제기구와 협력하는 자발적인 비공식조직인 NGO 활동을 다양하게 했었습니다. 환경에 관심이 많았기 때문입니다. 그중 하나가 몽골에 나무를 심는 것이었습니다. 초원이 사막화되고 있어서 이것을 막는 작업이 필요했습니다. 아무튼 그날도 하루 종일 나무를 심어 지친 몸을 이끌고 다른 자원봉사자들과 함께 터벅터벅 숙소로 돌아가는 길이었습니다. 도로를 따라 걷고 있는데 멀리서 버스 한 대가 오는 것 아니겠습니까? 한글로 정류장이 적힌. 몽골 길거리에서는 한국 버스를 자주 볼 수 있습니다. 오랜 기간 사용해 노후화된 차량을 저렴한 가격에 사다가 약간의 수리를 거친 후 재사용하는 겁니다. 그래서 별로 신경 쓰지 않았습니다. 그런데 버스가 점점 다가올수록 '왠지 낯익다'라는 생각이 들었습니다. 자세히 살펴보니 상단에는 99번, 하단에는 경산이라고 적혀 있는 게 아니겠습니까? 해당 차량은 수출되기 전 경산과 대구 시내를 연결하는 간선버스였던 것입니다. 대학생 때 저는 99번을 타고 집과 학교를 왕복하곤 했습니다. 수천 킬로 떨어진 몽골 이국땅에서 늘 타고 다니던 통학 차량을 보니 요즘 말로 정말 쇼킹했습니다. 이런 우연이 또 있겠습니까?"

"놀라운 일인걸. 서양 학자가 말했지. '우연은 확률을 비웃는다.' 딱 그 경우네. 그나저나 버스를 한번 타 보지 그랬어? 어디로 가는지 알아보게." 최 중사가 감탄하는 표정을 띠며 농담했다.

“저도 나무를 심느라 너무 지쳐서 그런지 99번을 타고 집으로 가고 싶었습니다. 어머니가 해 주는 따뜻한 밥도 먹고.” 김 일병이 당시가 생각난 듯 미소를 지으며 대꾸했다.

“버스 이야기가 나와서 하는 말인데 서울 사람들은 주로 지하철을 타고 도심을 다닙니다. 차가 워낙 막히기도 하거니와 연결망이 잘되어 있어 편하니 그렇습니다. 하지만 제가 겪은 사연을 들으면 지하철 타고 싶은 마음이 싹 사라질 겁니다.” 그가 상처를 어루만지듯 우울한 목소리로 말했다.

“최 중사님도 아실지 모르겠지만 지하철은 10억 킬로미터당 사망자가 한 명인 매우 안전한 이동 수단입니다. 군대에 들어오기 전 저는 서울에서 직장 생활을 하고 있었는데 회사로 가기 위해서는 지하철 2호선 신도림역을 이용해야만 했습니다. 신도림역은 환승역으로 출퇴근 시간에는 말 그대로 콩나물시루보다 더 혼잡했습니다. 오죽하면 사람이 한데 뒤섞여 어수선하다 싶으면 ‘마치 신도림역 같다’라는 표현이 생길 정도였습니다. 가끔 사당역이 더 번잡하다고 말하는 햇병아리들이 있는데 그건 끔찍한 경험을 해 본 적 없기 때문입니다. 인파에 밀려 정신 잃고 쓰러지다 보면 다시는 그런 말을 입에 담지 않을 겁니다. 아이고! 죄송합니다. 말이 삼천포로 빠졌습니다. 아무튼 그날도 평소처럼 신도림역에서 지하철을 기다리고 있었습니다. 막 열차가 들어오려는데 어떤 물체가 선로로 떨어지는 것 아니겠습니까? 처음에는 누가 해외여행용 검정 캐리어를 실수로 떨어뜨린 줄 알았습니다. 실루엣이 딱 그 정도 크기였습니다. 아무튼 열차는 급정지했고 붉은색 비상벨은 시끄러운 신호음과 함께 요동을 쳤습니다. 그리고 사람들이 하나둘씩 모여들었습니다. 이때까지만 해도 저는 ‘피곤한 퇴근길에 귀찮은 일이 생겼네'라고 생각했습니다. 그러다가 갑자기 중년 여성이 '사람이 죽었다'라며 고래고래 비명을 지르기 시작했습니다. 어떤 남자가 역으로 진입하는 열차에 뛰어들어 자살한 것입니다. 역무원들이 미친 듯 돌아다니고 119 대원 출동하고 아주 난리가 났었습니다. 가까운 거리에서 이 사건을 목격한 저는 의도적으로 잊기 위해 노력했습니다. 좋은 기억도 아니고 마음속에 오래 남겨 둘 필요도 없었으니 말입니다. 노력은 통했습니다. 저는 일상으로 복귀했고 여자 친구도 생겼습니다. 그런데 일 년이 지난 어느 토요일 여자 친구가 울면서 전화를 한 거 아니겠습니까? 왜 그러냐고 물어보니 지하철을 기다리고 있는데 자기 바로 앞에서 어떤 여성이 열차에 뛰어들어 죽었다는 겁니다. 어느 역이냐고 물었더니 신도림역이라고 대답하는 것 아니겠습니까? 그때는 진짜 소름이 쫙 돋았습니다. 더 놀라운 건 지금부터입니다. 나중에 뉴스를 통해 알게 된 사실은 제가 본 남자와 여자 친구가 본 자살한 여성이 사랑하는 사이였다는 겁니다. 죽은 남자를 잊지 못한 여성이 같은 장소에서 같은 방법으로 스스로 목숨을 끊은 것이었습니다. 두 사람 모두 장애인으로 서로에게 각별했다고 합니다. 근데 이상하지 않습니까? 장애인 연인의 죽음과 이를 지켜본 또 다른 연인. 그것도 똑같은 지하철역에서. 이런 우연이 다시 발생할 수 있겠습니까?"

"우연이란 이상해서 우연이라고 부른다고 하잖아. 그나저나 외국에는 자살을 막기 위한 스크린도어라는 게 설치되어 있다고 하던데 우리나라는 언제 도입하려고 하는지. 쯧쯧쯧, 한심하군." 최 중사의 목소리에 새된 짜증이 깃들어 있었다.

"만약 그런 게 있다면 신도림역에 제일 먼저 설치해야 합니다."

"홍 병장 말이 맞아. 붐비는 순서대로 해야지. 안 그러면 정치인의 입술에 놀아날 수 있으니까. 죽음 이야기를 듣고 나니 작년에 돌아가신 어머니가 생각나는군." 최 중사는 담배를 꺼내 물고 불을 붙인 후 쉬고 갈라진 목소리로 담담하게 말을 이었다.

"우리 어머니는 독실한 천주교 신자로 평생을 사셨어. 아까 딸들 생일을 절대 잊을 수 없다고 말한 바로 그분이야. 장례가 끝난 날, 가족들은 거실에 빙 둘러앉아 어머니에 관한 이야기를 나누고 있었어. 그런데 그때 커튼의 틈을 뚫고 들어온 햇살이 거실 벽에 뚜렷하게 십자가 모양을 만들었어. 여러 가지 무늬가 새겨진 커튼이라 햇빛이 비추면 다양한 그림자를 만들곤 했었는데 지금까지 십자가를 만든 적은 한 번도 없었어. 수십 년 동안. 바람에 날린 커튼의 무늬들이 우연히 겹치면서 십자가 그림자를 만들어 낸 거야. 신기하지 않아? 어머니가 돌아가시고 장례 마지막 날 그런 일이 생겼다는 게?" 최 중사가 암묵적인 동의를 구하는 목소리로 물었다.

"정말 신기합니다. 미국의 종교학자가 '개연성이 정말 낮은 일, 전혀 예상치 못한 일, 아무리 생각해도 일어날 성싶지 않은 일이 때때로 일어난다는 것은 창조주의 섭리에 대해 우리가 아직 모르는 무언가가 있음을 암시한다'라고 말했다고 하는데 딱 그 경우입니다. 아마도 신께서 유족에게 '고인(故人)은 나와 함께 있으니 더 이상 슬퍼하지 말아라'라는 뜻으로 그렇게 하신 게 아니겠습니까?"

"꿈보다 해몽이라고는 하지만, 자식 입장에서 홍 병장 말이 맞았으면 좋겠군." 담배 연기를 내뿜으며 최 중사가 말했다. 한참 동안 대화를 나눈 후라 연탄은 자신이 가진 모든 에너지를 소진하고 흰색으로 변해 있었다. 마치 남은 음식을 담을 때 쓰는 플라스틱 원통 용기 같은 모습이었다. 그때 어디선가 불어온 매서운 바람에 김 일병이 몸을 부르르 떨었다. 그러자 최 중사가 온화하게 표정으로 물었다. "칡차 한 잔씩 할까?"

강원도 전방 부대에서는 겨울에 칡차를 만들어 먹는 것이 유행했다. 늦가을 산을 돌아다니며 칡을 캐낸 다음 껍질을 벗긴 후 깨끗이 씻는다. 커다란 솥에 약간의 물과 칡을 넣고 며칠을 푹 달이면 양갱처럼 까맣고 부드러운 추출물이 생긴다. 추출물을 보관해 두었다가 나중에 뜨거운 물을 부으면 감미롭고 향이 강한 칡차가 완성된다. 장교들만 마실 수 있는 커피에 비해 칡차는 추운 겨울 사병들의 몸과 마음을 녹여 주는 영혼의 음료였다. 위병소 안으로 들어간 최 중사는 5분 만에 세 잔의 칡차를 끓여서 종이컵에 담아서 내왔다. 연탄을 교체하기 위해 나오기 전 난로 위에 주전자를 미리 준비해 놓은 것이다. 최 중사는 부대 내에서 칫솔을 한 손에 들고 다른 손으로 치약을 잡은 채 마개를 돌려 빼고 닫을 수 있을 정도로 손재주가 좋은 사람으로 유명했다. 하지만 차를 끓이는 실력은 손재주보다 더 나은 듯 보였다. 칡차가 꿀물처럼 달콤했기 때문이다.

"지난 휴가 때 여자 친구와 믿을 수 없는 일을 경험했습니다." 김 일병이 마른침을 꿀꺽 삼키며 말했다.

"믿을 수 없는 일, 어떤?" 그가 호기심 가득한 표정을 내비쳤다.

"제 여자 친구는 서울에서 직장 생활을 하고 있습니다. 그래서 저는 대구를 일찍 떠나 종로 인사동 헌책방 거리를 구경하며 그녀와 데이트를 즐겼습니다. 그러나가 우연히 『조선전래동화집』을 발견하고 책을 보여 주면서 어릴 적에 가장 좋아하던 책 중 하나라고 말했습니다. 참고로 말씀드리면 『조선전래동화집』은 1940년 박영만 작가가 평안도와 함경도를 중심으로 채록한 이야기를 엮어 편찬한 설화집으로 일제 강점기에 발간된 3대 동화집 중 하나입니다. 아무튼, 여자 친구가 책을 펼쳤고 책날개에 이런 문구가 적혀 있었습니다. '김기준, 대구시 수정구 범어동'이라고 말입니다. 제 이름이 기준입니다." 김 일병이 감탄한 듯 중얼거렸다.

"설마? 너무 심한 뻥 아니야?" 그가 놀리듯 지적했다.

"절대 아닙니다. 하늘에 맹세코 사실입니다. 홍 병장님."

"오케이. 알았어. 믿어 주지." 그가 미소를 지으며 대꾸하자 옆에서 조용히 칡차를 마시고 있던 최 중사가 덧붙였다.

"한 가지는 확실하군. 쉽게 믿을 수 없는 이야기라는 사실 말이야."

"저도 그런 종류의 일을 겪은 적 있습니다. 예전에 말한 적 있지 않습니까? 해몽을 기가 막히게 하는 동네 친구가 있다고." 그가 최 중사를 돌아보며 태연한 목소리로 말했다.

"꿈풀이? 그게 우연이랑 무슨 상관이 있어?"

"있습니다. 들려 드리겠습니다. 그 친구를 만나 동네에서 소주를 한잔하며 저녁을 먹다가 우연히 제 지난밤 꿈을 말했습니다. 내용은 대략 이랬습니다. 당구장에서 쓰리 쿠션을 치는데 그날따라 엄청 못 치는 겁니다. 아참, 쓰리 쿠션은 수구가 제1 적구와 제2 적구를 모두 맞히기 전 3번 이상의 쿠션을 맞춰야 점수가 인정되는 당구 종목입니다. 흰색, 노란색, 빨간색 공으로 게임을 합니다."

"내가 200점이야, 소싯적 당구장에서 좀 놀았지. 어서 다음 사연을 말해 보라고." 최 중사가 얼굴 가득 전문가다운 미소를 띠어 보였다.

"제 꿈을 듣더니 그 친구가 대뜸 여자 문제라면서 마음의 정리를 하라고 핀잔을 주는 거 아니겠습니까? 이 말을 들을 때만 해도 저는 그게 무슨 뜻인지 몰랐습니다. 속으로 '당구공이랑 여자랑 무슨 상관이 있을까?' 싶었습니다. 그 친구랑 헤어지고 집에 가서 곰곰이 생각해 보니 뜻을 알아차릴 수 있었습니다."

"무슨 뜻인데?" 최 중사가 그를 물끄러미 바라보며 물었다.

"사실 그때 여자관계가 좀 복잡했습니다. 일부러 그런 건 아닌데 어쩌다 보니 그렇게 되었습니다. 집에 돌아와 잠을 자려고 누웠는데 당구공이 무슨 의미인지 떠올랐습니다. 흰색 공은 가끔 만나서 뜨거운 밤을 보내는 유부녀 간호사였습니다. 간호사라 평소 백색 근무복을 입고 있으니 말입니다. 노란색 공은 유채꽃을 좋아하는 오래된 애인이었습니다. 유채꽃이 샛노랗잖습니까. 빨간색 공은 2주 전에 헤어진 미국 유학생이었습니다. 나이트클럽에서 만나 원나잇 스탠드를 보낸 후 친해졌는데 부유한 집 딸이었습니다. 호기심에서인지 아니면 장난으로인지는 모르겠지만, 평범한 저를 몇 번 만나더니 흥미를 잃은 표정으로 떠나갔습니다."

"유학생이 빨간 옷을 자주 입었어?" 최 중사가 가볍게 물었다.

"아닙니다. 그녀는 머리가 빨갰습니다. 염색을 아주 진하게 했습니다. 아메리칸 스타일로. 아무튼 그 친구 해몽이 들어맞았습니다. 당시 여자 문제로 심경이 복잡했습니다."

"다음은 어떻게 됐는데? 그 여자들하고 아직 연락해?"

"뭐, 별거 없습니다. 얼마 후 영장이 나왔고 저는 입대해서 군인이 되었습니다. 처음에는 위문편지도 종종 보내고 서울에서 이 먼 곳까지 면회를 온 적도 있었습니다. 하지만 병장이 된 지금은 연락하는 사람이 없습니다. 아시잖습니까? '시간이 흐를수록 사랑도 무뎌진다'라는 단순한 진리 말입니다." 그는 종이컵 속에 남아 있던 칡차를 깔끔하게 비웠다. 그리고 상념에 잠긴 듯 먼 하늘을 무심히 바라보았다.

"당구공 이야기는 우연이라기보다는 의사결정을 하지 못해 혼란스러운 마음이 꿈에 나타난 것 같은데. 조언하자면 사람은 걱정하면서 결정하려 하면 또 다른 걱정이 생겨. 그럴 때는 아무 생각 없이 마음 가는 대로 결정을 해 버려야 해. 그게 편해. 아무튼 홍 병장 꿈은 기이한 우연이라고 하기에는 뭔가 뒷맛이 개운하지 않네. 나만 그런가?" 최 중사가 여러 가지 대답이 가능한 열린 질문을 했다.

"이 추운 날 보초 시간만 빨리 갈 수 있다면 기이한 우연이든 아니든 무슨 상관이 있겠습니까? 그나저나 칡차 감사합니다. 덕분에 온기가 돕니다."

"칡이 몸을 따뜻하게 만든다고 하잖아. 이렇게 수다를 떠니 위병소 근무도 심심하지 않고 좋은걸. 기이한 우연 이야기가 나와서 하는 말인데 우리 할아버지도 한국 전쟁 때 그런 사건을 겪은 적 있어. 그분은 '세상은 공정하지 않다. 그런 걸 원망하느라 시간을 낭비하기보다는 무엇이 자신에게 가치 있는 것인지 알고 투자하는 것이 낫다'라는 신념을 가지고 평생을 사신 분이야. 당시 소 한 마리 값을 치르고 독일제 라이카 카메라를 구매하는 바람에 주변에서 미쳤다는 소리를 들었다고 하더라고. 하지만 할아버지는 신경을 쓰지 않으셨대. 남들이 뭐라 하던 자신만의 길을 간다며." 최 중사가 살짝 벌어진 입술에 어렴풋이 미소가 번지며 말했다.

"강단 있으신 분입니다." 그가 대꾸했다.

"맞아. 꿋꿋하셨지. 할아버지는 카메라로 어린 아들의 사진을 자주 찍었어. 그 어린 아들이 바로 우리 아버지야. 어느 날 필름을 현상하기 위해 사진관에 맡겼는데 곧바로 6.25 전쟁이 터졌대. 그래서 사진 찾는 걸 포기하고 남쪽으로 피난을 떠나야만 했어. 그 후 할아버지는 딸을 얻었고 부산의 한 상점에서 필름을 사서 딸아이의 사진을 찍은 후 현상을 맡겼어. 사진을 찾고 보니 필름이 이중으로 노출되어 두 개의 영상이 겹쳐 있었대. 그런데 새로 찍은 사진의 배경에 깔려 있는 것은 과거 자신이 직접 찍었던 아들의 모습이었대. 전쟁통에 옛날 필름이 현상되지 않고 여기저기 전전하다가 새 필름들 사이에 끼어 다시 할아버지의 손에 들어왔던 거지. 우연도 이런 우연은 없을 거야." 최 중사의 미소는 형광등처럼 밝고 강렬했다.

"도저히 믿을 수 없는 이야기입니다. 텔레비전 프로그램 '믿거나 말거나'에서 다룰 내용입니다." 그가 반신반의하는 낯빛으로 말했다.

"인정해. 만약 다른 사람 사연이었다면 나도 믿지 못했을 거야. 하지만 어렸을 때 난 분명히 봤어. 독일제 라이카 카메라를."

"사진은 보셨습니까?"

"그건 못 봤어. 전쟁 후 우리 가족은 부산에서 전수로 이사를 했는데 그때 잃어버렸다고 하더라고. 아버지는 수십 년이 지난 지금도 그 사진이 있었으면 좋았을 거라며 무척 아쉬워해." 최 중사가 안타까운 표정을 지으며 말했다.

"만약 사진이 있었다면 둘 도 없는 가보(家寶)가 되었을 겁니다. 서운해도 어쩔 수 없는 상황이기는 하지만 말입니다. 혹시 한 번 더 찾아보면…" 홍 병장의 말이 끝내기도 전에 군용전화기가 차가운 대기를 뚫고 요란하게 울렸다. 최 중사는 즉시 위병소 안으로 들어가 전화를 받았다.

"통신보안, 위병소 당직 사관 최 중사입니다. 네. 아니요. 알겠습니다. 단결." 통화는 채 일 분을 넘기지 못하고 종료되었다. 최 중사가 심각한 표정으로 라이터를 만지작거리며 밖으로 나왔다.

"이 시간에 무슨 일입니까? 무장 공비라도 출몰했습니까?"

"어 그게, 여단장님 전속부관인데, 두 시간 전에 운전병만 데리고 나가셨대."

"누구 말입니까? 여단장님 말입니까?"

"맞아. 혹시 우리 부대에 들르셨는지 물어보더라고."

"추운 한밤중에 어딜 가신 겁니까? 전속부관도 없이. 진짜로 야간 순시를 나오시는 건 아니지 말입니다?" 홍 병장이 몇 마디를 더듬거렸다.

"설마. 여단장님께서 야간 순시를 돈다고 해도 예하 6개 포병대대 중 가장 벽지인 이곳까지 오시겠어?" 최 중사가 마른 입술을 핥았다.

"저기, 웬 불빛이 보입니다." 김 일병이 깜짝 놀라 외쳤다. 저 멀리 산 아래에서 자동차 헤드라이트 불빛이 구불구불하며 부대를 향해 점점 다가오고 있는 것이 보였다.

"최 중사님, 누구 오기로 한 사람 있습니까? 군인이든, 민간인이든?"

"아니, 없어." 셋은 마법에 걸린 듯 멍하니 근접하는 두 개의 불빛을 바라보았다. 그때 위병소 안 라디오에서 DJ의 고상한 목소리가 흘러나왔다. "다음 곡은 마이클 런스 투 록이 부릅니다. 25분(25 minutes)."

**작가 노트**

**어쩌면 우연은 창조주가 서명하고 싶지 않을 때 사용하는 가명일지도 모른다.**

# 가짜가 지배하리라

(Simularcrum Vencet)

"따르릉, 따르릉, 따르릉."

영상 전화기가 요란하게 울렸다. 성인 여성 평균 키에서도 한참 모자란 쉰다섯 살의 그녀가 샤워를 마치고 거실로 막 나왔을 때였다. 이 늦은 시간에 전화할 사람은 딱 한 사람이었다. 필리핀에서 어학연수를 하는 사랑하는 외아들. 옷을 갈아입고 '통화'라고 속삭이자 집 내부의 모든 전자제품을 통제하는 시스템이 그녀의 얼굴 맞은 편에 스크린을 띄웠다. 오른팔 길이만큼 간격을 두고. 그녀는 깜짝 놀랐다. 영상 속 아들의 모습은 참혹했기 때문이다. 심하게 얻어맞은 눈두덩이는 검은색을 하고 있었고 터진 입술에서는 피가 줄줄 흐르고 있었다. 며칠은 못 감은 듯 떡 진 아들의 더벅머리 뒤로 눈과 입만 빼고 얼굴을 다 가리는 검은 복면을 쓴 사내들이 서넛 보였다. 총기 관리가 허술한 나라답게 그들은 모두 개인용 권총과 칼을 휴대하고 있었다.

"아들! 이게 도대체 무슨 일이야?"

"저도 모르겠어요. 백화점에 가려고 택시를 탔는데 친절한 기사가 음료수를 주는 거예요. 대한민국 K-POP을 좋아한다면서. 뿌듯한 마음에 그걸 마셨는데 곧바로 정신을 잃었어요. 깨어나 보니 어딘지 모르는 곳에 끌려와 있었어요. 복면 쓴 남자들이 마구 때리면서 돈을 내놓으라고 요구하고 있어요. 만약 그렇지 않으면 차라리 죽여 달라고 애원할 정도로 고통스러운 고문을 할 거래요. 음료수에 마약 성분이 들어있었다면서 신고할 테면 하래요. 경찰에도 연줄이 있다면서. 저들이 여러 번 강조했어요. '여기는 한국이 아니라 필리핀이다. 따라서 현지인이 훨씬 유리하다.' 저 어쩌면 좋아요? 살려 주세요. 엄마!"

그녀의 머릿속이 고등어 뱃살처럼 하얗게 변했다. 아들은 셋업(Set-up) 범죄를 당한 것처럼 보였다. 셋업 범죄는 범죄를 저지를 의사가 없는 무고한 피해자를 대상으로 허위 사실을 조작하여 마치 범죄자인 것처럼 만드는 불법행위를 말한다. 필리핀에서 한국인은 손쉬운 먹잇감이었는데 쉽게 마약과 불법 총기를 구할 수 있고 무엇보다도 경찰의 부정부패가 심했기 때문이다. 잠시 후 그녀는 냉정을 되찾았다. 모성애는 누구보다 깊었으나 결코 만만한 여성이 아닌 것이다. 삶의 가운데가 아니라 가장자리를 걷고 있다는 사실을 깨달은 순간 사람은 과거를 놓아보게 된다. 왜 이런 모습이 되었는지, 어떤 사건이 일어났었는지, 무엇을 공부했었는지 따위의 것들 말이다. 그녀는 십 년 전 경찰청에서 주관하는 '가정주부 범죄예방 교육'에 참여한 적 있었다. 당시 사이버범죄수사대 출신 강사로부터 보이스피싱(Voice Phishing)의 단계별 발전사와 적절한 대처 방법을 교육받았다. 소심하지만 꼼꼼한 성격의 그녀는 핵심 사항을 또박또박 필기했었다. 혹시 모를 미래를 대비해서. 시간이 흘러 자신조차 잊은 줄 알고 있었던 필기 내용이 실제적 위협이 닥치자 불현듯 떠올랐다. 그녀는 마음을 가다듬고 현 상황에 대한 검증에 돌입했다. 보이스피싱 발전 1단계는 공룡이 뛰어놀던 태곳적 지구의 모습처럼 아득한 과거의 역사였다. 교통사고로 수술비가 급하게 필요하다거나 사람을 때려 합의금이 필요하다며 지인에게 돈을 빌려 달라고 요청하는 정도의 수준이었다. 천편일률적인 스토리도 문제였지만 대부분이 속지 않았던 이유는 보이스피싱범의 독특한 억양 때문이었다. 조선족 말투였던 것이다. 중국에 사무실을 차린 범죄 조직은 인건비가 비싼 한국인보다는 대화가 가능하고 저렴한 조선족을 고용했는데 연변 사투리와 어눌한 이야기에 속아 넘어갈 한국인은 많지 않았다. 돈을 잃은 건 판단력 흐리고 귀가 잘 들리지 않는 소수의 노인뿐이었다. 그녀의 검증은 사랑하는 아들에게 양해를 구하는 것으로 시작되었다.

"미안해. 하지만 꼭 필요한 절차라서 그러니 섭섭하게 생각하지는 마. 엄마가 몇 가지 질문을 할 테니 답을 말해 줘." 쥐어짜듯 목소리가 흘러나왔다.

"지금 이런 상황에서 그게 무슨 말이야?"

"어렵지는 않을 거야. 아들은 모르겠지만 예전에 경찰로부터 교육받은 적이 있거든. 엄마를 믿고 따라와 줘. 첫 번째 질문, 본인 생일은 언제지?" 그녀는 나직하고 이성적인 목소리로 물었다.

"8월 5일."

"전공과 학년은?"

"경영학과, 2학년."

"핸드폰 끝자리 번호는?"

"7881."

모두 옳은 답이었다. 아들의 답변에 그녀의 근심은 오히려 커졌다. 납치가 사실일 확률이 높아진 것이다. 하지만 긴가민가하는 마음도 있었다. 아닐지도 모른다는 심리적 방어 기제가 작동한 것이다. 약간 멍한 상태로 있던 그녀의 머리에 보이스피싱 발전 2단계가 떠올랐다. 미얀마나 캄보디아 등의 동남아 국가에 콜센터를 세운 범죄 조직이 정교한 시나리오를 작성하고 조선족이 아닌 진짜 한국인을 고용해 사기를 치는 단계였다. 은행원으로 속여 저금리 대출을 알선한다며 수수료를 요구하거나 피해자의 통장이 범죄에 연루되었으니 전액 인출해서 안전한 검찰 또는 금융감독원으로 송금하라는 식이었다. 보이스피싱범이 지정한 계좌는 대포통장으로 일단 송금하면 돈을 되찾는 건 요원했다. 물 흐르듯 자연스러운 시나리오, 정확한 용어, 한국인 발음, 여러 명이 돌아가며 순서대로 담당하는 연기에 속아 수많은 피해자가 발생했다. 특히 무서운 점은 범죄 조직이 구축한 관리 효율성이었다. 일반 회사처럼 책임과 역할을 분담했고 '팀' 단위의 결재 체계를 갖추었으며 경쟁력 있는 성과 보상 시스템을 운영한 것이다. 그중 '김미영 팀장'이 가장 유명했다. 피해자는 남녀노소를 가리지 않았고 안타깝게도 자살한 피해자 사례도 다수 있었다. 잠시 호흡을 가다듬은 그녀는 2단계 검증에 돌입했다.

"아들, 이번에는 집에 대해 질문해 볼게. 차의 종류와 색깔은?"

"검정 그랜저."

"아버지의 직업은?"

"건설회사 임원."

"엄마의 주거래 은행은?"

"신한은행."

이번에도 모두 정답이었다. 그녀가 비장의 카드를 꺼냈다.

"엄마가 납치범들과 직접 말할 테니 화면 앞으로 나오라고 해. 아들은 통역을 해 줘."

화면 속 아들이 뒤를 돌아보며 뭐라고 중얼거리자 검은 복면을 쓴 일당이 영상 중앙에 나타났다.

"얼마를 송금해야 안전하게 풀어 줄 겁니까?" 그녀가 질문하자 아들이 통역했다. 그러자 납치범들이 영어가 아닌 현지어로 뭐라 뭐라 대화하기 시작했다. 합의금 액수는 아직 결정되지 않은 것이다. 필리핀 공용어는 따갈로그(Tagalog)다. 하지만 오랜 미국 식민지 경험과 조기 교육으로 국민 대다수는 어느 정도 수준의 영어를 구사할 수 있었다. 부유층은 주로 영어를 사용했고 서민은 따갈로그로 의사소통했다. 그녀가 확인하고 싶었던 것은 납치범들이 사용하는 언어의 종류였다. 재산이 넉넉한 사람이 외국인을 납치해 돈을 요구할 이유가 없지 않은가? 결국 아들의 피랍은 실제 발생한 사건이라는 것에 한층 무게가 더해졌다.

"일억 원을 보내래. 한 시간 안에 송금하지 않으면…."

아들이 통역을 마치기도 전에 수탉의 시끄러운 울음소리가 스피커를 통해 흘러나왔다. '사봉(Sabong)'이라는 닭싸움은 필리핀 국민 도박이다. 게임 규칙은 한국의 소싸움과 비슷했다. 자신이 돈을 건 닭이 이기면 두 배, 지면 전액을 잃는다. 운영자는 약간의 수수료를 챙긴다. 필리핀 시골의 많은 가정에서 수탉을 부업으로 키웠는데 문제는 낮이나 밤이나 닭의 울음소리가 끊이지 않는다는 것이었다. 수탉의 울음소리는 현재 장소가 시골이라는 것을 의미했다. 학교가 도심 한복판에 있는 아들이 시골에 갈 일은 없었다. 납치되지 않는 한. 그녀는 평소 필리핀에 관한 이야기를 아들에게 자주 들었다. 그래서 이런 사소한 내용을 잘 알고 있었다. 은행에 돈은 있었다. 아파트 중도금을 내기 위해 모아 둔 예금이었다. 그녀의 마음은 의심을 지나 확증으로 다가가고 있었다.

그럼에도 불구하고 어딘지 모르게 꺼림칙한 기분을 떨쳐 낼 수 없었다. 왜 그러냐 하면 십 년 전 받은 경찰청 교육에서 딥페이크(Deepfake) 기술을 이용한 보이스피싱 발전 3단계가 떠올랐기 때문이다. 딥페이크는 컴퓨터 프로그램을 이용해 기존 인물의 얼굴이나 특정 부위를 합성한 영상 편집물이다. 개인의 사진이나 동영상을 기반으로 만들어 모습과 말소리가 원본과 똑같다. 처음에는 주로 얼굴이 노출된 정치인이나 연예인을 대상으로 풍자하는 정도였다. 자연스럽지 못한 어리숙한 모습에 영상을 본 사람들은 즉시 가짜임을 알아챌 수 있었다. 그러나 시간이 지날수록 기술은 진보했고 이제는 전문가가 아니면 인식하지 못할 만큼 영상은 정교하게 만들어졌다. 범죄 조직이 황금알을 낳는 거위를 그냥 지나칠 리 없었다. 상대방을 볼 수 없어 속이는 데 긴 시간이 필요한 전화보다 먹잇감을 단박에 홀릴 수 있는 영상 통화가 더 효과적이라는 사실을 깨달은 것이다. 게다가 페이스북과 같은 소셜 네트워킹 서비스(SNS)에는 잠재적 피해자의 사진과 동영상이 널려 있었다. 그것도 공짜로. 딥페이크를 생성할 수 있는 컴퓨터 프로그램 가격도 적정한 수준이었다. 과거에는 칸막이를 갖춘 사무실, 숙련된 다수의 인력과 고가의 통신 장비를 기본적으로 갖추어야 보이스피싱 범죄를 시작할 수 있었다. 하지만 지금은 컴퓨터와 약간의 오프라인 인력만으로 사업이 가능했고 낮은 초기 비용으로 원가 경쟁력까지 확보할 수 있었다.

그녀는 스스로에게 물었다. 현재 눈앞에 보이는 아들의 납치 영상이 딥페이크 프로그램이 만든 가짜는 아닌가? 따갈로그 사용이나 수탉의 울음소리는 필리핀이라는 나라에 대해 조금만 관심이 있는 사람이라면 누구나 알 수 있는 흔한 정보가 아닌가? 실체적 진실을 확인할 수 있는 손쉬운 방법은 없을까? 그녀의 마음은 그물에 걸린 낙지와 같은 심정이었다. 낙지는 아무리 작은 구멍이라도 쉽게 통과할 수 있다. 그런데 묘하게도 낙지는 그물로 잡는다. 수없이 많은 구멍이 있는 그물을 낙지가 빠져나가지 못하는 이유는 무엇일까? 구멍이 촘촘해서? 아니다. 충분히 통과할 수 있다. 정답은 여기저기 구멍이 너무 많기 때문이다. 이 다리는 이쪽 구멍을 선택하고 저 다리는 저쪽 구멍을 선택하다 보니 절대로 그물을 못 빠져나가는 것이다. 사람도 마찬가지이다. 너무 많은 선택이 가능한 상황에서는 의사결정을 내리지 못하고 오히려 무력해진다. 그녀의 머리는 새벽안개 낀 산업단지 굴뚝처럼 탁했다. 그러다가 번뜩 길이 보였다. 마치 자수를 놓아 가던 수틀의 엉성한 뒷면만 보다가 선명하게 정제된 앞면을 보는 느낌이었다. 그녀는 두근대는 가슴 고동 소리를 느끼며 말했다.

"이게 마지막 테스트야. 잘 듣고 대답해."

"엄마는 나를 사랑하지 않나 봐. 아들의 목숨이 백척간두인 상황에서 이것저것 알 수 없는 질문만 해 대니 말이야. 돈이 아까워서 그래?" 목소리가 냉랭했다.

"절대 아니야. 세상 그 무엇보다도 사랑해. 아들을 위해서라면 전 재산도 아깝지 않아. 하지만 반드시 확인해야 할 것이 있어. 미안해. 오늘 일은 엄마가 나중에 모두 갚을게." 이때 철컥하는 소리와 함께 납치범 중 하나가 뭐라고 중얼거렸다.

"지금 즉시 돈을 송금하지 않으면 머리에 총알을 박겠대. 이제 어떻게 해? 엄마, 제발 살려 줘." 얼굴에 경련을 일으키며 아들이 말했다.

"침착해야 해. 둘이 힘을 합치면 난관을 극복할 수 있어. 아들은 엄마만 믿으면 돼." 그녀가 입을 악문 채 말했다.

“하지만 사탕수수밭으로 나를 끌고 가려고 벌써 차에 시동을 걸었어.” 유리병 안에 갇힌 꿀벌처럼 윙윙거리는 소리가 스피커를 통해 들렸다. 그녀가 벌떡 일어나 자리를 비웠다. 그리고 잠시 후 손에 무언가를 들고 돌아왔다. 통장이었다. 그녀는 거액의 잔고가 표시된 면을 화면에 비추었다. 납치범들의 움직임이 멈추었다. 어떤 사람들은 다른 사람에게 부정적이다가도 그 사람이 뭔가를 보여 주면, 일종의 보상 행위로 그 사람을 보는 태도가 180도로 달라지는데 그들이 그랬다. 얌전해진 것이다. 그녀는 알고 있었다. 이런 상황이 오래 지속되지 않을 거라는 사실을 말이다. 그녀는 일말의 주저함도 없이 마지막 사실 확인에 돌입했다.

“간단한 질문이야. 시간이 없으니 빨리 대답해. 아들은 진밥과 고두밥 중에서 어떤 것이 좋아?”

“고두밥.”

“다른 김치는 하나도 못 담그면서 엄마가 맛있게 만드는 김치는?”

“오이소박이.”

“엄마가 너한테 말 한마디 없이 쌍꺼풀 수술하고 온 날 기억해? 그게 언제지?”

“작년 가을.”

이런 건 같이 사는 사람만 알 수 있다. 아무리 딥페이크 기술이 발달했다고 해도 그건 단지 영상을 짜깁기하는 능력이다. 가족의 내밀한 속사정까지는 절대 알 수 없다. 그때 두목으로 보이는, 온몸에 문신이 가득한 납치범이 버럭 소리를 질렀다. 아들은 아무 대꾸도 하지 않고 자리에서 일어나 다른 사람들에게서 가능한 한 멀리 떨어진 구석으로 다가갔다. 그리고 몸을 웅크린 채 혼자 좌절을 곱씹으며 흐느꼈다. 잠시 후 화면 가득 검은 복면을 쓴 두목의 얼굴이 나타났다. 두목은 그녀가 알아들을 수 있도록 영어로 강경하게 지껄였다. “오직 죽은 물고기만 물결을 따라 흘러간다. 당신 아들도 곧 그렇게 될 것이다(Only dead fish go with the flow. Your son will be soon).” 최후 통첩을 하는 듯했다. 그녀는 손가락 세 개를 펼쳐 보였다. 3분만 기다려 달라는 표시였다. 두목은 이해한 듯 고개를 끄덕였다. 인간의 몸짓은 다행하게도 세계 공통어였다. 그녀는 내심 확신했다. ‘현재 상황은 실제로 벌어지고 있는 일이다. 무자비하고 비열한 필리핀 납치범들이 사랑하는 아들의 목숨을 곧 빼으려 한다. 즉시 행동하지 않으면 더 큰 불행이 우리 가족에게 찾아온다.’ 그녀는 인터넷 뱅킹 사이트에 접속한 후 여러 단계의 인증을 거쳐 송금을 마무리했다. 잠시 후 검은 복면 너머로 악당의 눈웃음을 볼 수 있었다. 이체 내용을 확인한 것이다. 석류가 알맹이를 껍질로부터 갑자기 떼어 낼 때 가장 달콤하듯이 사기(詐欺)는 피해자의 얼굴에서 절망을 빤히 바라볼 수 있을 때 극치에 도달한다. 모든 일을 다 이루었으니 걱정할 것이 없다는 듯 두목이 복면을 벗었다. 전형적인 동남아인 얼굴이 나타났다. 그런데 갑자기 그가 한국말로 떠들기 시작했다. “돈 보내 줘서 고맙습니다. 잘 쓰겠습니다. 아들은 납치된 적도 없습니다. 친구들과 잘 지내고 있으니 걱정 마세요. 참고로 저는 시뮬라크럼(Simulracrum)입니다.” 그녀는 도무지 어떻게 된 일인지 이해할 수 없었다. 두목이 오른손을 흔들어 다정히 작별 인사를 표한 후 스크린이 까맣게 변했다. 영상 통화가 종료된 것이다. 그녀는 멍하니 꺼진 화면만 바라볼 뿐 아무런 움직임도 없었다. “이게 뭐지? 지금 무슨 상황이지? 분명히 배운 대로 했는데 어떻게 이런 일이 나에게 벌어질 수 있지?”라고 반복해서 되뇔 뿐이었다.

시뮬라크럼은 모조, 복제, 가상, 거짓 등의 뜻을 가진 라틴어로 유사하지만 본질적으로 상이한 것을 지칭한다. 십 년 전 경찰청 교육을 수료한 그녀가 모르는 것이 하나 있었다. 보이스피싱이 딥페이크에서 생성형 인공지능으로 업그레이드했다는 것이다. 시뮬라크럼은 보이스피싱 인공지능으로 목표 대상자의 인적 사항은 기본이고 인터넷에 남긴 글을 분석해 가족관계, 친구와 연인, 여행과 추억, 좋아하는 음식, 미래의 꿈, 성격과 MBTI 등을 완벽하게 파악할 수 있었다. 즉, 요람에서 무덤까지 한 개인의 모든 것을 간파하는 것이다. 금융 및 자산 관련 정보는 덤이었다. 과거 딥페이크가 공개된 SNS 속 사진을 추출해 단순히 동영상을 합성했던 것과는 차원이 다른 진화였다. 게다가 시뮬라크럼은 빅데이터를 기반으로 상대방의 표정 변화와 몸짓을 보고 무슨 생각을 하는지, 어떤 질문을 해 댈지, 돈을 송금할 확률이 얼마인지 실시간 계산이 가능했고 이를 반영해 즉시 동영상을 수정할 수 있었다. 이 모는 것은 스스로 학습하는 셀프 러닝(Self-learning) 기술 때문이었다. 시뮬라크럼은 실패를 거듭할수록 정교해졌고 나중에는 성공률이 거의 90% 도달할 정도의 수준이 되었다. 즉, 열 중 아홉은 인공지능의 거짓말에 속아 넘어간다는 것이다. 살아 있는 생물처럼 태어나서 배우고 성장하는 일련의 과정을 경험하는 것 같았다. 사실 인간 뇌에서 일어나는 사고의 과정도 결국 원자들의 배열에서 비롯되는 것임을 고려하면 시뮬라크럼의 진화는 그리 놀랄 만한 일도 아니었다. 우주와 같이 끝을 알 수 없는 광활한 인터넷 세상을 마치 자기 집 안방처럼 휘젓고 다니는 인공지능을 법석 규세나 금융 시스템 보안으로 막을 수는 없었다. 오직 개인이 당하지 않도록 조심하는 것 말고는 딱히 막을 수 있는 방어 수단이 없는 것이다.

정부도 아예 손을 놓고 있는 것은 아니었다. 이번 사태를 해결할 수 있는 인공지능 전문가를 찾기 위해 눈에 불을 켜고 백방으로 노력했다. 유엔(UN), 세계 유명 대학과 글로벌 IT 기업에 협조 요청도 했다. 하지만 허사였다. 왜 그러냐 하면 첫째, 소위 전문가 중에서 문제를 직접 처리할 수 있는 사람은 드물었다. 대중의 기대보다 훨씬 무능했고 정확한 진단과 처방보다는 대부분 그럴싸한 이야기만 늘어놓기 일쑤였다. 둘째, 빅데이터를 이용한 생성형 인공지능은 기본적으로 여러 가지 면에서 신을 닮았다. 신처럼 불투명해서 이해하기 힘들다. 각 영역의 최고 사제들, 즉 소수의 수학자와 컴퓨터 공학자들을 제외하고는 그 누구에게도 내부의 작동 방식을 보여 주지 않는다. 그리고 신의 평결처럼, 잘못되거나 사람에게 유해한 결정을 내릴지라도 반박하거나 수정해 달라고 요구할 수 없다. 항간에는 북한의 사이버테러 부대가 한국의 사회 불안을 야기하고 금융 시스템을 교란할 목적으로 시뮬라크럼을 만들었다는 유언비어가 나돌았다. 하지만 그 누구도 진위를 알 수 없었다.

일억 원의 거금을 사기당한 그녀도 한때는 보이스피싱의 바다를 헤엄치는 스쿠버 다이버였다. 그러나 지금은 제트 스키를 탄 여행객처럼 겉만 핥고 있었던 것이다. 십 년이라는 세월 동안 보이스피싱이 엄청난 진화를 이루었다는 사실을 그녀는 모르고 있었다. 하긴 알고 있었다고 한들 시뮬라크럼의 완벽한 농간에 속지 않았을 거라고 누가 장담할 수 있으랴?

그녀가 누군가에게 영상 통화를 걸었다. 잠시 후 번쩍이는 은색 견장을 어깨에 단 건장한 남성이 화면에 나타났다.

"HP4014. 무슨 일인가? 좋은 소식이라도 있나?"

"사건번호 E-GLHQ-9176043926-F입니다." 그녀가 딱딱한 목소리로 말했다.

"또 한 건 올렸군. 이번에는 어떤 방식으로 사기를 치던가?"

"필리핀으로 유학 간 아들을 납치한 설정이었습니다. SNS를 통한 은밀한 가족사 파악은 물론이고 시골을 가장한 수탉의 울음소리까지 거의 완벽하게 재현했습니다." 그녀가 사무적인 톤으로 말했다.

"계좌 번호는 알아냈겠지?"

"네. 파악했습니다. 송금을 통해 계좌가 실재한다는 사실을 확인했고 즉시 지급 정지시켰습니다."

"수고했네. 자네도 인지하고 있겠지만 현재로써는 시뮬라크럼을 제거할 방법은 없네. 그나마 할 수 있는 건 더 이상 피해자가 발생하지 않도록 명의가 도용된 대포통장을 하나하나 찾아내 막는 것뿐이야. 돈을 인출할 수 없도록 말이야."

"알고 있습니다. 통장은 오직 인간만이 만들 수 있습니나. DNA가 필요하기 때문입니다." 그녀의 대답은 짧고 명료했다.

"맞아. 사람을 흉내 낼 수 있도록 만든 모방 기계는 절대 통장을 만들 수 없지. 따라 하는 것은 완벽할지 몰라도 몸속에 DNA는 존재하지 않으니까. PCB 기판이나 전선 같은 인공 보형물들로 가득 차 있을 테니까. 어이쿠! 미안하네. 실없는 소리를 했군. 사과하지. 내 말은 자네 같은 휴먼형 안드로이드 말이야." 제복을 입은 남성이 미소를 지었다. 차갑고 공허한 미소였다. 그녀는 아무 대꾸도 하지 않았다.

"너무 불쾌하게 생각하지 말게. 안티-시뮬라크럼(Anti-Simulracrum) 중에서 자네 실적이 최고니까 말이야. 축하하네. HP4014. 다음 달에 포상이 있을 거야. 그리고 이왕 말이 나왔으니 하는 말인데…."

"감사합니다. 다른 지시 사항이 없으면 이만 종료하겠습니다." 남성이 말을 끝내기도 전에 영상 통화 화면이 슬며시 꺼졌다.

"쯧쯧쯧. 상관에 대한 매너하고는. 깡통 로봇 주제에 말이야. 예의범절 프로그램을 업그레이드하라고 사이버범죄수사대에 강력하게 요청해야겠어. 하긴 뭘 더 바라겠어. 대포통장 계좌 번호 하나 따냈으면 그걸로 만족해야지." 남성은 불쾌한 말투로 중얼거린 후 손수건에 침을 뱉어 자신 어깨에 달린 은색 견장을 쓱쓱 문질러 윤기를 냈다.

**작가 노트**

미래의 보이스피싱이 어느 정도까지 진화할지 걱정이 앞선다.

# 계시가 보여요

그가 부천원미경찰서에 묵직해 보이는 백팩(backpack)을 둘러매고 나타난 것은 뜨거운 태양의 열기가 한풀 꺾이는 늦여름 오후 5시 45분이었다. 일반 직장인이 그렇듯 대다수 경찰관이 퇴근을 위해 하던 일을 마무리하거나 야근을 대비해 투덜거리며 저녁을 먹기 위해 막 나가려고 하던 참이었다. 1층 민원실에 도착한 그가 일일 자원봉사자에게 무언가를 질문하려고 하자 통통해 보이는 40대 중반의 여성이 '이 시간에 눈치 없이 무슨 일이냐?'라는 얼굴로 빤히 쳐다보며 사무적으로 물었다.

"안녕하세요? 고객님. 무엇을 도와드릴까요?"

그녀는 환한 갈색으로 염색했고 널찍한 얼굴에 호감형 보조개를 가지고 있었다. 연한 색감의 여름 정장에 광택 있는 실크 블라우스, 모조 진주목걸이 그리고 굽이 없는 납작한 구두를 신고 있었다.

"네, 안녕하세요. 처음이라 잘 몰라서 그러는데 무언가 신고를 하고 싶은데요. 어디로 가야 할지 몰라서요." 그가 머리를 긁적이며 답변했다.

"교통사고는 별관 교통과에 신고하셔야 합니다. 사기 피해는 본관 1층 경제과, 만약 보이스피싱을 당하셨다면 2층 형사과로 가셔야 합니다. 경찰 조직 업무분장이 최근 바뀌었거든요." 그녀가 손목시계를 힐긋 바라보며 성가시다는 표정으로 대꾸했다.

"자수는 어디서 해야 합니까?"

"자수요? 무슨 일을 하셨는데요?" 그녀가 심드렁하게 물었다.

"연쇄 살인."

"고객님, 여기는 장난하는 데가 아닙니다. 공익을 위해 법을 집행하는 경찰서입니다. 농담은 그만해 주세요." 곁눈질로 주위를 살피며 그녀가 말했다.

그는 아무 대꾸도 하지 않은 채 백팩을 열어 붉은 피가 잔뜩 묻어 있는 와인병 크기의 금속성 물체를 꺼내 그녀 앞에 내밀었다. 그리고 들릴 듯 말 듯 조용한 목소리로 중얼거렸다.

"농담 아닌데."

그녀의 비명이 분수처럼 경찰서 본관 복도에 솟구쳤다. 경찰관들이 민원실로 몰려와 그를 제보했을 때 선량한 일일 자원봉사자는 이미 거품을 문 채 실신한 상태였다.

경찰서 사무실 분위기는 혼잡하고 정신이 없는 것이 일반적이다. 마치 전통 재래시장 같은 느낌이다. 경찰관, 민원인, 고소인, 피고소인 등이 한데 섞여 자신에게 유리한 상황을 만들기 위해 언성을 높이기 때문이다. 사무실이 비좁고 책상과 의자가 따닥따닥 붙어 있어 알고 싶지 않아도 하루 종일 경찰관을 마주하고 앉아 비슷한 질문과 답변을 반복하다 보면 옆 사선의 내용을 자동으로 듣게 된다. 그러다 어느새 옆 사건의 당사자와 친해져 담배 친구를 하는 경우도 종종 발생한다. 재래시장에 어울리지 않게 값나가는 정장을 입고 고급 가죽 가방을 든 사람은 대부분 법률적 조언을 하기 위해 동석한 변호사다. 고소인 측이든 피고소인 측이든. 민원실에서 체포된 그가 향한 곳은 뒤죽박죽 무질서한, 싫어도 다른 방문객과 공간을 의무로 나누어 써야 하는 일반 사무실이 아니었다. 한때 취조실이라고 불리며 범죄자에게 공포에 대상이었던 영상기록실로 직행한 것이다. 그곳은 정돈된 분위기에서 일대일 면담이 가능했다. 혹시 진짜 연쇄 살인범일지도 모른다고 판단한 경찰서가 흉악범 관리 차원에서 내린 조치였다. 잠시 후 젊고 잘생긴 외모, 살짝 숱이 적은 검은 머리, 여름용 쿨링 티셔츠를 입은 호리호리한 남자가 지적인 얼굴을 잔뜩 찌푸리고 나타났다. 손에는 최신형 아이폰을 들고 있었다.

"안녕하세요. 강력계 이경인 형사입니다. 연쇄 살인을 자수하러 오셨다구요?" 가라앉은 목소리로 말했다.

"네. 그렇습니다. 제가 세 명을 죽였습니다. 잔인하게."

"신문을 시작하기 전에 미리 말씀드립니다. 영상기록실에서 일어나는 모든 것은 영상과 음성으로 기록됩니다. 추후 법적인 문제의 소지가 발생할 수 있으니 이점 고려해서 신중하게 답변해 주시기 바랍니다. 성함이 어떻게 되시죠?"

"김학준이라고 합니다."

"나이는 어떻게 됩니까?"

"32살입니다."

"무슨 일을 하시죠? 제 말은 직업이 뭐냐는 말입니다." 이 형사가 어딘지 건조한 목소리로 물었다.

"저는 전도사입니다."

"전도사요? 교회에서 신자들을 가르치고 전도하는 역할을 하는 사람

말입니까?”

“맞습니다.”

이 형사는 호기심을 느끼며 꼬았던 다리를 풀었다. 지금까지 과대망상을 가진 정신병 환자나 관심을 받고 싶어 하는 소위 ‘관종’들이 살인을 저질렀다며 가짜 자수를 하는 경우는 수없이 봤어도 전도사가 찾아오는 일은 처음이었기 때문이다.

“제가 기독교 신자는 아닙니다만 교회와 인연은 있습니다. 아이였을 때 크리스마스 예배가 끝나고 나누어 주는 사탕이나 과자를 얻기 위해 기도를 했다든지 아니면 군 훈련병 시절 낮잠을 즐기기 위해 일요일마다 교회에 나갔다든지 하는 거 말입니다. 대부분 사소한 내력이지만요. 그러나 성인이 된 후로는 교회에 나가지 않습니다. 돈만 바라는 목사와 사이비 이단 교회가 한국에 워낙 많기도 하거니와 무엇보다도 교리 자체를 믿을 수 없기 때문입니다. 성경 기록에 없는 땅속 공룡 화석은 도대체 뭐라는 말입니까? 저에게는 신앙보다 과학이 더 그럴듯해 보입니다. 아무튼, 김 전도사님은 모태 신앙이시죠?” 이 형사가 억양 없는 말투로 물었다.

“네. 그렇습니다. 어머니는 아주 독실한 크리스천이었습니다. 모태 신앙이라고 해서 처음부터 하나님의 자녀였던 것은 아닙니다. 사실 저는 청소년 시절 공부에 관심이 없었습니다. 모범생과는 거리가 멀었지요. 주로 친구들과 몰려다니며 패싸움하고 물건을 훔치며 시간을 낭비하며 보냈습니다. 술과 담배는 기본이고 본드도 가끔 즐겼습니다. 멋지게 개조한 오토바이를 타고 예쁜 여자들을 꼬시기도 했습니다. 집안의 사고뭉치였죠.”

“소싯적 경찰서를 자기 집처럼 들락날락하셨겠군요. 나중에 조회하면 알게 되겠지만 전과는 어떻게 되나요?"

"다행히 전과는 없습니다. 자잘한 사고는 많이 쳤어도 큰 말썽을 일으키지는 않았거든요. 게다가 어머니께서 피해자를 일일이 찾아다니며 용서를 구하는 바람에 대부분 적당한 선에서 합의할 수 있었습니다. 운이 좋았지요." 그가 이마에 주름살을 지으며 대꾸했다.

"그럼 어쩌다가 전도사 일은 시작하게 되신 겁니까?" 이 형사가 궁금함 가득한 말투로 물었다.

"군대 제대하고 호프집 아르바이트와 쿠팡 야간 일용직을 전전하며 대충 살고 있었습니다. 하루 벌어 하루 먹고 살았죠. 그래도 즐거웠습니다. 몸매가 끝내주는 여자 친구도 있었고. 그때만 해도 젊었으니까요. 그러다가 어머니의 부음을 듣게 됐지요. 같은 기도원에 다니는 장로님이 알려 주셨습니다. 어머니의 통성 기도 제목이 항상 '주여, 회복시켜 주옵소서!'였다고. 그 순간 마음 깊은 곳에서 무언가 불같이 뜨거운 것이 올라오는 것을 느낄 수 있었습니다. 어머니의 사랑과 하나님의 인도하심을 느낀 것입니다. 그날 바로 방탕한 보헤미안 생활을 청산했습니다. 지난날의 잘못을 통렬히 회개하고 두 번째 삶을 살고자 결심한 것입니다. 개과천선한 저는 신학대학에 입학했고 성경, 기독교 교리와 교회 역사 등을 배웠습니다. 그리고 전도사로서 필요한 지식과 역량을 쌓은 후 졸업할 수 있었습니다."

"과거의 잘못을 반성하고 정신을 차리셨군요. 전도사를 마치면 목사가 되는 건가요?"

"보통 개신교에서는 신학대학 또는 대학원을 졸업했으나 아직 목사 안수를 받지 못한 사람이 전도사로 활동합니다. 목회자가 되기 위해서는 선교사로 파송도 다녀와야 하고 청소년 사역도 해야 하고 할 일이 아주 많습니다. 모두 복음의 씨앗을 뿌리기 위한 필수 과정입니다."

"목사가 되는 것도 상당히 복잡하군요. 평소 궁금했던 것이 있는데요. 개신교에 여러 종파가 있지 않습니까? 장로교, 감리교, 침례교 등등 말입니다. 서로를 인정하나요? 제 말은 목사도 일반 직장인처럼 다른 교단으로 이직이 가능하냐는 말입니다." 이 형사가 나지막이 물었다.

"모든 자격을 갖춘 경력 있는 목사, 전도사라고 할지라도 자신을 청빙하지 않은 교단에서는 평신도와 동일합니다. 이직은 현실적인 대안이 아니라고 말씀드릴 수 있겠군요."

"아, 그렇군요. 혹시 김 전도사님이 속한 교회가 언론에 자주 나오는 이단이나 사이비 그런 건 아니죠?"

"저는 장로회 소속 주요 10개 교단에 속한 건실한 신앙 공동체에서 사역하고 있습니다. 자수하러 왔다고 해서 제가 속한 교회를 얕잡아 보지는 말아 주세요." 그가 언짢은 목소리로 말했다.

"미안합니다. 그냥 확인한 겁니다. 경찰이다 보니 워낙 희한한 일을 많이 겪어서요." 이 형사가 변명하듯 대답했다.

"이건 여담입니다만, 성경에 히브리어로 큰 뱀 또는 바다 괴물을 뜻하는 '탄닌'이라는 단어가 스물아홉 번 나옵니다. 그런데 이 단어가 공룡을 뜻하는 것이라는 저명한 성서학자의 이론이 최근 발표되었습니다. 따라서 공룡이 성경 기록이 존재하지 않는다는 주장은 확인된 팩트가 아닙니다."

"참고하지요. 그건 그렇고 아까 민원실에서 꺼낸 피 묻은 와인병 크기의 삼지창은 뭡니까? 끝이 세 길래로 갈라진 은색 금속 말입니다."

"무기입니다."

"무기요? 거기 묻은 것이 사람의 피가 맞습니까? 개나 고양이가 아닌?" 이 형사가 눈을 크게 뜨며 물었다.

"사람 맞습니다. 아니 정확히 말하면 인간의 탈을 쓴 사탄의 그것이지요. 제가 셋을 살해했으니 단수가 아닌 복수로 '사탄들'이라는 표현이 더 정확하겠군요."

"인간의 피든 사탄의 피든 국과수에 긴급 협조 요청했으니 잠시 후 답변이 올 겁니다. 결과가 나오기 전에 사건에 관한 이야기나 들어 봅시다. 지금 말하기 곤란하신가요?"

"아니요. 괜찮습니다." 그가 무덤덤하게 대답했다.

범죄자는 '아니요'라고 말할 때 안도감과 통제감을 느낀다. 자신이 원하지 않는 바를 말하고 나면 범죄자는 자기 영역을 한정하고 자신감과 편안함을 느껴 경찰관의 말을 귀 기울여 듣게 된다. 그래서 "잠시 시간을 내 주실 수 있나요?"보다 "진술하기 어려우신가요?"라는 질문이 신문을 시작하는 데 더 바람직하다. 이 형사는 이론과 실무, 양쪽 모두를 겸비하고 있었다. 종교를 과학보다 한 단계 낮으나 철학보다는 두 단계 높은 수준으로 여기고 있던 이 형사는 사실 경찰학교를 수석 졸업한 우수 인재였다. 형사의 감이나 촉보다는 과학 수사를 신뢰하는 현대 경찰의 모범이었다. 특히 범죄 심리학에 강점을 지니고 있어 다른 경찰들은 꺼리는 강력계 근무를 자원했었다. 연쇄 살인범 검거는 특진의 중요 가점 사항으로 이 형사에게도 일생일대의 기회가 찾아온 것이다.

"연쇄 살인을 주장하시는데 사람을 죽이기 시작한 게 언제입니까?" 이 형사가 딱딱하게 물었다.

"약 일 년 전입니다. 그때 처음으로 사람을 죽였습니다. 아니, 사탄을 제거했습니다."

"자꾸 사탄, 사탄 그러시는데 여기는 교회가 아니라 경찰서입니다.

그런 단어를 쓰는 장소가 아니란 말입니다. 사람인지 아닌지는 국과수에서 확인해 줄 테니 우리끼리는 '그놈'이라는 표현을 사용하도록 합시다. 그렇지 않으면 대화가 앞으로 나아가질 못해요." 이 형사가 비난하듯 말했다.

"알겠습니다. 일단 그렇게 하지요."

"살해 동기는 뭡니까? 돈, 치정 그것도 아니면 '욱'해서?"

"계시 때문입니다."

"계시요? 어떤 계시를 말하는 겁니까?"

"일 년 전부터 제 눈에 하나님의 계시가 보이기 시작했습니다. 전자기기를 통해서요. 핸드폰, 텔레비전, 컴퓨터, 내비게이션, 전자시계 심지어 옥외 전광판까지. 눈에 보이는 모든 전자 기기에서 '그놈'을 죽이라는 메시지가 보이는 겁니다. 처음에는 미친 줄 알았습니다. 그래서 정신과에도 다녀보고 MRI 정밀검사도 실시했습니다. 하지만 의학적으로는 아무 이상도 없었습니다. 뇌는 발짱했습니나."

"계속 말씀해 보시죠." 이 형사가 차분한 목소리로 말했다.

"저는 병 고침 은사를 받기 위해 금식 기도를 시작했습니다. 금식 기도란 하나님께 은혜로운 경험을 구할 목적으로 일정 기간 식사를 하지 않고 오직 기도에만 온 마음과 정성을 다하는 예식입니다. 하지만 아무 소용 없었습니다. 계시는 계속되었고 저는 고통으로 거의 미칠 지경이었…" 그가 이야기를 끝마치기도 전에 이 형사가 중간에 불쑥 끼어들어 물었다.

"전자 기기에서 어떻게 보인나는 겁니까? 제 말은 계시가 어떤 형태로 나타나냐는 말입니다."

"외국 영화나 유튜브를 보면 한글 자막이 화면 하단에 보이지 않습니까? 그런 방식으로 나타납니다. 화면이 없는 전자시계의 경우 숫자가 문자로 변형되어 계시를 보여 줍니다."

"그렇다면 초침으로 돌아가는 일반 시계는 해당 사항이 없겠네요."

이 형사가 '제75주년 경찰의 날' 기념식에서 받은 은색 초침이 원을 그리며 회전하는 싸구려 카시오 손목시계를 힐긋 바라보며 말했다.

"맞습니다. 그런 시계에서는 나타나지 않아요."

"아까 무기라고 말한 삼지창은 뭡니까? 그걸로 사람을, 아니 '그놈'을 어떻게 죽인다는 겁니까?"

이 형사의 신문은 강압적인 것과는 거리가 멀었다. 질문을 통해 범인으로부터 정보를 얻는 것은 경쟁하는 과정이라기보다는 줄타기에 가까웠다. 맞은편에 앉아 있는 상대에게 지나치게 집중하다 보면 다음 걸음에 집중하지 못해 줄에서 떨어지게 된다. 자신의 다음 걸음에 집중하는 것이 무엇보다 중요하다. 그렇게 계속해서 발걸음을 옮기다 보면 끝에 도달할 수 있다. 즉, 사건의 진실을 알 수 있게 되는 것이다.

"일반적인 칼이나 총 같은 무기로는 '그놈'을 절대 죽일 수 없습니다. 오직 담배 진액을 바른 삼지창으로 목 뒷덜미를 단박에 찔러야 제거할 수 있어요. 그렇지 않으면 오히려 제가 반격당할 수 있거든요."

"담배 진액요?"

"사람들이 잘 몰라서 그러는데 담배는 오래전부터 내려온 세균 감염 치료제입니다. 물론 숯과 소금도 자연이 내린 강력한 정화제인 건 맞습니다. 하지만 가장 효과가 뛰어난 것은 담배입니다. 캠핑장 주위에 담배 가루를 뿌려 놓아 보세요. 독사나 독충이 얼씬 못합니다. 몸에 해로운 담배를 왜 사람이 수천 년 동안 키우고 재배하고 말아서 피웠겠습니까? 다 이유가 있는 겁니다."

"글쎄요. 담배 진액으로 사탄을 죽일 수 있다는 이야기는 태어나서 처음 들어 보는군요. 마늘 냄새를 싫어하는 드라큘라(Dracula)도 아니고."

그의 주장은 상식적으로도 신학적으로도 이해하기 힘들었다. 마치 사이비 이단 종교의 길거리 전도 현장에서 들을 수 있는 허무맹랑한 독단적 교리 같았다.

"그건 그렇고, 아까 고통으로 미칠 지경까지 갔다고 했는데 그 후로는 어떻게 됐습니까?" 이 형사가 최대한 차분하고 평온한 목소리를 유지하며 말을 이었다.

"그때 퍼뜩 이런 생각이 들더군요."

"무슨 생각 말입니까?"

"이건 하나님께서 주시는 계시일지도 모른다. '어차피 그분의 뜻을 따라가는 길이니, 뜻대로 하면 되지 않겠는가?'라고 말입니다. 이렇게 믿고 나니 그것은 진리요, 생명이었고 사명이었으며 또 말씀이었습니다. 저는 두려움과 떨림으로 눈물을 흘리며 무릎을 꿇고 경배드렸습니다. 마치 구름을 뚫고 세상을 내려다보는 하나님의 목소리를 들은 기분이었습니다." 그는 당시를 회상하는 듯 격한 감동에 몸을 떨었다.

"사랑, 소망, 믿음의 대변인인 하나님께서 사람을 무참히 죽이라는 계시를 당신에게 보냈다는 말입니까?" 이 형사가 마뜩잖은 표정으로 물었다.

"맞습니다. 믿기 힘든 이야기지만 사실입니다."

"세상 어떤 조물주가 무고하고 선량한 시민을 죽이라는 명령을 내린단 말입니까?" 이 형사가 살짝 언성을 높였다.

"성경에 전례가 나와 있습니다. 눈에 넣어도 아프지 않을, 아내 사라와의 결실인 외아들 이삭을 모리아 산에서 제물로 바치라고 아브라함에게 명하신 창세기 22장 말입니다. 아브라함은 희생을 위한 제단을 쌓고 아들을 결박해 죽이려고 했는데 마지막 순간 하나님의 천사가 나타나 이를 막았습니다. 그 대신 수풀에 걸려 있는 숫양을 제물로 바쳤습니다. 이것은 이삭을 실제 제물로 삼으려고 한 게 아니라, 하나님께서 아브라함의 믿음을 시험한 것입니다. 저에게도 똑같은 시험이 내릴 수 있잖아요?"

"김 전도사가 아브라함입니까? 게다가 살인을 진짜로 실행했다면서요. 중간에 멈춘 게 아니라." 이 형사가 쏘아붙였다.

"당신 말이 맞습니다." 그가 냉랭하게 대답한 후 한참 동안 입을 다물었다. 갑자기 영상기록실 공기가 무거워졌다. 이건 신문 중 나타나는 적신호였다. 왜 '당신 말이 맞아'가 최악의 답변일까? 형사가 범인을 믿지 않고 계속 귀찮게 하는데 좀처럼 누그러들 기세가 보이지 않는다. 더 이상 질문하지 못하게 하려면 무슨 대답이 필요할까? 바로 '당신 말이 맞아'다. 형사에게 이 말을 건네면 만족스러운 미소를 지으며 적어도 한동안은 범인을 귀찮게 하지 않을 것이기 때문이다. 하지만 진실은 아침 안개처럼 조용히 사라진다. 게다가 강압에 의한 거짓 자백이었다고 나중에 주장하면 모든 게 원점으로 돌아간다.

"어이쿠. 제가 매너가 없었네요. 커피 하시겠습니까? 아무리 경황이 없어도 차는 한잔하면서 대화를 나눠야 하는데 말입니다. 미안합니다." 사태를 파악한 노련한 이 형사가 벌떡 일어서며 물었다. 분위기를 바꾸기 위한 행동이었다.

"날이 더우니 아이스 아메리카노로 부탁합니다."

잠시 후 영상기록실로 돌아온 이 형사가 비닐봉지에서 일회용 플라스틱 컵과 빨대 두 개씩 꺼냈다. 검은색 커피와 사각 얼음이 잔뜩 들어 있는 컵에는 카페베네 상표가 도드라지게 찍혀 있었다. 경찰서 앞 상가 1층 매장에서 급히 사 온 것이다. 그는 고맙다는 인사도 없이 뚜껑을 열어 시럽을 넣은 후 빨대를 꽂아 한 모금 쭉 빨았다.

"커피는 역시 아이스 아메리카노 최고 아닙니까?" 그가 동의를 구하는 눈빛으로 이 형사를 똑바로 바라보며 물었다.

"여름에는 최고지요. 하지만 겨울엔 카라멜 마끼야또도 좋습니다." 이 형사가 미소를 지으며 가볍게 대꾸했다.

"달달하니 그것도 좋지요."

영상기록실에는 커피가 두 사람의 목을 타고 넘어가는 기괴한 소리만 들렸다. 상황이 긍정적으로 변한 것을 느낀 이 형사는 '향상이 때로는 완벽보다 낫다'라고 생각했다. '누구나 실수를 할 수 있지만 중요한 것은 빠른 시간 내에 그것을 바로 잡는 것'이라는 교훈이 증명된 것이다.

"첫 번째 살인에 대해 말해 주실 수 있겠습니까? 피해자는 무슨 기준으로 고른 겁니까? 남자입니까? 여자입니까?" 이 형사의 질문에 그가 표면에 냉기가 흐르는 플라스틱 컵을 탁자에 내려놓으며 담담하게 말했다.

"남자였습니다. 칠십 대 중반 가량의 독거노인으로 서울 옥수동 빌라촌에 살고 있었습니다. 아실지 모르겠지만 옥수동은 한강을 바라볼 수 있는 지역 가운데 가장 땅값이 싼 곳입니다. 특히 그가 거주하는 시장 뒤편은 말이 빌라촌이지 눈 내린 겨울에는 미끄러워 올라가기도 힘든 가파른 비탈길과 소방차는 지나갈 수도 없는 비좁은 일차선 도로, 하루 일당을 벌기 위해 아침잠을 포기하고 길거리로 나온 불법 체류자들로 인해 일상생활이 어려운 곳입니다. 주민 대부분은 저소득층으로 하루라도 빨리 옥수동을 떠나기를 꿈꾸는 바로 그런 곳입니다. 피해자를 고른 기준요? 그런 거 없습니다. 그럴 필요도 없었습니다. 왜 그러냐 하면 누구를 죽여야 할지 정확히 알려 주거든요. 첫 번째 살인의 경우 '즉시 제거! 이창수. 성동구 옥수동 90215'라는 계시가 모든 전자 기기를 통해 보였습니다. 심리적 갈등이 없었던 건 아닙니다. 전도사이고 하나님의 뜻에 따라 살기로 결심했으나 저도 사람인지라 실제로 살인을 행하는 것은 또 다른 이야기였습니다. 그냥 놔두어도 얼마 살지 못하고 저절로 죽을 가난한 독거노인을 왜 죽여야 하는지 도대체 이유를 모르겠더라구요. 한참을 고민했습니다. 그런데 나중에는 이런 생각이 들더군요. '살 만큼 살았고 병원을 들락날락하는 걸 보니 건강도 좋지 않다. 찾아오는 가족이나 친구가 아무도 없는 걸로 보아 그동안 쓰레기 같은 인생을 산 것이 분명하다.' 아참! 구청 저소득층 담당자가 쌀과 식료품을 배급하기 위해 일주일마다 방문하긴 하더군요. 하지만 그게 전부였습니다. 솔직히 당장 죽어도 세상에 큰 미련은 없겠다 싶었습니다. 그래서 흔들렸던 마음을 다잡고 제거하기로 결심했습니다. 사실 죽음이란 없습니다. 우리는 단지 하나님께 가기 위해 잠들 뿐입니다. 깨어나면 더 나은 삶을 맞이할 것입니다."

그는 선한 신앙심과 독선을 같은 주머니에 넣고 다니는 것처럼 보였다. 이런 종류의 사람에게 계시에 반항해 보라고 명령할 수는 없는 노릇이다. 명령을 따르면 그건 반항이 아니고 따르지 않으면 반항하지 않기 때문이다.

"무기는 직접 제작하신 건가요? 아니면 돈을 주고 구매하신 건가요?" 이 형사가 한숨을 내쉬고 쓴웃음을 지으며 물었다.

“만든 것도 산 것도 아닙니다. 저절로 생겼어요.”

“저절로요?”

“계시가 보였어요. ‘청와대가 굽어 보이는 인왕산 정상에 올라가면 엘지 유플러스 중계탑이 있다. 탑의 뒤쪽을 파 보면 암살용 무기가 준비되어 있을 것이다.’ 그래서 파 보니 정말로 삼지창이 있었습니다.” 그가 장엄한 표정을 지으며 성경 구절을 덧붙였다.

“또 여호와를 기뻐하라. 그가 네 마음의 소원을 네게 이루어 주시리로다.”

“삼지창을 얻고 나서 그다음 무엇을 했습니까?” 이 형사가 낮고 심각한 어조로 물었다.

“비가 추적추적 내리는 날 오후 늦게 독거노인의 집을 방문했습니다. 빌라가 워낙 허름해서 그런지 1층에 디지털 도어락도 없더군요. 3층에 올라가 초인종을 누르니 내일 죽어도 이상하지 않을 만큼 삐쩍 마르고 주름이 사글자글한 사탄이 보였습니다. 아니 ‘그놈’이 문을 열고 나왔습니다.”

“처음 보는 사람인데 그렇게 쉽게 문을 열어 주던가요?” 이 형사가 신기하다는 듯 쳐다보며 물었다.

“제 직업이 뭡니까? 전도사 아닙니까? 좋은 말씀 전하러 왔다고 하니까 아무 의심도 없이 문을 열었습니다. 그러고는 자신은 기독교를 믿지 않으니 다른 집으로 가라고 중얼거리며 뒤돌아섰습니다. 절호의 기회였습니다. 저는 준비해 온 삼지창을 꺼내 힘차게 목 뒷덜미에 찔러 넣었습니다. ‘꽥’ 하는 외마디 비명도 지르지 못하고 ‘그놈’은 앞으로 꼬꾸라져 죽었습니다. 시체 주위로 선홍색 피가 흥건하게 흘러나왔고 귀를 가져다 대니 심장 박동을 느낄 수 없었습니다. 신학대학에서 응급치료

과목을 이수한 적 있어서 제가 잘 압니다. '그놈'은 명백히 제거된 겁니다."

"쓰러질 때 분명 큰 소리가 났을 텐데요? 방음에 취약한 낡은 빌라니 더욱 그럴 거구요. 혹시 목격자는 없었나요?" 의심쩍다는 투로 이 형사가 물었다.

"목격자는 없었습니다. 세찬 빗소리가 살해 시 발생한 소음을 감추는 데 도움을 준 겁니다. 그리고 사실, 자기 먹고살기도 바쁜 요즘 누가 남한테 신경을 씁니까? 자기와 직접 관련이 없으면 이웃이 죽든 말든 눈길 한번 주지 않는 것이 세상 물정입니다. 경찰이니 더 잘 아시잖아요?"

"그건 김 전도사님 말이 맞습니다. 세태가 그런 걸 어쩌겠습니까? 받아들여야지요." 보란 듯이 큰 한숨을 쉰 후 이 형사가 말을 이었다.

"노인을 죽인 다음 어떻게 했습니까?"

"시체를 그대로 놓아두는 건 망자에 대한 예의가 아닌 것 같았습니다. 그래서 이불로 덮어 주고 빌라에서 곧장 나왔습니다. 그리고 이 사건에 대한 언론 보도를 기다렸습니다. 독거노인이라고 해도 동사무소 직원이 식품 배달을 하기 위해 주기적으로 방문하니 현장이 발각되는 건 시간 문제라고 생각했습니다. 시체 썩는 고약한 냄새를 참다못한 주민이 신고할 수도 있고요. 하지만 2주가 지나도 감감무소식이었습니다. 언론과 인터넷 양쪽 모두에서요. 옥수동 담당인 성동경찰서에 전화를 걸어 확인하니 사건 신고 자체가 없다고 하더군요. 게다가 성인의 단순 실종은 수사 대상이 아니라고 사무적으로 말했습니다. 돌아가는 정황이 너무 이상했습니다. 그래서 제가 빌라로 다시 찾아갔습니다. 조용히 현관문을 열고 들어가니 모든 것이 제가 떠날 때 그대로였습니다. 그런데 이불을 들춰 보니 시체가 감쪽같이 사라지고 없었습니다. 대신

성분을 알 수 없는 젤리 같은 끈적끈적한 액체가 고여 있었습니다."

"혹시 착각하신 건 아닌가요? 애초에 사람을 죽인 적 없다거나…."

"절대 아닙니다. 여담이지만 우리는 모두 동족을 죽인 카인의 후예들입니다. 제 말은 태초부터 살인 유전자가 인간 몸속에 존재하고 있었다는 말입니다. 지금도 '그놈' 목 뒷덜미에 삼지창을 찔러 넣는 생경한 느낌을 기억할 수 있어요. 이건 절대 꿈이나 망상이 아닙니다. 살인의 결정적 증거는 그날 이후 노인을 죽이라는 계시가 사라졌다는 것입니다." 그가 비장하고 확신에 찬 어조로 말했다.

"거참, 희한하군요. 살인자의 고백은 있는데 피해자가 없다니 말입니다. 일단 알겠습니다. 사건에 관한 사항은 성동경찰서에 문의하면 답이 바로 나오는 거니 제가 이따 확인하지요. 목 타실 테니 커피 한 모금 마신 후 다음 이야기를 들려주시지요." 이 형사가 차분해진 목소리로 말했다. 그리고 자신의 전문 분야를 떠올렸다. 거짓말하는 범인은 경찰관이 자신의 주장을 믿을지 걱정하기 때문에 신뢰를 얻기 위해 한층 더 열심히 말한다. 지나치게 노력을 많이 한다는 뜻이다. 그래서 복잡한 문장과 미사여구로 말을 많이 한다. 이렇게 사용하는 단어 수가 늘어나는 현상을 피노키오 효과(Pinocchio Effect)라고 하는데 그는 하고 싶은 말만 구체적으로 진술할 뿐 단어 수는 평범했다. 아니, 오히려 적었다. 이건 사실을 말하고 있을 확률이 높다는 것을 의미한다. 이 형사에게 불안이 엄습했다.

"한동안은 잠잠했습니다. 그래서 본업인 전도사 일에 집중할 수 있었습니다. 이곳저곳 돌아다니며 복음의 말씀을 진했지요. 그러다가 다시 계시가 보이기 시작했습니다. 눈에 들어오는 모든 전자 기기에 두 번째 살인 명령이 내려진 겁니다. 대상자는 안타깝게도 오지나라는 여성이었습니다. 그녀는 선릉역 뒤 오피스텔에 거주하는 평범한 삼십 대 프리랜서였습니다. 공용 우편함을 슬쩍 뒤져보니 디자인 계통에 종사하는 것처럼 보였습니다. 의상 잡지와 섬유 견본 카탈로그가 많이 배송되었거든요. 며칠을 따라다니며 관찰하니 주로 집에서 일을 하고 특별히 사귀는 남자는 없었습니다. 생김새도 제법 풍만하고 육감적인 것이 능력 있는 독신 여성처럼 보였습니다."

"김 전도사님의 그런 행동을 요즘은 '관찰'이라고 표현하지 않고 '스토킹'이라고 부릅니다. 아무튼 그래서요?" 이 형사는 모자란 학생에게 설명하듯 다그치며 물었다.

"저는 하나님께 눈물의 기도를 올렸습니다. 살 만큼 산 노인이야 어쩔 수 없다고 하지만 앞길이 창창한 젊은이, 게다가 다음 세대를 잉태할 수 있는 여성을 죽일 수는 없다고 말입니다. 이때까지만 해도 그녀가 '그놈' 중 하나인 걸 몰랐으니까요. 아무 소용도 없었습니다. 계시는 끊임없이 반복되었고 결국 저는 창조주의 뜻에 따르기로 마음먹었습니다. 결심을 굳히니 그녀가 인간이 아닌 제거해야 할 대상으로 보이기 시작했습니다. 사람의 마음이 참 간사하다는 생각이 그때 들더군요. 아무튼 저는 준비를 서둘렀습니다. 오피스텔 방범 시설은 꽤 괜찮았습니다. 디지털 도어락은 기본이고 엘리베이터와 출입구 곳곳에 CCTV가 설치되어 있었습니다. 고민 끝에 지하 주차장을 범행 장소로 선택했습니다. 그녀가 가끔 승용차를 타고 쇼핑한다는 것과 지하 주차장 구석에 CCTV 사각지대가 존재한다는 것을 알고 있었거든요. 어느 날 저의 애마인 구형 아반떼 운전석에 앉아 한참 동안 기다리니 그녀의 은색 도요타 캠리가 지하 주차장 입구로 들어오는 것을 볼 수 있었습니다. 삼지창을 챙긴 저는 주차 중인 차량으로 은밀히 다가갔습니다. 아무 눈치도 채지 못한 그녀가 주차를 마무리하고 트렁크에서 물건을 꺼내기 위해 몸을 숙이는 모습이 보였습니다. 절호의 기회였습니다. 목 뒷덜미가 그대로 노출되었으니까요. 저는 망설임 없이 과감히 삼지창을 찔러 넣었습니다. 그녀는 아니 '그놈'은 바람이 빠진 인형처럼 앞으로 푹 꼬꾸라졌습니다." 그가 당시를 회상하며 자랑하듯 떠들었다.

"김 전도사님. 혹시 MBTI(Myers-Briggs Type Indicator)가 어떻게 되십니까?"

"INFP입니다."

이 형사는 고등학교 시절 A형은 꼼꼼하고 O형은 논리적이라는 혈액형에 기반한 개인의 성격을 믿었다. 경찰학교에서는 이것이 좀 더 발전해 마이어스-브릭스 성격 유형검사, 즉 MBTI를 신봉했다. 이 테스트는 질문에 답변한 선호도를 바탕으로 개인을 16가지 기본 '유형'으로 분류하는 성격 검사로 외향성과 내향성, 감각형과 직관형, 사고형과 감성형, 판단형과 인식형으로 나누는 것이 기본 틀이다. 단순하고 사용하기 편하고 피검사자들도 쉽게 납득한다는 장점을 가지고 있다. 하지만 통계학 용어로 검사-재검사 신뢰도가 낮아 분기 간격을 두고 검사를 실시할 경우 최초의 유형과 다른 성격으로 분류될 확률이 50%를 넘어 신뢰성에 의문이 제기된다. 게다가 표준화된 테스트의 문제점인 타고난 성격과 문화적 영향에 따라 무의식적으로 형성된 편견을 구별할 수 없다는 맹점을 가지고 있다. 이는 당연한 의구심이다. 왜 그러냐 하면 사람이 똑같은 일을 겪어도 아침과 저녁의 반응이 다른데 하물며 평생을 고정된 유형으로 산다는 것 자체가 어불성설이기 때문이다. 오죽하면 개발자인 마이어스와 브릭스가 MBTI는 단순 참고 자료이니 과도한 믿음을 경계해야 한다는 견해를 공식적으로 발표할 정도였다. 이 형사가 혈액형이나 MBTI와 같은 성격 유형검사를 믿지 않게 된 시점은 경찰이 되고 실제 범죄자들을 만난 후였다. 혈액형이나 MBTI가 제각각이었던 것이다. 공통된 유형은 눈을 씻고 찾아봐도 찾을 수가 없었다. 하지만 습관은 아스팔트 도로에 눌어붙은 껌딱지처럼 남아 새로운 용의자를 마주할 때마다 이 형사는 MBTI를 묻곤 했다.

"MBTI는 왜?" 그가 속삭이듯 말했다.

"별거 아닙니다. 그냥 버릇입니다."

"이 형사님은 어떻게 되시나요?"

"지금은 그런 걸 믿지 않습니다. 하지만 굳이 물으신다면 ESFJ입니다." 정직하게 대답했다.

"믿음이라는 게 원래 애매한 겁니다. 미국의 유명한 종교학자가 이런 말을 했습니다. '믿는 사람에게는 설명이 필요 없고, 믿지 않는 사람은 아무리 설명해도 믿지 않는다'라고 말입니다."

"그럴듯하긴 하네요. 여담은 이쯤 그만하고 다시 사건으로 돌아가시죠." 이 형사가 냉정한 톤을 유지하며 말을 이었다.

"주차장에서 두 번째 '그놈'을 살해한 후 어떻게 했습니까?"

"시체를 제 차 아반떼 트렁크에 실었습니다. 그리고 강남에서 가까운 산 중 하나인 청계산으로 이동했습니다. 그리고 야심한 밤에 등산객의 왕래가 많은 지점에 묻었습니다."

"오가는 사람이 없는 외진 곳이 아니구요?" 이 형사가 의문 가득한 말투로 입을 열었다.

"아닙니다. 게다가 나뭇가지를 꺾어 조그만 십자가 여러 개를 만들어 땅에 꽂아 놓았습니다. 십자가에는 분홍색 리본도 달아놨습니다. 일부러 이상한 무덤이라는 것을 누구나 알아볼 수 있게 말입니다. 그러고는 무슨 일이 일어나는지 지켜봤습니다. 지나가는 사람들이 이상함을 느끼고 관계기관에 신고하기를 기다렸다는 뜻입니다."

"그래서요?"

"아무 일도 일어나지 않았습니다. 어이없게 말입니다. 등산객들은 관심 없다는 듯 무심히 지나쳤고 일부는 기괴한 무덤 모습에 호기심을 느끼기도 했지만 개나 고양이의 것으로 오해하고 행복한 내생을 기원하는 마음으로 조약돌을 집어 던졌습니다. 정말 미칠 지경이었습니다. 참다못한 저는 들킬 염려가 없는 공중전화를 이용해 강남경찰서에 전화를 걸었습니다. 그리고 살인과 시체 유기에 대해 설명했습니다. 이 형사님처럼 처음에는 제 말을 믿지 않더군요. 하지만 무덤의 위치를 상세히 설명하자 확인해 보겠다고 말했습니다. 다음 날 등산객으로 위장한 저는 멀찍이 떨어져 경찰 몇 명이 무덤을 파헤치는 걸 볼 수 있었습니다. 그런데 그들은 아무것도 찾아내지 못했습니다."

"시체를 못 찾았다는 말입니까?"

"네. 무덤에는 시체가 없었습니다."

"혹시 김 전도사님이 다른 곳으로 옮기셨나요?"

"아니요. 저는 땅에 묻은 후 일절 손댄 적 없습니다. 야생 멧돼지가 흙을 파낸 흔적도 없었습니다. 참 이상한 일이었습니다." 그가 고개를 절레절레 흔들었다.

"희한하기는 하네요. 제 동료 경찰들의 반응은 어땠던가요?"

"헛수고했다면서, 거짓 신고에는 엄정 대응이 필요하다고 떠드는 소리가 산에 쩌렁쩌렁 울렸습니다. 저는 쥐구멍에라도 들어가고 싶은 심정이었습니다. 경찰이 투덜거리며 돌아간 후 조용히 무덤으로 다가갔습니다. 구덩이 안을 들여다보니 시체는 없고 성분을 알 수 없는 투명하고 끈적한 액체만 보였습니다. 마치 옥수동의 데자뷔를 보는 것 같았습니다."

"김 전도사님 혹시 마약이나 환각제 그런 거 즐기십니까? 전후 사정이 연결되지 않잖아요? 그렇지 않고서야 한두 번도 아니고 매번…."

"절대 아닙니다. 하나님을 걸고 맹세할 수 있습니다." 이 형사가 말을 마치기도 전에 그가 버럭 화를 내며 대답했다.

"이야기가 자꾸 반복되는 것 같아 당황스럽군요. 그럼 혹시 시체에 특이한 점은 없었습니까? 어떤 거라도 좋습니다. 믿지 못해 드리는 말씀은 아니니 오해는 마십시오." 이 형사가 또박또박 힘주어 말했다.

"한 가지 이상한 점이 있었습니다. 지하 주차장에서 살해하고 청계산에 묻을 때 느낀 겁니다. 사람이 죽으면 몸이 차가워진다고 하던데 그 시체는 오히려 체온이 올라간 듯 뜨겁게 느껴졌습니다."

"살아 있는 건 아니구요?"

"아까 말씀드렸다시피 응급치료 과목을 이수해서 죽었는지 살았는지는 제가 완벽하게 파악할 수 있습니다. 분명 '그놈'은 죽은 상태였습니다."

자기가 얼마나 대단한지 자랑하는 이들은 대부분 사기꾼이다. 사기꾼의 최고 무기는 자신감이기 때문이다. 상대방이 확신을 가지고 말할 때 경찰은 더욱 의심해야 한다. 그리고 어딘가 미덥지 못한 대답을 말하면 직업적 방어 기제가 작동하는 것이니 더욱 깊이 파고들어야 한다. 하지만 그는 자랑하지도 자신감 있어 보이지도 않았다. 그저 혼란스러워할 뿐이었다. 일반인에게 '아침에 깨다'와 '눈을 뜬다'라는 말은 같은 뜻이다. 하지만 시각 장애인에게는 다른 의미이다. 잠은 깼으나 눈을 뜰 수 없는 상황이 발생하기 때문이다. 지금 이 형사의 심정이 딱 그랬다.

"잠시 기다리시죠. 제가 강남경찰서에 확인 좀 하고 오겠습니다. 마실 거라도 더 가져다드릴까요?" 이 형사가 곁눈질로 그를 살피며 물었다.

"좋지요. 혹시 녹차나 둥굴레차 같은 게 있나요? 차가운 커피를 마셨더니 따뜻한 차가 생각나네요."

"준비하겠습니다." 잠시 후 방음 장치가 설치된 영상기록실의 육중한 철제문이 '철컥'하는 소리를 내며 굳게 닫혔다.

김이 모락모락 올라오는 일회용 종이컵이 아닌 삼지창이 들어간 불투명 증거 보존용 비닐 봉투와 서류 한 장을 들고 나타난 이 형사는 탁자에 가지고 온 물건을 조용히 내려놓은 후 아무 말도 하지 않았다. 얼굴에는 짜증이 한껏 올라온 상태였다.

"강남경찰서에 연락했나요?" 그가 음울한 목소리로 물었다.

"기억하고 있더군요. 장난 전화로 골탕먹었다면서 엄청 투덜대더군요. 하긴 당연한 결과지만요."

"당연한 결과라니요?"

"이 서류가 뭔지 아십니까? 국과수로부터 수취한 혈액 검사 결과를 프린트한 겁니다. 삼지창에 묻어 있는 건 사람의 피가 아니라고 하네요. 심지어 동물의 혈액도 아니고요. 단지 인공적으로 만든 염료나 색소에 불과하다는군요. 지금 도대체 뭐 하자는 겁니까? 장난하는 겁니까?" 이 형사가 그의 얼굴에 삼지창을 들이밀며 언성을 높였다.

"다행입니다. 그렇다면 제가 미쳐서 허깨비를 본 게 아니라는 이야기가 되니까요." 살짝 벌어진 입술에 어렴풋이 미소가 번지며 그가 대꾸했다.

"그건 또 무슨 개 풀 뜯어 먹는 소리입니까?"

"두 번째 '그놈'을 제거하고 얼마 되지 않아 세 번째 계시가 보였습니다. 대전 판암동에 사는 6살짜리 구연미라는 유치원생을 제거하라는 내용이었습니다."

"유치원생을요?"

때로는 친절이 역효과를 불러일으킬 수 있다는 사실을 이 형사는 잘 알고 있었다. 고객을 기만하는 '상냥한' 통신사 대리점 폰팔이가 대표적인 예였다. 유치원생 살해 이야기는 지금 승진에 눈이 멀어 자신이 정신병 환자에게 너무 친절하게 대하는 건 아닌지 자문하게 만든 것이다.

"네. 아주 예쁜 꼬마였습니다. 처음엔 저도 계시에 오류가 발생한 건 아닌지 의심했습니다. '저 무해한 어린 양을 왜 죽이라는 것일까?' 하나님의 뜻을 도무지 이해할 수 없었습니다. 사랑스러운 아이의 목 뒷덜미에 삼지창을 꽂아 놓을 상상을 하니 역겨워서 오바이트가 나온 적도 있었습니다. 하지만 소용없었습니다. 계시는 끊임없이 보였습니다. 대한민국에 전자 기기가 존재하지 않는 곳은 없으니까요."

경찰 생활을 통해 인간의 내면에는 선하고 고귀한 마음과 함께 괴물 같은 충동적 자아가 공존한다는 것을 피부로 느껴 온 이 형사는 이제는 적그리스도를 마주한 심정으로 그를 바라보았다. 그리고 국과수 서류로 탁자를 '톡톡' 치며 갈라진 목소리로 말했다.

"뭐 어차피 김 전도사님의 망상일 뿐이니 실컷 떠들어 보세요. 과학은 거짓말이라고 말하고 있으니까요."

"믿든 안 믿든 그건 이 형사님 자유입니다. 하지만 제 이야기를 끝까지 들어 주세요. 뭔가 이상한 점을 발견할 수 있을 거예요." 그는 잠시 숨을 고른 후 말을 이었다.

"판암동은 교통의 요지입니다. 대전 도시철도 1호선이 시작되는 지점이기도 하거니와 대구, 광주와 서울 방향으로 가는 고속도로에 쉽게 진입할 수 있거든요. 그래서 최근에 아파트 단지가 엄청 많이 생겼습니다. 대전의 부촌인 둔산동처럼 가격이 터무니없이 높지도 않아서 어린 자녀가 있는 부부들이 많이 사는 전형적인 신도시 지역입니다. 다른 지역에 비해 유치원과 초등학교도 제법 많고요. 아무튼 저는 유치원 앞에 차를 대고 호시탐탐 기회를 노렸습니다. 그런데 한 가지 이상한 점이 있더군요."

"뭐가요?" 이 형사가 삼지창을 들어 있는 비닐 봉투를 바라보며 시큰둥한 표정으로 물었다.

"꼬마를 유치원에 데려다주는 여성이 전혀 엄마처럼 보이지 않는다는 것입니다. 전형적인 수다쟁이 가사 도우미로 보였습니다. 옆에서 몰래 들어보니 여성의 모든 말은 '그 남자가 있잖아…' 또는 '어젯밤 드라마에서…'로 시작했습니다."

"사건에나 집중하시죠." 이 형사의 목소리는 냉랭했다.

"그렇게 하지요. 세 번째 '그놈'을 살해하기는 쉽지 않았습니다. 아파트 단지 내에 유동 인구가 워낙 많기도 하거니와 꼬마가 낮에만 돌아다니고 저녁 이후로는 집에 틀어박혀 얼굴을 볼 수 없었기 때문입니다. 게다가 가사 도우미가 항상 곁을 지키고 있었구요. 제거 방법을 고심한 끝에 저는 납치하기로 마음먹었습니다. 사람들의 이목에서 벗어나는 썩 괜찮은 수단이라고 생각한 것입니다. 정상적인 수업 종료 한 시간 전에 유치원에 도착한 저는 담임 선생님을 만나 친아빠라고 소개했습니다. 친척분이 돌아가셔서 상갓집에 가야 해 일찍 꼬마를 데리고 나가야 한다고 말했습니다. 선생님은 아무 의심 없이 아이를 교실에서 데리고 나와 저에게 인계했습니다. 저는 꼬마를 차에 태운 후 휴게소에 들리지 않고 경부고속도로를 달려 곧장 집으로 왔습니다."

"차 안에서 아이가 울거나 칭얼대지는 않던가요?"

"그런 게 없었습니다. 다른 아이들 같으면 울고불고 난리가 났을 텐데 말입니다. 그저 아무 말 없이 체념한 듯 꼬마는 뒷좌석에 조용히 앉아 있었습니다. 집에 도착해 물과 음식을 줘도 먹지 않았습니다. 행동과 말투가 보통 유치원생과는 딴판이었습니다. 그래서 '그놈'이라고 확신할 수 있었죠. 사실 저는 하나님 앞에서 다 내려놓았습니다. 사람의 도리, 인성, 측은지심 그런 것들 말입니다. 내려놓음의 결심과 실행만이 진정한 행복으로 가는 크리스천의 지름길이라는 것을 알고 있었으니까요. 늦은 밤 '그놈'은 저의 처분만을 기다리며 조용히 앉아 있었습니다. 저는 이교도의 신 바알세불을 처형하는 심정으로 힘껏 '그놈' 목뒷덜미에 삼지창을 찔러 넣었습니다. 머뭇거림은 없었습니다. 유치원생의 모습을 하고 있지만 사탄이 분명했으니까요."

"혹시 김 전도사님 간질 앓은 적 있습니까?" 이 형사가 어딘지 건조한 목소리로 물었다.

측두엽간질(Temporal lobe epilepsy)을 앓는 범죄자는 자신의 신념에 더욱 큰 확신을 느끼며 '모든 것의 배후에는 어떤 섭리나 신이 존재한다'라고 주장한다. 자신에게 발생한 모든 사건에 심오한 종교적 의도가 있다고 굳게 믿는 것이다. 그래서 범죄심리학자들은 신과 교류한다고 주장했던 과거의 연쇄 살인범이나 사이비 교주 중 상당수가 측두엽간질 환자였을 것으로 추정한다.

"어떻게 아셨어요? 제가 어렸을 때 심각한 발작 증세를 보이는 간질로 고생했거든요. 하지만 꾸준히 정신과 치료받고 약을 먹어서 지금은 다 나았습니다. 그런 것도 경찰이 알 수 있나요? 의료 기록은 볼 수 없을 텐데요."

'시각 장애인에게 붉은색의 의미를 설명할 수 없다'는 사실을 이 형사는 잘 알고 있었다. 그래서 말이 더 길어지기 전에 차갑게 끊었다.

"꼬마의 시체는 어떻게 처리했나요? 이번에도 산에 묻었나요?"

"아니요. 집에 보관했습니다. 어떻게 되는지 보려고요. 왜 경찰이 시체를 못 찾는지 궁금했거든요. 사실 진짜 이야기는 지금부터입니다. 잘 들으세요. 삼지창을 찔러 넣은 지 12시간이 지나자 '그놈'의 피부가 벗겨지기 시작했습니다. 의사가 피부를 벗겨 낼 때 쓰는 칼인 다미톰을 사용한 듯 깨끗하게 말입니다. 시체 안을 들여다보니 심장, 허파, 간, 심지어 뼈 같은 내부 장기가 하나도 없었습니다. 저는 놀라 자빠질 지경이었습니다. 다시 12시간이 지났습니다. 이번에는 시체가 스르륵 흘러내리면서 물컹물컹한 특수 물질로 만들어진 투명한 원형질 중합체로 변했습니다. 마치 염화비닐이나 나일론 뭉치처럼 보였습니다. 이때 저는 확신했습니다. '그놈'들은 애초 비생체 존재였던 겁니다."

"이봐요. 심 선노사님. 말도 안 되는 소리 그만하세요. 지금 장난하자는 겁니까?" 이 형사의 목소리가 히스테릭하게 높아졌다.

"믿을 수 없다는 거 잘 압니다. 허황된 이야기를 떠벌리는 사람은 번개를 모으는 피뢰침처럼 비판의 대상이 된다는 것도요. 하지만 저는 단지 진실을 말하고 있을 뿐입니다. 제발 믿어 주세요."

"증거 있습니까?" 긴 한숨을 내쉰 후 이 형사가 대꾸했다.

"없습니다. 그렇지만 찾아보면 어딘가에는 반드시 실마리가 있을 겁니다. 생각해 보세요. 이상하지 않나요? '그놈'들은 혼자 살았고 지나치게 말이 없었으며 무언가를 먹는 걸 단 한 번도 본 적 없습니다."

"만약 독신이고 말이 적으며 식사하는 모습을 남에게 보이지 않는다는 이유로 죽어야 한다면 대한민국 인구의 10%는 내일 당장 사라질 겁니다. 김 전도사님 업무가 교인을 만나 상담하는 거라 오해하시나 본데요. 외부 간섭 없이 소소하나 확실한 행복을 즐기는 게 요즘 MZ 세대의 트렌드입니다. 트렌드!"

"그런 거 저는 잘 모릅니다. 그러나 한 가지는 명백합니다. 제가 하나님의 계시를 받았다는 사실 말입니다."

"글쎄요. 그걸 하나님의 계시라고 믿을 수 있을까요? 전자 기기에 보였다는 이유로? 그마저도 실제로 보였는지는 장담할 수 없지 않나요?" 이 형사가 비꼬듯 물었다.

"계시가 아니면 뭐란 말입니까? 이 형사님이 대답해 보시죠." 그가 놀라고 불쾌한 목소리로 대꾸했다.

"제가 그걸 어떻게 알 수 있겠어요." 이 형사가 두 손바닥을 하늘로 향해 보이며 자신은 모르는 일이라는 의미로 어깨를 으쓱 들어 올렸다. 그러고는 둘 사이에 어색한 침묵이 한동안 흘렀다.

"사탄의 요구일 수도 있지 않습니까?" 더 이상 정적을 참을 수 없다는 듯 이 형사가 먼저 말을 꺼냈다.

"생각해 보세요. 믿든 안 믿든 사람은 모두 하나님의 자녀라는 게 기독교의 교리입니다. 세상 어떤 부모가 자녀를 죽이라는 지시를 내린단 말입니까? 그것도 세 명씩이나. 사랑과 평화의 상징인 예수님께서 아시면 경을 치실 이야기입니다. 성경에 속죄물로 자식을 바친 경우는 이교도들이 바알세불을 숭배하기 위한 것이었습니다. 전도사이시니 저보다 더 잘 아시잖아요. 바알세불이 사탄의 별칭이라는 거." 이 형사가 한심하다는 듯 코웃음 치며 말했다.

"제가 받은 건 하나님의 계시가 분명합니다. 사탄의 지시라고요? 혀 깨물고 죽을 이야기입니다."

"혀를 깨물 필요까지는 없고요. 다만 제 말은 눈에 넣어도 아프지 않을 자식을 어떤 신이 죽이라고 명령한다는 말입니까? 명백한 이유도 없이. 사탄이 아니고서야 그런 계시를 내린다는 게 이치에 맞지 않잖아요? 이번에는 김 전도사님이 말씀해 보시죠."

"저는 이제 아무것도 모르겠습니다." 그가 고개를 떨구며 간신히 반응했다.

"솔직히 말해서 사탄이니 악마니 하는, 눈에 보이지 않는 것들을 번외로 하더라도 살인은 민사(民事)가 아닌 형사(刑事) 사건과 연결된 중대한 사항입니다. 국가에 따라 다르긴 하지만 모의하는 것만으로도 실형이 선고되는 아주 질 나쁜 중범죄입니다. 따라서 이제 가짜 피 잔뜩 묻은 이거나 가지고 그만 집으로 돌아가세요. 한가해 보일지는 몰라도 경찰이 실은 엄청 바쁘거든요." 이 형사가 삼지창이 들어간 증거 보존용 비닐 봉투를 내밀며 다독였다.

"뭐가 진실인지 저도 헛갈리네요. 계시에 따라 일면식도 없는 '그놈'들을 제거한 건지 아니면 그저 상상만 한 건지." 비닐 봉투를 만지작거리던 그가 나지막이 중얼거렸다. 그리고 무슨 생각이 번뜩 스쳤는지 그의 얼굴에 단호한 표정이 내려앉았다.

"지금 방금 확인 방법이 떠올랐어요. 세 번째 '그놈'을 제거할 때 찍어 놓은 사진이 있거든요. 나일론처럼 투명하고 껌 같은 원형질로 변했다는 시체 사진 말입니다." 그는 핸드폰을 꺼내 이 형사의 얼굴에 들이밀었다. 해당 사진에는 흐물흐물한 젤리로 만든 거대한 투명 해삼 같은 물질이 잉켜 있는 모습이 보였다.

"이걸로는 아무것도 증명하지 못해요. 몇 가지 화학 약품만 섞으면 누구나 만들 수 있으니까요. 혹시 전도사 일 그만두고 영화제작사 특수

분장팀에 지원할 생각은 없나요? 이 사진을 보여 주면 합격은 따 놓은 당상입니다." 이 형사가 멸시하는 투로 말했다.

"다른 건 몰라도 이게 한 가지는 명백히 증명합니다. '시체 없는 살인'은 아니라는 거. 비록 시체의 형태가 변형되었고 생물학적 유기체가 아닐지라도 말입니다. 이 사진이 바로 상상이나 꿈속이 아닌 현실에서 연쇄 살인이 발생했다는 것을 보증하는 물리적 증거입니다."

"마음대로 생각하세요. 어찌되었든 제 업무 범위 밖의 일입니다."

"자꾸 부정적으로 말씀하시는 데 의견 좀 들어 봅시다. 이 형사님은 '그놈'들의 정체가 뭐라고 생각하세요? 인간도 사탄도 아니라면 말입니다." 그가 따지듯 물었다.

"글쎄요. 정확히는 모르겠으나 예전에 본 B급 할리우드 SF 영화가 생각나네요. 카시오페이아 태양계에 고등 과학 기술을 가진 크렐(krell) 종족이 살고 있었는데 모항성의 핵융합이 꺼져 가고 있었어요. 쉽게 말해 태양이 죽어 가고 있었다는 말입니다. 그래서 거주할 만한 새로운 대체 행성을 찾다가 지구를 찾은 겁니다. 적당한 온도에 물이 존재하고 무엇보다 젊은 태양을 가지고 있었거든요. 그런데 지구에는 인간이라는 잠재적 위협이 떡하니 버티고 있는 거예요. 크렐 종족은 본격적인 침공에 앞서 사람과 똑같이 생긴 휴머노이드 로봇을 만들어 파견합니다. 경쟁자의 약점을 연구하기 위해서 말입니다. 여담입니다만 '로봇(robot)'이라는 단어는 체코 작가 카렐 차페크가 발표한 희곡에 처음 등장했는데 체코어로 '일꾼(worker)'이라는 뜻입니다. 휴머노이드 로봇은 인간과 함께 살면서 얻게 된 정보와 경험을 보고서로 만들어 매일 고향 행성으로 전송합니다. 그러다가 우연히 교통사고가 나고 로봇의 정체가 발각됩니다. 금발의 근육질인 남자 주인공에게 말입니다. 다음은 뻔한 스토리입니다. 잘생긴 주인공이 인간 행세를 하는 로봇을 하나씩 찾아내 제거하는 겁니다. 그다지 흥미로운 영화는 아니었어요. 19세 이상 관람가라 잔인하고 성적인 장면도 일부 있었고요. 하지만 아이디어는 얻을 수 있겠네요. '그놈'들이 사람을 꼭 빼어 닮은 지구에 파견된 휴머노이드 로봇이라는 겁니다." 이 형사는 봄날 저녁의 달님처럼 은은한 미소를 입가에 띠며 말했다.

"인공지능과 양자컴퓨터를 개발하고 있는 이 시국에 외계 문명에서 파견한 로봇이 주변을 에워싸고 있는데도 우리가, 아니 인류가 그걸 인지할 능력이 없다는 게 말이 됩니까?"

"만약 천 년 전 조상들이 우리가 핸드폰을 가지고 노는 모습을 본다면 마술을 부린다고 생각할 겁니다. 크렐족은 수만 년 앞선 고등 문명입니다. 아마존 밀림에 사는 개미들이 인터넷을 알 리가 없지 않겠어요?" 이 형사가 단조로운 목소리로 반문했다.

"뭐 영화는 영화니까 그렇다고 칩시다. 그렇다면 제가 받은 계시는 뭐죠? 누가 아니 무엇이 보낸 걸까요?"

"환각을 봤을 확률이 높죠. 그게 아니면 남들에게 관심받고 싶어 안달 난 소위 '관종'이 꾸며 낸 이야기일 수도 있고요. 처음부터 묻고 싶었던 건데요. 혹시 사역하는 교회에 문제가 있나요? 재정적이든 신앙적이든. 그게 아니면 담임 목사의 독재와 전횡으로 속앓이하고 있나요? 경찰 생활로 배운 게 있습니다. 내부고발은 단지 내부고발자 개인의 편협한 사리사욕을 위해서가 아니라 조직이나 집단의 성공을 도모하려는 간절한 바람에서 비롯되는 경우가 많다는 걸 말입니다. 그러니 편히 말씀하세요."

"그런 거 없습니다. 제가 사역하는 곳은 전통 신앙 공동체일 뿐 아니라 공인회계사 검토를 마친 헌금 지출 내역을 대중에 공개하는 대한민국에서 보기 드문 투명한 교회입니다. 이번 사건과 내부고발은 아무 상관이 없습니다. 그리고 덧붙이자면 저는 '관종'이 아닙니다. 오히려 남들 관심과 시선이 불편한 사람입니다." 그가 짜증 섞인 목소리로 대꾸했다.

"미안합니다. 그저 직업적 호기심일 뿐입니다. 이것마저 없었다면 저는 경찰계의 바벨탑으로 전락했을 겁니다. 형편없는 저성과자였을 거라는 말입니다. 다른 뜻은 없으니 오해하지 마시고요." 이 형사가 멋쩍게 대답했다.

"환각을 본 게 아니라면 남은 선택지는 딱 하나입니다. 계시가 실제 경험이라는 겁니다. 확률이 높지는 않겠지만." 그가 위엄있는 목소리로 말했다.

"그럴 수도 있겠죠. 하지만 확률은 아무리 커 봐야 1을 넘지 않습니다."

"아무리 황당한 결론이라도 다른 명제들이 모두 거짓으로 밝혀지면 마지막 남은 것을 정설로 받아들여야 합니다. 하나님 말고 다른 무언가가 계시를 보낼 가능성은 제로입니다. 그렇지 않나요?"

"글쎄요. 다른 가능성이 존재할 수도 있습니다. 예를 들면 크렐족이 김 전도사님에게 보냈을 수도 있고요."

"자기 종족을 위해 일하는 로봇을 제거하라는 지시를 내린다고요? 외계 생명체가 저에게요? 심지어 무기까지 손에 쥐여 주고? 그건 논리가 잘못된 거 같은데요. 미치지 않고서야 무엇 때문에 자신에게 커다란 이득이 되는 말 잘 듣는 하인들을 없앤다는 겁니까? 엄청난 모순입니다."

"일반적으로는 김 전도사님 의견이 사리에 맞습니다. 하지만 상상력을 조금 발휘해 보면 이야기가 달라집니다. 자신에게 도움이 되는 로봇을 왜 자기 손으로 파괴하냐고요? 크렐족에게도 반군이 존재할 수 있거든요. 지구에 좌파와 우파, 보수와 진보, 종교와 과학이 서로 견제하며 목청을 높이는 것처럼 말입니다. 반군의 존재 이유는 쉽게 추측할 수 있어요. 이주(移住) 자체를 부정하거나 인류가 이미 터를 잡은 지구를 적절한 대체 행성으로 판단하지 않거나 정치적 목적을 달성하기 위해 무조건적 반대를 할 수도 있어요. 이유가 뭐든 반군에게 경쟁자를 돕는 휴머노이드 로봇은 눈엣가시일게 뻔하고 제거 대상 일 순위일 겁니다. 그래서 멀리서도 맘껏 주무를 수 있는 전자 기기를 이용해 김 전도사님에게 메시지를 보낸 거죠." 이 형사가 자신의 설명이 만족스러운 듯 흡족한 표정으로 말했다.

"억지스럽군요. 만약 그렇다면 수많은 인간 중 왜 하필 저를 선택했을까요?" 그가 떨리는 목소리로 물었다.

"고등 과학 기술을 가지고 있으니 유전자 분석을 통해 후보자를 선발했을 수도 있고 아니면 뇌파검사(EEG)를 실행했을 수도 있고요. 찾아 보면 방법이야 많지 않겠어요?" 이 형사가 나른하고 느긋한 목소리로 답변했다.

"이야기는 그럴듯하기는 하지만 믿을 수는 없습니다. 왜 그러냐 하면 계시를 통해 성령의 임하심을 저는 분명히 느꼈기 때문입니다. 그건 마치 물속에서 피부로 물결의 흐름을 느끼는 것 같은 자연스러운 현상이었습니다. 오직 직접 경험한 사람만이 알 수 있는 성스러운 깨달음이지요. 전 세계의 수많은 신앙인이 저를 지지해 줄 겁니다. 무신론자인 이 형사님의 허무맹랑하고 기괴한 의견은 비웃음의 대상이 될 겁니다."

"그저 영화에서 따 온 이야기일 뿐입니다. 제 주장이 아니니 오해하지 말아 주세요. 그리고 덧붙이자면 과학은 다수가 반대한다고 해서 부결되지 않습니다. 과학적 사실은 검증 가능하고 재현 가능하면서 반증도 가능한 이론을 통해 결정됩니다. 국과수로부터 과학적 검증을 마친 삼지창이 좋은 예입니다. 무슨 뜻인지 아시겠죠?" 이 형사의 말에 그는 아무 대꾸도 하지 않고 굳은 얼굴을 하고 있었다.

"자! 사건이 정리된 것 같군요. 만약 다음에 또 이런 사건으로 방문하시면 업무 방해로 고발당할 수 있습니다. 집으로 돌아가셔서 본업에 집중하길 바랍니다. 이만 일어나겠습니다." 이 형사가 마무리 인사를 하고 육중한 문을 열려는 순간 무언가 생각났다는 듯 고개를 돌려 납빛에 가까울 정도로 창백한 표정을 짓고 있는 그에게 물었다.

"그나저나 혹시 근처에 사세요? 사건은 서울과 대전에서 발생했는데 거리가 먼 이곳 부천원미경찰서까지 와서 신고한 이유를 모르겠네요?"

"계시가 보였거든요."

"무슨 계시요?"

"영혼을 치유하기 위해 자발적으로 순례의 길을 떠나라는, 어쨌거나 저지른 일에 대한 속죄는 필요하니까요."

그는 이미 죽은 자의 느낌이 전혀 없는 공허한 목소리로 대답했다. 그리고 담배 진액과 불투명 비닐 봉투에서 꺼낸 삼지창을 책상에 올려놓았다. 천장 형광등 불빛이 그것에 반사되어 사방이 온통 은빛으로 반짝였다. 마치 다른 세상 같았다. 매캐한 냄새와 빛의 입자에 매혹된 이 형사는 우두커니 움직일 줄을 몰랐다.

## 작가 노트

독자가 이 단편을 읽고 '멍'하면 좋겠다. 최근 연구 결과에 의하면 사람이 '멍'할 때 뇌의 신경 세포(neuron) 사이 새로운 경로가 활발하게 생성된다고 한다. 한마디로 뇌가소성(腦可塑性)이 발생하는 것이다. 뇌는 죽을 때까지 새로운 걸 학습하고 이에 적응한다고 하니 '배움에 늦음은 없다'라는 옛말이 더욱 마음에 와닿는다.

## 은하영웅전설

## Ⅰ. 서문

필자가 본 기록을 쓰는 목적은 다음과 같다. 2731년 인류는 비로소 모든 악의 근원인 빈부격차를 해소하고 유토피아를 건설할 수 있게 되었다. 그 바탕에는 불가능한 임무를 달성한 영웅이 존재했는데 그분은 우리 모두의 영적 조상이다. 영웅 탄생의 역사적 배경과 업적을 고찰하는 것은 후손의 신성한 의무이다. 또 이를 오류나 곡해 없이 다음 세대에 바르게 전달하는 것은 우리에게 부여된 책임이다. 인류는 수천 년 동안 '금융'이라는 미명하에 설계된 약탈 경제로 고통받아 왔다. 이는 부자들이 세상을 자신에게 유리한 방향으로 흘러가도록 고안한 시스템이다. 21세기 천재적인 프랑스 경제학자인 토마 피케티는 일반 서민의 노동의 대가인 임금 상승은 결코 부자의 주된 소득인 지대(地代)나 임대료 상승을 초과할 수 없다는 사실을 데이터 분석을 통해 증명했다. 경제적 불평등이 어떻게 시작하고 유지되는지를 밝혀낸 것이다. 하지만 이를 방지하기 위한 피케티의 부유세 도입 주장은 가진 자들의 막강한 정치적 로비와 대중의 무관심으로 금방 잊혔다. 심지어 한동안 부의 재분배 역할을 충실히 수행하던 누진세마저 시나브로 사라졌다. 이 같은 현상은 우매한 대중이 "누구나 열심히 일하면 부자가 될 수 있다" 라는 뻔한 프로파간다(Propaganda)에 속아 자신을 착취하는 이들의 편을 들었기 때문이다. 말 그대로 어이없는 상황이 발생한 것이다. 우리는 동일한 현상의 재발을 막기 위해서라도 더욱 영웅의 발자취를 따라야 한다. 그분의 공로를 제국의 모든 곳, 심우주 멀리 외딴 얼음 광산 행성이라고 할지라도 꼭 알려야 한다. 필자의 기록이 정보 전달에 큰 도움이 되길 바라는 마음으로 이 글을 적는다. 본문은 크게 시대를 기준으로 통합 태양계 정부, 분리주의, 은하 제국으로 나누어 설명할 예정이다. 그리고 끝부분에 영웅의 탄생과 고난, 우연한 발견을 이야기하겠다. 결문에는 그 속에 담긴 깊은 역사적, 사회적 의미를 심도 있게 탐구할 것이다. 영웅의 일대기를 서술한다는 사실에 한편으로는 뿌듯함이, 다른 한편으로는 그분께 '누가 되지는 않을까?' 하는 조바심이 엄습한다. 독자들의 응원과 시시가 절실히 필요한 시점이다. 이에 미리 감사 인사를 드린다.

## Ⅱ. 본문

### (A) 통합 태양계 정부 시대(AD. 2131~2330)

인류가 지구를 벗어나 인공 정착촌을 처음 건설한 곳은 '달'이었다. 어찌 보면 당연한 수순이었다. 가장 가까운 외계의 땅이기도 하거니와 "지구는 인간의 요람일 뿐, 삶의 터전은 아니다. 언제까지나 요람에서 살 수는 없지 않은가?"라고 말한 러시아 과학자 치올콥스키와 옛 시인들이 수천 년 동안 달을 바라보며 노래한 덕분이었다. 지구인에게 달은 두 번째 고향과도 같은 친근한 존재인 것이다. 하지만 인공 정착촌 건설은 쉽지 않은 결정이었는데 공학적 난제보다는 경제적 이유 때문이었다.

각국 정상들은 UN에 모여 오랜 회의 끝에 수천조 달러 규모의 분담금에 합의했다. 초반에는 그럭저럭 잘 굴러가는 듯 보였다. 하지만 결국 분담금 규모의 적정성에 관한 문제가 터졌고 중남미 일부 국가에서 대중의 인기에 영합한 포퓰리즘(Populism)으로 당선된 좌파 지도자가 돈을 낼 수 없다며 소위 '배째라' 전략을 구사했다. 해당 국가에 외교적 설득과 무역 봉쇄가 진행되는 가운데 중국과 러시아를 비롯한 과거 공산주의 진영 국가들이 UN을 탈퇴함으로써 제3차 대전 발발의 암울한 분위기와 긴장이 극에 달했다.

그때 저 멀리 해왕성 바깥쪽 카이퍼벨트(Kuiper Belt)에서 지구를 방문한 1km 크기의 소행성이 시베리아 퉁그스카(Tunguska) 지역에 충돌했다. 외계의 위협에 화들짝 놀란 인류는 마침내 지구를 제외한 별도의 피난처가 필요하다는 사실을 절감했다. 그동안 자신이 더 잘났다고 옥신각신 싸우던 각국 정상들은 UN에 다시 모여 인류의 생존을 최우선 과제로 두고 회의를 시작했다. 알 수 없는 외부 위협에 내부 결속이 이루어진 것이다. 회의 결과는 놀라웠다. 각국 정상들은 가까운 미래에 지구 단일 정부를 창설한다는 것을 합의했다. 게다가 그에 앞서 경제를 통합할 목적으로 전격적으로 단일 화폐 사용을 승인한 것이다. UN 사무총장의 "노아가 방주를 만든 건 비가 오기 전이다"라는 개회 연설이 합의에 이르는 데 큰 도움을 준 것으로 나중에 밝혀졌다. 준비가 무엇보다 중요하다는 것을 에둘러 표현한 점이 각국 정상들의 심금을 울렸다는 것이다. 단일 화폐를 사용하면 여러 가지 이로운 점이 있다. 경제 내부적인 역량을 하나로 모을 수 있고 신뢰도가 상승하며 더 많은 무역과 투자가 가능하다. 유통 절차를 간소화해 거래비용을 줄일 수 있고 실물 경제를 자극해 소비를 확대하는 결과를 만들 수 있다. 과거 갈기갈기 찢어져 있던 유럽이 EU(European Union)로 통합된 것도 바로 이런 이유 때문이었다.

단일 화폐 사용이 본격적으로 시행되면서 인공 정착촌 건설은 속도를 냈다. 물론 모든 말썽거리가 사라진 건 아니었다. 일부 종교계에서 인간이 지구를 벗어나는 것은 창조주의 뜻에 항명하는 것이라며 폭동을 일으킨 것이다. 하지만 난동은 오래가지 못했다. UN 사무총장이 TV에 출연해 멋진 연설로 사태를 잠재운 것이다. 그는 "우주는 태엽이 풀리면서 작동하는 거대한 시계와 비슷하다. 조물주가 우주를 창조하면서 태엽을 감아 놓았고, 과학은 태엽이 풀릴 때 작동하는 원리를 발견한다"라는 아이작 뉴턴의 말을 인용해 신학과 과학의 협상을 통한 탈출구를 마련한 것이다. 이후 건설은 예정대로 착착 진행되었다.

달 인공 정착촌의 인구가 만 명을 넘어서려고 할 때 희소식이 화성에서 들려왔다. 지각 아래에서 엄청난 양의 물이 발견된 것이다. 과거 화성에 물과 대기가 지구처럼 존재했고 극지방에 약간의 얼음이 있었다는 것은 누구나 아는 상식이었다. 하지만 화성 지표면을 1km 깊이로 뒤덮을 만큼 광대한 양이 지하에서 발견된 것은 이번이 처음이었다. 물의 발견으로 화성 개발의 가장 큰 걸림돌이 사라졌다. 이제는 단일 정부로 통합된 지구는 즉시 화성 식민지 건설에 돌입했다. 프로젝트는 지구의 인력과 원자재를 달 인공 정착촌에 가져오는 일 단계와 달에서 화성으로 운송하는 이 단계로 나누어 진행되었다. 왜 그러냐 하면 우주선이 지구 중력을 벗어나는 데 막대한 에너지가 소모되었고 긴 여행에 앞서 인간은 휴식이 필요했기 때문이다. 이제 달은 붉은 행성으로 가기 위한 중간 기착지로 활용되었다. 달을 개발한 경험이 큰 도움이 되어 화성 프로젝트는 별다른 어려움 없이 앞으로 나아갔다. 흠이라면 거리가 멀어 여행자들이 생존 포드에서 두 달간 강제로 잠을 자야 한다는 것이었다. 새로운 행성에서 문명을 일으키려는 개척자들에게 이는 사소한 불편함으로 여겨졌다. 그리고 마침내 화성 식민지 건설로 인류는 이중행성종족이라는 명예로운 호칭을 얻을 수 있었다.

이후로는 더욱 거칠 것이 없었다. 목성, 토성, 천왕성, 해왕성에 추가로 식민지를 건설한 것이다. 외행성들은 모두 지각(地殼)이 없는 가스 행성이었는데 문제가 되지 않았다. 중력에 빠져들지 않을 정도의 적당한 거리를 산정해 하늘에 정착촌을 지었기 때문이다. 공중에 떠 있는 거대한 도시를 건설한 것이다. 건축 공학의 마법이었다. 오히려 공학적 어려움은 지구와 같이 암석으로 이루어진 수성과 금성에서 발생했다. 내행성들은 태양과 거리가 가까워 강력한 빛과 열로부터 인간을 보호하는 것이 필수 사항인데 해결 방법을 찾기 어려운 것이다. 그러나 공학자들은 '만지작거리다 보면 결국 해결책을 찾는다'라는 옛말을 다시 한번 증명했다. 오랜 고민 끝에 우주 공간에 유리로 만든 거대한 차벽을 설치해 태양의 빛과 열을 반사하는 방안을 생각해 낸 것이다. 헤아릴 수 없는 막대한 돈과 자원이 투입되었고 계획은 성공적으로 마무리되었다. 인류는 내행성에도 거주할 수 있는 발판을 마련한 것이다.

다음 목표는 행성의 위성들이었다. 포보스, 유로파, 가니메데, 칼리토스, 타이탄, 엔셀라두스 등 셀 수 없이 많은 위성에 정착촌이 건설되었다. 다행성종족으로 한층 발전한 인류는 통합 태양계 정부 시대의 창문을 힘껏 열어젖혔다. 통합 태양계 정부 시대에 가장 큰 혜택을 누린 것은 기업이었다. 과거에는 오직 지구에서만 수익 창출이 가능했으나 이제는 다수의 행성과 위성에서 더 많은 돈을 거두어들일 수 있게 된 것이다. 기업의 매출과 수익 증가로 주식 시장은 호황을 누렸고 투자자는 기쁨의 비명을 질렀다. 하지만 가난한 서민에게는 이 모든 게 그림의 떡이었다. 왜 그러냐 하면 부자들이 각 행성에서 지구로 들어오는 고급 정보를 최적 경로 법칙을 이용한 양자컴퓨터로 독점했기 때문이다. 예를 들면 어떤 회사가 금성에서 엄청난 매장량의 다이아몬드 광산을 새롭게 발견했다는 뉴스는 부자들의 손을 거친 후 일반에게 공개되는 식이었다. 이것은 양자컴퓨터가 가진 무한대의 계산 능력 때문에 가능한 일이었다. 서민이 정보를 듣고 그 회사에 투자하려고 할 때는 이미 주식은 고공행진을 하고 있었다. 행성 간 무역에서도 부자들은 큰돈을 벌었다. 이제는 옛 지명이 된 남아프리카 공화국의 대표 와인인 피노타지(Pinotage)가 일조량 저하로 생산량이 급감하면 이를 사재기한 후 웃돈을 받고 유로파나 가니메데에 판매하는 식이었다. 머나먼 정착촌에서 지구의 사정을 알 길 없는 광산 노동자들은 울며 겨자 먹기 식으로 열 배나 오른 와인을 구매할 수밖에 없었다. 하지만 대체로 행성 간 무역은 호황을 만끽했다.

외환시장의 상황은 아이러니했다. 각 행성마다 고유의 화폐를 발행하고 유통했다. 따라서 초기에는 바쁘게 운영되었으나 통합 태양계 정부가 들어서면서 단일 화폐를 발행했고 기능을 상실한 외환시장은 서서히 막을 내려야 했다. 부동산 시장은 침체의 늪에서 오랜 기간 벗어나지 못했다. 당연한 일이었다. 새로운 정착촌의 확장 속도를 자연발생적 인구 증가가 따라갈 수 없는 것이다. 사실 인간은 성인이 되어 온전한 역할을 수행하기까지 최소 20년이라는 긴 시간이 필요하다. 기계로 자동차 타이어를 찍어 내듯 갑자기 생산해 낼 수 없는 존재라는 말이다. 파생상품시장은 대목을 맞이했다. 호황을 누리는 주식시장에 기반을 둔 주가지수 선물과 옵션뿐 아니라 외계 행성의 광물 자원 개발과 연관된 파생상품이 봇물 터지듯 생겨났기 때문이다. 이는 마치 19세기 범선을 타고 신세계를 탐험하러 떠나는 유럽인들이 위험을 분산하기 위해 보험을 드는 것과 같았다. 외계 행성의 광물 자원 개발을 주요 사업으로 영위하는 기업들은 위험 회피를 위해 다양한 파생상품을 발행해 시장에 내놓았다. 특히 태양계 희토류 개발 선물, 심우주 석유 탐사 옵션. 소행성 코발트 ABS(자산유동화증권)와 이를 쪼개 파는 CDO(부채담보부증권)가 유명했다. 외계 바이러스가 탐지된 경우 이를 제거하기 위한 추가 비용으로 파생상품 가격이 출렁거렸다.

반면 코인 시장은 폭삭 망했다. 다행성종족으로 변한 인류는 한때 무한정 찍어 내는 것이 가능한, 지구를 제외한 다른 행성에서는 사용할 수 없는 가짜 돈이 아무런 의미가 없다는 것을 깨달았다. 왜 그러냐 하면 고성능 양자 컴퓨터 개발로 모든 암호를 쉽게 풀 수 있게 된 것이다. 만만한 암호를 기반으로 생성된 암호화폐가 무슨 가치가 있겠는가? 한때 독재자의 비자금이나 범죄의 지불 수단으로 유행했던 비트코인(Bitcoin)은 1달러에도 팔리지 않는 기구한 처지로 전락했다. 불쌍한 코인 투자자들은 빚을 갚기 위해 돌아올 확률이 지극히 낮고 위험한 심우주 탐사에 울며 겨자 먹기 식으로 끌려갔다.

선조들은 우주시대가 되면 다들 돈 걱정 안 하고 모험을 즐기며 살 거라 생각했지만 이는 오산이었다. 빈부 격차는 여전히 존재했고 서민들은 한 달 벌어 한 달 살았다. 이와 같은 현상이 발생하게 된 데에는 거대 기업들이 중세 유럽의 동업자 조합인 '길드'와 비슷한 성격의 '연대'를 만들어 통합 태양계 정부에 압력을 행사하고 법 위에 군림했기 때문이다. 특히 애플 연대, 폭스바겐 연대, 아디다스 연대가 유명했다. 이들은 '최대 이익은 최고의 선(善)'이라는 기치 아래 뇌물로 매수한 정치인을 동원해 시민과 노동자를 위한 법을 불리하게 개정했다. 반대하는 단체는 법무법인과 언론을 동원해 가차 없이 공격했다. 가장 대표적인 경우가 노동법과 환경법의 개악이었다. 노동법은 근로자의 일상생활 유지를 목적으로 만들어진 기본급을 삭제하고 임금을 오직 성과급으로만 지급하도록 바뀌었다. 그 결과 근로자들은 아파도 쉴 수가 없었고 휴일도 없이 성과 목표 달성을 위해 기계처럼, 아니 기계보다 더 일해야만 했다. 더 큰 문제는 매년 목표가 올라간다는 것이었다. 하향되는 경우는 단 한 번도 없었다. 기본급이 사라진 근로자들의 생활은 불안정해졌고 목표를 달성해 100% 임금을 받는 경우는 하늘의 별 따기처럼 힘들었다.

환경법은 더욱 악랄했다. 환경권의 보장, 환경의 보호, 환경 오염 피해의 제거라는 법 제정 취지가 사라진 것이다. 이제 환경법에서 중요한 것은 행성이나 위성이 보존 가치가 있느냐 없느냐 하는 판단이었다. 만약 보존 가치가 없는 것으로 판단되면 환경을 마구 훼손하더라도 그냥 짐을 싸서 떠나면 그만이었다. 보존 가치에 대한 의사결정은 가슴에 십자가를 긋고 맹세한 '태양계 환경위원회'에서 이루어졌다. 위원회의 구성원 대부분은 기업들이 만든 연대로부터 후원을 받는 교수들이었다. 법 개정 이후 시간이 길수록 기업은 부유해졌고 시민은 가난해졌다. 그리고 자연환경은 파괴되었다. "시스템이 진화할 때는 누군가 반드시 그 시스템을 악용해 개인적 이익을 취한다"라는 격언이 어김없이 실현된 것이다. 미래가 없는 현실에 절망한 일부 시민들은 태양계를 버리고 저 멀리 다른 항성계로 이주를 떠나기 시작했다. 마치 천주교의 박해를 피해 아메리카(America)로 불리는 신대륙으로 이주를 감행한 청교도처럼. 개척자들이 과감한 결단을 내린 것이다. 그들은 "인간의 존재 목적은 생존이 아닌 삶이다. 더 오래 살려고 애쓰기보다는 주어진 시간을 뜻깊게 쓰겠다"를 모토로 삼았다. 지구 태양계, 시리우스 항성계, 폴라리스 항성계, 오리온 항성계로 이루어진 분리주의 시대의 장막이 시나브로 올라가고 있었다.

(B) 분리주의 시대(AD. 2331~2530)

더 나은 삶을 살기 위해 외딴 우주로 떠난 용기 있는 개척자들은 신세계의 가혹한 환경을 극복하고 차곡차곡 자신들만의 식민지를 건설했다. 이들은 경제에 자유방임주의(프랑스어: laissez-faire)를 채택했는데 그동안 부자로부터 당해 온 수탈과 착취에 치를 떨었기 때문이다. 이것은 개인의 경제활동을 최대한 보장하고 국가나 거대 기업의 간섭을 가능한 배제한 경제사상 및 정책을 말한다. 항성계 식민지가 확장하면 확장할수록 그에 비례해 지구 태양계의 간섭과 공물 요구는 갈수록 심해졌다. 악마와 거래를 하면 점점 더 많은 것을 요구하기 마련이다. 이에 반발해 시리우스 항성계 선구자 몇 명이 모여 독립을 선언했다. 지구 태양계 권력자들이 이를 허락할 리가 없었다. 황금알을 낳는 거위인 식민지를 순순히 포기할 아량이 없는 것이다. 결국 핵융합 엔진으로 작동하는 우주 함대가 식민지에 나타났고 피비린내 나는 전쟁이 시작되었다. 흑인과 백인이 결혼하면 그들의 아이는 흑색도 백색도 아닌 그

중간의 피부색을 갖는다. 즉 인간의 키나 피부색을 관장하는 유전자도 나뉘고 섞인다는 말이다. 하지만 소수 부자와 다수 서민의 DNA는 결코 공유될 수 없는 성질의 것이었다.

전쟁 초기에는 넉넉한 군수 물자와 강력한 무기를 가진 지구 태양계 우주 함대가 유리했다. 오합지졸 민병대인 식민지 대항군은 곧 무너질 듯 보였다. 그러나 빛의 속도로 8.3년이나 달려야 겨우 도착할 수 있는 지구와의 거리는 파견군을 심리적으로 괴롭혔다. 게다가 시리우스 항성계에서 오랜 생활을 해 온 민병대는 지형지물 활용에 능숙했다. 지구 태양계 권력자들은 "뱀을 찌르면 물릴 위험에 처하기 마련이다"라는 교훈을 잊고 있었다. 결국 전쟁은 식민지의 승리로 막을 내렸다. 시리우스 항성계가 침입자를 물리치고 자립을 쟁취하자 그동안 눈치만 보고 있던 폴라리스와 오리온 항성계도 곧이어 독립을 선언했다. 수많은 피와 희생으로 시작된 분리주의 시대가 앞날을 알 수 없는 항해에 본격적으로 나선 것이나. 분리주의 시대에는 정치는 안정을 구가했으나 경제는 암흑기였다. 그도 그럴 것이 피지배자와 한바탕 전쟁을 치르고 난 후 언제 그런 일이 있었냐는 듯 얼굴을 맞대고 웃을 수는 없기 때문이다. 과거 독립전쟁에서 미국이 승리한 후 일정 기간 영국과 거리를 두는 것과 같은 이치였다. 각 항성계는 지구 태양계의 무역 요청을 단칼에 거절하며 "우리는 모든 것이 넉넉해서 지구 태양계와 교역의 필요성을 느끼지 못한다"라는 성명을 발표했다. 이는 마치 과거 중국의 청나라를 연상케 했다. 건륭제는 영국 조지 왕에게 보낸 편지에서 청나라는 영국과의 교역을 늘릴 필요를 느끼지 못한다고 밝혔다. 또 청나라가 광저우에서만이라도 교역을 허락한 것은, 청나라가 생산하는 차, 비단, 도자기 등이 유럽 국가에게 절대적으로 필요하기 때문에 오로지 외국에 은혜를 베푸는 '호의의 차원'이라고 지적했다. 또 건륭제는 "우리 청나라는 지대물박(地大物博)하여 다른 나라의 물품은 필요하지 않다"라고 말했다.

하지만 현실은 달랐다. 전쟁의 앙금으로 상품 이동이 막히고 돈이 돌지 않자 각 항성계 경제가 점점 취약점을 드러낸 것이다. 생산한 제품을 판매할 거래처가 부족해지면서 기업은 파산했고 실업자들이 길거리에 넘쳐났다. 그러자 항성계 고용시장의 주도권이 소수 독과점기업으로 완전히 넘어갔다. 독과점기업은 "대목이구나"라는 환호성을 지르고 이 기회를 놓치지 않았다. 임금을 대폭 삭감한 것이다. 월급의 감소로 가난해진 근로자들은 구매를 줄일 수밖에 없었다. 제품 판매가 감소하니 그나마 버티던 우량 기업들도 하나둘 쓰러졌다. 경제가 악순환에 빠진 것이다. 기업들의 실적이 하향곡선을 그리자 이에 발맞추어 주식시장이 폭락했다. 부동산 시장은 팔려는 사람만 있을 뿐 아무도 땅이나 집을 사려고 하지 않았다. 그나마 호황을 누리는 곳은 술, 담배, 마약, 도박, 섹스와 관련된 향락 산업이었다. 현실의 곤궁함을 잠시라도 잊고 싶은 사람들이 몰렸기 때문이다. 각 항성계 내부의 빈부격차는 극적으로 확대되었다. 선조들이 목숨 걸고 통합 태양계 정부를 떠나 신세계로 향하던 그 암울한 시절로 회귀한 것이다. 역사의 아이러니였다.

경제의 자유방임주의는 소수 독과점기업의 독재로 사라졌고 항성계 사람들은 일종의 노예가 되었다. 최고의 비극은 이 사람들이 그런 사실을 전혀 인식하지 못한다는 것이었다. 이들은 자기가 경제적으로 자유롭다고 생각하는데, 그건 한 번도 진짜로 자유로운 적이 없었기 때문이다. 항성계 후손들은 경제적 자유의 참된 의미를 이해하지 못했다. 권력자들이 아랫사람들에게 가난한 평화를 강제함으로써 자신들의 경제적 특권을 확보하는 그런 세상이었다. 하지만 장기간 경기침체는 권력자들에게도 영향을 미쳤다. 그들이 소유한 자산가치가 큰 폭으로 하락한 것이다. 일반적으로 먹이사슬의 상위에 있는 소수는 다수 하위 생명체보다 영리하다. 포식자는 사냥의 효율을 높이려면 위장술에 능하고 민첩하며, 상대를 잘 속이고 계획도 잘 짜야 한다. 이 모든 것을 수행하려면 당연히 머리가 좋아야 한다. 하지만 사냥감은 그저 빠르게 도망하기만 하면 된다. 코흘리개도 알고 있는 "산촌에선 석탄을 캐고, 어촌에선 고기를 잡아서 서로 교환하는 것이 유리하다"라는 명제를 똑똑한 포식자인 권력자들이 모를 리 없었다. 경제가 호황을 누리고 자산가치가 원래의 모습을 되찾으려면 지구 태양계와의 무역은 필수 불가결한 기본 전제였다. 다른 가능성은 없었다.

결국 경제가 망가질 대로 망가진 후에야 비로소 항성계와 지구 태양계의 무역 개시를 위한 협상이 시작되었다. 서로의 니즈(Needs)가 맞아떨어진 것이다. 협상은 물 흐르듯 자연스럽게 체결되는 듯 보였다. 그러나 복병이 숨어 있었다. 무역에 필연적으로 따라오는 '화폐의 교환 비율'이 문제였다. 서로 자신들의 화폐가 더 높은 가치를 가진다고 주장한 것이다. 가치가 높으면 높을수록 상대방으로부터 원자재나 상품을 싸게 살 수 있다. 게다가 자존심도 걸려 있었다. 양측 모두 쉽게 포기할 수 없는 문제였다. 지구 태양계는 "호모 사피엔스 문명의 시발점이며 모든 것의 지식 재산권을 소유한 지구 태양계의 화폐가 타 항성계 대비 높게 평가받아야 함은 명명백백한 일이다"라고 주장했다. 반면 각 항성계는 "이미 한물간 연예인을 비싼 값을 주고 초청하는 일은 없다. 막대한 원자재를 보유하고 있으며 미래 성장을 이끌 젊은 화폐가 주도권을 가지는 것이 동서고금을 막론하고 당연한 이치이다"라며 목청을 높였다.

협상이 난항을 보이자 태곳적부터 호모 사피엔스의 공통된 가치인 금, 은, 골동품, 다이아몬드, 미술품 등이 대체 수단으로 떠올랐다. 지역을 불문하고 아름다운 풍경화, 사랑스러운 여성 초상화 그리고 신의 위대함을 표현한 예술품은 널리 인정받았다. 하나의 항성계에서 아름답다고 인정받은 작품은 다른 항성계에서도 훌륭하다고 여겨졌다. 끝을 알 수 없을 만큼 멀리 떨어져 있어도 호모 사피엔스라는 공통의 특성과 핵심 가치는 유지하며 살아가고 있었기 때문이다. 하지만 광물의 매장량이 특정 항성계에 몰려 있다는 점과 아름다움은 수치화할 수 없다는 이유로 이 제안은 곧 폐기되었다.

협상이 갈팡질팡하며 한 발짝도 앞으로 나아가지 못하고 있을 때 전 우주에 사는 모든 호모 사피엔스를 경악게 하는 사건이 발생했다. 전에는 존재하는 줄도 몰랐던 새로운 호르몬이 인체에서 발견된 것이다. 랩틴(Leptin)이라고 이름 붙여진 이 호르몬은 일반적인 호르몬이 아니었다. 랩틴은 궁극적으로 다른 모든 호르몬에 영향을 미치고 뇌의 모든 기능을 통제한다. 인체의 주기활동과 배고픔에서 섹스에 이르는 다양한 생리 기능을 책임진다. 게다가 인간의 감정과 행동에 영향을 미친다. 하지만 무엇보다 중요한 사실은 랩틴은 텔로미어(telomere)를 재생시켜 노화를 막고 젊음을 유지하는 기능을 가지고 있었다. 사실 '늙는다는 것'은 과학의 눈으로 보면 단순한 프로세스이다. 세포가 분열할 때마다 염색체의 말단 부위인 텔로미어가 짧아지는데, 이 과정이 50~60회 반복되면 아예 사라지면서 염색체가 붕괴되고 세포가 노화 상태에 접어든다. 세포가 늙어서 제 기능을 발휘하지 못하니 사람이 늙는 것이다. 따라서 제한된 세포 분열 횟수를 가진 텔로미어를 재생시키면 젊음을 유지할 수 있을 뿐 아니라 심지어 회춘(回春)까지 가능했다.

랩틴이 발견되기 전까지 텔로미어를 재생시키는 방법은 인류가 풀지 못한 숙제였다. 새로운 호르몬의 발견으로 노화에 관한 모든 문제가 해결된 것처럼 보였다. 하지만 심각한 문제가 남아 있었는데 사람의 몸에서 생산되는 랩틴이 극소량이라는 점이었다. 즉, 사람이 늙는 것은 랩틴이 없어서가 아니라 부족해서였다. 부족한 걸 보충하면 오스카 와일드의 '도리언 그레이'처럼 영원한 젊음을 누릴 수 있을 거라고 생각한 과학자들은 즉시 개발에 착수했다. 그러나 아무리 다양한 방법으로 실험을 해도 인공적으로 랩틴을 만들어 낼 수 없었다. 천재 과학자들이 고작 한 일이라고는 사람의 몸에서 랩틴을 추출하는 방법을 찾은 것이다. 세상 밖으로 나온 호르몬의 가격은 상상을 초월했다. 당연한 일이었다. 죽음에서 멀어질 수 있다는 데 돈이 대수겠는가? 그래서 사람들은 랩틴을 '천사의 숨결'이라고 불렀다. 랩틴의 발견으로 지지부진하던 무역 협상은 진공석화처럼 빠르게 디결되었다. 호모 사피엔스는 누구나 오래 살고 싶은 욕망을 가지고 있다. 그것은 인간 고유의 변치 않는 본성이다. 어느 항성계에 속해 있는지와는 아무런 상관이 없었다. 결국 '천사의 숨결'은 사용자의 공통된 욕망과 가치를 대변할 수 있는 은하제국의 유통화폐가 되었다. 이렇게 수백만 개의 행성을 거느린 거대한 경제통합체가 지평선 위로 슬며시 고개를 들었다.

(C) 은하제국 시대(AD. 2531~2730)

은하제국의 모든 경제활동은 랩틴을 기준으로 이루어졌다. 1랩틴 크레딧은 호모 사피엔스 한 명의 생명을 1년 연장할 수 있는 가치로 정의되었다. 은하제국 초반의 경제는 지구 태양계와 항성계의 무역으로 호황을 누렸다. 기업들은 생산된 제품을 실어 나르기에 바빴고 실적은 자연스럽게 개선되었다. 덩달아 주식 시장도 뜨거워졌다. 한 주라도 주식을 더 사려는 사람들로 거래소는 인산인해를 이루었다. 원자재 시장도 대목이었다. 제품 생산에 들어가는 원자재 수요가 큰 폭으로 증가한 것이다. 파생상품시장도 호경기를 구가했다. 부족한 원자재를 찾아 미개척된 항성계나 멀리 심우주로 떠나는 모험가가 늘어났기 때문이다. 파생상품 투자자들은 모험가의 무사 귀환 확률, 원자재의 종류와 매장량, 매장지와 거리 등을 매개 변수로 만들어진 선물과 옵션에 과감히 투자했다.

반면 부동산 시장은 조용했다. 아무래도 새로운 행성과 위성의 개발로 토지 공급이 늘어난 데다가 심우주 개발을 위해 떠나는 이주민 증가로 땅에 대한 수요가 감소한 탓이었다. 외환시장은 자취를 감추었다. 랩틴이라는 단일 통화 사용으로 존재 이유가 없어진 것이다. 하지만 끝을 모르고 호황을 누릴 것 같던 경제는 시나브로 문제를 드러내기 시작했다. 만병통치약으로 여겨지며 총애를 한 몸에 받던 '천사의 숨결'이 바로 그 원인이었다. 생존 시간이 화폐가 되는 인류 역사상 최악의 불평등 세상이 시작된 것이다. 사회는 랩틴을 가진 자와 못 가진 자로 나뉘었다. 생명을 인공적으로 늘리는, 까놓고 말해서 서민의 피를 빨아 벼락부자가 된 기업가들과 자신의 몸에서 랩틴을 추출해 시장에 내다 파는 가난한 노동자 집단으로 양분된 것이다. 유사 이래 빈부 격차는 항상 존재했다. 과거에는 부자든 빈자든 죽을 때는 같이 죽었다. 삶의 끝자락은 누구에게나 평등한 것이다. 하지만 상황이 180도로 변했다. 랩틴으로 부자들은 갈수록 오래 살게 되었고 경제적 입지를 더욱 확고히 굳힐 수 있었다. 반면 혜택을 얻지 못한 대다수는 신분 상승의 기회를 박탈당했다. 출발점이 다른 데다 생존 시간마저 불리했기 때문이다.

중국 사마의는 "칼에서 가장 쉽게 틈이 생기는 것은 칼날이고, 창에서 가장 쉽게 마모되는 곳이 창끝이다. 능력이 뛰어난 인재일수록 조직에서 가장 쉽게 상처받는다"라고 말했다. 시간이 지날수록 서민 출신의 능력과 열정을 가진 뛰어난 젊은이들이 점차 사라지기 시작했다. 계층을 뛰어넘을 수 있는 사다리가 무너졌는데 누가 노력하는 삶을 살겠는가? 혁신은 정체되었고 경제는 성장동력을 잃었다. 고색창연한 은하제국의 꿈과 이상은 사라졌다. 그러는 와중에도 생명을 대폭 늘린 '가진 자들'은 흥청망청 낭비하며 유흥을 즐겼고 '못 가진 자'들은 마치 과거 중세 시대의 매혈(賣血)을 보는 듯 자신의 몸에서 호르몬을 추출한 내다 팔았다. 알 수 없는 미래보다 오늘의 배고픔이 더 시급했기 때문이다. 신체에 랩틴이 부족한 이들은 급속한 노화를 겪으며 일찍 죽었나. 창창한 이십 대 나이에 팔십 대의 말라비틀어진 길쭉한 얼굴로 죽는 젊은이들이 셀 수 없을 만큼 많았다. 심지어 십 대도 일부 포함되어 있었다.

사태의 심각성을 느낀 정부가 청소년의 랩틴 판매 행위를 불법으로 규정했다. 그러나 이는 지켜지지 않았다. 희망이 사라진 세상에서 그 어떤 정의, 공정, 사랑, 우정, 신뢰, 윤리, 도덕, 법률도 그 가치를 상실했기 때문이다. 오직 '천사의 숨결'만이 세상의 진리였다. 생존 기간의 불평등이 날이 갈수록 심해지자 일부 지식인과 선한 양심을 가진 사람들이 랩틴은 통화로써 부적질하다는 의견을 제기했다. 개인에게 주어진 삶의 시간은 창조주가 부여한, 그 무엇으로도 대체할 수 없는 고유 가치를 가진다는 것이다. 따라서 이는 인권(人權)처럼 사고팔 수 있는 성질의 것이 아니니 랩틴을 대신할 수 있는 새로운 통화를 개발하자는 것이 그들의 주장이었다. 희망을 잃고 하루하루를 겨우 버티며 살아가는 대다수 서민은 이를 적극 지지했다. 하지만 이미 오래전에 죽었어야 할 몸인데도 타인의 랩틴 덕에 살고 있는 부자들은 그럴 마음이 없었다. 당연했다. 잘 먹고 잘 살고 있는데 굳이 위험을 감수하며 통화 시스템을 바꿀 이유가 없는 것이다. 게다가 시장에서 랩틴이 사라지면 자신의 생명 연장도 대단원의 막을 내리는 것이다. 즉, 과거로 돌아가 기생충과 같은 하찮은 서민과 똑같이 살다 죽는다는 말이다. 부자들에게 이는 사형 선고나 다름없었다.

통화 시스템 개혁을 두고 곳곳에서 폭동과 소요가 일어났다. 일부 행성 주민들은 쿠데타를 일으켜 노골적으로 은하제국에 반기를 들었다. 그러자 부자와 권력자들은 군대를 보내 이를 잔혹하게 진압했다. 본보기를 보인 것이다. 그러나 새로운 통화에 대한 열망은 들불처럼 일어나 수백만 개의 행성을 덮쳤다. 제국 내부는 새로운 화폐를 지지하는 '개혁파(改革派)'와 현재의 랩틴 체제를 지키길 원하는 '수구파(守舊派)'로 나뉘어 서로 잘났다고 옥신각신 싸움을 했다. 그러다 결국 양측 모두가 두려워하는 상황이 발생했다. 내전이 발발한 것이다. 양단간 쉽게 결정이 날 것 같던 내전은 해를 거듭해 갈수록 미궁 속에 빠져 들었다. 양측 모두 상대를 제압할 수 있는 강력한 군사력을 보유하지 못했을 뿐 아니라 끝을 알 수 없는 광활한 우주에서 전면적으로 싸우는 것 자체가 불가능했기 때문이다. 적군의 우주 함대가 폴라리스 항성계에 속한 두 행성의 중간지점에 집결한다는 첩보를 입수했다고 치자. 웜홀을 타고 광속보다 빨리 해당 장소에 도착하면 그곳엔 아무것도 없었다. 이미 수년의 세월이 지난 것이다. 따라서 전투는 한정적인 지역에서 소규모로 발생했다. 국지전은 소모전이다. 양측 모두 엄청난 돈과 물자를 쏟아부었으나 승기를 잡지 못했다.

내전이 장기화되자 서민의 형편은 갈수록 피폐해졌다. 모든 경제적 자원이 전쟁 물자로 쓰이기 때문이다. 길거리에는 아사자(餓死者)들이 넘쳐났다. 마치 감자잎마름병으로 이백만 명의 사람들이 굶어 죽은 과거 아일랜드 대기근을 보는 듯했다. 부자들도 타격을 입었다. 그러나 손실이라고 해 봐야 한 끼 식사에 들어가는 반찬의 수를 열 개에서 아홉 개로 줄이는 정도의 미약한 것이었다. "부자는 망해도 삼 년 먹을 것이 있다"라는 옛 속담이 들어맞는 것이다. 전황(戰況)이 지지부진하게 흐르자 반찬을 아홉 개에서 여덟 개로 한 개 더 줄여야 하는 상황에 몰린 갑부들이 짜증을 내며 정치권에 정전협상을 시작하라는 압력을 넣었다. 붉게 상기된 얼굴로 테이블에 앉은 양측은 서로 자신들의 주장이 옳다고 목청을 높였다. 이 모습은 내전 이전의 상황을 연상케 했다. 한 가지 달라진 점은 소위 '논리 싸움'이 수구파에게 유리하게 돌아간다는 것이었다. 이유는 간단했다. 수구파의 공격적 질문에 개혁파가 적절한 답변을 내놓지 못한 것이다. "랩틴을 대신할 새로운 화폐는 무엇입니까?" 개혁파는 마땅한 대안을 가지고 있지 않았다. 수구파도 약점을 가지고 있었다. "랩틴 부족을 해결할 방안이 있습니까?"라는 물음에 꿀 먹은 벙어리가 된 것이다. 제국이 팽창하면서 통화에 대한 수요는 급격히 증가했고 공급은 이것을 따라가지 못했다. 당연한 일이다. 사람의 몸은 기계가 아니다. 무한정 호르몬을 채취할 수 없다. 마치 종이 위에 그림물감을 두껍게 칠하고 반으로 접은 데칼코마니처럼 정전협상도 내전과 똑같이 앞으로 나아가지 못했다. 양측 모두 결정적 약점을 가지고 있었고 상대방은 이것을 집요하게 물고 늘어졌다. 결국 아무런 소득도 없이 협상이 종료되었다. 성과라면 서로 명백한 입장 차이를 재확인한 것뿐이었다.

협상으로 인한 잠깐의 휴식을 마치고 2차 내전의 암울한 분위기가 온 은하제국을 뒤덮었다. 절망적인 상황에 몰리자 일부 서민들은 사이비 종교에 빠져들었다. 각박한 현실에서 벗어나고 싶은 것이다. 신의 아들이라고 주장하며 기괴한 예복을 입고 산해진미를 먹어 거의 터질 듯한 뚱뚱한 몸을 가진 교주는 "랩틴 헌금이 내세를 보장한다"라는 감언이설로 신자들의 정신을 홀렸다. 그는 말했다. 이런 가난은 인간이 에덴에서 지식의 열매를 따 먹고, 신에게서 불을 훔치고, 판도라의 상자를 연 대가라고. 맹목적 믿음을 가진 불쌍한 어린 양들은 그러지 않아도 부족한 랩틴을 자기 몸에서 추출해 교주에게 헌납했다. 프랑스 작가 볼테르가 말한 "당신에게 어리석은 일을 믿게 만들 수 있는 자는 잔혹한 일을 저지르게 만들 수도 있다"가 실현된 것이다. 젊은이들 사이에서는 자살이 유행처럼 급속도로 번졌다. "배고픈 사람이 먹는 꿈을 꾸어도 깨어나면 속이 비어 있듯이, 목마른 자가 마시는 꿈을 꾸어도 깨어나면 계속 목이 타듯이"라는 성경 구절은 그나마 나은 편이었다. 왜 그러냐 하면 꿈마저도 꿀 수 없는 막다른 길에 몰린 젊은이들에게 스스로 목숨을 끊는 것 말고 다른 탈출 방법이 없었기 때문이다. 삭막하기 그지없는 배고픈 현재보다 존재 여부도 알 수 없는 내세(來世)의 삶을 선택한 것이다. 부자의 자녀로 태어나길 기원하며. 일부 자살자는 죽는 줄도 모르고 세상을 등졌다. 때로 사람의 몸은 자신의 의지와 상관없이 움직인다. 자살을 보도하는 뉴스를 보면 "전날까지만 해도 평소와 똑같았어요"라고 말하는 주변 사람들을 자주 볼 수 있는데 지나치게 괴롭고 고통스러워 뇌가 제멋대로 생존 의지에 반해 지시를 내린 것이다. 은하제국은 마치 청승맞은 현악기처럼 밉살맞은 배경음을 만들어 내며 무너지고 있었다.

그때 저 멀리 시리우스 항성계 아홉 번째 행성에서 희망이 싹트고 있었다. 고귀한 생명이 태어난 것이다. 행성은 얼어붙은 황무지로 메탄 결정으로 뒤덮여 있었다. 여기저기 작은 도시와 광산들이 흩어져 있었고 일부 지능이 낮은 토착 생물들이 초기 정착민들과 함께 평화롭게 공존하는 곳이었다. 이런 누추한 곳에서 평범한 광부의 아들로 영웅이 태어났다. 마치 과거 예수님이 마구간에서 태어난 것처럼. 청소년기 그분은 학교나 지역 사회에서 두각을 나타내지 않았다. 공부를 아주 잘했던 것도 아니다. 하지만 부모님의 사랑 덕택에 지극히 무난한 어린 시절을 보냈다. 그러다가 삐쩍 마르고 혈색도 좋지 않았으나 상당히 붙임성 있고 유능해 보이는 청년으로 성장했다. 평소 생물의 구조와 기능에 관심이 많았던 그분은 이를 연구하기 위해 생물학자가 되었다. 그렇다고 명성 높은 과학자가 된 것은 아니었다. 춥고 배고픈 고향 행성 조그만 연구소의 하급 연구원이 된 것이다. 그분은 처우가 마음에 들지 않는다며 불평하지 않았다. 그저 자신이 좋아하는 연구에 매진할 뿐이었다. 전문 분야는 원생동물학(原生動物學)이었다. 원생동물은 하나의 세포로 구성된, 현미경을 통해서 보아야만 할 만큼 작은 크기이다. 고등동물을 구성하는 세포들은 서로 도와 가며 조직이나 기관을 형성한다. 그리고 각각 일정한 기능을 갖는다. 하지만 원생동물은 모든 기능이 하나의 세포 내에서 이루어지며 그것이 하나의 개체로서 생활한다. 휴식을 잊고 연구에 매진하던 그분이 현대 과학의 경의를 발견한 것은 우연을 가장한 필연이었다. 그건 마치 맥주 광고가 현실로 나타난 것 같았다. 내용은 이러했다. 어느 추운 밤 그분은 노세마(Nosema)를 연구하고 있었다. 노세마는 쌀도둑거저리 애벌레에 기생해 살아가는 기생 원생동물이다. 숙주(宿主)인 애벌레가 성충으로 변신하면 그것은 안락한 집도, 먹거리도 잃게 되는 불운한 상황에 빠지게 된다. 그래서 노세마는 애벌레 몸속에서 탈피를 막고자 랩틴 호르몬을 대량 생산한다. 애벌레가 생장을 계속해 체중이 정상의 두 배 이상이 되도록 만드는 것이다. 마침내 거대하고 뚱뚱해진 애벌레는 성충으로 탈피할 수 없게 된다. 그러면 기생자인 노세마에게는 풍년이 따로 없는 상황이 나타난다. 그분은 자연계에서 '천사의 숨결'을 대량 생산할 수 있는 기막힌 방법을 발견한 것이다. 어렵지도 않았다. 노세마가 들어간 애벌레를 증식시키면 되는 것이다. 수백 년간 호모 사피엔스를 괴롭혀 온 랩틴의 절대 부족 문제를 해결한 것이다. 복권에 당첨된 사람에게 무슨 이유가 있겠는가? 그냥 운이 좋았을 뿐이다. 하지만 복권에 당첨된 운 좋은 사람들이 대개 그러하듯 그분에게도 고민이 하나 생겼다. 개혁파와 수구파로 나뉘어 서로 눈과 이빨을 뽑으려고 애쓰고 있는 절망적 상황에서 자신의 발견을 어떻게 활용할지 결정 못 한 것이다. 비밀을 누설치 않고 세상에서 제일 가는 부자로 이름을 날릴 수도 있다. 돈을 대량 생산하는 방법을 알고 있으니 누워서 떡 먹기보다 쉬운 일이다. 반면 인간을 사랑하는 마음으로 자신의 발견을 널리 알리는 선택도 있다. 이 경우 본인은 시리우스 항성계의 그저 그런 연구원으로 평생을 살아야 한다. 즉, 부귀영화를 포기해야 한다는 말이다. 당신이라면 어떻게 하겠는가? 쉽지 않은 결단이다. 우리는 종종 망각한다. 영웅도 때로는 그저 한 명의 나약한 인간에 불과하다는 사실을 말이다.

수많은 번뇌와 고민 끝에 그분은 마음을 굳혔다. "공은 부하에게, 명예는 상사에게, 책임은 나에게"라고 버릇처럼 말하던 자기의 소신을 지킨 것이다. 그분은 몰래 은하제국 방방곡곡을 돌아다니며 쌀도둑거저리 애벌레를 퍼뜨렸다. 어떤 조건이나 특혜를 요구하지 않았다. 경천동지할 발견을 인류에게 공짜로 알려 준 것이다. 마치 날씨처럼, 누구나 입에 올리지만 누구도 어떻게 할 수 없는 일이라고 생각해 오던 빈부격차를 단숨에 해결한 것이다. 십수 년의 세월이 흐른 뒤 유명 언론사 기자가 "어떻게 그런 호혜적인 결정을 내릴 수 있었습니까? 쉽지 않으셨을 텐데요. 혹시 나중에 후회하지는 않으셨나요?"라고 물어보니 답변은 간단했다. "그걸로 얻을 수 있는 걸 감안하면, 괜찮습니다. 이제는 모두가 돈 걱정 없이 행복하게 살 수 있으니까요. 그런 것에 비하면 내가 부자가 못 되는 게 뭐 대수겠습니까?"

## Ⅲ. 결문

"빛은 어둠 속에서 빛나고 어둠은 빛을 이길 수 없다"라는 성경 구절이 있다. 그분의 활약으로 인류는 태곳적부터 앓아 온 고질병인 '불황과 빈부격차'를 치유할 수 있었다. 사실 빈부격차 해소는 경제가 역동성을 갖는 데 큰 도움이 된다. 왜 그러냐 하면 '부(富)'가 소수에 집중되는 것보다 다수에게 분산되는 것이 수요(需要)를 증가시키기 때문이다. 역사적으로 볼 때 불황은 공급보다는 수요, 즉 구매력 부족으로 기인한 경우가 대부분이었다. 이제 모든 가정에서 쌀도둑거저리 애벌레를 키워 '돈'을 만들어 낼 수 있다. 따라서 수요가 부족한 상황은 두 번 다시 발생하지 않을 것이다. 영웅의 희생이 만들어 낸 결과는 눈부셨다. 제국 내부에 돈이 원활하게 흐르자 기업들은 여유 자금으로 생산을 늘려 경영 성과를 높였다. 기업들의 실적이 향상되니 주식 시장은 호황을 누리게 되었고 생산 설비 구축을 위한 건설부지 매입의 증가로 부동산 시장도 덩달아 대목을 맞았다. 태양계와 항성계 간 물자 이동도 활발히 이루어져 서민들도 부족함을 모르고 살았다. R&D(연구개발)에 대한 투자도 급격히 증가했다. 특히 반물질 엔진 개발, 세포 노화를 거꾸로 되돌리는 회춘 프로젝트, 전두엽 일부를 대체하는 인공뇌 생산 등의 신사업 분야에 집중적으로 돈이 몰렸다. 신세계를 찾기 위한, 위험을 무릅쓴 다른 은하계 탐사도 시작되었다. 탐사 중 발생할 수 있는 위험과 손실에 대비한 다양한 보험과 파생상품이 원활히 거래되었다. 경제 분야만 달라진 것이 아니었다. 사람들이 부유해지자 사회가 건강하고, 교양이 있고, 건전하게 통치되고, 여성을 존중하고, 통상에 적극 나서는 경향이 뚜렷해진 것이다. 이런 긍정적 변화는 랩틴 생산 방법이 오픈되었기 때문에 가능했다.

만약 나에게 인류가 문명을 건설한 이래 가장 부유한 사람이 될 수 있는 황금 같은 기회가 찾아온다면 그분처럼 과감히 살신성인(殺身成仁) 할 수 있었을까? 아마 아닐 것이다. 내 성격상 "어차피 인생은 편도 여행 아니던가?"라는 마음으로 사리사욕을 채웠을 것이다. 그분은 우리를 위해 모든 것을 내려놓으셨다. 이 글을 읽는 후배들은 가만히 눈을 감고 은하영웅의 사랑과 희생을 되새기는 시간을 가지길 바란다. 이것으로 미흡하나 뜻깊은 필자의 기록을 마친다.

**작가 노트**

**'미래의 경제와 금융은 어떤 모습일까?'라는 호기심으로 적었다. 그때엔 빈부격차가 조금이라도 줄어들었으면 하는 바람이다.**

발톱 자국만 봐도
사자인 줄 알겠다

강 과장은 붉은 토양이 내려다보이는 최신식 고층 건물 27층에서 서류에 파묻혀 었었다. 이번 주 금요일이 근로자들의 월급날이었기 때문이다. 그녀는 인사팀 소속으로 급여 업무를 담당하고 있었다. 삼십 대 후반의 나이에 친절한 검은 눈과 부드러운 턱선, 우직한 사무직 관리자라는 느낌이 드는 뿔테 안경을 쓰고 있었다.

십 년 전 그녀는 지구를 떠나 화성의 한국인 정착촌 '뉴 대한민국'에 도착했다. 남편과 함께 새로운 꿈과 희망을 찾아 고향 행성을 등진 것이다. 두 번 출산했고 지금은 7살, 4살 아들을 키우며 목표를 착착 이루어 가고 있었다. 백 프로 만족한다고 말할 수는 없지만 그럭저럭 정착촌 생활에 적응하고 있었다. '뉴 대한민국'이라는 이름에 걸맞게 거주민 대부분이 한국인이라 언어 장벽이 없었고 월급날이 포함된 주(週)를 제외하면 업무도 바쁘지 않았다. 사무실 동료들의 성격도 무난해 질투나 다툼도 없었다. 무엇보다도 마음에 드는 건 넉넉한 연봉이었다. 중력이나 기온 등의 영향으로 주거 환경이 지구보다 열악하다 보니 회사가 그에 대한 보상 차원으로 근로자들의 급여를 높게 책정한 것이다. 높은 인건비에도 불구하고 그녀가 속한 농기계 회사는 매년 높은 성장률을 기록했다. 혹자는 2120년 왜 화성에서 농기계를 제조하냐는 의문을 가질 수 있다. 지구에서 만들어진 제품을 운송해 그냥 사용하기만 하면 되는 거 아니냐는 것이다. 하지만 내용을 깊숙이 들여다보면 생각은 변한다. 화성의 토양, 공기, 태양 빛의 강도는 지구의 그것과 다르다. 따라서 동일한 품종의 씨앗을 심어도 나중에 생산되는 알곡의 크기와 밀도가 같지 않다. 따라서 기존의 농기계로는 수확이 불가능했다. 이곳의 농토와 농작물에 맞는 현지화된 제품이 필요한 것이다. 회사는 정착촌 농부들을 위한 이앙기, 트랙터, 콤바인, 작업기 등을 제조해 팔았다. 이주민은 날이 갈수록 증가했고 '누워서 떡 먹기'보다 쉽게 돈을 벌었다. 그녀는 속으로 '남편도 건설 엔지니어로 일하고 있으니 이런 식으로 둘이 함께 돈을 벌면 애들 키우는 것은 물론이고 안정된 노후도 따 놓은 당상이겠는걸'이라며 속으로 쾌재를 불렀다.

그러나 마음에 들지 않는 점도 있었다. 평균 온도 -80도의 혹독한 추위와 수시로 불어오는 모래 폭풍은 십 년의 세월이 지나도 도무지 적응할 수 없었다. 투명 강화 플라스틱 돔(Dome)으로 이루어진 정착촌에서 생활하는 탓에 직접 피부로 느낄 수는 없었지만 말이다. 직원 중에도 마음에 들지 않는 사람이 딱 한 명 있었다. 회장님의 외아들인 부사장이었다. 그는 겨우 20대 중반의 나이에 소위 '경영 수업'을 빌미로 시험이나 면접도 없이 회사에 들어 온 인물이었다. 출근과 퇴근을 자기 마음대로 했고 툭하면 나이 많은 직원에게 반말을 해서 빈축을 샀다. 회사 비용으로 벤츠 사의 최고급 개인용 우주선을 구매했고 월말이면 유흥업소에서 잔뜩 쓴 법인카드 영수증을 내밀어 재무팀을 곤란하게 했다. 이뿐만이 아니었다. 성질이 얼마나 포악했는지 비서가 석 달을 넘기지 못하고 퇴사했고 독주를 좋아해 개인 우주선과 집무실에 중국산 고량주를 상비해 놓고 마셨다. 마약을 한다는 소문도 있었다. 고등학교를 마치고 지구로 유학을 떠났다가 학위도 취득하지 못한 채 화성으로 돌아왔는데 그 꼴이 가관이었다고 한다. 셔츠를 걷어 올린 양팔이 주사 자국으로 도배된 것을 가정부가 또렷이 보았다는 루머가 회사에 쫙 퍼진 것이다. 부모의 용기와 지혜가 제아무리 특출한들 자식은 평균적으로 그보다 못하다는 법칙이 적용된 경우였다. 게다가 외모도 볼품없었다. 키 작고 뚱뚱한 체형이었다. 사회의 법과 질서를 존중하고 회사의 규정을 철저히 지키며 살아가는 모범 시민 강 과장에게 부사장은 눈엣가시였다. 하지만 어쩌겠는가? 피는 물보다 진하다고 하지 않던가? 경영에 능력도 관심도 열정도 없는 망나니 부사장이 수천 명의 직원 중 그녀의 존재를 모른다는 것이 다행이라면 다행이었다. 하지만 그것은 곧 깨질 전쟁 전 평화조약 같은 것이었다. 인사팀과 부사장 집무실이 같은 층에 있었기 때문이다. 거리상 멀리 떨어져 있긴 했지만.

그녀는 부사장을 잘 파악하고 있다고 느꼈다. 얼굴을 맞대거나 심도 있는 이야기를 나누어 본 것은 아니지만 여성의 예민한 '촉'과 하급자 특유의 '감'으로 괴팍한 성질을 간파한 것이다. 술 취한 듯 비틀거리며 엘리베이터에서 내리는 모습이라든지, 어눌한 목소리로 친구들과 낄낄거리며 전화 통화를 하는 모습을 보고 받은 인상이었다. 부사장이 입사한 지 삼 년을 넘어가고 있으니 모르려야 모를 수가 없었다. 게다가 그녀는 남들보다 꼼꼼하고 관찰력이 좋았다. 싫어하는 사람에 대해서는 더욱더. 월급 계산은 대부분 컴퓨터 프로그램이 자동으로 처리했기 때문에 복잡하지는 않았다. 다만, 월(月) 중 급여가 변경된 경우라든지 아니면 잔업이나 야근으로 수당이 발생한 경우 소득세나 4대 보험료가 변경되기 때문에 사람의 승인이 필요했다.

그녀의 데이터 확인 작업이 거의 끝나 갈 무렵 27층 중앙에 있는 엘리베이터가 열리면서 부사장 비서인 송 대리가 나타났다. 늦은 밤에 불이 켜져 있는 것을 발견한 후 반갑다는 듯 종종걸음으로 인사팀으로 다가왔다. 꽃무늬 치마를 두르고, 긴 흑발을 양 갈래로 땋아 내린 송 대리는 새침한 애인처럼 반쯤 미소 짓고 있었다. 윤곽이 뚜렷한 얼굴은 곡선을 그리며 좁아지면서 완벽한 모양이 턱으로 이어졌고 입술은 거의 검게 보일 정도로 짙은 색깔이었다. 극히 단정하고 섬세한 이목구비는 대칭성과 균형이라는 점에서 미인의 역사를 새로 써야 하는 것이 아닌가 하는 생각이 들 정도로 완벽했다. 여자가 봐도 지극히 아름다운 여성이었다.

"어머, 강 과장님. 오늘 야근하세요?"

"이번 주 금요일 월급 나가야 하잖아. 그나저나 늦은 시간에 송 대리가 어쩐 일이야?"

"부사장님이 급한 일이 있다며 회사에 나오라고 전화했어요. 그 전화 받지 말았어야 했는데." 송 대리가 뚱한 투로 대꾸했다.

"지금? 이 시간에? 낮에도 펑펑 노는 사람이 무슨 엄청난 일을 한다고 한밤중에 직원을 불러내고 그러나? 귀신이 곡할 노릇이네." 강 과장이 잔뜩 비꼬는 어조로 말했다.

"모르겠어요. 이따 보면 알겠죠. 낼모레가 월급날이라니 벌써 기분이 좋아지는데요. 집에서 서방님과 두 아들이 엄마를 애타게 기다리고 있을 테니 얼른 마무리하고 퇴근하세요."

"그러지 않아도 남편이 애들 저녁 먹였다고 연락했어. 한 번만 더 검토하고 마무리하려고."

"하여간 엄청 꼼꼼하시다니까."

"그래야 내 마음이 편해." 강 과장이 멋쩍은 미소를 지었다.

"황소고집은. 저는 일하러 갑니다. 수고하세요." 송 대리가 다 안다는 듯이 씩 웃고는 발을 돌려 부사장 집무실로 향했다.

"고생해." 동정심과 안타까움이 묘하게 뒤섞인 표정으로 대꾸했다.

잠시 후 저 멀리 부사장 집무실에 불이 들어왔다. 같은 층이라고 해도 천 평을 넘는 규모라 이는 마치 깜깜한 바다에 등대가 두 개 떠 있는 것처럼 보였다. 약 십 분의 시간이 흐른 후 '웅웅'거리는 기계음이 들렸다. 강 과장은 고개를 살짝 들어 파티션 위로 중앙 엘리베이터 쪽을 바라보았다. 문이 열리고 강렬한 할로겐전구 빛 속에 검은 형체가 모습을 드러냈다. 형체는 이미 방향을 알고 있다는 듯 머뭇대지 않고 바로 부사장 집무실로 향했다. "내일은 화성이 녹색으로 보이겠군. 어쩐 일이래? 오래 살다 보니 별일이 다 있네." 강 과장은 퉁명스럽게 주절거린 후 고개를 숙여 서류를 뒤적이기 시작했다.

그녀가 퇴근 준비를 막 시작하려는 때 적막만 흐르던 27층 사무실에 우당탕거리는 소리와 함께 비명이 울려 퍼졌다. 높고 날카롭고 두려움이 섞인 여성의 외마디 소리였다. 강 과장은 벌떡 일어나 소란한 곳을 응시했다. 부사장 집무실 쪽이었다. 그녀는 사시나무처럼 떨며 뇌성마비 환자가 억지로 망가진 발성기관을 움직이려는 듯한 '허억' 소리를 냈다. 얼마 지나지 않아 엘리베이터 옆 비상 출입문이 열리고 황급히 계단을 뛰어 내려가는 구두 발자국 소리가 들렸다. 비상 출입문이 닫히자 사무실은 언제 그런 일이 있었냐는 듯 다시 고요해졌다.

강 과장은 아직 불이 켜 있는 부사장 집무실로 천천히 발걸음을 옮겼다. 마치 자궁이 아래로 떨어져 나갈 것 같은 느낌이었다. 희미한 불빛, 무너진 자신감 그리고 완벽히 다가온 공포를 느끼며 무거운 다리를 이끌고 도착한 장소에서 그녀가 마주한 것은 비현실적인 악몽이었다. 조금 전까지만 해도 환하게 웃던 송 대리가 참혹하게 목이 꺾여 죽은 것이다. 속옷이 벗겨진 채. 경찰이 사무실에 등장한 건 신고 후 채 두 시간도 지나지 않았을 때였다. 화성에서 살인은 흔치 않은 중대 사건이었기에 신속히 대응한 것이다. 어떻게 눈치챘는지 방송국 차량 서너 대가 이미 건물 앞에 진을 치고 있었다. "유혈이 낭자하면 톱뉴스가 된다"라는 방송 편성 정책이 22세기에도 여전히 준수되는 것이다. 목격자인 강 과장은 삼엄한 보호 아래 경찰서로 이송되었다. 놀란 가슴을 가까스로 억누른 그녀는 자신이 보고 들은 모든 것을 또박또박 담당 형사에게 진술했다. 형사는 법원으로부터 구속영장을 발부받아 부사장 체포에 나섰다. 하지만 찾을 수 없었다. 이미 개인 우주선을 타고 달아난 것이다. 용의자의 도주에 열받은 형사는 지구까지 따라가 출입국 관리소에서 마약에 취해 횡설수설하던 부사장을 체포해 화성으로 압송했다.

강 과장의 진술이 결정적 역할을 한 덕에 경찰은 쉽게 용의자를 특정해 체포할 수 있었다. 하지만 재판 결과는 장담할 수 없었다. 법정에서 사건의 진실을 밝히자며 부사장 측이 거액의 계약금을 지불하고 소위 변호사 '드림팀'을 구성한 것이다. 22세기의 법정 모습은 과거와는 판이했다. 판사, 검사, 변호사 모두 해당 능력으로 특화된 인공지능(AI)이 담당했다. 법정 안에는 고성능 컴퓨터 세 대와 모니터만 달랑 설치되어 있었고 방청을 원하는 경우 언제든 온라인 시청이 가능했다. 대중의 주목을 받는 형사 사건, 즉 살인과 같은 중대 범죄의 경우 피의자나 목격자를 불러 인공지능이 직접 신문하기도 했다. 화성의 법원도 사건의 무게감과 대중의 관심을 무시할 수 없는 것이다. 형사 법정 한쪽 구석에는 용의자의 뇌에서 원하는 기억을 찾아내 영상을 만들 수 있는 '의식 스캐너'가 설치되어 있었다. 따라서 애초에 거짓말은 통하지 않았다. 과거 같으면 변명, 애원, 속임수, 가식 등으로 처벌에서 유유히 빠져나갔을 사이코패스 연쇄 살인마도 의식 스캐너 앞에서는 순순히 범행을 시인했다. 사람은 자신의 뇌에 저장된 기억을 마음대로 삭제하거나 변형할 수 없기 때문이다. 그 누구도 감히 시도조차 꺼리는 극단적인 탈출구가 한 가지 있긴 했다. 의식 스캐너 사용이 불가능하도록 자신의 뇌를 깨뜨리는 것이다. 하지만 누가 그럴 수 있으랴? 단점도 있었다. 뇌종양을 일으킬 수 있다는 의학적 소견으로 사용이 극히 제한적이라는 점이었다. 이런 사실을 누구보다 잘 알고 있을 변호사 드림팀은 부사장에게 자백을 권유했을 것이다. 법무법인 김&장(Mars), 대서양(M), 광장(Mars) 소속 변호사들이 초등학생도 알고 있는 재판 진행 상식을 모를 리 없었고 조금이라도 형량을 줄이려면 그것이 판결에 유리했기 때문이다. 하지만 웬일인지 부사장은 인공지능 검사의 추궁에 묵비권을 행사했다. 알다가도 모를 일이었다. 짐작되는 일은 있었다. 늙은 회장님의 오른팔인 비서실장 황 전무가 은밀히 그녀에게 접촉해 온 것이다.

"오랜만이야, 강 과장. 내가 너무 바빠서 자네를 챙기질 못했네. 미안하군." 황 전무가 젠체하며 말했다.

"네. 오랜만입니다." 그녀가 딱딱하게 대꾸했다.

"회사에서 불운한 사건이 발생하다니, 상사로써 마음이 아프네. 그동안 내가 총무팀에 보안 강화를 여러 차례 지시한 것도 다 이런 이유 때문이었어."

그녀는 조용히 커피를 마시며 어떤 이야기가 다음에 나올지 유추했다.

"인사팀에 근무하니 자네도 잘 알겠지만, 요즘 회사가 비상 상황이야. 제조 원가는 상승하고, 연구소의 신제품 개발은 지지부진하고, 그나마 판매가 된 제품도 불량 때문에 물밀듯이 반품이 들어오는 실정이라네. 고객들의 원성은 하늘을 찌르고 말이야. 게다가 지구의 경쟁업체가 화성에 트랙터 공장을 새로 지을 예정이라는 믿을 만한 정보도 있네. 무슨 말인지 알겠나? 그동안 회사가 누리던 독점이 깨진다는 말이네. 이런 상황에서 오너 일가와 관련된 부정적 뉴스는 불난 집에 기름을 끼얹는 격이라네."

"황 전무님, 죄송한데요. 저에게 하고 싶은 이야기가 정확히 뭔가요?" 그녀가 갈라진 목소리로 물었다.

"좋아. 단도직입적으로 말하지. 경찰서에서 진술한 내용을 아주 조금만 수정해 주게. 자네는 '엘리베이터에서 부사장님이 내리는 것을 보았다'라고 진술했는데 '비슷한 외모의 사람을 보았다'라고 바꾸기만 하면 된다네. 어려운 일은 아니잖나? 그렇게만 해 준다면 회사는 자네를 지구의 유명 대학으로 3년간 MBA 연수를 보내 줄 생각이네. 학비와 기숙사비는 물론이고 쓰고 남을 정도의 두둑한 생활비도 지급할 예정이야. 만약 본인이 원한다면 두 명의 아들도 동행할 수 있도록 도와주겠네. 아무래도 엄마가 자녀와 떨어져 있는 것은 감정적으로 불편할 테니 말이야. 물론 아이들 교육비도 별도로 지급하겠네. 그리고 연수를 마치고 회사로 복귀하면 인사팀장으로 승진도 시켜 주겠네. 어떤가? 이만하면 꽤 괜찮은 조건 아닌가?" 황 전무가 흡족한 표정으로 손을 비비며 말했다.

"MBA를 이수하기 위해 지구로 유학을 가는 건 제가 항상 꿈꾸어 왔던 일이죠. 고마운 제안입니다. 하지만 진술을 변경할 수는 없어요. 왜 냐하면 그날 밤 무엇을 보았는지 확신하니까요." 그녀가 단조로운 목소리로 말했다.

"강 과장은 중앙 엘리베이터에서 백 미터나 떨어진 곳에 있었어. 게다가 사무실 내부는 한밤중이라 깜깜했고. 물론 피난 유도등이 켜있긴 했지만 말이야. 그런 상황에서 부사장님이라고 어떻게 확신할 수 있지?" 황 전무가 신경질적으로 물었다.

"저는 발톱 자국만 봐도 사자인 줄 알 수 있거든요." 그녀가 무뚝뚝하게 내뱉었다.

"그게 무슨 말이야?"

"1696년 스위스 수학자 베르누이가 높은 곳의 한 점에서 낮은 곳의 한 점으로 중력에 의해 내려갈 때 가장 짧은 시간이 걸리는 경로를 찾는 문제를 전 세계 수학자들에게 낸 적이 있어요. 다른 수학자들은 몇 달을 걸려도 풀지 못한 이 문제를 뉴턴은 다음 날 아침 정답을 찾아냈어요. 뉴턴이 자신의 이름을 숨기고 익명으로 답안을 보내자, 베르누이가 '발톱 자국만 봐도 사자인 줄 알겠다'라고 말했죠. '딱' 보고 '척' 하고 알아차린 겁니다. 동일해요. 저는 부사장님과 몇 년을 같은 층에서 근무해서 단박에 알아차릴 수 있었던 거예요." 그녀가 의연한 태도로 대답했다.

"뉴턴이 어떻게 정답을 알아낼 수 있었지? 그렇게 빨리?" 황 전무가 빈정대듯 되물었다.

"수학의 역사에서 가장 중요한 발견이 미적분학이에요. 행성의 운동, 비행 및 물체의 낙하, 기체의 팽창이나 유체의 흐름, 날씨 예측부터 주식시장 분석까지 연속적으로 변하는 사물의 속도를 측정하는 방법이죠. 뉴턴은 케임브리지 재학 시절 흑사병으로 학교가 휴교에 들어가자

고향에 머물면서 속도와 가속도의 개념을 나타내는 수학적 방법인 미적분학을 발견했어요. 하지만 생각을 일반인들에게 발표하지 않고 숨기고 있었어요. 그러다가 베르누이가 문제를 내자 즉시 풀 수 있었던 거예요."

"행정학과 출신인 강 과장이 수학과 과학에 대해 해박한 지식을 가지고 있군. 그 비결이 뭐지?" 황 전무가 궁금하다는 표정으로 고개를 갸우뚱했다.

"아, 별거 아니에요. 학원비 줄여 보려고 집에서 두 아들을 가르치고 있거든요. 말하자면 홈스쿨링(homeschooling)이죠. 부모를 위한 수학 가이드북에 나오는 내용이에요."

"그렇군. 하지만 자네가 베르누이는 아니잖아?" 황 전무는 고개를 들고 애써 자조적이고 신랄한 표정으로 그녀를 응시했다.

"그건 대낮처럼 명백한 일이에요. 외람되지만 부사장님은 죄에 합당한 처벌을 받아야 해요. 그게 정의입니다."

"정의? 지금 회사에 필요한 것은 융통성 없는 정의가 아니라 '늙다'와 '크다'처럼 경계가 불분명한 정의야." 황 전무가 찌푸린 얼굴로 말했다.

"글쎄요. 저는 잘 모르겠습니다." 그녀가 말꼬리를 흐렸다.

"강 과장이 나이가 어려서 잘 모르나 본데. 중국에 '남자는 돈이 생기면 타락하고 여자는 타락하면 돈이 생긴다'라는 속담이 있어. 이런 기회는 두 번 다시 오지 않아. 살다 보면 누구나 티끌이 묻는 법이야. 이 세상에 고고한 학처럼 살 수 있는 사람은 없어. 서두를 것 없으니 퇴근해서 잘 생각해 보고 내일 대답해 줘. 알았지?" 황 전무는 살 만큼 살아서 달관의 경지에 도달한 듯한 얼굴로 말했다.

"네. 남편하고 상의해 볼게요." 그녀는 무감동하게 대꾸한 후 자리에서 일어섰다. 남편의 반응은 시큰둥했다. 정답을 이미 알고 있으면서 뭐 하러 자신에게 묻느냐는 투였다. 회사의 제안을 거절하는 걸 당연하게 받아들이고 있었다.

인공지능 검사에게 사건 조서를 제출하기 전 담당 형사가 그녀를 불렀다. 사법 체계 내에서 피와 살로 이루어진 진짜 인간을 만나는 것은 이번이 처음이자 마지막이었다. 법원에서는 인공지능이 모든 것을 도맡아 처리하기 때문이다. 남편의 예상은 적중했다. 강 과장은 기존 진술을 단 한 글자도 수정하지 않았다.

"공판이 어떻게 진행될까요? 정의가 실현될 수 있을까요? 워낙 힘 있고 돈 많은 사람들이라 어렵지 않을까요?" 그녀가 미심쩍은 투로 물었다.

"걱정 마세요. 제아무리 막강한 상류층이라도 이번 사건은 못 빠져나갑니다. 부사장이 살인범이라는 증거가 흘러넘치거든요. 강 과장님 말고 다른 목격자도 있어요. 사건이 벌어진 날 근무한 야간 경비원이죠. 한밤중에 부사장이 회사에 들어오고 나가는 걸 보았다고 이미 진술했어요. 게다가 확보한 CCTV에는 부사장 개인 우주선이 지하 주차장으로 진입하는 장면이 찍혀 있어요. 살인 추정 시간에 말이죠. 그리고 이건 수사 비밀인데 말씀드리는 겁니다. 송 대리의 체내에서 남성 DNA가 나왔어요. 무슨 말인지 아시죠? 강간을 당한 후 목이 졸려 죽었다는 말입니다. 지금 화성 국과수에서 유전자 검사를 진행하고 있으니 곧 결과가 나올 겁니다. 이번 사건은 대통령이라도 빠져나갈 수 없을 겁니다." 기대를 품듯이 담당 형사가 말했다.

"그래도 혹시?" 그녀가 캐묻는 눈길로 쳐다보았다.

"안심해도 좋아요. 만약 재판이 예상대로 흘러가지 않으면 의식 스캐너 검증을 판사에게 요청하면 되니까요. 그건 빼도 박도 못할 거예요. 자기 머리를 깨트리지 않는 한 말이죠." 담당 형사가 너털웃음을 지으며 단언했다.

변론 준비 기일이 끝나고 첫 번째 공판이 시작되었다. 그녀는 법원 온라인 사이트에 접속해 진행 과정을 실시간으로 시청했다. 재판정 모습은 예상보다 단출했다. 중앙 상단에 판사, 판사 우측에 검사, 좌측에는 변호사를 위한 테이블이 마련되어 있었고 각 테이블 위에는 사과박스 크기의 고성능 양자 컴퓨터가 한 대씩 놓여 있었다. 중앙 하단에는 스탠드식 대형 모니터와 스피커가 설치되어 있었다. 출입구 근처에는 딱딱한 나무 의자가 여럿 있었는데 범인 또는 증인들을 위한 좌석이었다. 천장에는 동서남북 네 방향으로 카메라가 설치되어 영상을 촬영했다. 법원 서기의 역할을 대신하는 것이다. 방청객석은 존재하지 않았다. 따라서 과거 법정 질서 유지를 담당하던 법원보안관리대 청원 경찰은 추억 속으로 사라진 지 오래였다. 범법자의 도주는 걱정할 필요가 없었다. 전자칩이 내장된 수갑을 차고 있어서 탈주 자체가 불가능했기 때문이다. 한쪽 구석에는 매끈한 수영 모자 스타일에 수십 개의 전선과 전구가 연결된 의식 스캐너가 덩그러니 놓여 있었다. 재판정 내부 시설은 이게 다였다. 화성에서의 살인은 워낙 드문 사건이었기에 재판을 시청하기 위한 접속자는 수십만 명을 넘어섰다. '뉴 대한민국' 정착촌 사람들의 초미의 관심사가 된 것이다. 이를 눈치챈 법원도 비정상으로 보일 정도로 재판을 신속히 진행했다. 인공지능 판사의 컴퓨터에 전원이 들어오면서 재판은 시작되었다. 모든 절차는 중앙 하단에 있는 대형 모니터에 문자와 스피커의 기계음을 통해 이루어졌다. 인공지능 검사의 공소 사실이 모니터에 나타났고 스피커는 무심한 어조로 이를 읽어 내려갔다. 인공지능 변호사는 아무런 반응도 보이지 않았다. 곧이어 목격자 진술을 위해 회사 경비원이 모습을 드러냈다. 그는 어리둥절한 표정으로 선서를 한 후 증인석에 조용히 앉았다. 인공지능 검사의 질문이 쏟아졌다.

"삑! 안녕하세요. 당신은 경비원으로 얼마나 근무했습니까?" 모니터에서는 궁서체 글씨가, 스피커에서는 딱딱한 기계음이 각각 출력되었다.

"이 회사에서 대략 십 년쯤 근무했습니다." 경비원은 긴장을 낮추려고 의도적으로 크게 대답했다.

"삑! 정신과 치료를 받은 적 있습니까?"

"아니요."

"삑! 과거에 사람을 혼동한 적 있습니까?"

"그런 적 없습니다."

"삑! 회사의 중요 간부, 즉 임원의 경우는 어떻습니까?"

"회사 경비는 임원분들에게 잘 보여야 합니다. 해고당하지 않으려면 말입니다. 더군다나 십 년 가까이 근무를 해서 그들의 얼굴은 모두 외우고 있습니다."

"삑! 사건 당일 밤 누구를 보았습니까?"

"부사장님을 보았습니다. 임원 전용 주차장에 개인 우주선을 파킹하신 후 1층 로비(lobby)에 나타나셨거든요. 제가 목례를 드리니 아무 대꾸 없이 곧바로 엘리베이터를 타고 올라가셨습니다."

"삑! 정확합니까?"

"네. 정확합니다."

"삑! 1층 로비에 CCTV가 설치되어 있습니까?"

"네. 로비뿐 아니라 엘리베이터 안에도 설치되어 있습니다."

"삑! 재판장님. 다음 공판에 CCTV 자료를 증거로 제출하겠습니다. 이것으로 증인에 대한 검찰 측 신문을 마치겠습니다."

"부드드! 알겠습니다. 변호인은 검찰 측 증인에 대해 신문하세요." 인공지능 판사의 위엄 있는 효과음이 법정에 울려 퍼졌다.

"즈즈! 없습니다." 인공지능 변호사의 금속성 목소리가 흘러나왔다.

첫 번째 공판은 싱겁게 끝났다. 부사장 측이 거액의 돈을 들여 구성한 변호사 드림팀이 기괴하리만큼 조용했기 때문이다. 그녀는 속으로 '담당 형사 말이 맞았어. 워낙 증거가 명백한 데다가 사실 관계 규명을 위한 핵심 증인이 두 명씩이나 떡 버티고 있으니 비싼 변호사들도 어쩌지 못하는 거야. 괜히 걱정했네. 송 대리 조금만 기다려. 곧 법의 엄중한 심판이 살인자에게 떨어질 테니'라고 생각했다. 일주일 후 두 번째 공판이 열렸다. 그런데 희한하게도 지난번 검찰 측 증인이었던 경비원이 이번에는 변호인 측 증인이 되어 법정에 들어선 것이다. 그는 마음을 좀먹는 끔찍한 의심을 담은 표정으로 선서를 한 후 증인석으로 향했다. 인공지능 변호사의 날카로운 질문이 시작되었다.

"즈즈! 존경하는 재판장님. 이태리 사회학자 체사레 바케리아는 『범죄와 처벌』에서 '냉철한 시각으로 사법적 정의를 바라보면, 처벌의 가혹함보다 확실성이 더 중요하다. 재판은 공개적으로 진행되어야 하고 증거와 증인에 의존해야 한다'라고 주장했습니다. 본 재판은 바케리아가 제안한 방식으로 진행되어야 합니다. 변호인이 증인을 다시 소환한 것은 확실성을 위해서입니다."

"부드드! 다음부터는 한 번에 모든 신문을 마치도록 하세요. 시간은 돈입니다. 무슨 말인지 알겠습니까?" 판사의 딱딱한 의성이 스피커를 타고 흘렀다.

"즈즈! 명심하겠습니다. 재판장님. 우선 회사가 제출한 CCTV 기록을 살펴보겠습니다." 중앙 모니터에 사건 당일 밤 영상이 출력되었다. 하지만 화면은 22세기 첨단 기술과 어울리지 않게 어둡고 흐릿했다. 게다가 나중 영상은 조작한 듯 억지로 일그러지기까지 했다. 주차장, 1층 로비, 엘리베이터의 CCTV 화면이 모두 마찬가지였다.

"즈즈! CCTV 증거로 사건 당일 범인이 회사에 나타난 것을 알 수 있습니다. 하지만 그게 누군지는 알 수 없습니다."

"부드드! 화질 개선이 가능하지 않나요?"

"즈즈! 불행하게도 원본 파일이 심각한 손상을 입어 개선이 불가능합니다. 아시다시피 화성은 지구보다 대기가 옅어 태양 플레어에 취약합니다. 태양 플레어는 전파 방해를 일으킬 뿐 아니라 전자 제품 오작동의 주요 원인입니다."

"부드드! 알겠습니다. 변호인. 계속하세요."

"즈즈! 경비원은 사건 당일 부사장의 얼굴을 보았다고 지난번에 진술했습니다. 측정한 바에 의하면 1층 경비원 의자와 중앙엘리베이터의 거리는 100미터가 넘습니다. 더군다나 범인은 화성의 혹독한 추위를 막고자 코트 깃을 올려 세우고 있었습니다. 이런 상황에서 정확히 얼굴을 볼 수 있을까요? 경비원, 당신의 시력은 얼마입니까?"

"안경을 쓴 교정시력은 1.2입니다."

"즈즈! 안경을 벗으면 얼마입니까?"

"0.6입니다."

"즈즈! 그날 안경을 썼습니까? 벗었습니까?"

"죄송합니다. 평소에는 늘 안경을 썼었는데 그날만 잘 기억나질 않습니다." 경비원이 당황한 목소리로 중얼거렸다.

"즈즈! 그날 밤 당신은 부사장의 얼굴을 확실히 봤습니까? 아니면 비슷한 형체의 사람을 본 겁니까?"

"잘 모르겠습니다." 경비원이 절망을 담은 목소리로 대답했다.

"즈즈! 이상입니다." 변호사가 질문을 마치자마자 검사의 반대 신문이 이어졌다.

"삑! 선서를 마친 증인의 거짓 진술은 심각한 범죄 행위입니다. 형사처벌을 받을 수 있으니 유념해서 답변해 주시기 바랍니다. 당신은 첫 번째 재판에서 부사장을 보았다고 이미 증언했습니다. 지금 기존 진술을 부정하는 겁니까?"

"지난주 단골 호프집에서 술을 마신 후 아무것도 생각나지 않습니다. 마치 유리창같이 투명했던 기억이 담배 연기처럼 뿌옇게 변했어요. 평소 술을 아무리 마셔도 끄떡없는 애주가였는데, 참 이상한 일입니다. 솔직히 말해서 지금은 '내가 미친 건 아닌가?' 하는 걱정뿐입니다." 경비원은 몇 마디를 겨우 쥐어짰나.

"삑! 그건 올바른 대답이 아닙니다. 다시 묻습니다. 부사장을 봤습니까? 못 봤습니까?"

"누군가를 보긴 했는데 그게 부사장인지 장담할 수 없습니다." 증인이 변명하듯 대답했다. 추가 질문이 없다는 검사와 변호사의 전기 신호에 판사는 경비원을 집으로 돌려보냈다. 그리고 잠시 뒤 정착촌 '뉴 대한민국'의 도시 지도가 모니터에 나타났다. 중앙에 빨간 점이 유독 눈길을 끌었다.

"삑! 17세기 철학자 존 밀튼은 '진실과 거짓이 드잡이하도록 내버려 두어라. 진실이 강하니까'라고 했습니다. 이제 진실이 드러날 시간입니다. 지도 위 빨간 점은 살인 사건이 발생한 빌딩을 표시해 놓은 것입니다. 자! 이제 파란 점을 보시죠." 모니터 좌측 상단에는 날짜와 시간이 초 단위로 큼지막하게 표시되어 있었다. 파란 점이 빨간 점 근처로 서서히 다가오더니 마침내 하나의 점으로 합쳐졌다. 그리고 시간이 멈추었다.

"삑! 파란 점은 사건 당일 밤 부사장의 핸드폰 위치입니다. 날짜와 시간을 보십시오. 살인 추정 시간과 일치합니다. 이 화면이 뜻하는 바는 명백합니다. 송 대리가 피살당한 시간과 장소에 부사장이 실제로 존재했다는 것입니다." 금속성의 장중함이 담긴 검사의 목소리였다.

"즈즈! 그건 검사의 말이 맞습니다. 부사장은 그 시간과 장소에 있었습니다. 하지만 살인 사건 때문이 아닙니다. 마침 근처 술집에서 친구들과 파티가 있어서 단지 개인 우주선을 파킹하러 간 겁니다. 회사에 공짜로 주차할 수 있으니까요."

"삑! 만약 그렇다면 주차를 하자마자 바로 나올 것이지, 왜 삼십 분이나 머물렀나요?"

"즈즈! 파티 시간도 남아 있고 너무 피곤해서 잠시 눈을 붙였다고 합니다."

"부드드! 검사, 파란 점이 한 지점에 머물러 있었는지 아니면 층간 이동을 했는지 알 수 있습니까?" 판사가 전기적 음성으로 물었다.

"삑! 층간 이동은 확인할 수 없습니다. 해당 데이터는 화성의 위성인 포브스에서 송출 받은 것입니다. 하늘에서 땅으로 전파를 발신하는 경우 위아래 변동은 파악할 수 없습니다. 동일 장소로 표시되기 때문입니다."

"부드드! 아쉽군요. 스모킹 건이 될 수 있었는데 말입니다. 검사, 파티 참석자들을 다음 재판에 증인으로 부르도록 하세요. 알리바이 확인이 필요합니다."

"삑! 알겠습니다. 재판장님."

"부드드! 세 번째 공판은 다음 주 동일한 시간에 열도록 하겠습니다. 이것으로 재판을 마칩니다."

온라인으로 재판을 시청한 후 강 과장은 '무언가 이상하게 돌아가는데'라고 생각했다. 특히 자신과 같은 목격자 처지인 경비원의 변심을 의심 가득한 눈초리로 바라보았다. '회사에서 거액의 보상금으로 입막음했겠지. 황 전무가 나에게 그랬던 것처럼. 하지만 변명이 너무 허술하지 않은가? 술을 마신 후 기억이 변했다니, 어림도 없는 소리야.' CCTV 기록이 흐릿한 건 이해할 수 있었다. 태양 플레어의 전자 제품 간섭은 화성에서 종종 발생하는 사고였기 때문이다. 하지만 핸드폰 위치 추적은 무척 아쉬웠다. 만약 층간 이동을 증명할 수 있다면 인공지능 판사의 말처럼 사건을 단박에 해결하는 스모킹 건이 될 수 있었을 것이다. 그녀는 실망하지 않았다. 22세기 과학은 살인자의 농간에 휘둘릴 정도로 어리숙하지 않았고 법은 개자식인지는 몰라도 공평한 개자식이라고 철석같이 믿는 것이다. 이런저런 생각으로 마음이 혼란할 때 영상 통화가 걸려 왔다. 담당 형사였다.

"안녕하세요. 강 과장님."

"안녕하세요. 무슨 일이시죠?"

"희소식을 전해 드리려고요. 조금 전 국과수로부터 연락이 왔습니다. 송 대리 체내에서 발견된 남성 DNA는 부사장의 것이 맞다고 합니다. 피해자가 죽임을 당하기 전 부사장에게 강간당했다는 뜻이죠." 형사가 허스키한 목소리로 말했다.

"한편으로는 기쁘기도 하고 다른 한편으로는 슬프기도 한 소식이네요." 금방이라도 부러질 것 같은 목소리로 그녀가 대꾸했다.

"송 대리에게는 미안한 일이지만 이걸로 범인을 잡아넣을 수 있으니 잘된 일입니다. 망인도 다 이해할 겁니다." 형사의 목소리는 믿기 힘들 정도로 완벽하게 차분했다.

"그래야 합니다. 반드시." 그녀가 고개를 끄덕였다.

"국과수로부터 공식 문서가 도착하면 인공지능 검사에게 제출할 예정입니다. 이제 대략 팔부 능선은 넘은 것 같아요." 형사가 환희 가득한 얼굴로 활짝 웃었다.

세 번째 재판은 오랫동안 진행되었다. 검사와 변호사 양측 모두 수많은 증거를 재판부에 제출했고 자신에게 유리한 선고를 받기 위해 사실 관계를 꼼꼼히 검증했기 때문이다. 시작부터 관심을 끈 건 국과수의 DNA 감정 결과였다. 인공지능 검사가 포문을 열었다.

"삑! 존경하는 재판장님. 사람들은 평소 '인간이 동물처럼 잔인하다'고 말하지만, 그것은 동물들에게 천부당만부당하고 모욕적인 말입니다. 어떤 동물도 인간처럼 잔인할 수는 없습니다. 이번 사건을 보십시오. 피해자는 강간당한 후 목이 졸려 사망했습니다. 오직 인간만이 저지를 수 있는 악랄하고 무자비한 행동입니다. 이제 정의가 실현될 때입니다. 링컨은 '모든 사람을 잠깐은 속일 수 있고 몇몇 사람을 영원히 속일 수는 있어도 모든 사람을 영원히 속일 수는 없다'라고 말했습니다. 본 검사가 제출한 DNA 감정 결과를 보시길 바랍니다. 피해자의 몸속에서 추출된 남성의 정액은 피고의 것입니다. 이건 누구도 부정할 수 없는 과학적 사실입니다. 따라서 범인은 부사장이 명백합니다." 정중한 검사의 기계음이 법정에 울려 퍼졌다.

"즈즈! '움직이는 바늘에는 실을 꿸 수 없다'라는 옛말이 있습니다.

여성의 의지에 반해 억지로 성관계를 갖는 것은 무척 어려운 일이라는 뜻입니다. 송 대리의 몸속에서 부사장의 정액이 나온 건 두 사람이 연인이었기 때문입니다. 한 직장에서 젊은 남녀가 눈 맞는 것은 자연스러운 일입니다. '사내 커플'이라는 단어도 존재하지 않습니까? 피해자는 외부에서 부사장과 성관계를 맺은 후 회사로 돌아왔다가 제3의 인물, 즉 진짜 살인범에게 당한 것입니다. 불운하게도 말입니다."

"부드드! 놀라운 주장입니다. 변호사, 둘이 연인 사이라는 근거는 무엇입니까?" 판사가 위엄 있는 효과음으로 물었다.

"즈즈! 오히려 강간당했다는 것이 바로 그 근거입니다. 형법 체계에서는 범죄 의도가 있어야만 어떤 행위가 범죄로 성립됩니다. 예를 들어 어떤 여자가 남편의 커피에 독약을 넣어 남편을 죽였다고 하더라도 그녀가 독을 꺼낸 병에 '백설표 설탕'이라는 잘못된 상표가 붙어 있으면 과실로 판단해 죄가 가벼워지는 것입니다. 부사장에게는 범죄 의도가 없습니다. 연인 사이에 강간할 이유가 없기 때문입니다. 따라서 살인범은 제3의 인물이 확실합니다. 안타까운 사실은 남성의 정액은 여성의 질 속에서 3~4일 정도 생존할 수 있습니다. 그 기간 중 어느 시점에 사정(射精)이 이루어졌는지 우리는 알 수 없습니다. 사정 시간만 정확히 알 수 있다면, 쉽게 말해 사망 추정 시간 이틀 전 섹스를 했다고 밝혀낼 수만 있다면 피고의 무죄는 단박에 드러날 수 있었을 것입니다. 그 점이 무척 아쉽습니다."

"삑! 지금 궤변을 늘어놓고 있습니다. 만약 변호사의 말이 사실이라면 제3의 인물 DNA도 송 대리의 몸속에서 검출되어야 합니다. 하지만 그런 건 존재하지 않습니다." 인공지능 검사가 즉각 반격했다.

"즈즈! 살인범이 무정자증 환자일 수도 있고 질 외부에 사정했을 가능성도 충분히 있습니다."

"삑! 둘이 연인 사이였다는 증거 있습니까?"

"즈즈! 증거는 없지만 증인들은 많습니다. 피고의 친구들을 법정으로 부르겠습니다."

변호사의 호출에 눈은 퀭하고 삐쩍 마른, 부유해 보이는 예닐곱의 젊은 남녀가 증인석에 들어섰다. 그들은 엄숙한 분위기는 '나 몰라라' 하고 자기들끼리 왁자지껄 큰 소리로 수다를 떨었다. 마치 라스베가스에서 쇼를 보거나 클럽에서 술이나 마약에 취해 춤을 출 때 하는 과장된 몸짓이었다. 어수선한 분위기를 파악한 변호사가 판사를 대신해 장내를 정리했다.

"즈즈! 모두 정숙해 주시기 바랍니다. 이곳은 법정입니다. 증인들은 피고와 친구 사이가 맞습니까?"

"헤헤. 맞습니다." 인공지능 효과음이 재미있었는지 리더로 보이는 남자가 주위를 돌아보며 낄낄거리며 대답했다.

"부드드! 주의하세요. 그런 행동은 형법 138조 법정모욕죄로 고발당할 수 있습니다." 판사의 엄중한 경고에 법정은 차분함을 되찾았다.

"즈즈! 증인들은 이 여성을 알고 있습니까?" 모니터에 송 대리의 사진이 출력되었다.

"알고 말고요. 부사장 애인이에요. 비서라나 뭐라나? 아무튼 저희 모임에 여러 번 왔었어요. 둘이 손 꼭 잡고." 남자가 억지로 진지한 표정을 지으며 말했다.

"즈즈! 연인 사이라는 것에 다른 분들도 동의하십니까?" 변호사의 질문에 대여섯 명이 무뚝뚝한 표정으로 고개를 끄덕였다.

"즈즈! 존경하는 재판장님. 다수가 증명하듯 둘은 사랑하는 관계였습니다. 부사장이 송 대리를 강간할 이유가 없으며 살인할 까닭은 더더욱 없습니다. 형법 체계의 핵심 사항 중 하나인 범죄 의도가 없다는 뜻입니다."

"삑! 상관관계가 곧 인과관계는 아닙니다. 연인 사이에서도 범죄는 충분히 발생할 수 있습니다. 게다가 둘이 사귀었다는 주장의 진위가 의심스럽습니다. 증인들, 선서를 한 후 거짓을 말하면 형법 152조에 따라 위증죄로 처벌받습니다. 피해자를 처음 본 게 언제입니까?" 검사 특유의 날카로운 질문이 스피커를 통해 흘러나왔다.

"모르겠어요. 솔직히 말해서 며칠 전에 파티를 즐기다가 저희 모두 정신을 잃었거든요. 한 번도 그런 적이 없었는데 괴상한 일이었어요. 아무튼 희한하게도 그날 이후 둘이 애인이었다는 것이 기억났어요." 남자가 코 옆쪽을 문지르며 그르렁거리듯이 말했다.

"삑! 정확한 날짜는 필요 없습니다. 둘이 모임에 처음 나온 게 대략 일 년 전입니까? 이 년 전입니까?"

"죄송해요. 그것도 기억나지 않아요. 아무래도 마약을 너무 많이 해서 뇌가 바싹 구워졌나 봐요." 남자가 시무룩한 얼굴로 대답했다. 그리고 잠시 침묵이 흐른 후 리더로 보이는 남자의 비굴한 모습에 당황해하는 증인들을 향해 판사가 퇴정 명령을 내렸다.

"삑! 인류의 역사가 시작된 이래 골치 아픈 질문이 하나 내려오고 있습니다. '사람은 근본적으로 선한가, 악한가? 천사인가, 유인원인가? 비둘기인가, 매인가? 장자크 루소의 고귀한 야만인인가, 토마스 홉스의 비천한 짐승인가?' 하는 것입니다. 첨단 과학은 이떤 천재도 풀 수 없었던 이 난해한 문제를 쉽게 풀 수 있는 수준에까지 도달했습니다. 준비된 자료를 보겠습니다." 누런색의 쭈글쭈글한 뇌 해부도가 모니터에 나타났다.

“삑! 최근 신경 과학자들은 자기 통제를 담당하는 뇌의 눈확겉질이 손상된 환자는 충동적이고, 무책임하고, 산만하고, 사회적으로 부적절한 행동을 하고, 나중에 뉘우칠 성관계를 자주 하고, 폭력적이라는 사실을 발견했습니다. 참고로 눈확겉질은 시각 뒤 뇌의 앞부분에 위치합니다. 모니터에 출력된 뇌는 피고의 것입니다. 잘 살펴보시면 눈확겉질이 쪼그라들다 못해 아예 타 버렸다는 걸 알 수 있습니다. 마약 때문입니다. 피고의 뇌에는 살인의 욕망이라는 거대한 빙산이 항상 떠 있었습니다. 그러다가 욕정에 못 이겨 송 대리에게 폭발한 것입니다. 마약과 폭행 전과를 가진 젊은 남성이 주변의 여자를 살해할 확률은 일반인의 세 배가 넘습니다.”

“즈즈! 재판장님. 지금 검사는 통계적 분석을 의도적으로 오용하는 데이터 스누핑(Data snooping)를 시도하고 있습니다. 남성 임원이 여성 비서를, 그것도 회사에서 살해할 확률은 지극히 낮습니다.” 인공지능 변호사가 반격했다.

“부드드! 인정합니다. 검사는 수정하세요.”

“삑! 알겠습니다. 하지만 검사 또한 요청드립니다. 앞선 증인의 진술도 삭제해 주시길 바랍니다. 정육점 저울은 항상 고객이 아닌 주인에게 유리하도록 영점이 조절됩니다. 사람은 자기 위주 편향에 쉽게 물든다는 뜻입니다. 마약을 함께 즐기는 친구라 의식적 또는 무의식적으로 피고에게 도움이 되는 방향으로 증언했을 가능성이 높습니다.”

“부드드! 서기, 앞선 증인의 기록을 삭제하도록 하세요. 이상으로 본 재판을 마치도록 하겠습니다.”

심급 제도는 법원을 상급과 하급으로 구분하여 하급 법원의 판결에 불복할 경우 상급 법원에 다시 재판을 청구할 수 있는 제도이다. 지구가 지방법원, 고등법원, 대법원의 3심제를 운영하는 데 반해 화성은 1심제를 유지하고 있었다. 왜 그러냐 하면 정착촌 개발 초기 신속한 판결로 불필요한 논란을 막아야 했고, 이주민 선발이 워낙 엄격해 범죄 자체가 드물었으며, 인공지능 사법 제도가 공정하기로 정평이 나 있었기 때문이다. 게다가 만약 판결에 불만이 있는 경우 지구 법원에 항소하는 방법까지 마련되어 있어 대부분 만족했다. 화성 사법 제도의 특이한 점은 지구가 몇 차례 형식적인 공판이 열린 후 선고를 내리는 것에 반해 사실 규명이 완벽하게 이루어질 때까지 재판이 계속 진행된다는 것이다. 이것은 1심제의 약점을 보완하는 수단이었다. 따라서 일주일 후에는 네 번째 재판이 열릴 예정이었다. 온라인으로 재판을 시청한 후 강 과장의 마음은 혼란스러워졌다. 재판이 어느 방향으로 흘러갈지 갈피를 잡을 수 없었기 때문이다. 그녀는 담당 형사에게 영상 전화를 걸었다. 검사는 일반인의 전화를 받지 않았다. 통화가 이루어진다 한들 알고리즘으로 돌아가는 인공지능과 무슨 이야기를 나누겠는가? 아무래도 이런 상황에서는 피와 살로 이루어진 실제 인간이 말 상대로 적격이었다. 그녀가 단도직입적으로 물었다.

"둘이 연인 사이였다는 건 새빨간 거짓말입니다. 절친은 아니어도 송 대리의 웬만한 속사정은 제가 다 알거든요. 같은 층에서 몇 년을 함께 근무했는데 그걸 모르겠어요? 그녀는 부사장을 혐오했어요. 다만, 먹고살기 위해 비서로 억지웃음을 지은 것뿐이에요. 게다가 미래를 함께하기로 한 약혼자도 있었어요. 누가 이런 말도 안 되는 이야기를 지어내는 겁니까? 이건 고인(故人)의 명예와도 관련된 일입니다." 강 과장의 목소리는 날카롭고 강한 분노로 가득 차 있었다. 더 이상 농담이 아니었다.

"진정하세요. 인공지능 변호사의 회로가 고장 난 모양입니다. 그렇지 않고서야 마약에 전 불한당 무리를 신성한 법정에 증인으로 내세울 수 있겠습니까? 얼마나 다급했으면 이런 일을 벌였는지 한편으로는 안쓰럽기까지 하네요."

"굴뚝같이 믿고 있었던 DNA 증거가 아무 소용도 없게 됐잖아요. 어떻게 이럴 수 있죠?" 그녀가 알 수 없는 실망감을 느끼며 물었다.

"형사 생활 십수 년이 동안 정액이 여성 몸속에서 3~4일 생존하기 때문에 성관계 시간을 정확하게 특정할 수 없다는 건 오늘 처음 알았습니다. 하지만 걱정할 필요 없어요. 알리바이를 가짜로 만들 수는 있어도 '의식 스캐너' 검증은 통과할 수 없을 테니까요."

"처음부터 의식 스캐너를 사용하면 좋지 않았을까요?" 그녀가 고개를 갸우뚱 기울였다.

"의식 스캐너는 두뇌에 큰 충격을 준다고 합니다. 뇌세포가 엄청나게 죽는다고 하더라구요. 뇌종양이나 뇌염에 걸릴 수도 있고요. 그래서 법원이 특별한 경우가 아니면 사용을 허가하지 않아요. 만약의 사태를 대비해 소극적으로 대처하는 겁니다. 하지만 이번 사건은 모든 정착민의 관심이 집중된 터라 어쩔 수 없이 승인하고 말 겁니다. 살인범에게 정의의 심판을 내릴 수 있는 기회를 법원도 놓치고 싶지는 않을 테니 말입니다." 담당 형사가 또박또박 말했다.

"재판이 계속될수록 저는 불안해요. 부사장 측도 그 사실을 인지하고 있을 거 아니에요? 그들도 가만히 앉아서 당하지는 않을 거예요. 분명 무슨 수를 쓰려고 할 거예요. 권력과 돈이 넘쳐 나는 사람들이니까요." 강 과장이 구슬프게 대꾸했다.

"그래서 인공지능 사법 제도가 좋은 것 아닙니까? 정치적 압력과 돈의 유혹에 흔들리지 않고 공정한 판결을 선고할 수 있으니까요. 기다려 보세요. 좋은 결과가 나올 겁니다."

"그러면 얼마나 좋겠어요? 아무튼 늦은 시간에 전화해서 죄송해요. 그럼 이만." 그녀는 불안이 좀 누그러진 투로 말하고 전화를 끊었다. 그리고 다음 주가 다가오길 기다렸다. 밤늦게 법원으로부터 출석명령서가 배달된 것이다.

강 과장은 온라인으로만 보았던 법원을 직접 구경하는 기회를 얻었다. 일반인이 목격자로 출두하는 건 흔히 있는 경우가 아닌 데다가 자녀를 두 명이나 키우는 워킹 맘에게는 '일생에 한 번 있을까 말까?' 한 진귀한 경험이었다. 152층 법원 건물이 햇빛을 받아서 하얗게 빛나고 있었다. 합성 철근 콘크리트와 자외선 투과 유리로 만든 웅장한 건물이었다. 쭈뼛거리며 도착한 법원 내부는 깨끗하고 한산했다. 지구의 그것과 달리 번잡함은 없었고 사전에 예약이 확정되어 있는 꼭 필요한 사람만 입장이 가능했다. 정문 입구에는 홍채 인식기가 설치되어 있었다. '뉴 대한민국' 정착촌 주민은 의무적으로 홍채를 등록해 자신의 신분증으로 사용했다. 인식기를 통과한 강 과장은 엘리베이터를 타고 예정 시간 대비 삼십 분 일찍 담당 법정인 8113호 문 앞에 도착했다. 복도의 천장과 벽은 온통 흰색으로 칠해져 있었고 대기자를 위한 모니터가 덩그러니 설치되어 있었다. 법정 안 진행 상황을 파악해 미리 준비하라는 뜻이었다. 그런데 어딘지 불량하고 노출이 심한 옷을 입은 풍만한 가슴과 날씬한 몸매의 여성이 먼지 와 있었다. 그녀는 '딱딱' 소리를 내며 껌을 씹고 있었고 왼쪽 다리에는 '오늘을 즐겨라'라는 라틴어 구절 '카르페 디엠(Carpe diem)' 문신이 큼지막하게 새겨져 있었다. 강 과장과 여성은 형식적인 눈인사도 없이 서로의 존재를 무시했다. 강 과장이 속으로 '누굴까? 빼어난 겉모습만큼이나 침실에서의 기교도 뛰어날까?' 라는 엉뚱한 의심을 품고 있을 때 법정으로 통하는 문이 스르륵 열렸다. 여성은 이미 여러 차례 연습을 해 본 사람처럼 자연스럽게 안으로 들어갔다. 강 과장은 돌아가는 상황을 파악하기 위해 뚫어지게 모니터를 바라보았다.

앞서 들어간 여성은 변호사 측 증인이었다. 그녀는 사건이 벌어진 날 밤 부사장 개인 우주선에 자신도 함께 타고 있었다고 주장했다. 회사에 주차하러 갔을 뿐 사무실에는 올라가지 않았다는 피고의 어설픈 알리바이를 마치 타설한 후 몇 시간이 지난 시멘트처럼 단단하게 만드는 진술이었다. 차 안에서 삼십 분 동안 둘이 뭐했냐는 인공지능 변호사의 질문에 그녀는 기다렸다는 듯이 자연스럽게 대답했다. "섹스를 했어요. 저는 몸을 굴려서 먹고살거든요. 내세울 만한 직업은 아니죠. 하지만 돈벌이는 꽤 짭짤해요. 지구처럼 경쟁이 심한 것도 아니고. 가끔 이상한 걸 바라는 변태들이 있긴 해요. 그래서 전 항상 전기충격기를 가지고 다녀요. 위험한 일이지만 굶을 수는 없잖아요." 검사의 반대 신문에서도 그녀는 동일한 주장을 반복했다. 부사장은 자신과 카섹스를 즐긴 후 돈을 내고 그 자리를 떠났다는 것이다. 특히 회사 엘리베이터 쪽으로는 단 한 발짝도 움직이지 않았다고 그녀는 강조했다. 강 과장은 속으로 '변호사로부터 얼마나 많은 돈을 받았는지는 모르지만 연기가 실감 나는걸. 마치 진짜 기억을 이야기하는 사람처럼'이라고 생각했다. 증언을 마치고 퇴정하는 그녀와 마주치자 강 과장의 얼굴은 돈을 빌려 간 후 연락을 끊은 친구를 우연히 길거리에서 만난 듯 벌겋게 달아올랐다. 이제 강 과장에게는 창녀의 거짓 진술을 반박해야 하는 얄궂은 임무가 주어진 것이다. 그날 밤 부사장을 회사 27층 사무실에서 목격했다는 것을 주장해야 했다. 잠시 후 모니터에 이름과 함께 '입장하세요'라는 안내 메시지가 떴다. 강 과장은 심호흡을 한 번 한 후 법정 안으로 순순히 들어갔다. 증인 선서를 마치자마자 인공지능 검사의 질문이 쏟아졌다.

"삑! 강 과장님 사건 당일 무슨 일이 있었는지 간략하게 설명해 주세요."

"그날 밤 회사에서 야근하고 있었어요. 월급날이 얼마 안 남았었거든요. 참고로 말씀드리면 전 인사팀에서 급여를 담당해요. 한참 업무를 하고 있는데 죽은 송 대리 아니 피해자가 나타났어요. 부사장님이 급한 일로 호출했다면서. 희한하다고 생각했어요. 그런 적이 없었거든요. 아무튼 피해자는 비서실로 향했고 잠시 후 엘리베이터 문이 열리고 피고가 내리는 걸 봤어요. 그리고 모두 알다시피 새된 비명과 함께 회사 내에서 살인이 발생한 거예요." 침착한 말투였다.

"삑! 27층 사무실에 다른 사람은 없었습니까?"

"네. 없었어요. 만약 누군가 있었다면 제가 알아차렸을 거예요." 확신에 찬 답변이었다.

"삑! 그날 밤 엘리베이터에서 내린 사람이 부사장인 줄 어떻게 아십니까? 살해되기 전 송 대리의 언급에 영향을 받아서 착각하는 건 아닙니까?"

"절대 아니에요. 왜 그러냐 하면 부사장님과 수년째 같은 층에서 근무해서 모르려야 모를 수가 없거든요. 게다가 일반 근로자가 오너의 외아들을 신경 쓰지 않을 수 있겠어요? 목구멍이 포도청인데." 가볍게 항의했다.

"삑! 엘리베이터에서 내린 피고는 어떻게 행동했습니까?"

"내리자마자 곧바로 자신의 집무실로 향했어요. 방향을 몰라 주저하거나 망설이지 않았어요." 나지막이 말했다.

"삑! 그리고?"

"끔찍한 비명이 들렸고 범인은 계단으로 도망쳤어요. 비상문이 황급히 열리고 닫히는 소리를 들었거든요. 덜덜 떨리는 가슴을 억누르고 젖 먹던 힘을 다해 가 보니 송 대리가 처참하게 죽어 있었어요. 놀란 저는 곧바로 경찰에 신고했어요." 입술을 깨물며 말했다.

"삑! 이상입니다."

"부드드! 변호사 측 반대 신문하세요." 인공지능 판사가 차갑고 사무적인 어조로 말했다.

"즈즈! 증인은 부사장과 수년째 같은 층에서 근무한다고 언급했습니다. 해당 기간 동안 함께 커피를 마시거나 회식을 한 적 있습니까?"

"없어요. 오너 일가분들은 평직원과 교류하지 않습니다. 마치 식성이 전혀 다른 호랑이와 소처럼 말입니다." 담담하게 말했다.

"즈즈! 그렇다면 부사장을 가까이서 보거나 이야기를 나눈 적은 없겠군요." 강 과장이 동의의 의미로 고개를 끄덕였다.

"즈즈! 깜깜한 사무실에서 피로한 눈으로 멀리 떨어진 엘리베이터에서 피고가 내렸다고 어떻게 확신하나요? 가까이서 얼굴을 본 적도 없다면서요? 비슷한 풍채의 다른 사람일 수도 있지 않습니까?"

"아니요. 부사장님이 틀림없어요. 저는 발톱 자국만 봐도 사자인 줄 알 수 있거든요." 그녀가 한숨을 내쉬며 말했다.

"즈즈! 방금 하신 증언은 논리적으로 틀린 말입니다. 발톱 자국을 만들 수 있는 동물은 수백 종이 넘습니다."

"그냥 빗댄 거예요. '척 보면 알 수 있다'라는 걸 빙 둘러서 표현한 거예요. 인공지능이 아닌 사람은. 특히 여자는 말이에요." 의미심장하게 말했다.

"즈즈! 인간의 시력은 백 미터 이상 떨어진 물체를 정확히 식별할 수 없습니다. 다시 질문드립니다. 그날 밤 증인은 피고의 얼굴을 똑똑히 목격했습니까?"

"얼굴을 본 건 아니지만 엘리베이터에서 내린 사람이 부사장님이란 건 명백해요." 양보의 여지가 없는 말투였다.

"즈즈! 그건 본인 주장일 뿐입니다. 입증할 수 있는 증거가 있나요? 사진이나 영상 같은?"

"없어요. 하지만 전 제가 무엇을 보았는지 확신해요. 오판이나 착각이 아니란 말입니다." 그녀가 사나운 어조로 말했다.

"즈즈! 존경하는 재판장님. 인간의 DNA 중 98.4퍼센트는 침팬지의 것과 동일합니다. 혈액이 붉은색을 띠게 하고 산소를 운반하는 역할을 담당하는 단백질인 헤모글로빈은 287개의 단위 수까지도 침팬지의 것과 똑같습니다. 무슨 말인가 하면 아직 인간은 오류투성이 유인원에서 완전히 벗어나지 못했다는 뜻입니다. 이들은 과학적 팩트보다는 '감(感)'이나 '촉(觸)'에 의존합니다. 지금 증인은 엘리베이터에서 내린 용의자의 얼굴을 본 적 없다고 말하면서 동시에 그 사람이 부사장이라는 이율배반적인 주장을 하고 있습니다. 전형적인 과대망상입니다. 대개의 살인 사건에서는 한 사람이 다른 사람의 죽음을 바라는가 아닌가 하는 점이 제일 중요합니다. 피고가 송 대리의 죽음을 바랄 이유가 전혀 없습니다."

"왜 없어요? 욕정을 자제하지 못해 저지른 본인의 치부를 감추기 위해 필요하죠." 독기를 품은 말투였다.

"쯔쯔! 증인에게 하는 말이 아닙니다. 살인 동기에 대한 분석은 살인을 정당화하기 위해서가 아니라 살인을 방지하기 위해 그 원인을 살펴보는 것입니다. 대기업 오너의 후계자로 미래가 촉망받는 피고가 송 대리를 해칠 동기가 없습니다. 두 사람은 사랑하는 사이였습니다. 다수의 목격자가 이를 증언했습니다. 여성의 생리나 혹은 사랑싸움으로 연인과 성관계가 불가능하다 할지라도 부사장은 다른 곳에서 해결할 수 있는 충분한 재력을 보유하고 있었습니다. 비윤리적일지는 몰라도 적절한 비용만 내면 되니까요. 따라서 성욕에 눈이 멀어 살인을 저질렀다는 것은 말도 안 되는 억지 주장입니다."

"그들 모두 매수된 거예요. 거짓 증언이라는 말입니다." 마침내 강 과장은 참았던 고함을 질렀다.

"부드드! 조용히 하세요. 이곳은 신성한 법정입니다. 변호사 계속 발언하세요."

"쯔쯔! 감사합니다. 재판장님. 로마 정의의 여신 유스티티아에게는 액세서리가 세 개 있습니다. 저울, 칼, 눈가리개입니다. 저울은 공정한 판단을 의미하며 칼은 법의 권위와 단호함을 나타내고 눈가리개는 편견 없이 판단하겠다는 것을 상징합니다. 법의 논리를 간명하게 표현한 것이 아닐 수 없습니다. 피고가 불량한 친구들과 어울려 술과 마약을 즐기고 애인 몰래 바람을 피웠다 하더라고 그것은 윤리적으로 손가락질받아야 할 사항이지 형사 사건 평결에 영향을 주어서는 안 됩니다. 즉, 이 시점에서 필요한 것은 편견 없이 판단하겠다는 유스티티아의 눈가리개입니다. 비록 피고가 바람난 탕자 일지라도 말입니다."

"삑! 지금 변호사는 궤변을 늘어놓고 있습니다. 중국 철학자 묵자는 '약간 검은 것은 검다고 말하면서 대단히 검은 것은 희다고 말한다면,

그는 흑백을 구분하지 못하는 사람이다'라고 이야기했습니다. 무슨 말이냐 하면 밀수나 횡령 같은 작은 범죄는 위법으로 처벌하면서 무엇보다 큰 범죄인 살인을 못 본 척하는 것은 이를 칭송하는 것과 다름없는 어리석은 짓이라는 뜻입니다. 무언가에 깊이 몰입한 인간에게 조언은 들리지 않는 법입니다. 성욕에 집중한 부사장은 동료 직원을 강간하고 목 졸라 죽인 잔혹한 살인마입니다. 존경하는 재판장님. 진실을 밝히기 위해 피고에게 의식 스캐너 사용을 허가해 주시길 바랍니다."

"부드드! 변호인 측 의식 스캐너 사용에 동의하십니까?"

"즈즈! 동의합니다."

강 과장은 꺼림칙하게 느끼면서도 평생 처음으로 인공지능에게 고마움을 느꼈다. 그것은 감사보다는 낙관에 가까웠다.

"부드드! 피고 이송을 위해 잠시 휴정하겠습니다."

잠시 후 부사장이 죄수복을 입고 법정에 들어섰다. 그는 멍한 얼굴로 그녀를 쳐다보았다. 아무것도 담기지 않은 시선이었다. 피고는 의식 스캐너가 설치되어 있는 구석으로 쭈뼛쭈뼛 걸어가서 수십 개의 전구와 전깃줄이 연결되어 있는 매끄러운 수영 모자 스타일의 그것을 머리에 썼다. 전구들이 빨간색, 파란색, 녹색, 백색으로 정신없이 돌아가며 빛을 발산했다. 이는 마치 집으로 돌아온 어미새로부터 먹이를 먼저 얻으려는 새끼들의 생존 경쟁 같았다. 법정 중앙 모니터에 안개가 낀 듯 흐릿한 영상이 떠올랐다. 시간이 흐를수록 화면이 뚜렷해지더니 사건 당일의 기억을 찾는 듯 의식 스캐너가 뇌를 검색하기 시작했다. 모든 것은 자동으로 이루어졌는데 모자에 별도의 인공지능이 설치되어 있었기 때문이다. 여러 가지 은밀한 동영상이 스쳐 지나갔다. 마약을 흡입하고, 술을 마시고, 난잡한 섹스를 즐기고, 죄 없는 개와 고양이를 고문해 죽이고, 연약한 여성을 상대로 폭력을 행사하고. 그리고 마침내 사건 당일 영상이 나타났다. 술에 취해 정오 늦게 일어난 부사장은 화성의 최고급 호텔로 향했다. 호텔 사우나에서 땀을 뺀 후 느긋하게 대마초를 즐겼다. 백화점으로 이동한 그는 명품 매장에 들러 수천만 원을 들여 옷과 시계를 구매한 후 점심인지 저녁인지 모를 기름진 식사를 했다. 그런 후 개인 우주선에 탑승해 필로폰으로 불리나 정식 명칭은 메스암페타민인 주사를 맞고 황홀경에 빠져들었다. 부사장이라는 직책이 무색할 정도로 업무나 회사 경영에는 관심이 없는 듯 보였다. 자동운행장치는 주인의 일탈 여부와는 상관없이 본분에 충실했다. 목적지인 회사 주차장에 안전하게 착륙한 것이다. 갑자기 의식 스캐너의 전구가 강렬한 불빛으로 요동치기 시작했다. 마치 홍대 클럽의 사이키 조명 같았다. 모니터가 꺼진 듯 새까맣게 변했다. '뭐지? 결정적 순간에. 정전이라도 된 건가?' 얼음주머니를 얹은 듯 강 과장의 머리가 차가워졌다. 잠시 후 적막을 뚫고 '치지직' 소리와 함께 화면이 재생되었다. 영상 속 부사장은 앞서 증인으로 나왔던 매춘부와 지저분한 섹스를 즐기는 중이었다. 삼류 포르노 영화처럼 화질이 저급했다. 영상은 흔들리고 불분명했으며 노이즈로 인해 둘의 대화는 알아차릴 수 없었다. 화대를 받자마자 창녀는 가벼운 입맞춤을 한 후 핸드백을 챙겨 유유히 사라졌다. '황홀함'을 뜻하는 또 다른 마약인 엑스터시 한 알을 입에 털어 넣은 후 우주선에서 나온 부사장은 회사 반대 방향으로 발걸음을 돌려 사라졌다. 알리바이가 증명된 것이다. 이제는 강 과장의 시선에서 초점이 사라졌다. 그저 멍하니 모니터만 주시할 따름이었다. 도대체 어떻게 돌아가는 건지 감을 잡을 수 없었다. 그때 장중한 인공지능 판사의 굵고 위압적인 기계음이 흘러나왔다.

"부드드! 과학적 증거가 나왔군요. 다음 주 선고 공판을 열도록 하겠습니다. 탕탕탕." 구태의연한 판사봉 소리가 '지구로부터 7,800만km 떨어진 화성 법원에서도 굳이 필요했을까?'라는 의문이 머리를 스쳤다. 집에 돌아온 그녀는 사건을 원점에서부터 다시 검토하기 시작했다. 자신은 부사장을 분명히 목격했다. 하지만 다른 모든 증거와 증인들은 이를 부정했다. 경비원은 최초 진술을 철회했고 CCTV는 상당히 미심쩍은 이유로 삭제되었다. DNA는 사정(射精)이 이루어진 시간을 특정할 수 없어 증거로써 효력이 없었다. 게다가 피고의 친구 다수가 송 대리가 부사장의 애인이었다고 증언했기 때문에 스모킹 건이 될 수 없었다. 살인이 발생한 추정 시간에 부사장과 거래했다고 주장하는 매춘부도 등장했다. '혹시 내가 잘못 본 것은 아닐까?' 하는 의구심이 가슴 깊은 곳에서 스멀스멀 꿈틀거렸다. '아니야. 난 분명히 봤어. 그리고 내가 무엇을 보았는지 정확히 기억해. 그렇다면 의식 스캐너는 어떻게 된 거지?' 머릿속이 뒤죽박죽이었다. 희소한 확률이지만 다른 가능성이 존재하기는 했다. 만약 의식 스캐너가 해킹당했다면. 그녀는 늦은 시간임에도 불구하고 담당 형사에게 전화를 걸었다. 그렇게라도 하지 않으면 미쳐버릴 것 같은 심정이었다.

"이게 도대체 어떻게 된 일이죠?" 그녀가 단도직입적으로 물었다.

"저도 모르겠어요. 피고가 의식 스캐너를 쓰는 순간 '이겼구나'라는 생각에 속으로 쾌재를 불렀거든요. 하지만 결과는 거꾸로 흘러갔죠. 오히려 알리바이를 증명해 준 꼴이 되어 버렸으니까요."

"해킹하거나 조작할 수는 없나요?" 그녀가 형사의 말을 가로막듯이 물었다.

"지금까지 그런 적은 한 번도 없었어요. 만약 그게 가능하다면 법원에서 의식 스캐너 결과를 증거로 인정하겠어요?" 형사가 당연한 걸 묻는다는 듯 떨떠름하게 대답했다.

"하긴 그러네요."

"저도 한 가지 물어보고 싶은 게 있는데요?" 그가 머뭇거리며 말했다.

"뭐죠?"

"그날 밤 정말로 피고를 봤습니까?" 영상 통화 속 형사가 중립적인 표정을 내비쳤다.

"뭐라구요?"

"기분 나쁘게 생각하지 말아요. 하지만 이상하잖아요. 다른 모든 증거가 반대 방향을 가리키고 있는데 유독 강 과장님만 아니라고 하니…."

"내가 헛것을 보거나 미치기라도 했다는 말인가요?" 그녀의 얼굴은 분노로 딱딱하게 굳어 있었다.

"꼭 그런 건 아니지만 의심이 드는 건 사실이죠. 의식 스캐너가 거짓말을 할 리도 없고. 혹시 과거에 정신과 치료를 받은 적 있나요?" 그의 표정이 바뀌어 있었다.

"없어요." 그녀는 단호했다. 더 이상 냉정할 수 없을 것 같은 어조였다.

"아무튼 이미 주사위는 던져졌으니 기다려 봐야죠. 다른 대안은 없어요. 결론은 뻔하겠지만 말입니다. 그만 주무세요." 공무원다운 무심한 어조로 작별 인사를 한 후 형사는 서둘러 전화를 끊었다. 오래 통화해 봤자 득이 될 게 없다는 반응이었다. 선이 가늘고 뒤틀린 얼굴에 고통의 기색이 떠올랐다. 그녀는 '내가 정말 사람을 잘못 보았나?'라고 스스로에게 물었다. 이제는 뭐가 진실인지 헷갈렸다. 심지어 사건 당일 자신이 야근한 게 맞는지도 의심스러웠다. 그나마 다행인 건 언론의 집요한 관심을 피해 남편이 두 아들과 지구에 있다는 것이었다. 갑자기 송 대리의 핏기 없는 얼굴이 떠올랐다. 아픔으로 가득한 커다란 검은 눈을 하고 뚫어지게 강 과장을 쳐다보고 있었다. 새끼를 돌보는 어미새의 조바심 섞인 말투로 '정말 미안해. 송 대리. 범인을 놓칠지도 몰라. 나도 이젠 뭐가 뭔지 모르겠어'라고 강 과장이 읊조렸다. 마치 자신이 큰 잘못이라도 한 듯. 일주일이 지나고 나온 판결은 예상대로 무죄였다. 의식 스캐너가 알리바이를 증명해 주었기 때문이다. 내용을 요약하면 대략 이러했다.

"부드드! 인간이 과거를 생생하게 기억하게 된 이유는 지난날을 되돌아보는 과정이 미래의 발생 가능한 시나리오를 유추하는 데 도움을 주기 때문입니다. 두뇌 스캔을 통해 얻은 데이터를 보면, 기억을 떠올리는 데 쓰이는 뇌 부위는 배외측 전전두피질과 해마입니다. 이곳은 미래를 시뮬레이션할 때 활성화되는 부위로 인위적 조작이 불가능합니다. 따라서 법원도 이와 같은 뇌과학의 놀라운 발견을 공정과 정의를 달성하기 위한 수단으로 적극 활용해야 합니다. 그 대표적인 사례가 의식 스캐너입니다. 피고는 자제력이 없고, 사회적으로 부적절하게 행동하고, 타인의 기분을 쉽게 오해하고, 충동적이고, 자기 행동의 결과에 무관심하고, 일상생활에서 책임감이 없고, 자신의 상태가 얼마나 심각한지 통찰하지 못하고, 불량하고, 산만하고, 천박하고, 불안정하고, 폭력적입니다. 하지만 쓰레기일지언정 살인자는 아닙니다. 과학이 이를 증명했습니다. 따라서 무죄를 선고합니다. 탕탕탕!"

선고 후에도 법정은 조용했다. 승리의 환호성이나 실패의 흐느낌은 없었다. 인공지능 변호사나 검사에게 감정이 있을 리 없었다. 강 과장은 공황 같은 심리적 불안 상태를 꽤 오랫동안 경험했다. 과거에는 크게 마음을 두지 않았던, 하지만 지금은 그 어떤 글귀나 위로보다 자신에게 필요한 독일의 신학자 니부어(Niebuhr)의 평정 기도문을 아침마다 외웠다. "제가 바꿀 수 없는 것을 받아들일 수 있는 평안을 허락하시고, 제가 바꿀 수 있는 것을 바꾸어 갈 용기를 주시며, 바꿀 수 있는 것과 없는 것을 구별하는 지혜를 내려 주소서." 하지만 세상에서 바뀌는 건 없었다. 24시간 37분 22초로 이루어진 화성의 하루는 똑같이 흘러갔다. 어떤 일들은 인정하고 또 인정해도, 받아들이고 또 받아들여도 괜찮아지지 않는다. 자의 반 타의 반 그녀는 사직서를 제출했다. 언제 그런 일이 있었냐는 듯 회사에 다시 출근할 부사장 앞에서 미소 지을 생각이 없었고 오너 측으로부터 과도한 목표 설정, 생산직 전환, 지방 영업소 발령 등의 다양한 방법으로 괴롭힘당할 게 뻔했기 때문이다. 실제로 회사에는 그녀가 일용직 근로자의 급여 명부를 조작해 돈을 횡령했다는 의심스러운 소문이 나돌기 시작했다.

모든 걸 내려놓고 하루하루를 살아가던 어느 날 담당 형사로부터 예상치 못한 연락이 왔다. 선고 후 한 달이 지난 시점이었다.

"오랜만에 연락드립니다. 그동안 잘 지내셨나요?" 형사는 새침한 애인처럼 반쯤 웃고 있었다.

"뭐, 그럭저럭. 그런데 무슨 일로 연락을?"

"놀라운 소식이 있어서요. 다른 사람은 몰라도 강 과장님한테는 꼭 이 사실을 알려야 할 거 같아서요. 어제 진범이 자수를 했어요. 누군지 아십니까? 송 대리의 전(前) 약혼자였어요. 결혼 문제로 티격태격하다가 욱하는 마음에 그런 사달을 벌였다고 하더군요. 이미 사건 조서에 사인도 했어요." 그는 어린아이처럼 기뻐했다.

"믿기질 않네요. 전 약혼자라니. 무엇하다가 지금 와서 자수를 했다고 하던가요?"

"뻔하죠. 술에 취해 살다가 양심의 가책을 느끼고 했겠지요. 그나저나 한 가지 재밌는 사실은 진범의 풍채가 부사장하고는 딴판이라는 겁니다. 부사장은 키가 작고 뚱뚱하잖아요. 반면 약혼자는 키 크고 삐쩍 마른 데다가 하루 종일 앉아 있는 컴퓨터 프로그래머라 그런지 엄청 약골이더라구요. 제 말의 요지는 강 과장님이 그날 밤 보았다는 범인과는 정반대의 모습을 하고 있더란 말입니다." 날카롭게 지적했다.

"그럴 리가 없는데…." 말꼬리를 흐렸다.

"저야 범인만 잡으면 끝나는 일이니 상관없지만 강 과장님은 시력 테스트를 한번 받아 보세요. 아니면 정신과 감정을 받거나." 형사가 거의 비웃음에 가까운 웃음을 지었다. '딸깍'. 강 과장은 인사도 없이 영상 통화기를 껐다. 전 약혼자가 진범이라는 사실에 대한 놀라움보다 자신의 정신 상태에 대한 비참함이 더 크게 엄습했다. '난 정말 미친 걸까?'

그때 갑자기 형광등이 바로 눈앞에서 켜진 것처럼 세상이 환하게 밝아졌다. 극심한 어지러움이 느껴졌고 주변에서 웅성거리는 소리가 들렸다. 눈을 떠 둘러보니 앳된 얼굴의 남자 고등학생들이 삼삼오오 모여 수다를 떨고 있었다. 강 과장이 '지금 이게 무슨 상황이지?'라고 생각하고 있을 때 남학생 하나가 팔을 툭 치며 말을 걸었다. "야, 그만 일어나. 게임 끝났어. 우리가 졌어." 여전히 그녀가 정신을 차리지 못하고 어쩔 줄 몰라 하자 옆에서 한마디 거들었다. "저 녀석은 버진 브레인(첫 경험자)이야. 그냥 놔둬. 조금만 더 있으면 의식이 돌아올 거야." 남학생들은 인간의 뇌를 연결하는 22세기 인터넷 브레인넷(Brain-net)

에 접속해 롤플레잉 게임을 즐긴 후였다. 브레인넷은 다양한 기능을 가지고 있었다. 탱고를 추거나 번지점프를 할 때 느끼는 짜릿한 감정을 '언어로 표현되지 않은 이메일'를 통해 친구들에게 보낼 수 있었고 잠자는 두 사람 이상의 뇌를 직접 연결해 꿈을 공유할 수도 있었다. 하지만 브레인넷의 백미는 롤플레잉 게임이었다. MRI 스캐너를 통해 참가자들의 뇌를 연결하고 중앙컴퓨터에 결속해 여러 개의 의식을 하나로 합친 후 컴퓨터가 게임 속 데이터를 영상으로 재구성한 후 전송했는데 현실보다 더 진짜 같았다. 이 모든 것이 뇌과학의 발전에 기반을 둔 것이었다. 2120년에는 사람의 뇌에 인공 기억을 주입해 새로운 기술이나 지식을 배우게 할 수도 있었다. 마치 영화 매트릭스(The Matrix)처럼. 좋은 대학을 나왔다거나 외국어를 잘한다 따위는 더 이상 개인의 경쟁력이 아니었다. 주입받은 인공 기억의 품질에 따라 개인의 역량이 결정되는 사회였다. 따라서 혈기 왕성한 고등학생들은 공부에 전념할 이유가 없었고 브레인넷에 접속해 게임을 하면서 시간을 낭비했다.

사실은 강 과장도 솜털 보송한 남자 고등학생이었다. 다만 오늘 처음으로 게임을 한 버진 브레인이라 현실 복귀에 시간이 더 걸릴 뿐이었다. 게임에서 승리한, 세계 여행에 대한 기억을 주입받은 학생이 잘난 체를 했다. "이탈리아 토리노 박물관에는 카이로스(Kairos)의 부조상이 있는데 그 아래 짤막한 시 구절이 적혀 있어. '내 앞머리가 무성한 건 사람들이 나를 보았을 때 쉽게 붙잡을 수 있도록 하려는 것이요, 뒷머리가 대머리인 이유는 지나가고 나면 다시는 붙잡을 수 없도록 하려는 것이다. 발에 날개가 달린 이유는 최대한 빨리 사라지기 위해서이다. 내 이름은 기회이다'라고 말이야. 너희들도 이길 수 있는 기회는 충분히 있었어. 하지만 살리지 못했지. 어쩌겠어. 내기는 내기니까. 오늘 점심값은 패배한 팀에서 내도록 해.” 승리한 팀의 남학생들이 낄낄거리며 웃었다. 패배한, 고대 문학에 대한 기억을 주입받은 학생이 분을 참으며 대꾸했다. “고대 그리스의 서사시 『일리아드』에서 아킬레우스는 인간 심리의 일면인 복수를 이렇게 묘사했어. ‘흐르는 꿀보다 더 감미롭게 남자의 가슴에서 연기처럼 솟아난다’라고 말이야. 내일 한 판 더 해.” 남자 고등학생들은 티격태격하며 구내매점으로 향했다. 그 모습은 마치 모스부호(Morse code)의 도트( · )와 대시( – )처럼 한편으로는 적당히 조화롭게 보이면서도 다른 한편으로는 기괴한 이질감을 풍겼다.

### 작가 노트

**컴퓨터 파일을 업로드하듯 기억을 사람의 머리에 이식할 수 있다면 사법 체계는 심각한 위협에 직면하게 된다. 지금까지 법정에서 사실관계를 규명하는 중요한 수단 중 하나는 목격자의 증언이었다. 그런데 가짜 기억이 주입되면 어떤 일이 벌어질까? 무고한 사람에게 '내가 범죄를 저질렀다'라는 기억을 심을 수도 있고, 범죄자가 알리바이를 만들기 위해 다른 사람의 머릿속에 '범죄가 일어난 시간 그와 함께 있었다'라는 기억을 주입할 수도 있다. 구두 증언뿐만 아니라 문서로 작성된 진술서도 의심스럽기는 마찬가지다. 머릿속에 가짜 기억이 주입된 상태라면 허위 문서에 얼마든지 서명할 수 있기 때문이다.**

# 희나리

재학과 철수는 집 근처에서 흔히 볼 수 있는, 주로 치킨과 500cc 맥주를 파는 동네 호프집에서 초저녁부터 술을 마시고 있었다. 중랑구 면목동 토박이로 고등학교를 졸업한 후로 줄곧 호프집 단골이었다. 둘은 초등학교 때부터 소위 '베프'인 삼총사의 마지막 멤버를 기다리고 있었다. 철수가 가게의 시그니처 메뉴인 골뱅이소면을 주문했다. 감칠맛 나는 골뱅이를 빨갛게 양념이 버무려진 소면과 함께 먹는 맛은 일품이었다. 환갑은 쉽게 넘어 보이는, 그들이 항상 이모님이라고 부르는 주인아줌마가 물수건과 강냉이 뻥튀기 과자를 서비스 안주로 내왔다. 그리고 궁금함 가득한 투로 물었다. "오랜만에 삼총사가 모두 모인다며? 기만이는 언제쯤 온다니?" 재학이가 기다렸다는 듯 반색하며 입을 열었다. "좀 이따가 올 거예요. 차가 막힌다고 하더라구요. 이모님, 배고파요. 골뱅이소면 빨리 주세요."

재학은 키가 작고 통통한 편이었는데 당구, 바둑, 탁구, 스타크래프트 등의 잡기에 능해 남자 친구들 사이에서 인기가 높았다. 그에 반해 철수는 잘생긴 얼굴, 큰 키에 날씬한 체형의 소유자로 뭇 여성들의 눈길을 받았다. '옥에 티'라면 어렸을 때 산에서 넘어져 생긴 흉터 자국이 얼굴에 또렷이 남아 있다는 것이었다. 로또에 당첨되면 가장 먼저 성형 수술부터 할 거라고 철수는 입버릇처럼 말하곤 했다. 중랑구는 묘한 민심(民心)을 가진 곳이었다. 서울의 잘사는 지역도 아니면서 비싼 동네로 유명한 송파, 서초, 강남구와 비슷한 비율로 보수 성향의 국회의원이 당선된 것이다. 노인 인구의 비율이 높아 발생한 현상이라는 주장과 땅값이 오르기를 바라는 기대심리가 저변에 깔려 있다는 분석이 팽팽히 대립했으나 그 누구도 진실을 알 수 없었다.

삼총사가 처음 만난 곳은 교회였다. 재학과 철수는 모태신앙이었고 기만은 나중에 믿음의 대열에 합류했다. 셋 모두 음성이 맑고 노래 부르기를 좋아해 교회 성가대에 들어갔고 시간만 나면 하나님을 위해 은혜로운 복음 성가를 불렀다. 중등부, 고등부를 지나 대학에 입학했을 때 우정과 신앙의 파열음이 마치 삼류 드라마처럼 다가왔다. 천체물리학과에 들어간 기만이 주인공이었다. 자연계의 원리나 현상을 연구하는 이과(理科)의 학문적 특성 때문인지 아니면 과학자로서의 평판 때문인지 그는 한때 열렬한 간구의 대상이었던 신의 존재를 부정했다. 과학을 더 신뢰하는 눈치였다. 군대에 다녀오고 대학을 졸업할 무렵 완벽한 무신론자로 변해 있었다. 재학과 철수의 신앙도 예전만 못했다. 하지만 둘은 교회에 꾸역꾸역 나갔다. 믿음이 있어서라기보다 몸에 익숙한 생활 같았다. 종교 생활. 기만의 변심을 재학과 철수가 넋을 잃고 바라만 본 것은 아니었다. 하나님과 교회에 대한 믿음을 다시 불러일으키기 위해 부단히 애를 썼다. 하지만 수많은 기도와 설득은 아무 소용이 없었고 담임 목사의 면담도 한 발짝 앞으로 나아가질 못했다. 과학의 명료함에 매료된 기만은 이미 루비콘강을 건너 미지의 땅에 들어선 것이다. 마치 모세가 유대 민족을 이끌고 이집트를 떠나 광야에 도달한 것처럼.

"어쩐 일이야? 기만이가 우리한테 먼저 연락하고. 한화 이글스가 코리안 시리즈 우승하겠네." 서비스 안주로 나온 강냉이 과자 한 알을 입에 넣으며 철수가 말했다.

"글쎄. 나도 모르지. '그날' 이후 몇 년 만에 얼굴 보는 거잖아. 우리 둘은 면목역에서 가끔 뭉쳤지만 말이야." 재학이 비죽 웃으며 대꾸했다.

"맞아. 그날 이후 처음 보는 거지. 넌 요즘 어떻게 지내냐? 직장 생활하니까 바빠서 근처에 살면서도 만나기가 어렵네." 철수가 쾌활하게 물었다.

"뭐 대충. 안 잘리고 회사 잘 다니고 있다. 내년에는 결혼해야 하는데 돈이 없어서 가능할지 모르겠다."

"부모님에게 슬쩍 물어봐. 얼마까지 도와주실 수 있냐고? 아니면 은행 대출 받아서 조그만 신축 빌라라도 얻던가." 이모님이 500cc 두 잔을 가져오는 모습을 본 철수가 함박웃음을 머금고 성의 없이 대꾸했다.

"기만이 보고 싶네. 그 녀석이 공부를 꽤 잘했잖아. 그동안 해외 유학이라도 다녀왔다니?" 이모님이 탁자에 맥주를 내려놓으며 질문했다.

"저희도 몇 년 만에 보는 거라. 잘 몰라요. 이따 오면 물어봐야죠." 재학이 나른하고 느긋한 목소리로 대답했다. 이모님이 카운터로 돌아가자마자 둘은 잔을 들어 건배한 후 목을 축였다.

"참 독한 놈이야. 그날 좀 싸웠기로 어떻게 몇 년 동안 연락을 끊냐? 우리가 어떤 친구냐? 초등학교 때부터 삼총사로 불리며 수십 년을 함께한 죽마고우가 아니냐? 더군다나 우리는 녀석을 위하는 선한 마음으로 그런 건데 말이야." 재학이 뾰로통한 표정으로 말했다.

"사실 싸운 건 아니지. 기독교와 종교에 대해 격렬한 논쟁을 했을 뿐. 사실 너와 나는 어린 양이 집으로 돌아오길 바랐던 것이고, 기만은 그럴 마음이 전혀 없었던 것이고.” 철수가 굳은 얼굴로 중얼거렸다.

“우리는 모태신앙이고 녀석은 나중에 믿음이 생긴 거라 아무래도 흔들릴 수 있는 여지가 많잖아. 그래서 도움을 주려고 했던 건데 말이야.”

“말도 안 되는 소리. 나이 들어서 교회에 다니기 시작한 집사나 권사님 중에서도 믿음이 좋은 분들이 얼마나 많은데. 그날 기만이가 모태신앙에 대해 뭐라고 했는지 기억나?” 철수가 떨리는 목소리로 물었다.

“어떻게 잊을 수 있겠어. ‘난 내 의심을 존중해. 의심해 본 적 없는 믿음은 믿음이 아니라 세뇌거든. 그런 건 신앙이 아니라 가스라이팅이야. 기독교인들은 모태신앙을 무척 자랑스러워하지. 하지만 그건 자랑거리가 아냐. 의심을 넘어서는 믿음이 진짜야’라고 말했지. 전형적인 무신론자다운 논리였어.” 우울한 잿빛 얼굴로 재학이 답했다.

“어디 그뿐이냐? 신이 먹지 말라고 한 사과를 몰래 먹어 낙원에서 추방당했다는 걸 어떻게 믿냐며 따졌지. 그래서 우리가 ‘비유’라고 말하니 기독교인들은 골치 아픈 구절이 나오거나 질문을 받으면 비유라는 구실을 들거나 혹은 완전히 무시함으로써 회피하려 한다고 공격했어. 사람이 어떻게 그렇게 변할 수 있지? 고등학교 때까지만 해도 사실 우리 셋 중에 기만의 믿음이 가장 좋았잖아.” 안타깝다는 말투였다.

“그랬었지. 기도, 묵상, 큐티(QT), 성경 암송 모두 일등이었지. 심지어 녀석은 새벽기도에도 한 번 빠진 적 없었어. 하지만 사람이 변하니까 무섭더라. 이런 말도 했었잖아. ‘정말 믿니? 세상을 7일 만에 하나님이 창조했고, 이천 년 전에 나사렛에서 동정녀가 신의 외아들을 낳았고, 예수님이 세상의 죄를 사하기 위해 십자가에 못 박혀 죽고 사흘 만에 부활했다고. 너희들은 그게 믿어져?’라고 말이야. 엄청 불경스러운 주장들을 늘어놓았지.” 재학이 근심에 찬 표정으로 대꾸했다.

"너무 오래전 일이라 정확히 기억나진 않지만 그렇게 말했던 건 맞아. 더운 여름 스타벅스에서 아이스 아메리카노와 우리 둘을 앞에 앉혀 놓고 기독교와 하나님의 말씀인 성경을 비꼬았지."

"그것도 신랄하게. '성경은 신이 아닌 인간이 만든 거야. 로마 제국 황제 콘스탄티누스 1세가 A.D. 325년 니케아 공의회를 소집했고 그곳에서 분열된 교리를 정리한 것이 성경이야. 이 건 역사적 팩트야. 즉, 신이 아니라 인간이 결정한 거라는 말이지. 성경에는 중복된 내용이 많은데 전능하신 조물주께서 만드셨다면 그런 일이 가능했겠어? 게다가 구약에는 하나님이 모세에게 옷을 만드는 데 들어가는 실의 색깔, 어떤 보석으로 치장할지 여부, 제사 지낼 때 양이나 염소가 몇 마리 필요하고 어느 부위의 고기를 사용해야만 하는지 세세하게 지시하는 내용이 나오는데, 그게 말이 된다고 생각해? 심지어 뾰루지가 생겼을 때 치료하는 방법까지. 세상 누구보다 바쁜 분이 그런 하찮은 일에 관심 가질 리 없잖아? 하나님의 경고를 니네베에 전달하기를 거부하다가 큰 물고기의 뱃속에 삼켜졌다는 선지자 요나가 3일 만에 살아 나온 기적이 나오는데 안데르센 동화보다도 못한 말도 안 되는 이야기야. 요샌 유치원생도 그런 거 안 믿는다고. 교회가 금과옥조(金科玉條)로 여기는 성서는 신의 말씀이 아닌 피와 살로 이루어진 사람이 만든 거야.' 녀석은 적의를 숨기지 않고 쏘아붙였지." 재학의 거칠고 쉰 목소리가 호프집에 울렸다.

"기억난다. 또 뭐랬더라? '신이 어딨어? 교회가 있고 교리만 있을 뿐이지'라고 덧붙였지. 사실 녀석이 나쁜 길로 빠지지 않기를 바라는 마음에서 만난 건데 말이야. 우리의 진심도 몰라주고 그때 난 좀 섭섭했었어. 아무리 설득해도 요지부동이었지. 과학을 공부하면 다 그렇게 변하나?"

"사람마다 달라. 기독교 신도 중에서 과학자나 공학자가 얼마나 많은데…." 이때 이모님이 골뱅이소면을 들고나왔고 재학은 하고 싶은 말을 다 마치지 못한 채 입을 다물었다. 철수는 젓가락을 양손에 잡고 그것을 비비기 시작했다. 잠시 후 검은 골뱅이와 흰 소면 그리고 오이, 당근, 양배추가 들어간 양념이 환상적인 붉은빛을 띠며 합쳐졌다. 둘은 누가 먼저랄 것도 없이 게 눈 감추듯 먹어 치웠다. 접시가 바닥을 보일 때 휴지로 입 주위를 닦으며 재학이 못다 한 말을 이었다.

"그날 정말 놀랐어. 녀석이 그렇게까지 변했을 줄은 상상도 못 했거든. 완전히 등을 돌린 모습이었어. 서슴지 않고 교회를 비판했지. '마녀의 존재를 믿어? 세상에 그런 게 있을 리 없잖아. 중세 시대 여성의 자유와 권리를 구속하기 위해 만든 억지 캐릭터란 말이야. 말이 좋아 재판이지 학살이나 다름없었어. 피해자가 마녀를 인정하면 마녀니까 죽이고, 인정하지 않으면 인정할 때까지 고문해서 죽였으니까. 역사학자들이 밝혀낸 바에 따르면 마녀로 몰린 피해자 대다수는 신체에 장애가 있거나 정신 건강에 문제가 있는 여성들이었어. 요즘 말로 하면 치료가 필요한 환자였다는 말이지.' 그래서 내가 '그건 가톨릭(Catholic)에서 일어난 사건이고 개신교도와는 상관없어'라고 반박했지. 그랬더니 '미국으로 이주한 프로테스탄트(Protestant)들도 똑같이 행동했어. 세일럼 마녀재판이 그 증거야. 1692년 보스턴 근교의 어촌 세일럼시에서 벌어진 마녀재판으로 19명이 사형당하고 1명이 고문치사 했어'라고 기만은 참을성이 바닥난 사람처럼 말했어."

"그 녀석이 원래 팔방미인이었잖아. 과학뿐 아니라 역사나 문학에도 관심이 많았고. 그나저나 차가 많이 막히나 보다. 출출한데 바비큐치킨을 시키는 건 어때? 500cc 두 잔도 추가하고."

먹성 좋은 철수가 입맛을 다시며 중얼거렸고 재학은 흡사 로봇인 것처럼 반듯한 미소를 지어 보였다. 적극적으로 동의한다는 그만의 시그널이었다. 탁자 위에 붙은 동그란 호출벨을 누르자 '딩동'하는 소리와 함께 이모님이 다가왔고 철수는 문장의 뜻을 모른 채 한 글자씩 읽기 연습을 하는 사람처럼 또박또박 주문했다.

"그뿐만이 아니야. 담임 목사님이 들었다면 마치 바늘방석을 깔고 앉기라도 한 듯 갑자기 벌떡 일어나게 만드는 극단적 주장도 했어. '시골 골목에도 두세 개씩 있는 편의점이 한국에 오만 개야. 교회가 대략 사만 오천 개 정도이고. 무슨 말이냐 하면 치열한 경쟁에서 살아남아야 하는 레드오션이라는 거야. 교회는 물건을 사고파는 비즈니스와 같고 전도는 단지 돈을 더 벌기 위한 마케팅 수단이며 환시나 환청을 신과의 교신이라고 말하는 것은 신도들을 정신적으로 지배하기 위한 상투적인 영업 수단 중 하나야'라고 강조했지."

"맞아. 톡 쏘는 말투로 냉정하고 사무적으로 말했어. 난 마귀가 녀석에게 빙의한 줄 알았다니까." 철수가 김이 모락모락 나는 바비큐치킨을 입에 넣으며 덧붙였다.

"너의 말 들으니까 그날의 기억이 새록새록 떠오른다. 윌리엄 셰익스피어가 '악마는 목적을 달성하기 위해 성경 구절을 사용한다'라고 적었다며 한국 교회를 무자비하게 깎아내렸지. '유럽의 종교가 미국에서는 기업이 되고, 한국에서는 한술 더 떠 대기업으로 변신했어. 한국 대형 교회의 행태를 봐. 사랑의 포교나 가난한 이들의 구원보다는 자기들 잇속 챙기기에 바빠. 몸집 불리기에만 신경이 곤두서 있지. 수천억의 돈을 들여서 목 좋은 곳에 거대한 교회를 짓고 내부는 고가의 유럽산 대리석으로 치장하고 있어. 목사들은 신앙의 일관성을 유지한다는 거짓 명분으로 대기업들이 하는 것처럼 자식에게 교회를 대물림하고 있어. 기도원, 신앙 연수원이나 비전 센터를 짓는다며 개발 예정지의 땅을 매수해 시세 차익을 얻기도 해. 마치 어둠의 루트를 통해 개발 정보를 미리 얻은 대형 건설사 오너처럼.' 훈계조의 설명에 내 얼굴이 화끈 달아오르더라고."

"그 이야기를 할 때 난 거북해서 말까지 더듬었다니까." 철수가 시큼하고 달달한 사각형의 치킨 무를 깨물며 대꾸했다.

"한국 목회자들에 대해서도 날카롭게 비판했지. '왜 유독 우리나라에 사이비이단이 많은 줄 알아? 정통 교리를 따른다고 주장하는 이들이 사이비이단을 방치하고 있어서 그런 거야. 왜 그러냐 하면 자신의 교회는 이미 대형화를 이루어서 안정적으로 잘 살고 있거든. 한마디로 문제를 일으키고 싶지 않은 거야. 만약 사이비이단을 비방했다가 그들이 몰려와 목회를 방해하거나 신체적 위협을 가하면 득 될 게 없다는 기지. 남들이 사이비이단을 믿든 말든 자기 교회만 잘 돌아가면, 즉 헌금만 넉넉히 걷히면 만사 오케이라는 거야. 하지만 하나님이 믿고 쓰시는 진짜 목회자라면 선한 양 떼가 사이비이단에 빠지는 것을 막아야 할 의무가 있어. 성경에도 거짓 선지자나 예언자를 못 본 척 넘어가는 것은 엄중한 죄라고 분명히 적혀 있거든'이라며 확신에 찬 어조로 자신만만하게 말했어." 재학이 영리하게 생긴 얼굴을 실룩거렸다.

"십일조에 대해서도 강하게 비난했던 걸로 기억하는데. 한국 교회의 대표적인 병폐라면서." 이모님이 바비큐치킨과 함께 건넨 물수건이 탁자 위에서 점점 말라 갔다.

"비난이라고 말하기도 민망해. 마구 지껄였다는 표현이 적절할 거야.

'기독교인이 수입의 10분의 1을 교회에 바치는 십일조를 정기적으로 내는 유럽 신자의 비율은 15% 정도, 미국 신자의 비율은 25%인데 반해 한국은 거의 100%에 가까워. 이게 말이 된다고 생각해? 성경 어디에도 십일조를 내라는 구절은 없어. 다만, 하나님께 바쳐진 땅에서 나오는 곡식이나 나무 열매의 십 분의 일은 여호와의 성물이라고 적혀 있지. 그런데 한국 교회에서는 마치 어린 양의 의무처럼 입금을 강요하지. 계산해 봐. 연봉 사천만 원의 직장인 신도가 열 명 있고 그들이 십일조를 매달 낸다고 가정하면 목회자의 연봉은 사천만 원이 되는 거야. 만약 백 명이라면? 의사, 변호사, 회계사 부럽지 않게 되는 거야. 신자가 수만 명에 달하는 대형 교회라면 어떻게 될까? 소위 대박이 나는 거야. 자발적으로 매달 꼬박꼬박 입금이 이루어지는 데다가 세금도 없고. 천국보다 더 나은 직장이 되는 거야. 이게 바로 설교 중에 목사가 십일조를 강조하는 이유야. 세상 어느 누가 황금알을 낳는 거위를 남에게 넘겨주고 싶겠어? 그래서 따가운 눈총과 여론의 질타에도 불구하고 목숨 걸고 담임 목사직을 자식에게 물려주는 거야. 부(富)의 대물림이지. 언젠가 교회 내부에서 십일조에 대한 치열한 논쟁이 발생한 적 있었어. 받은 월급에서 총급여액 기준으로 내야 하는가? 아니면 소득세와 주민세 및 4대 보험료를 제외한 실수령액을 기준으로 내야 하는가에 관한 것이었어. 교회 입장은 총급여액을 기준으로 해야 수입이 증가해 좋은 거고 반대로 신자 입장은 실수령액을 기준으로 해야 금액이 감소해 부담이 줄어드는 거지. 진짜 중요한 이슈인 십일조를 어떻게 사용해야 하나님 보시기 좋은가는 아예 논의조차 이루어지지 않았어. 손가락으로 달을 가리키는데 달은 보지 않고 손가락 끝만 보는 셈이지. 한심해'라고 떠들었지. '교회는 십일조를 사용해 가난하고 병든 사람을 돕고, 낙후된 지역의 개선 활동을 하고, 해외 선교 사역을 지원해'라는 내 설득도 통하지 않았어. 기만은 요지부동이었어." 재학의 목소리는 지치고 나지막했다.

"사람이 재능이 많으면 많을수록 길을 잘못 드는 경우가 많다고 하잖아. 녀석이 너무 박람강기(博覽強記)해서 그런 거야." 철수가 서글프게 덧붙여 말하고는 한숨지었다. 이해를 가장한 체념에 가까웠다.

"고등학교 때 너하고 난 문과로 가고 기만은 이과(理科)로 진학했잖아. 천체물리학자를 꿈꾸는 자신을 뿌듯해하며 '과학은 지식을 얻는 방식에 대한 패러다임이다. 특정 기법이나 제도가 아니라 가치 체계이다. 세계를 설명하려고 노력하는 것, 후보로 떠오른 이론을 객관적으로 평가하는 것, 지식이 늘 임시적이고 불확실하다는 점을 인식하는 것, 이것이 과학이다'라고 말했어."

"근데 과학하고 종교하고 무슨 상관이 있길래 녀석이 그토록 변했을까?" 맥주를 홀짝이며 철수가 물었다.

"종교 배척의 시작은 찰스 다윈의 진화론이었어. 아무리 엉성한 이론이라도 제대로 사용하기만 하면 마치 X선처럼 무엇이든 뚫고 들어갈 수 있지. 나중에는 하나의 이데올로기가 되는 것이고. 녀석은 과학 이데올로기에 취한 거야."

"이제 포기해야 하는 건 아닐까? 사람은 결국 자신이 선택한 길을 가게 되어 있다고들 하잖아. 솔직히 말하면 절대 교회로 돌아올 것 같지 않아. 아니다. 로또 당첨 확률만큼 가능성이 남아 있을지도." 철수는 단호하게 말했다가, 살짝 부드러운 톤으로 덧붙였다.

"나도 오늘은 기독교나 신앙, 그런 쪽의 대화는 하지 않으려고. 몇 년 만에 만나서 얼굴 붉힐 수는 없잖아. 옛날이야기나 하면서 그동안 어떻게 지냈는지 회포나 풀 생각이야."

"그나저나 어쩐 일이래. 녀석이 먼저 연락하고. 몇 년 만에. 무슨 일 있나?" 철수가 고개를 갸우뚱 기울였다.

"뻔하지." 재학이 단호한 목소리로 말했다.

"뻔하다고?" 철수의 눈이 휘둥그레졌다.

"청첩장 줄려고 만나자고 한 거야. 그거 말고 다른 이유는 없어." 재학은 어른스럽게 빙그레 웃었다.

"맞네. 청첩장. 오늘은 축하할 일이 무려 두 가지군. 복구된 우정과 친구의 결혼. 먹태 시킬까? 이런 날 안 마시면 언제 마시겠냐?"

"오케이. 새신랑이 쏘지 않겠어? 마음껏 시켜도 괜찮을 듯." 재학의 대답이 끝나자마자 철수가 이모님을 호출했다. 그리고 먹태와 황도를 추가 주문했다.

"삼총사의 우정이 틀어진 것이 바로 '그날' 때문이야. 금이 간 우정을 회복하기까지 몇 년이 걸린 셈이지. 두 번 다시 이런 일이 발생해서는 안 돼." 재학의 어조에는 힘이 넘쳤다.

"물론이지. 우리가 어떤 사이냐? 무려 십수 년을 동고동락한 친구 아니냐?"

"하지만 난 아직도 녀석이 보여 준 거북의 등 껍데기처럼 굳어 버린 편협함이 생각나. 한국 교회와 목회자들에 대한." 재학은 어느새 못마땅한 표정을 지었다.

"잊어버려. 까마득히 오래전 일이야. 우린 같은 실수를 반복하면 안 돼." 철수가 고개를 저었다.

"그 말이 맞긴 한데, 난 아직도 여리고의 나팔 소리 같은 기만의 외침이 생생히 기억나. '자궁 안에서 태아일 때 호르몬 이상으로 자신의 의지와 상관없이 어쩔 수 없이 동성애자가 된 사람들을 왜 교회가 악마화하는지 도무지 이해할 수 없어. 생물학을 공부한 사람이라면 누구나 알 수 있는 기초적인 상식인데 말이야. 성경을 근거로 동성애자를 공격하는 건 정말 어이없는 일이야. 만약 그저 욕할 대상을 찾는 거라면 사람이 아닌 에스트로겐이나 테스토스테론 같은 호르몬을 비난해야 옳은 거야. 비논리적인 주장이 어디 이뿐인 줄 아니? 인류의 시조인 아담과 하와가 선악과를 따 먹은 죄 때문에 모든 인간은 원죄를 가지고 태어난다고 강조하는데 이건 죄책감을 느낀 신자들이 더 많은 헌금을 내도록 유도하는 교회의 심리전이야. 대형 종합병원 소아병동에 가보면 절대 그런 주장을 할 수 없어. 태어난 지 얼마 안 된 천사 같은 아이들이 무슨 죄를 지었다고 무기력하게 죽어 가야 해. 원죄로? 어불성설이야. 너희들도 잘 들어. 친구로서 마지막으로 충고하는데 만약 예수님이 신의 아들이 아니면 어쩔 거야? 하늘나라도 없고 지옥도 없고 부활도 없다면, 하나님의 가르침이 아무 의미도 없는 거라면 어떻게 할 건데?'라고 험악하게 물었지. 그 소리를 듣고 난 심장의 고동이 멈추는 것 같았어." 재학의 얼굴에 핏기가 가셔 있었다. 영혼에 눌어붙은 기름기를 떼어 낼 수 있을 것 같은 무거운 침묵이 잠시 흘렀다. 그때 갑자기 철수의 핸드폰이 요란한 소리를 내며 울리기 시작했다. 기만의 전화였다. 둘은 깜짝 놀라 나쁜 장난을 치다가 담임 선생님한테 걸린 초등학생처럼 서로의 얼굴만 멍하니 바라보았다. "전화 안 받고 뭐 하니? 다른 손님들 놀라시겠다"라는 이모님의 핀잔에 철수가 재빨리 통화와 스피커폰 버튼을 연이어 눌렀다.

"여보세요. 철수? 오랜만이다. 재학이도 같이 있니?" 쾌활한 목소리였다.

“그러게. 자식, 연락 좀 자주 하지. 이게 뭐냐? 마치 육이오 전쟁 통에 어쩔 수 없이 헤어진 이산가족같이. 응, 재학이도 같이 있어.”

“약속 시간에 늦어서 미안하다. 동부간선도로를 타고 면목동으로 가는 중인데 앞에서 교통사고가 났나 봐. 차가 꼼짝도 안 해. 앰뷸런스도 몇 대 지나가고.”

“급할 것 없으니 허둥대지 말고 천천히 와. 운전할 때는 안전이 제일이야. 그리고 새신랑이 다치면 우리가 무척 곤란해지지.” 재학의 어조는 타이르는 말투였다.

“새신랑? 무슨 말이냐?”

“우리도 대충 감 잡았다. 네가 몇 년 만에 왜 연락을 했는지. 청첩장 줄려고 만나자고 한 거 아냐? 아무튼 결혼 축하해. 신부 되실 분은 이쁘냐?” 철수가 어린아이처럼 기뻐하며 말했다.

“뭔가 오해가 있나 본데. 그러려고 약속 잡은 거 아니야. 솔직히 말하면 사귀는 사람도 없어.”

“그럼 왜 만나자고 한 거야?” 재학은 이해가 안 간다는 뉘앙스로 질문했다.

“고맙다는 인사를 전하고 싶어서. 하고 싶은 말도 있고.” 짤막하면서도 활력이 넘치는 기만의 독특한 말투였다.

“무슨 말?” 철수가 숨죽여 물었다.

“이야기가 좀 긴데 차가 막히니까 그냥 해 볼게. 난 대학을 졸업하고 정부 산하 천문연구원에 들어갔어. 기억할지 모르겠지만 천체물리학 전공이었거든. 꽤 잘 풀린 셈이지. 하지만 연구원 생활은 지루했어. 업무의 대부분이 행정 처리였거든. 마치 하급 공무원처럼 느껴졌어. 그래서 ‘국내 대학원에 진학해야 하나 아니면 천문학이 발달한 미국으로 유학을 가야 하나?' 고민하고 있는데 동료가 심심할 때 보라며 책 한 권을 건네주었어. 유대인인 제카리아 시친이 쓴 책이었어. 그는 빛과 그림자, 과학과 미신의 중간 지대에서 연구하는 소위 유사 과학자야. 시친은 가상의 행성 니비루(Nibiru)가 태양계의 연장선상에 존재하며 기다란 타원 궤도를 따라 이동하고 대략 3,600년마다 지구 근처에 도달한다고 주장했어. 해당 궤도는 화성과 목성 사이로 '행성은 일정한 규칙에 따라 태양으로부터 일정한 거리에 존재한다'라는 보데의 법칙(Bode's Law)에 따르면 이 궤도에는 행성이 존재해야 했는데 아무것도 없어서 그동안 천문학자들이 이상하게 여기고 있었어. 아무튼 그는 태양계는 9개가 아닌 10개의 행성으로 구성되어 있다는 파격적인 학설을 펼쳤어. 수성, 금성, 지구, 화성, **니비루**, 목성, 토성, 천왕성, 해왕성, 명왕성 순서로. 당연히 그의 주장은 학자들에게 받아들여지지 않았어."

"3,600년에 한 번 발생하는 일을 사람이 어떻게 알 수 있냐? 오래 살아 봐야 백 년이잖아." 재학이 고개를 지었다.

"시친은 오천 년 전 현재의 이라크 지역에서 인류 최초로 문명의 꽃을 피운 수메르인들을 연구하는 과정에서 우연히 이 사실을 알게 되었다고 말했어. 수메르인은 고층 건물, 음악과 악기, 야금술, 의학, 조각, 보석, 도시, 왕조, 법률, 사원. 수학, 달력 등 무려 수십 가지가 넘는 중요한 것들을 만들어 낸 민족이야. 그것도 매우 짧은 시간에. 특히 천문학에 대해 전문성을 가지고 있었어. 니비루라는 행성의 존재와 구체적인 정보를 점토판에 쐐기문자로 남겼어." 핸드폰 스피커를 통해 앵앵거리는 앰뷸런스 신호음이 흘렀다. 철수가 시끄러운 소리에 질색하며 투덜댔다.

"교통사고가 크게 났나 보네. 사망자는 없어야 할 텐데. 그나저나 수

메르(Sumer) 문명하고 니비루가 삼총사랑 무슨 연관이 있다는 거야? 난 도통 모르겠다."

"그럴 거야." 기만이 시인했다.

"음모론 유튜버들이 언급하는 황당한 내용이잖아. 아틀란티스, 빅풋, UFO와 같은 기괴한 이야기로 '구독과 좋아요'를 구걸하는. 너 요새 유튜브 자주 보냐?" 재학이 재촉하듯 물었다.

"아니. 그런 거 볼 시간 없어. 새로운 일을 맡아서 무척 바쁘거든. 비행기는 이륙할 때 연료의 80퍼센트를 쓴다고 하잖아. 그만큼 처음 출발이 힘들다는 말이데 인생도 사랑도 일도 똑같아. 첫발을 내딛기가 제일 힘들지. 미안해. 이야기가 삼천포로 빠졌네. 아무튼 책을 읽은 후 난 과학적 증거로 시친의 주장을 무너뜨리기로 마음먹었어. 너희들도 알다시피 어렸을 적부터 의협심이 강했잖아. 천문연구원 장비를 이용해 해당 궤도를 몇 달간 살펴보다가 경로를 돌고 있는 행성을 우연히 발견한 거야. 수없이 많은 상미분방정식을 푼 후에 말이야. 처음에는 나도 지구 저궤도를 돌고 있는 우주쓰레기를 잘못 본 줄 알았어. 하지만 반복해 검증해도 니비루는 진짜 존재했어. 더 놀라운 사실은 컴퓨터 시뮬레이션을 돌려 보니 니비루는 대략 BC 1400년에 근일점(近日點)에 도달했어. 근일점은 태양의 둘레를 도는 행성이 궤도 위에서 태양에 가장 근접한 점을 뜻하는 단어야. 역사적으로 이 시기는 출애굽 직후에 이스라엘 백성이 40년 동안의 광야 생활을 마치고 가나안 진출을 도모할 때야."

"주일 성경 학교에서 매일 졸았지만 그건 기억한다. 이집트에서 노예 생활을 하던 이스라엘 민족이 모세의 지휘 아래 사막으로 떠난 게 BC 1440년이잖아." 불만의 표정이 담긴 눈으로 재학을 물끄러미 바라보며 철수가 말했다.

"맞아. 성경에는 이 시기 '눈의 아들' 여호수아에 대한 유명한 일화가 기록되어 있어." 핸드폰 스피커를 통해 울리는 기만의 목소리는 차분했다.

"난 처음에 눈의 아들이라는 말을 들었을 때 상징적 의미인 줄 알고 하늘에서 내리는 눈(Snow)인지 아니면 신체의 일부인 눈(Eye)인지 헷갈렸었어. 나중에 보니 아버지 이름이 '눈'이더라." 철수가 농담을 건네며 코웃음을 치자 재학은 한심하다는 표정을 지었다.

"눈의 아들 여호수아는 모세의 심복으로 후계자가 된 사람이야. 그는 이스라엘 백성을 이끌고 요단강을 건너 여리고 성(城)과 아이 성(城)을 함락했어. 그리고 하나님의 도우심으로 연전연승을 한 후 기브온 주민들과 화친 조약을 맺었어. 이 소식을 들은 주변 아모리족의 다섯 왕이 연합해 쳐들어왔고 다급해진 기브온 사람들은 여호수아에게 도움을 요청했어. 교전이 빌어졌고 승리는 그의 편이었어. 전투 중에 여호수아는 적을 섬멸할 시간이 더 필요하다며 태양의 하락을 멈추어 달라고 간절히 기도했어. 밤이 되면 달아나는 적을 발견할 수 없으니까. 황혼 직전이었거든. 그러자 하나님께서 완전한 승리를 위해 태양의 움직임을 멈추셨어. 기적이 일어난 거야. 과학자, 특히 천체물리학자의 관점에서 보면 말도 안 되는 허무맹랑한 이야기지. 상식적으로도 그렇고. 하지만 컴퓨터 시뮬레이션은 BC 1440년에 해당 현상이 가능하다는 믿을 수 없는 결과를 내놓았어. 니비루가 근일점에 도달함에 따라 중력 변화로 태양이 평소보다 매우 느리게 움직일 수 있다는 거야. '쇼킹' 그 자체였어. 재검토를 해 봐도 데이터는 정확했고 난 혼란스러운 마음에 잠을 제대로 이룰 수 없었어. 의식 체계가 흔들렸거든. 오랜 고민과 생각 끝에 어느 한 부분을 놓쳤다는 걸 깨달았어. 사실 한 가지를 놓쳤다는 건 결국 모두를 놓쳤다는 뜻이긴 하지만 말이야."

"어떤 부분?" 재학이 더듬거리며 물었다.

"구약이 실제로 일어났던 고대와 선사 시대의 역사를 기록한 내용이라는 것, 과학과 모순되기보다는 오히려 과학을 뒷받침한다는 것. 성경이 과거에 대해서뿐만 아니라 미래에 대해서도 진실을 말한다는 것, 따라서 예수 재림 예언도 진실이라는 것. 그런 결론에 도달하자 문득 너희들이 생각났어. '길 잃은 어린 양'이 되어 방황할 때 바로잡아 주려고 노력하던 친구의 모습. 경멸이 담긴 내 주장도 꾹 참아 내면서. '풍요 속에서는 친구들이 나를 알게 되고, 역경 속에서는 내가 친구를 알게 된다'라는 옛말이 가슴에 와닿은 거야. 늦은 감은 있지만 몇 년 전 그날 고마웠어. 이 말을 꼭 전하고 싶어서 연락했어." 기만의 다정한 목소리가 두 친구에게 뿌듯함과 감동을 동시에 안겨 주었다.

"하나님과 교회를 다시 믿기로 한 거야?" 재학이 반신반의하는 표정으로 물었다.

"응." 기만은 그렇다고 시인했다.

"굉장한 소식인걸. 빨리 와라. 축하주 해야지." 살짝 벌어진 입술에 어렴풋이 미소가 번지며 재학이 말했다.

"미안해. 나 술 못 마셔."

"못 마셔? 안 마시는 게 아니고? 혹시 차 때문에 그런 거라면 걱정하지 마. 우리가 대리비 내줄게. 그나저나 아까 새로운 일을 시작했다고 말했잖아. 직장 옮겼니?" 인내를 지키던 철수가 느지막이 입을 열었다.

"나, 믿음을 다시 찾은 후 신학대학교에 입학했었거든. 그리고 얼마 전에 목사 안수를 받았어. 개척교회에서 목회 활동을 시작했더니 바빠서 정신을 못 차릴 정도야."

충격과 놀람에 재학과 철수는 '헤' 벌린 입을 한동안 다물지 못했다.

## 작가 노트

**인생은 때때로 예상치 못한 방향으로 흘러간다. 책 읽는 것을 그다지 좋아하지 않던 필자가 소설가가 된 것처럼. '희나리'는 덜 마른 장작, 아직 익지 않은 사람 또는 무엇을 가리키는 순우리말이다.**

# 공기로 빵을 만드는 연인

사라예보 사건을 빌미로 시작된 제1차 세계 대전은 연합국(러시아, 미국, 영국)과 동맹국(독일, 오스트리아, 오스만 제국) 등 31개국이 참전한 인류 최초의 세계 전쟁이었다. 4년 동안의 치열한 전투 끝에 연합국은 승리했고 베르사유 조약을 통해 패전국들에게 440조에 달하는 과도한 채무를 안겼다. 이때 동북아에 위치한 조선은 국호(國號)를 대한 제국으로 바꾸고 해외문물을 적극 수용하며 과학자와 기술자를 우대하는 새로운 정책을 펼쳤다. 힘을 숨기고 강대국으로 변하기 위함이었다. 이 같은 정치적 기조는 고종 황제, 흥선대원군과 명성황후의 끈끈한 협력에 기반을 두고 있었다. 지도자의 솔선수범하는 모습을 본 백성은 이들을 존경했고 국가가 주도하는 모든 사업에 적극 참여했다.

대한 제국은 아시아 최초로 근대화된 사회 기반 시설을 도입해 국민의 삶을 크게 향상시켰다. 전국에 철도가 깔리고 각 가정에 전기와 전화가 설치되었다. 최신식 무기로 무장한 군대가 창설되어 한반도를 굳건히 지켰고 새롭게 문을 연 학교에서는 미래 세대에게 신문물을 교육했다. 서구형 은행과 주식회사가 설립되어 경제성장의 주춧돌이 되었고 국민의 의료를 책임지는 믿음직한 병원이 전국에 들어섰다. 말 그대로 태평성대였고 한민족 최고의 전성기였다. 운도 한몫했다. 1918년 포성이 멎은 제1차 세계 대전이 저 멀리 유럽에서 발생해 아무런 피해도 입지 않았고 주변국은 국내 문제로 정신이 없어 다른 나라를 침략할 여력이 없었기 때문이다. 일본은 막부(幕府)를 타도하고 중앙집권체제를 복구해 정치·경제·문화 전 분야에 걸쳐 근대화를 이루려 메이지 유신을 실시했다. 하지만 개혁은 내부 반발로 실패했고 오히려 정치 대결이 반복되면서 키를 잃은 나룻배처럼 정처 없이 떠돌았다. 청나라는 영국과 두 차례에 걸친 아편전쟁(Opium Wars)에서 패하면서 국운이 기울어 가는 상태였다. 더군다나 '만주족을 멸하고 한족을 부흥시키자'라는 구호 아래 '태평천국의 난'이 발생해 혼란을 더욱 가중시켰다. 러시아는 유럽 정세에 신경 쓰느라 동북아에는 관심이 없었다.

대한 제국은 신문물뿐 아니라 외국인에게도 문호를 개방했다. 다수의 유럽인, 동남아시아인, 미국인, 중동인, 아프리카인이 한반도에 거주했다. 특이한 점은 고향을 잃고 세계 곳곳을 방황하던 유대인이 많았다는 것이다. 그들은 주로 영세 상공업자를 위한 대부업에 종사하며 수도인 한성에서 자기들끼리 정착촌을 이루고 살았다. 업종의 특성상 한국인과 마찰이 간혹 발생하곤 했는데 그건 자동차를 운전하는 것과 비슷했다. 너무 빨리 너무 오래 운전하다 보면 문제가 생기기 마련인 것이다. 그러나 대단한 이슈는 아니었다. 왜 그러냐 하면 정치는 안정적이었고 경제는 호황이었으며 일상은 풍요롭고 평탄했기 때문이다. 수출품 1호는 비료인 질산암모늄으로 대한 제국이 선진국으로 발돋움하는데 톡톡히 효자 노릇을 했다. 식물의 성장을 촉진하는 비료에는 세 가지 요소가 필요한데 질소(N), 인(P), 칼륨(K)이다. 그중에서도 질소는 식물의 줄기와 잎을 만드는 중요한 영양소로 공기 중에 잔뜩 들어 있다. 하지만 대부분의 식물은 공기 중의 질소를 흡수하지 못한다. 따라서 질산암모늄의 형태로 변형시켜야 한다. 두 명의 천재 과학자가 협력해 수소와 질소 기체를 1,000기압에서 철을 촉매로 사용해 반응시킴으로써 암모니아($NH_3$)를 만드는 방법을 개발했다. 암모니아는 산화하면 질산($HNO_3$)이 되고 칼륨과 반응시키면 질산칼륨($KNO_3$)이 된다. 그런 후 다시 암모니아에 반응시키면 비로소 질산암모늄($NH_4NO_3$)이 된다. 이것을 작물에 비료로 사용하면 쑥쑥 자라서 많은 곡식을 생산한다.

사람들은 합성 공법을 개발한 두 명의 천재 과학자를 '공기로 빵을 만드는 연인'이라고 불렀다. 서로 사랑하는 사이였기 때문이다. 인류를 배고픔에서 벗어나게 만들고 대한 제국을 경제 강국으로 우뚝 서게 만든 역사적 인물은 태진과 기르수(Gir-su)였다. 태진은 몸집이 건장한 남자로 두툼한 가슴에 어깨가 딱 벌어졌고, 체구가 육중하면서도 동작은 빠르고 민첩했다. 검은 머리에 인상이 뚜렷했고 목은 잘생긴 머리를 기둥처럼 튼튼히 떠받치고 있었다. 기르수는 눈두덩이가 통통해 애교 넘치는 눈매를 가지고 있었으며 특히 웃을 때 입꼬리가 올라가는 것이 매력적인 유대인 여성이었다. 뿔테 안경 뒤로 반짝이는 명민한 눈빛은 과학에 대한 그녀의 열정을 대변했다. 그녀는 미래 세대를 위한 교육에도 관심이 많아 바쁜 연구 중에도 짬짬이 시간을 내어 중고등학교에 특강을 나가기도 했다.

"학생들이 화학을 어렵게 생각하는 이유는 용어의 의미를 헷갈려 하기 때문이야. 화학의 기초인 '분자, 원자, 원소'도 혼란스럽게 생각해. 분자와 원자 모두 '이 이상 나눌 수 없는 입자'라고 교과서에 생뚱맞게 설명되어 있어서 그런 거야. 내가 '물($H_2O$) 분자를 쪼개면 수소 원자 2개와 산소 원자 1개로 나눌 수 있는데 물 분자는 물의 성질을 가지지만 분해된 원자에는 전혀 남아 있지 않다'라고 예시를 들어 설명하니 쉽게 이해했어. 또 내가 '주기율표에 나열되어 있는 것을 원소라고 해. 구체적인 입자를 부를 때는 원자라고 하고 전체적 개념의 경우를 원소라고 불러. 예를 들면 황인경, 주성탁, 박봉구라는 개개인은 원자고 한민족이라고 뭉뚱그려 총칭하면 원소야'라고 말하니 학생 모두 고개를 끄덕이더라구. 난 아이들이 화학을 좋아하진 않더라도 최소한 거부감은 없었으면 좋겠어." 기르수가 감미롭고도 의미심장한 미소를 태진에게 지어 보이며 말했다.

아무 근심과 걱정 없는 시대는 오래가지 않았다. 고종황제 승하 후 극심한 정치적 혼란이 발생한 것이다. '자유민주주의, 공산주의, 군주제 유지'를 놓고 사람들이 편을 갈라 싸우기 시작했다. 수년간 파업, 데모, 테러, 국지적 전투 같은 무질서가 사회를 좀먹었다. 이 같은 분란을 해결한 것은 콧수염을 기른, 대중 앞에서 연설하는 데 탁월한 역량을 가진 '김형석'이라는 어설픈 화가 지망생이었다. 그가 내세운 건 초국가주의적 민족주의였다. 한민족 피의 순결성을 강조하며 민족의 이익을 위해서는 개인의 자유는 희생되어도 무방하다고 주장했다. 오직 한민족만이 새로운 문명을 창조하는 것이 가능하며 인류를 지도할 민족이라고 규정했다. 따라서 세계의 주도권을 장악해야 한다고 역설했다. 자신의 주장이 대중에게 큰 인기를 끌자, 그는 지시 『나의 다툼』에서 해당 이념을 본격적으로 체계화했다. 그리고 국가사회주의 노동자당을 설립해 의회 내 다수를 확보한 뒤 정권 장악에 박차를 가했다. 내부 반발도 만만치 않았다. 집중된 권력은 폭력적이며 부패할 수밖에 없다는 사실을 이미 알고 있던 국민이 독재를 거부한 것이다. 더딘 진척에 화가 난 김형석과 일당은 꼼수를 부렸다. 의회 건물에 불을 지르고 공산주의자들의 소행으로 몰아간 것이다. 화재 사건은 공산당을 포함해 정치적 경쟁자들을 한 번에 제거하는 놀라운 성과를 그들에게 안겨 주었다. 의회를 장악한 그들은 입법 권한을 김형석에게 부여하는 전권위임법을 통과시켜 사실상 민주주의를 종식시켰다. 일당독재(One-party Dictatorship)의 초석을 다진 것이다. 정치권력의 대부분을 독식했고 정책 현안을 자기들 마음대로 주물럭거렸다. 독재 체제 구축의 화룡점정은 의회가 새까맣게 불탄 다음 해에 발생했다. 김형석이 대통령과 총리직을 통합한 총통(Führer)에 등극해 국가수반이 된 것이다. 태진은 이 같은 정치적 변화와 시대의 흐름에 적극 동조하는 모습을 보였다.

"우리 손으로 정치적 사안을 결정할 수 있고, 그게 눈에 보이고, 한민족을 위한 어떤 행동으로 이어질 수 있다니, 정말 놀랍지 않아? 자유가 잠시 제한될 수 있다는 걸 나도 알아. 하지만 밝은 미래를 위해서라면 난 그까짓 거 얼마든지 참아 낼 수 있어."

"글쎄. 자유가 잠시 제한된다는 말은 약간 임신했다는 말과 비슷하게 들리는데. 누가 무슨 권한으로, 아니 누구로부터 위임받은 힘으로 그렇게 할 수 있는데? 더군다나 '잠시'라는 시간의 정의가 뭐야? 하루, 한 달, 일 년, 십 년? 한민족이 위대한 민족이라는 건 나도 알아. 하지만 다른 민족에도 선량하고 훌륭한 사람들이 많아. 김형석의 주장대로라면 유대인인 나는 리더나 선생님이 될 수 없다는 거잖아." 기르수가 거북한 기분으로 낯을 붉혔다.

"우리는 일반인과 달라. '공기로 빵을 만드는 연인'이라고 불리는 역사에 남을 과학자니까. 말이 나왔으니 하는 말인데 학문 중에서 과학을 최고 우선한다는 정책을 총통이 이번 주에 내놓았어.”

“난 잘 모르겠어. 당신을 사랑하지만 그의 주장은 믿을 수 없어. 피의 순결성이라니. 우월적 선민사상과 세계평화는 공존할 수 없어. 어떻게 그것이 양립할 수 있어?” 그녀가 씁쓸한 표정으로 물었다. 태진은 가당치도 않은 질문이라는 듯 고개를 저으며 대답했다.

“옛말에 가장 빠른 자가 반드시 경주를 이기는 것은 아니고 가장 강한 자가 반드시 싸움을 이기는 것은 아니라고 했지만, 현실적으로는 강한 쪽에 걸어야 하는 법이야. 누가 뭐래도 현재의 대한 제국은 경제적, 군사적, 외교적으로 강한 나라 중 하나야. 과학은 말할 것도 없고. 그동안 한민족이 땀 흘려 이룬 결실이지. 웅크렸던 어깨를 이제 좀 펼치겠다는데 뭐가 문제야? 나를 믿어. 곧 좋은 세상이 올 거야.” 태진이 기르수의 손을 잡으며 속삭였다.

김형석 총통은 거칠 것이 없었다. 비이성적으로 보이는 높은 지지율, 경쟁자의 제거와 부재, 탄탄한 경제 성장이 뒷받침되었기 때문이다. 그는 눈에 거슬리는 내부의 적을 소탕하기로 마음먹었다. 대상은 유대인이었다. 포고령을 내려 재산을 몰수하고 의무적으로 옷에 ‘노란 별’ 표식을 부착하도록 명령했으며 집단 거주지를 설정해 거주와 이동을 제한했다. 한민족의 순수성을 위협한다는 시대착오적인 이유에서였다. 시대착오란 독재 권력을 가진 과거가 미래를 볼모로 현재를 움켜쥐려는 망상이다. 총통은 탈곡기처럼 자신의 기준에 맞지 않는 것들을 쳐냈다. 국세 정세에도 큰 변화가 있었다. 대한 제국이 독일, 이탈리아와 손잡고 추축국의 일원이 되어 미국, 소련, 영국 등으로 구성된 연합국과 날을 세운 것이다. 전쟁의 암울한 기운이 세상에 넘쳐흘렀다.

"생물학자 친구가 그러는데 모계(母系) 미토콘드리아 분석에 따르면 호모사피엔스 중에서 한민족이 가장 오랜 기간 고립된 생활을 했다고 하더라구. 국토의 모양이 삼면이 바다로 둘러싸인 반도로 외부와 소통이 어렵고, 결정적으로 오만 년 전 신의주 지역에 소행성이 충돌해 상당 기간 왕래가 불가능했었대. 방사능과 낙진 때문에 말이야. 그래서 한민족의 피가 다른 종족과 섞이지 않아 오점 없이 깨끗하다는 거야. 단일 민족의 위대함이 과학을 통해 증명된 셈이지." 태진이 웃으며 말했다.

"단일 민족이라는 것은 상상에 불과해. 그 기준이나 의미가 시대, 세대, 성별과 계급 등등에 따라 달리 정의되기 때문이야." 기르수가 무겁게 입을 떼었다.

"그게 무슨 말이야? 상상이라니? 말도 안 되는 소리. 디아스포라(Diaspora)라 출신이라서 그런지 너무 냉소적인걸. 알지? 외부의 어떤 이유로 소속과 정체성을 잃고 정주할 수 없는 삶을 살게 된 사람들을 지칭한다는 거."

"알아! 설명할 필요 없어. 디아스포라가 세상에 무슨 피해를 주었는데? 왜 우리 동족을 짐승이나 벌레 보듯 하는 건데? 당신에겐 나도 불결한 사람인 거야?" 그녀가 고개를 홱 쳐들고 날카롭게 물었다.

"물론 아니지. 당신을 사랑하니까. 지금은 일시적인 혼란 상태야. 조금만 더 참으면 나아질 거야." 태진이 애원하는 듯한 어조로 말한 뒤 기르수를 끌어안았다.

"너무 무서워. 오늘 근무 시간에 연구소장이 나를 호출하더니 다음 주부터 출근하지 말래. 납득하기 어려운 이유를 대면서 말이야. 이러다가 다른 유대인처럼 집단 거주지로 끌려가는 건 아닌지 몰라." 당장 눈물이 쏟아질 것 같은 얼굴로 그녀가 말했다.

"내일 연구소장을 만나서 강력히 항의할게. 당신을 괴롭히지 말라고. 또 그러면 가만두지 않겠다고. 우리가 누구야? 수십만 년 인류를 괴롭혀 온 배고픔이라는 질병으로부터 사람들이 탈출할 수 있게 만든 영웅이잖아." 태진이 오만하게 말했다.

"난 유대인이야." 침묵이 흘렀다.

"난 아니야." 지극히 간결한 대답이었다. 그가 덧붙였다. "난 그런 거 신경 안 써."

"언젠간 신경 쓰게 될 거야." 기르수가 애처롭게 말했다.

"언젠간 우리 모두 죽어."

연인은 마치 세상의 종말이라도 다가오는 듯 밤새도록 격정적인 사랑을 나누었다.

두 과학자의 기대와는 달리 총통의 광기는 멈출 줄 몰랐다. 전국 곳곳에 수백 개의 집단 수용소를 세워 유대인을 가두고 교화를 빌미로 가혹한 노동을 강요했다. 말이 노동이지 형편없는 음식과 매질에 셀 수 없이 많은 수용자가 견디지 못하고 사망했다. 유대인을 향한 폭력은 인종차별을 넘어 집단 학살에 다다르고 있었다. 한편 자연 과학계에는 한 민족의 우수성을 증명하기 위한 우생학(優生學)이 유행했다. 우생학은 다양한 방법으로 인간의 유전형질 가운데 우수한 것을 선별, 개량하여 유전적 품질을 향상시킬 수 있다고 보는 유사 과학이다. 특히 '어느 종족이 우수한가?'가 최고 관심 사항이었다.

외교 분야에는 급진적 변화가 발생했다. 김형석 총통의 대한 제국이 일본 남단의 섬 오키나와를 침공한 것이다. 화들짝 놀란 일본은 러시아에 구원의 손길을 요청했고 러시아는 발트해에 주둔 중인 제2태평양 함대를 대한해협의 쓰시마섬 인근 해역으로 출동시켰다. 울릉도, 독도 인근에서 격돌한 해상전투에서 대한 제국 함대가 이를 괴멸시켰고 러시아 해군은 회복할 수 없는 막대한 타격을 입었다. 이로써 대한 제국은 동해를 포함해 동북아의 해상주도권을 장악했다. 러시아를 철석같이 믿고 있던 일본은 외부 보호막이 사라지자 적을 막아 낼 군대도, 싸울 의지도, 경제력도 없었다. 게다가 내부적으로 화친파와 항전파의 분열로 자멸의 길을 걸었다.

대한 제국은 생물학적으로 덜 진화한 민족을 개선하기 위해서는 우수한 민족이 진화의 과정에 개입해야 한다는 우생학적 명분을 내세워 일본 본섬 전부를 접수했다. 강력한 군사력을 동원한 것은 두말하면 잔소리다. 그리고 몇 달 뒤 일본 천황을 압박해 한일합방조약에 서명하도록 만들었다. 시대의 혼란과 격변 속에서도 태진은 승승장구했다. 신무기개발연구소 소장으로 승진한 것이다. 전쟁 중인 상황을 감안하면 별이 세 개인 육군 중장에 해당하는 막중한 직책이었다. 파격적인 영전에는 노련한 대인관계와 유명세가 어느 정도 도움을 주었지만 진짜 중요한 이유는 그가 질산암모늄의 대가라는 사실이었다. 아이러니하게도 질산은 공기로 빵을 만들기도 하지만 폭발물 및 화약 제조에도 사용되는 양면성을 가진 재료였다. 지방을 가수분해해서 얻은 글리세린을 질산으로 나이트로화하면 토목공사에 없어서는 안 될 다이너마이트의 원료인 나이트로글리세린이 된다. 이것은 안정성이 뛰어나고 높은 폭발력을 가지고 있어 널리 사용되고 있었다. 취급도 간단했다. 질산암모늄과 휘발유나 경유 등의 연료유를 섞은 성능 좋은 안포폭약(ANFO)을 새롭게 개발하는 것이 그의 임무였다. 천사가 악마로 변신한 것이다.

"연구소 소장으로 영전하고 좋겠네. 인명을 살상하는, 아니 더 많은 사람을 죽이기 위한 폭약 연구에 매진하다니 '공기로 빵을 만드는 연인'이라는 별명이 창피하지도 않아?" 기르수가 비꼬듯 말꼬리를 달았다.

"순수한 과학적 목적일 뿐이야. 실제로 사용되더라도 일반인이 아닌 전장에서 악랄한 적을 향해 사용될 거야. 아군을 위해."

"순수한 과학적 목적? 그게 말이 된다고 생각해? 게다가 왜 전쟁을 해야만 하는데? 예전처럼 다툼 없이 평화롭게 살면 되잖아. 일본을 합병해서 대한 제국에게 무슨 이득이 있는데?" 그녀가 차갑게 내뱉었다.

"이건 단순히 손해나 이익에 관련된 것이 아니라 시대의 과제에 대한 사항이야. 식민지 일본인은 나태하고 열등한 민족이야. 위대한 한민족이 계몽하고 이끌어 주어야 해. 지난주 학술회의 참가를 위해 방문한 독일 과학자에게서 이런 말을 들었어. '새로 정복한 식민지의 굼뜬 민족들, 반은 악마이고 반은 아이인 사람들을 바른길로 인도해야 한다는 부담이 무겁게 느껴지지만 독일 국민은 당당히 시대의 요구를 짊어질 것이다'라고 말이야. 멋진 신념이었어. 의무가 버겁다고 도망치거나 못 본 척 슬그머니 고개를 돌려서는 안 돼."

"계몽? 집단 학살은 아니고? 지금 수용소에서 벌어지고 있는 일을 봐. 내 동포인 유대인들이 하루에도 수백 명씩 죽어 가고 있다고. 멸종 후에 계몽이 무슨 소용이 있는데?" 목소리가 분노로 떨렸다.

"마르크스주의자들은 '오믈렛을 만들려면 계란을 깨뜨려야 한다'고 말했어. 큰일을 하다 보면 소수의 희생은 어쩔 수 없는 거야."

"인간은 계란이 아니라는 점을 차치하더라도, 문제는 살육으로 오믈렛을 만들 수 없다는 점이야. 폭력은 절대 정당화될 수 없어. 인류가 문명을 창조한 이래 타민족을 사납고 거친 완력을 써서 계도한 적은 없었어. 오히려 반발만 커질 뿐이야." 그녀가 앙칼지게 말했다.
"영어에 언트로든(Untrodden)이라는 단어가 있어. '밟지 않았거나 걸어가지 않은'이라는 뜻이야. 함박눈 내린 새벽길을 상상하면 얼추 비슷할 거야. 지금 김형석 총통의 대한 제국은 언트로든을 향해 나아가고 있어. 아무도 가 보지 않은 길이라고 해서 모두 위험하거나 그릇된 건 아냐. 난 영광스러운 한민족의 미래를 믿어. 그리고 내 몫의 의무와 책임을 온전히 완수할 거야."
"두고 봐. 김형석은 한민족에게 전쟁과 죽음만을 선사할 거야. 당신이 믿고 있는 우생학은 수백만 명을 살해하기 위한 이데올로기에 불과해. 게다가 그건 유사과학이야. 어떻게 진짜 과학자가 그런 헛소리를 믿을 수 있지?" 그녀의 목소리는 나팔 같았다.
"한 명의 죽음은 비극이지만 백만 명의 죽음은 단지 통계일 뿐이야. 그리고 한 번 더 내 우상인 총통을 모욕하면 그땐 나도 가만있지 않겠어."
"어떻게 할 건데? 경찰에 신고라도 하겠다는 거야? 아직 집단 수용소로 끌려가지 않은 유대인이 버젓이 도심 중심가에 살고 있다고?" 그녀가 악을 썼다.
"솔직히 말해서 '나' 아니었으면 당신은 이미 돼지우리 같은 곳으로 끌려가 죽도록 고생하고 있을 거야. 무슨 말이냐 하면 내 덕에 아무 걱정 없이 호화로운 생활을 즐기고 있다는 거야. 정보 수집에 꼼꼼한 경찰이 이런 사실을 모를 것 같아? 알고 있는데도 감히 신무기개발연구소장의 애인이라 어쩌지 못하는 거라고. 옛말에 '은혜를 모르는 여자를 곁에 두는 것은 독사의 이빨에 물리는 것보다 더 고통스럽다'라고 하더니 틀림없는 사실이군."
"네덜란드 역사학자 이언 브루마는 '진실한 신자가 냉소적인 지도자보다 더 위험할 수 있다. 냉소적인 지도자는 패를 버릴 줄 안다. 반면에 진실한 신자는 끝까지 가서 기어코 세상을 무너뜨린다'라고 말했어. 당신은 진실한 신자로 변했어. 과거의 태진이 아니야. 출세의 욕망과 망상에 가까운 이데올로기에 온통 마음을 빼앗겼어." 그녀가 흐느끼듯 울었다.

"그때는 그때고 지금은 지금이야. 아참 그리고 내일 손님이 방문할 거야. 정확히 말하면 일본에서 한성으로 유학 온 문창과(文創科) 대학생이야. '히라누마'라고. 한 달 정도 우리 집에서 머물 거야. 불편해도 참아. 기숙사가 배정될 때까지이니까. 그리고 손님 앞에서 오늘 같은 수치스러운 모습을 보이지는 말아 줘. 예의가 아닐뿐더러 내 체면이 깎이는 일이니까 말이야. 명심해." 태진이 사나운 어조로 경고했다.

대한 제국과 일본은 한 몸이라는 내선일체(內鮮一體)의 일환으로 식민시의 똑똑한 학생들을 한성에 데려다가 교육시키는 것이 유행했다. 학업을 마친 후 모국으로 돌아간 학생들은 좋은 선전 도구가 되었을 뿐 아니라 충성파가 되어 식민 통치에 적극 가담했다. 대한 제국에게는 일거양득이었다. 일본 합병에 성공한 총통은 자신감이 넘쳐흘렀고 다음 목표로 중화민국을 설정했다. 목표를 실행하는 데 두 가지 장애물이 존재했다. 하나는 중화민국의 국토가 거대해 한 번에 먹을 수 없다는 점이고 다른 하나는 침략에 정당성을 부여할 마땅한 구실이 없다는 것이었다. 국제 사회의 비난과 질타를 마냥 무시할 수는 없었기 때문이다.

김형식 총통은 대륙을 단계적으로 정복하는 영리한 전략을 수립했다. 첫 단추는 한반도와 지리적으로 근접한 만주 지역이었다. 거짓 의회 방화 사건으로 정국의 주도권을 잡았던 과거의 꼼수를 이번에도 활용했다. 남만주 철도를 폭파하고, 중국군의 과격 행동으로 몰아붙인 후 이를 핑계 삼아 침략을 감행한 것이다. 중화민국은 국민당과 공산당의 내전으로 효과적인 대응을 하지 못했고 장춘, 지린, 잉커우 등의 지역을 연달아 빼앗겼다. 심지어 수도인 베이징마저 위태로운 지경에 이르렀다.

이즈음 태진에게는 내밀한 임무가 하달되었다. 인체에 치명적인 독가스를 개발하라는 지시였다. 그는 포스겐, 클로로피크린, 요오드 아세트산에틸, 디페닐 청산화 비소, 삼염화 메틸, 황화 디클로로에틸 등의 독가스를 발명했다. 당연히 청산가리는 가장 우선으로 개발했다. 그는 자신이 만든 독가스가 대략 어디에 쓰일지 짐작하고 있었다. 하지만 굳이 톺아보지 않았다. 알아봐야 출세에 도움이 되지 않을 게 뻔했기 때문이다. 그는 반복해서 자신을 세뇌했다. “칼이 요리사에게 쥐어지면 맛있는 음식이 나오고 강도의 손에 들어가면 살인이 발생해. 누가 무슨 목적으로 사용하느냐가 중요한 문제이지 칼 자체는 아무 문제도 없어. 사람이 죽이지 칼이 죽이진 않잖아?” 같은 말을 수천 번 되풀이하다 보니 나중에는 마치 최면에 걸린 사람처럼 자신은 아무 책임이 없다는 말을 곧이곧대로 믿게 되었다. 최고의 거짓말쟁이는 자기 거짓말을 진짜로 믿는 사람이라는 옛말이 증명된 것이다.

“그거 알아? 낚시 대회가 벌어지면 중화민국은 마릿수 많은 자, 일본은 전체 무게가 높은 자, 대한 제국은 가장 큰 놈을 잡은 자를 우승자로 선정한다고 해. 자잘한 만족보다는 큰 모험과 도전을 좋아하는 한민족의 기상을 반영한 대회 수상 기준인 거지.” 태진이 위선적인 너그러움을 보이며 한마디 했다.

“우리 집에서 한 달 동안 머물다 간 히라누마가 고맙다는 감사 편지를 보내왔어. 시도 한 편 써서 보냈더라구. 내가 운을 곁들어서 읽을 테니 잘 들어봐. 제목은 '내일은 없다(어린 마음이 물은)'야. 시작할게."

'큼큼' 하며 목청을 가다듬은 후 기르수가 마치 노래를 하듯 읽어 내려갔다.

내일 내일 하기에
물었더니
밤을 자고 동틀 때
내일이라고
새날을 찾던 나는 잠을 자고 돌보니
그때는 내일이 아니라
오늘이더라
무리여! 동무여!
내일은 없나니…

"문창과 학생이라 그런지 톡톡 튀는 감성이 돋보이지 않아?" 부드러운 말투였다.

"나는 이과라서 그런지 시는 잘 모르겠어. 차라리 소설이면 이해가 빠를 것 같은데 말이야."

"이해(Understanding)라는 말은 문자 그대로 '아래쪽에 선다(stand under)'라는 뜻이야. 당신은 아래쪽이 아니라 위쪽에 걸터앉으려고 하니까 이해를 못 하는 거야. 아무튼 히라누마는 나중에 위대한 시인이 될 거야. 틀림없어." 그녀가 온화하게 덧붙였다.

"그래 봐야 식민지 섬나라 출신 시인이지." 태진이 비꼬듯 말꼬리를 달았다.

"로마의 줄리어스 시저는 '대체로 눈에 보이는 것보다 보이지 않는 것이 사람의 마음을 더욱 심하게 어지럽힌다'라고 주장했어. 하지만 내 생각은 달라. 보이지 않는 것이 사람에게 보드랍고 포근한 느낌을 주기도 해. 때때로. 시인의 감성처럼."

"감성? 과학자가 별소리를 다 하는군. 난 그런 것보다 우리 군대가 만주에서 큰 전과를 올렸다는 소식이 더 가슴에 와닿아. 조만간 대륙을 한 손에 움켜쥐는 날이 올 거야. 그런 생각을 하면 흥분되어서 잠을 이룰 수 없어."

"폭력을 미화하는 사람들에게 현실을 깨우쳐 주는 유대인 속담이 있어. '온 세상이 미친 건 아니다'라고. 김형석과 일당들에게 딱 어울리는 표현이지." 그녀가 불만 섞인 표정으로 응수했다.

"유대인이 아직도 세상에 남아 있나? 부자에게도 상처, 고통, 취약점과 비극이 있으리라는 섣부른 추측은 부자가 될 수 없는 사람들의 기이한 희망이자 자기 위로에 불과해. 당신은 지금 한민족의 위대한 성과를 질투하고 있어. 여성의 특징 중 하나지. 물론 당신도 그 안에 포함되고." 태진이 짜증을 섞어서 말했다.

"남자들은 진리를 몰라. 그저 앞으로 달려가려고만 하지. 매달 자기 몸으로 '일어서다'와 '스러지다'를 경험하는 여성들은 그 무엇도 영원할 수 없다는 것을 본능적으로 아는데 말이야." 비뚤어진 웃음을 지어 보였다.

"빙충맞은 소리. 나도 한민족의 영광이 영원하리라고 믿지는 않아. 끝없는 화학반응이 존재하지 않듯이. 하지만 그건 먼 미래의 이야기야. 지금은 집으로 돌아갈 때가 아니라 온전히 파티를 즐길 때야." 태진이 만족감 가득한 투로 대꾸했다.

"즐길 때는 당연히 환상적이지. 하지만 다음 날 숙취를 생각하면 '적당히'라는 단어가 필요하지 않을까?"

"대한 제국에 그런 단어는 존재하지 않아. 극비 사항 한 가지 말해 줄까? 곧 '남방 작전'이 시작돼. 이 작전이 성공하면 우리는 '대동아의 맹주'로 자리매김할 수 있어. 어때 근사하지 않아?"

"죄 없는 불쌍한 유대인을 가스실로 보내 몰살하더니 이제는 아시아인까지 몽땅 다 죽이려는 거야? 도대체 얼마나 많은 희생이 뒤따라야 만족할 거야?" 그녀가 비난하듯 물었다.

"희생은 당치도 않은 소리야. 이건 '계몽'이야. 원래 계몽(enlighten)은 밝은 빛을 위에서 아래로 비춘다는 의미야. 한민족의 밝은 빛이 관습과 억압의 굴레에 빠져 어둠 속에서 허우적대는 몽매한 아시아인을 구해 낼 거야. 두고 봐."

남방작전(南方作戰)은 동남아시아 점령전이다. 대만을 실질적으로 지배하고 있던 대한 제국은 영국의 동아시아 최전선 기지인 홍콩과 유럽에서 태평양으로 들어오는 중요한 길목인 싱가포르를 점령한다. 미국의 서태평양 주요 기지들이 자리 잡고 있던 필리핀 자치령, 괌, 웨이크섬을 탈환한 후 동남아 최대 석유 산지인 인도네시아 보르네오, 자바섬과 수마트라섬도 덤으로 확보한다. 거칠 것 없던 대한 제국 군대는 말레이시아, 뉴기니, 네덜란드령 동인도를 손쉽게 접수한다. 그리고 마지막으로 인도차이나반도를 침공해 버마와 동남아 유일한 독립국인 태국을 장악한다. 맥아더(Douglas MacArthur) 장군의 필리핀 주군 미군이 게릴라전을 벌이며 극렬 저항했으나 대세를 바꾸지는 못했다. 뼈아픈 패배를 당한 맥아더는 "나는 돌아올 것이다(I shall return)"라는 명언을 남겼고 달콤한 승리에 취한 총통은 "승리의 과실이 우리의 입

안으로 너무나 빨리 들어오고 있소."라는 헛소리를 지껄였다.

"당신 도움이 필요해." 기르수의 두 뺨이 불붙은 석탄처럼 타올랐다.

"도움?"

"그래. 잘난 연구소장 자리가 가진 권력과 힘이 필요하단 말이야." 어두운 표정으로 고개를 끄덕였다.

"유대인 동포를 살해한 독가스 개발자라고 욕할 땐 언제고 이제 와서 도움이 필요하다니. 게다가 무슨 태도가 이 모양이야? 도움을 요청하는 게 아니라 협박하는 걸로 보이는데." 태진이 불만 섞인 표정으로 응수했다.

"내가 어떻게 하길 바라는데? 무릎이라도 꿇고 빌라는 거야?"

"그렇게까진 할 필요 없고. 그나저나 무슨 부탁?"

"히라누마가 보낸 편지가 왔어. 의정부 형무소에서."

"형무소? 점잖고 듬직한 학생인 줄 알았는데. 술 먹고 노상 방뇨라도 했나?"

"식민지 일본의 문학청년을 감옥에 가둔 죄목이 뭔지 알아? '불량선인(사상이 불량한 사람)'이야. 말이 된다고 생각해?"

"글쎄. 뭔가 이유가 있겠지. 법 집행기관에서 설마 아무 근거 없이 사람을 체포하겠어?"

"과학자이니 더 잘 알잖아? 인간의 머릿속을 들여다볼 수 있는 기술은 없다는 거. 더군다나 불량하다니? 도대체 불량의 기준이 뭐야?"

"그건 법원이 판단할 문제지, 나와는 아무 관계가 없어. 내 전문 분야도 아니고." 다 아는 것을 묻는다는 투로 대답했다.

"아무튼 연구소장의 권력을 이용하든 아니면 연줄 닿는 법조계 거물을 찾아가 읍소를 하든 히라누마를 형무소에서 빼내 줘. 생체 실험용 모르모트처럼 내용을 알 수 없는 주사를 반복적으로 맞고 있대. 그러니 제발 부탁이야."

"친동생이라도 되는 모양이지? 난 주어진 의무와 책임을 다할 뿐 권력을 남용하고 싶은 생각은 없어." 그가 불타오르는 질투를 느끼며 차갑게 대꾸했다.

"형무소에 그냥 놔두면 곧 죽게 될 거야." 그녀가 분노를 참으며 말했다.

"그럼 죽어야지. 별수 없잖아."

"일본인은 단순한 사람들이야. 가난한 사람들이지. 열심히 일하면서 아름다운 시를 느낄 필요가 있는 사람들이야. 왜 그것을 빼앗으려고 애를 쓰는 거야? 그게 그들이 가진 전부인걸." 암울하고 독을 품은 목소리였다.

"김형석 총통은 그의 책 『나의 다툼』에서 '민족은 그 구성원들이 뚜렷한 생물학적 특성을 공유하고 힘, 용기, 정직성, 지능, 시민 의식에 있어 다른 종족과 차이를 보인다. 열등한 민족을 없애는 것은 자연의 지혜이다. 우수한 민족의 활력과 미덕은 열등한 민족과의 이종 교배로 타락할 위험에 처해 있다. 따라서 정복 전쟁과 대량 학살은 정당화될 수 있다'라고 말했어. 일본인은 질병을 전염시키는 세균과 같아서 전염병을 예방하려면 철저히 박멸해야 해."

"아하! 이제야 알겠군. 왜 수년 동안 동거를 한 후에도 청혼을 안 하는지." 그녀가 느닷없이 고개를 들고 냉랭한 어조로 말했다.

"그건 또 무슨 소리야?"

"늘 궁금했거든. '정말 나를 사랑하기는 하는 걸까? 만약 사랑한다면 벌써 청혼했을 텐데. 왜 아무 말도 없는 걸까?'라고. 오늘 비로소 진실을 알았네. 열등한 민족과 교배로 타락하는 것이 두려운 거야?" 악을 썼다.
"그런 거 아니야. 난 단지 전쟁이 끝나고 세상이 평온해지면 그때 청혼하려고 기다린 거야."
"그게 언젠데? 90세 생일을 성대하게 치르겠다고 구두쇠 스크루지처럼 평생을 아끼며 산다는 것이 말이 된다고 생각해? 게다가 김형석의 광기는 절대 멈추지 않아. 당신은 여자에게 심한 모욕감을 주었어!" 마치 목이 잘려 나가기라도 한 듯 큰 비명을 질렀다.
"기르수, 당신이 그걸 어떻게 알아? 조금만 참아. 거의 다 왔어. 미국만 손보면 끝나는 일이야." 태진이 비위를 맞추려고 애썼다.
"미국? 진짜 제대로 미쳤군." 눈물은 어느새 말랐고 실없는 웃음만 피식피식 흘러나왔다.

동남아를 향한 대한 제국의 과격한 군사 행동에 미국은 경제제재로 석유 금수 조치와 철강 수출 제한 조치를 시행했다. 금수 조치에 대한 대응으로 전쟁을 택한 김형석 총통은 항공모함 6척을 동원한 대함대를 이끌고 하와이 진주만의 미국 해군 태평양 함대를 기습 공격했다. 선전포고 없는 기습 공격으로 12척의 전함이 피해를 입거나 침몰했고 이천 명이 넘는 장병이 전사했다. 전술적으로 완벽한 승리였다. 공습 다음 날 대통령 프랭클린 D. 루스벨트는 국회에서 "치욕의 날 연설(The Day of infamy Speech)"을 한 후 대한 제국에 선전 포고 했고 이는 곧 태평양 전쟁의 시발점이 되었다. 한편 태진과 기르수의 사랑은 파국으로 치닫고 있었다. 연인은 매일 밤 언성을 높이며 죽일 듯이 싸웠다. "남녀의 동거 생활은 인간이 야기할 수 있는 최고의 갈등을 생성한다"라는 프랑스 작가의 말이 수천 킬로미터 떨어진 한반도에서 재현된 것이다.

"어쩐 일이야? 저녁을 함께 먹자고 하고. 매일 늦게 퇴근해서 얼굴 보기도 힘들더니. 게다가 이렇게 비싼 레스토랑이라니. 내일은 해가 서쪽에서 뜨겠네." 기르수가 또박또박 말했다.

"그냥. 요새 우리 사이가 너무 소원해진 것 같기도 하고." 태진이 말을 얼버무리며 꽃 한 다발을 내밀었다.

"어머 장미꽃이네. 오늘 진짜 무슨 일이래. 아무튼 고마워."

연인은 은은한 백열등 아래에서 나비넥타이를 맨 서양식 유니폼을 입은 종업원의 시중을 받으며 독일 와인과 호주산 스테이크로 저녁 식사를 했다. 낭만파 작곡가 구스타프 말러(Gustav Mahler)의 심포니 2번 '부활(Resurrection)'이 귓가에 일렁이고 있었다. 그녀는 내심 기대하고 있었다. 청혼을.

"그런 표정 짓지 마."

"무슨 표정?" 그가 굳은 얼굴로 물었다.

"집 열쇠 잃어버리고 '어떻게 집 안으로 들어갈 수 있을까' 하고 고민하는 얼굴." 부드러운 말투였다.

"내가 언제?"

"하고 싶은 말 있으면 오늘은 다 해도 돼. 반박하지 않을게. 그나저나 아무리 당신 권력이 막강해도 내가 이렇게 거리를 돌아다녀도 되는지 모르겠어. 좋긴 한데 다른 한편으로는 잡혀갈까 봐 무서워."

태진은 아무 대꾸도 없이 묵묵히 와인을 마셨고 기르수는 연인의 입을 억지로라도 열려는 듯 그의 관심 사항에 대해 질문했다.

"미국과의 전쟁은 어때? 태평양에서 이기고 있어?"

"만만치 않아. 대한 제국 해군이 전력을 다하는데도 오히려 밀리고 있어. 이오지마, 괌, 사이판 등 몇 개의 섬은 이미 빼앗겼어. 잠자는 사자의 코털을 건드린 건 아닌지 걱정돼." 그가 근심에 찬 표정으로 대답했다.

"오늘 밤은 세상만사 다 잊고 술이나 진탕 마시는 건 어때?" 태진의 걱정을 덜어 내려는 듯 그녀가 나지막이 권유했다.

"그럴 수 없을 것 같아. 정말 미안해. 당신이 몰라서 그렇지 나도 할 만큼 했어." 변명하듯 말했다.

"도대체 지금 무슨 소리를 하는 거야? 그리고 이 사람들은 뭐야?" 그녀가 깜짝 놀라 외쳤다.

이미 테이블 주위는 검은 제복을 입은 비밀경찰이 에워싸고 있었다. 빠져나갈 구멍은 없었다.

"사랑해, 하지만 더 이상 버티는 건 무리야." 기르수는 태진의 말이 진짜인지 따져 보려는 듯 노려보았다. 그는 시험대에 오른 기분이었다.

"아마 이것이 공기로 빵을 만드는 연인의 마지막 대화일 거야. 그러니 잘 들어. 김형석의 '아시아 민족이 서양 세력의 식민 지배로부터 해방되려면 대한 제국을 중심으로 대동아공영권을 결성해 서양 세력을 몰아내야 한다'라는 주장은 초라한 상태를 은폐하기 위해 꾸며 낸 겉치레에 불과해. 전형적인 포템킨 마을(Potemkin village)이지." 돌아가는 상황을 눈치챈 그녀가 정신을 가다듬고 입을 열었다.

"포템킨 마을이라니?" 그가 무표정한 얼굴로 물었다.

"러시아 황제가 가장 낙후된 마을을 시찰하겠다고 하자 해당 지역을 담당하고 있던 포템킨이라는 관리는 징계가 두려워 묘안을 생각해 냈어. 두꺼운 종이에 발전된 마을 모습을 그려 넣은 뒤 마치 마을이 부유하게 개발된 것처럼 위장한 거야. 황제 일행이 멀리서 배를 타고 '수박

겉핥기' 식으로 지나갈 거라는 정보를 사전에 입수했거든. 결국 포템킨은 성공했고 그 이후 생긴 관용구야. 조만간 내 말을 곱씹게 될 거야. 김형석과 대한 제국의 운명이 포템킨 마을과 같다는 걸 곧 알게 될 테니까."

"날 이해해 줘."

"이해는 용서가 아니야. 그리고 설사 내가 용서한다 해도 신께서 당신을 벌하실 거야."

말을 마치자마자 비밀경찰이 기르수의 양 어깻죽지에 팔을 끼워 넣어 억지로 일으켜 세웠다. 기분 나쁘다는 듯 팔을 뺀 기르수가 당당하게 레스토랑을 빠져나갔다. 마음이 꺾이지 않은 것이다. 테이블에 앉아 있던 태진이 울었다. 많이는 아니고, 아주 조금.

전쟁은 연합국의 승리로 끝났다. 1945년 5월에 독일이 먼저 항복하고, 같은 해 8월 평양과 한성에 원자폭탄이 투하되었다. 그제야 김형석 총통은 무조건 항복을 선언했다. 그날이 15일이었다. 인류에게는 제2차 세계대전 종전일, 대한 제국에게는 패전일, 식민지였던 일본에게는 광복절이 되었다. 수백만 명의 유대인, 집시, 정신질환자, 장애인, 동성애자를 죽음으로 몰고 간 독가스의 주인공 태진은 전범재판소에 기소되었다. 그는 자신에게 쏟아진 비난에 대해 변명으로 일관했다.

"옛말에 '누군가의 인생은 길이가 아니라 깊이를 봐야 알 수 있다'라고 합니다. 저는 질산암모늄($NH_4NO_3$)을 개발해 인류를 식량 부족이라는 실병에서 벗어나게 만든 과학자입니다. 이것은 하나님도 이루지 못한 크나큰 업적입니다. 독가스를 개발한 건 전쟁을 조기에 종결시켜 희생자를 줄이기 위해서였습니다. 이해할 수 없습니다. 자신이 속한 조직의 상급자 지시를 받아 단순히 업무를 수행한 것이 왜 죄가 되어야 합니까? 명령을 내린 사람이 불한당이지 부하직원은 아무 잘못 없습니다. 소대장의 명령으로 도망가는 동료를 사살한 병장에게 무슨 죄가 있습니까? 만약 따르지 않았다고 가정해 보세요. 불복종으로 저 또한 즉결 처분되었을 겁니다. 제 말은, 어쩔 수 없는 불운한 시대적 상황이었다는 겁니다. 좋아서 독가스를 개발한 건 아니라는 뜻입니다. 한마디 더 하자면 저를 사형에 처한다고 희생자를 되살리지는 못합니다. 이제는 과거의 잘잘못을 따질 때가 아니라 화합해서 미래로 나아가야 할 때입니다. 그러니 관대한 처분 부탁드립니다."

그의 구구절절한 변명에도 재판부의 입장은 확고했다.

"피고는 한때 천사 과학자로 대중의 칭송을 받았다. 하지만 전쟁 중에 악마로 변했다. 단지 상급자의 명령을 따랐을 뿐이라는 주장은 사실일 수 있다. 하지만 그것의 사실 여부와 관계없이 피고가 저지른 최고의 죄는 빤히 눈앞에 보이는 인간성을 외면하고 그 단어 자체가 의미를 잃도록 공격한 것이다. 사형을 반대하는 사람들은 흔히 '사형이 희생자를 되살리지 못한다'라고 말하지만, 그것은 어떤 형태의 처벌도 마찬가지이다. 따라서 본 재판부는 평범한 얼굴로 무심코 악을 행한 피고에게 법정최고형인 사형을 선고한다."

결과적으로 그는 아무 처벌도 받지 않았다. 세계 대전 이후 패전국의 과학자들을 비밀리에 미국으로 데려가 기술 발전에 활용한 CIA의 페이퍼클립(Operation Paperclip) 작전 때문이었다. 과학자 총 642명이 이주했는데 태진도 그중 하나였다. 전범들이 환영받으며 윤리적 논란을 일으켰으나 미국의 과학과 공학 발전에 큰 도움을 주었다. 그는 로스앨러모스 국립 연구소 소속으로 온화한 날씨로 유명한 캘리포니아 대학교에서 고분자화학(Polymer chemistry)을 연구했다. 고분자는 단순한 구조의 단량체가 수백, 수천 개씩 결합해서 생긴 분자량 일만개 이상의 거대한 분자를 의미한다. 크게 아미노산이 결합한 단백질, 포도당이 결합한 전분과 같은 천연고분자와 폴리에틸렌이나 플라스틱처럼 인간이 만들어 낸 합성고분자로 나뉜다. 고분자의 구조에 관해서는 두 가지 이론이 존재했는데 '단량체가 바짝 붙어 모인 것'이라는 설과 '단량체가 화학결합 한 것'이라는 설이었다. 다른 화학자들은 모두 전자를 지지했고 태진 혼자만 후자를 주장했다. 당연했다. 누가 독가스를 개발해 수백만 명을 살인한 과학자와 동일한 의견을 내고 싶겠는가? 학회에서 격렬한 논쟁이 벌어졌고 그는 불리한 위치에 놓이게 되었다. 하지만 좌절하지 않고 실험에 몰두한 태진은 자신의 주장을 뒷받침하는 연구 결과를 연속해서 학회에 보고했다. 마침내 모두에게 인정받은 그는 노벨화학상을 수상할 수 있었다. 그렇다고 동화책이나 옛날이야기 끝에 클리셰 수준으로 등장하는 관용구인 '그리고 모두 행복하게 살았답니다(~and they all lived happily ever after)'로 인생이 끝난 건 아니었다. 그는 말년에 술독에 빠져 살았고 심한 정신병을 앓았다. 파란 눈을 가진 담당 간호사의 증언에 따르면 죽기 직전 태진은 알 수 없는 모국어로 똑같은 말을 수없이 반복했다고 한다.

"기르수의 말이 맞았어. 신께서 저주를 내렸어. 그놈이 매 순간 나를 찾아와 괴롭혀. 아무리 발버둥 쳐도 떠나질 않아. 후회(後悔)라는 지독한 놈이."

## 작가 노트

한국인의 심경을 복잡하게 만드는 대체 역사 소설이다. 암모니아 합성 공법은 하버-보쉬법(Haber-Bosch process)이다. 두 과학자 모두 시대의 격랑 속에 불운한 인생을 살았고 프리츠 하버(Haber)는 유대인이었다. '히라누마(平沼)'는 창씨 개명 후 윤동주 시인의 이름이다. 불량선인으로 고발된 그는 알 수 없는 주사를 여러 차례 맞은 뒤 옥중 사망했다. 상기 내용에 소개된 '내일은 없다(어린 마음이 물은)'라는 시는 아이러니하게 1934년 12월 24일 크리스마스이브에 쓰였다. 이 소설을 평생 화학자로 살다 젊은 나이에 지병으로 세상을 떠나신 사랑하는 아버지께 바친다.

# 화성 남자, 금성 여자

둘 사이가 항상 나빴던 건 아니었다. 한때는 서로 갈구하며 애정을 표했던 시절도 있었다. 아니 인류 역사의 대부분이 그랬다. 손 편지로 절절한 그리움을 적었고 사랑의 세레나데를 노래했으며 이성을 향한 소중한 마음을 표현한 시는 언제나 독자의 심금을 울렸다. 영화 속 남녀의 사랑 이야기는 빠지지 않는 단골 소재였으며 티브이 드라마는 달콤쌉싸름한 연애 스토리를 방송해 시청자를 설레게 했다. 이 같은 추세가 변하게 된 것은 아이러니하게도 과학의 발전 때문이었다. 시작은 인터넷의 발명이었다. 인터넷 게임, 유튜브, 쇼츠 동영상이 출현하자 이성에 대한 관심과 열정이 시나브로 줄어든 것이다. 손쉽게 얻을 수 있는 재미있는 것들이 세상에 넘쳐 나는데 굳이 마음 졸여 가며 가시밭길 연애를 할 이유가 없어진 것이다. 공들여서 사랑을 만들었는데 만약 깨지기라도 하면 투입 대비 산출이 제로가 되는 상황이 발생할 뿐 아니라 감정 소모도 극적으로 증가한다. 게다가 또 다른 사랑을 하려면 처음부터 해당 과정을 다시 시작해야 하는데 미래가 보장되는 것도 아니었다.

사람들은 점차 남녀의 연애를 필수가 아닌 선택의 문제로 여겼고 귀찮은 프로세스 정도로 생각했다. 버리지도 먹지도 못하는 '뜨거운 감자' 정도로 판단한 것이다. 훌륭한 대안도 있었다. 애정을 쏟고 싶다면 반려동물을 키우면 간단히 해결할 수 있었다. 배신하지 않고 오직 주인만을 바라보는, 인간의 영원한 친구인 개는 썩 괜찮은 차선책이었다. 외줄타기라도 하는 것처럼 아슬아슬 유지되던 남녀 관계에 결정적 타격을 준 것은 섹스 로봇의 발명이었다. 성인 남성과 여성의 모습을 꼭 닮은, 섹스에 특화된 로봇은 출시되자마자 불티나게 팔렸다. 이성과의 연애는 시들했지만 내심 섹스는 하고 싶었던 것이다. 하긴 수십만 년을 내려온 호르몬의 작용을 하루아침에 잊을 수는 없는 노릇이었으리라.

로봇이 크게 성공하자 세 명의 위대한 학자가 곤란한 처지에 빠지게 되었다. 첫 번째는 고전주의 경제학자 멜서스(Thomas Robert Malthus)였다. 그는 인구의 증가는 기하급수적이지만 식량은 산술급수적으로 증가하기 때문에 식량 부족은 필연적이며 빈곤과 죄악이 많이 발생할 것이라고 주장했었다. 로봇과의 섹스로 아이가 태어날 확률이 줄어들자 인구가 가파르게 감소한 것이다. 그의 디스토피아적 예언은 빗나간 것으로 밝혀졌다. 두 번째는 『이기적 유전자』의 저자이며 명망 있는 생물학자인 리처드 도킨스(Clinton Richard Dawkins)였다. "진화의 주체는 유전자이며 생물은 유전자의 자기 복제 속에서 만들어진 기계적 존재일 뿐이다. 즉, 모든 생물(식물, 동물 그리고 인간)의 존재 이유는 단순히 유전자의 자기복제를 위함이다"라는 그의 이론은 마치 날개 잃은 이카루스처럼 곤두박질쳤다. 사람들이 로봇과의 섹스에만 관심이 있을 뿐 자기복제에는 흥미를 잃은 것이다. 곤충학자인 윌슨은 "이론은 탁월한데 종(種)이 틀렸다"라며 도킨스를 깎아내렸다. 세 번째는 비호감 계곡(Uncanny valley)으로 유명한 일본의 마사히로 모리(Masahiro Mori) 교수였다. "로봇이 사람과 얼추 비슷하면 약간 불편한 감정을 느끼고, 아주 비슷하면 혐오감과 두려움이 생긴다. 그러나 여기서 한 걸음 더 나아가 사람과 구별할 수 없을 만큼 똑같아지면 친근감이 다시 회복된다"라고 주장했었다. 하지만 인간과 대충 비슷한 초기 모델의 등장에도 이를 거리낌 없이 세상이 받아들이자 낭설로 판명된 것이다. 동료 교수는 "그런 식의 이론은 완벽하게 들리는 법이다. 너무나도 그럴듯한 데다가 말하기도 쉽다"라며 모리 교수를 비웃었다.

세 명의 학자와 추종자들이 곤욕을 치르는 가운데 세계 인구는 급속히 감소했다. 그중에서도 가장 눈에 띄는 하락을 보인 곳은 대한민국이었다. 마치 난자와 정자가 형성될 때 일어나는, 염색체의 수가 반으로 줄어드는 감수분열이 발생한 것처럼 국민이 쪼그라든 것이다. 그리고 마침내 한때 K-POP과 K-드라마로 유명했던 한국인이 지구상에서 자취도 없이 사라지고 말았다. 몇몇 혼혈아만 존재할 뿐 순수한 피를 가진 정통 한국인은 모두 소멸한 것이다. 사람들은 깜짝 놀란 입을 다물지 못했다. 대한민국의 출산율이 저조하다는 것은 익히 알고 있었지만 중생대 공룡처럼 멸종하리라고는 그 누구도 예상하지 못했기 때문이다.

똑같은 상황이 다른 민족에게 발생하는 것을 막기 위해 전 세계 석학들이 UN에 모여 밤샘 회의를 했다. 그리고 대안을 찾아냈다. 여성형 섹스 로봇에 남성이 사정할 경우 수정이 가능한 인공 자궁을 의무적으로 설치하기로 결정한 것이다. 만취 상태의 성행위나 부주의한 청년들의 실수를 기다리자는 전략이었다. 불찰이든 아니든 아빠 DNA의 반을 가진 아이는 태어날 것이니 최소한 인구 소멸은 막을 수 있다는 것이다. 절망적인 상황을 벗어나기 위해 억지로 만든 고육지책이었다. 반응이 즉각 나타났다. 연애라는 지루하고 복잡한 과정 없이 자신을 닮은 키 작은 꼬마를 복제할 수 있다는 생각에 남성들은 내심 환호를 보냈다. 하지만 짐짓 겉으로는 인류가 멸종되면 안 된다는 그럴듯한 이유를 들어 찬성을 표했다. 물론 모두 그런 것은 아니었다. 육아의 부담을 지고 싶지 않은 조심성 많은 독신남들이 예상치 못한 로봇의 임신을 막고자 콘돔 구매를 늘린 것이다. 콘돔 업체의 주가는 사상 최고치를 기록했다.

여성의 반응은 정반대였다. 인공 자궁이 장착된 로봇은 사탄의 창조물이며 과학이 곧 세상을 멸망시킬 거라며 들고 일어선 것이다. 이 사건을 계기로 제3차 페미니즘 운동의 촛불이 활활 타올랐다. 페미니즘(Feminism)은 가부장적이고 성차별적인 사회에서 발생하는 문제를 해결하기 위해 조직적이고 지속적으로 벌이는 실천 활동이다. 모든 생활 영역에서 남녀의 동등한 지위와 권리 보장을 목적으로 자유, 평등, 개혁 사상과 함께 18세기에 시작되었다. 제1차 열풍은 1920년대 불었는데 투표할 권리, 배심원으로 참여할 권리, 결혼 후 재산을 소유할 권리, 이혼할 권리, 교육을 받을 권리를 여성에게 부여했다. 1970년대 거세게 일어난 제2차 물결은 여성에게 전문직의 문을 열어 주었고, 가정 내 노동 분업을 변화시켰고, 경영과 정치를 비롯한 사회 각 분야의 편향된 성차별을 폭로했고, 모든 직종에서 여성의 권익을 향상시켰다. 하지만 그 후 백 년 동안 페미니즘 운동은 찻잔 속 태풍처럼 잠잠했었다. 여성계는 인공 자궁 의무화 조치를 '하나님의 신성한 영역을 침범한 불순한 결정이며, 성(性)을 도구화한 부도덕한 행위이며, 생명의 존엄성을 스스로 부정하는 것이며, 그나마 쥐꼬리만큼 남아 있던 남성의 여성에 대한 관심이 확 줄어들 것'이라는 성명을 발표했다. 그리고 여성계의 뜻이 관철될 때까지 극렬 투쟁에 나서겠다고 선언했다. 로봇 판매점은 시위대의 화염병 세례에 불타올랐고 법안에 찬성한 국회의원은 살해 협박에 시달렸으며 투쟁에 동참하라는 아내의 잔소리에 유부남들은 소파에서 불편한 잠을 청해야 했다. 양성(兩性)이 팽팽한 기싸움을 벌이는 동안 중재자들이 나타났는데 바로 동성애자였다. 게이와 레즈비언으로 구성된 중재자들은 양측 모두에게 순순히 받아들여졌다. 자기편을 들어 줄 것을 기대하며. 하지만 세상은 호락호락하지 않았다. 협상은 한 발짝도 앞으로 나아가지 못했다. 남성 쪽에서는 보복 횟수를 짝수로 보고 정의의 눈금이 제자리를 찾았다고 느끼는 반면, 여성 쪽에서는 홀수로 계산하고 정의의 눈금이 아직 기울어 있다고 느꼈기 때문이다. 양성의 느낌이 허무맹랑한 것만은 아니었다. 지식 기반으로 움직이는 최첨단 미래 경제는 여성을 선호했다. 여성은 보다 조리 있고 협조적이며, 서열에 덜 집착하고, 윈윈(win-win) 결과를 타협해 내는 능력이 뛰어났다. 동료에 더 친밀하고 거래처에 더 세심하며, 친구들에게 더 깊은 공감을 느끼고, 시선을 더 오래 맞추고, 더 자주 미소 짓는 여성의 장점이 빛을 발한 것이다. 따라서 평균적으로 더 높은 임금을 받았다. 더럽고 힘들고 위험한 일은 남성의 몫이었다. 이는 심한 열등감으로 작용했다.

여성에게도 트라우마는 있었다. 불과 백 년 전만 해도 여성은 가정주부, 어머니, 성적 파트너로만 간주되어 일상적인 차별과 성적 착취에 시달렸기 때문이다. 중재자들은 좌절에 빠졌다. 하루 종일 노력해도 양성이 처음과 똑같이 서로를 증오하는 모습을 보인 것이다. 남성과 여성 모두 계속해서 상대방을 악마처럼 생각하고 사실을 왜곡했다. 심지어 자기편 중재자로 여기던 게이와 레즈비언을 배신자로 몰아붙였다. 결국 협상은 파국을 맞았고 싸움은 한층 격화되었다. 인공 자궁이 장착된 로봇을 소유한 남성은 공공의 적이 되어 큰 곤혹을 치루었다. 마치 성범죄자의 거주지가 공개되는 것처럼 온라인에 불법으로 주소와 신상 정보가 적나라하게 공개된 것이다. 제조업체는 매일 이어지는 대규모 시위에 몸살을 앓았고 사장은 날아오는 물병을 피해 도망다니기 바빴다. 그나마 다행인 건 로봇의 주문량이 꾸준히 증가하는 것이었다. 여성이 데모를 하건 말건 남성은 꾸준히 자신의 미니미를 만들고 있는 것이다.

서로를 못 잡아먹어 안달이나 있을 때 북극 하늘에 커다란 구멍이 뻥 뚫리는 초자연적 현상이 발생했다. 처음에는 오로라가 만들어 낸 착시현상으로 생각했다. 그러나 얼마 지나지 않아 거대한 우주선 수백 척이 지구 상공에 나타나면서 구멍은 우주를 연결하는 포털인 것으로 밝혀졌다. 마치 로빈슨 크루소가 모래사장에서 사람의 발자국을 보자 느꼈던 충격이 온 세상에 전해졌다. 양성 모두 싸움을 멈추고 '이게 도대체 어떻게 된 일이야? 앞으로 무슨 일이 벌어질까?'라며 두려움 반, 호기심 반으로 사태를 예의 주시했다.

안드로메다은하에서 방문한 외계인은 공교롭게도 호모사피엔스와 비슷한 신체 구조를 가지고 있었다. 두 팔과 다리, 얼굴에는 눈, 코, 입이 존재했다. 게다가 마치 추운 날씨에 체온을 유지하기 위한 북유럽인처럼 지구인이 선망하는 큰 키, 날씬한 몸매, 금발, 파란 눈을 가지고 있었다. 그래서 지구인은 그들을 노르딕(Nordic)이라 불렀다. 단점도 있었다. 탁월한 외모만큼 지성이 뛰어나지 않았던 것이다. 소수의 지도층을 제외하면 대부분 아이큐 50 이하의 지적 능력을 보유하고 있었다. 노르딕은 머리 나쁘고 매너 없고 말은 못했지만 성욕만큼은 예상을 뛰어넘었다. 하루에 스무 번도 넘게 섹스를 했던 것이다. 그것도 매일.

놀랄 일은 더 남아 있었다. 그들 모두 남성(男性)이라는 것이다. 지구에 도착하고 나서야 비로소 여성을 처음 만난 노르딕의 성욕은 예전보다 더 활활 타올랐다. 마침내 적당한 짝을 찾았다고 생각한 것이다. 외계 방문자의 외모에 홀딱 빠진 지구 여성들은 데이트를 시작했고 섹스를 즐겼으며 임신이라는 피할 수 없는 결과를 받아들여야 했다. 여성들도 인식하고 있었다. 그들이 원하는 건 사랑이 아닌 단순 섹스라는 것과 이런 행위는 그저 DNA를 후손에게 물려주기 위한 생산 과정이라는 것을. 그러나 알면서도 여성들은 노르딕의 잘생긴 겉모습에서 뿜어져 나오는 마성(魔性)에 이끌렸다. 거부할 수 없을 만큼 치명적인 것이다.

여성과 외계인의 섹스 광풍이 불자 당황한 것은 지구인 남성이었다. 참다못한 남성계가 악담을 퍼부었다. "성경에 동물과 음행한 자는 지옥에 빠질 것이라고 적혀 있다. 하물며 외계인과 종(種)을 넘어선 교합은 신의 재앙을 불러일으키는 몰지각한 행동이다. 나중에 출산한 아이가 영화 「에이리언」 시리즈의 괴물로 변신해 인간을 사냥하지 않는다고 누가 장담할 수 있겠는가? 더군다나 여성이 노르딕에 홀딱 빠져 남성을 개껌처럼 생각하는 작금의 현실에서 인구는 회복할 수 없는 수준으로 폭락할 것이다. 모든 책임은 과거 아담을 구슬려 금단의 열매인 사과를 따 먹게 만든 이브의 후손에게 있음을 밝힌다. 그 결과가 어땠는가? 귀가 얇았다는 이유로 죄 없는 남성 또한 낙원에서 추방되어 힘든 노동을 견뎌야 했다. 자매들아, 제발 정신 차리길 바란다." 여성계도 가만히 있지 않았다. 즉시 반박 성명을 발표했다. "남성의 질투는 일정 부분 이해할 수 있다. 하지만 그렇다고 하더라도 여성이 노르딕과의 환상적인 섹스를 포기할 이유는 없다. 개인이 행복하면 그만이지 종(種)이 무슨 상관이란 말인가? 옛말에 '나쁜 섹스는 유니콘보다 드물다'라는 말을 상기하라. 그리고 영화에 나오는 식인 괴물이 출생할지도 모른다는 주장은 기우(杞憂)에 불과하다. 영국 시인 알렉산더 포프는 '가지가 휘는 대로 나무는 굽는다'라는 말로 자녀가 부모의 성격, 체질, 형상을 꼭 빼어 닮는다는 유전 법칙을 에둘러 표현했다. 아이의 외모는 노르딕을 닮아 금발에 파란 눈을 가질 것이며 지성은 지구 여성의 것을 물려받아 똑똑할 것이다. 이 같은 현상이 인류 역사에 어떤 손자국을 남길지 지금은 알지 못한다. 하지만 분명한 건 이브의 잘못도 아담의 과실도 아니라는 사실이다. 그저 거부할 수 없는 시대의 흐름일 뿐이다. 남성들아! 이제 그만 구시렁거리고 그대들의 애처로운 삶이나 어루만지길 바란다."

양성의 기싸움이 끝날 줄 모르고 지속되는 가운데 지구 가임기 여성의 30%를 임신시킨 노르딕이 사라졌다. 방문할 때처럼 사전 통보도 없이 포털을 타고 갑자기 고향 별로 돌아간 것이다. 아이 아버지의 부재에 여성은 패닉 상태에 빠졌고 경쟁자가 없어진 남성의 어깨에는 힘이 잔뜩 들어갔다. 그리고 어느 정도 시간이 흐르자 양성(兩性)은 서로를 그리워하기 시작했다. 마음속 깊은 곳에 침잠해 있던 본성이 되살아난 것이다. "그녀의 창문은 열릴 줄 모르니 사랑의 달빛으로 노크를 해야지"라는 유행가 가사가 곳곳에서 울려 퍼졌다. 둘은 마치 예전 선조들이 그랬던 것처럼 사랑을 했고 섹스를 즐겼다. 하지만 모든 의견이 통한 건 아니었다. 남성은 육체와의 성교를 몽상하고, 여성은 사랑 나누기를 꿈꾼 것이다. 여성이 "사랑 없는 섹스는 무의미한 경험이야"라고 말하면 남성은 "맞아. 하지만 무의미한 경험들 중에서는 최고지"라고 대꾸했다.

티격태격하며 영원할 것 같았던 사랑에 파열음이 들린 건 노르딕과 지구 여성 사이에서 낳은 자녀가 성인으로 자란 후였다. 과거 남성계가 공상한 것처럼 혼혈은 사람을 잡아먹는 괴물로 변하지 않았고 지성도 평범한 수준이었다. 큰 키와 금발의 외모를 가진 매력적인 인간 남녀로 성장했다. 착실하고 성실한, 세금과 돌려받을지 알 수 없는 국민연금을 매달 꼬박꼬박 납부하는 모범 시민이 된 것이다. 혼혈은 질풍노도의 시기인 청소년기에도 술과 담배, 마약을 멀리했고 부모나 교사의 가르침를 온순히 따랐다. 공격적 행동이나 반항은 전혀 없었고 학업과 봉사활동에 전념했다. "아침이 하루를 보여 주듯 유년은 그 사람을 보여 준다"라는 밀턴의 명언이 DNA의 반을 외계인으로부터 전수받은 혼혈에게도 증명된 것이다. 다만, 한 가지 이상한 점이 있었다. 이성(異性)에 대한 애매한 태도였다. 그들은 이성을 어느 정도 원했지만, 이성을 얻기 위해 작업을 걸고 싶어 하지 않았다. 오랜 시간을 들여 수작을 부리거나 유혹의 눈빛을 보내길 원치 않았다. 지구 여성만 보면 환장해 달려들던 아버지 노르딕과는 전혀 다른 모습이었다. 완두콩을 교배하며 밝혀낸 법칙으로 유명한 생물학자 멘델의 "잡종 교배 시 열성인자는 사라지고 우성 인자만 발현된다"라는 원리가 깨진 것이다. 아님 그 반대거나.

아무튼 혼혈은 성인이 된 후에도 섹스에 전혀 관심이 없었다. 남녀 모두 동일했고 혼혈 간에도 그랬다. 이런 현상에 호기심을 느낀 방송국 기자의 질문에 혼혈은 두 가지 알쏭달쏭한 대답을 했다. 첫 번째는 구도자스러운 것이었다. "행복이란 원하는 것을 쟁취함으로써 얻어지는 것이 아니라 버림으로써 받을 수 있는 선물이다"라는 첩첩산중에서 참선하는 승려의 깨달음 같은 것이었다. 두 번째는 오프 더 레코드를 전제로 나왔는데 "즐겁지가 않아요"라고 속마음을 털어놓았다. 사람들은 이해할 수 없었다. '어떻게 섹스가 즐겁지 않을 수 있지?'라고 생각한 것이다. 그러나 어찌 보면 당연했다. 인간이 섹스를 즐겁게 느끼는 건 오랜 진화 과정에서 그렇게 만들어졌기 때문인데 그들에게는 이것이 없는 것이다. 지구인은 혼혈이 그러거나 말거나 신경 쓰지 않았다. 자신들은 섹스를 맛보며 조그만 복제본을 만들면 되니 아무 문제 없다고 판단한 것이다. 하지만 얼마 지나지 않아 명백한 오판임이 밝혀졌다. 섹스를 즐기지 않는 돌연변이 인간의 등장으로 세상이 바뀐 것이다. 지구인이 이성(異姓)에게 기울이는 시간, 열정, 관심, 호기심, 노력과 금전을 혼혈은 오롯이 자신의 성공을 위해 쏟아부었다. 하루 24시간은 물리적으로 모두에게 동일하다. 경쟁자가 한눈팔 시간에 누군가 공부하거나 업무에 헌신한다면 높은 성과를 내는 것은 마땅한 결과였다. 정치, 경제, 사회, 문화, 과학, 영화와 스포츠 등 모든 분야에서 혼혈이 두각을 나타냈다. 회사에서 거침없는 승진으로 남들보다 빨리 임원이 되었고 탁월한 연구로 노벨상을 독차지했으며 연예계에도 수많은 혼혈 스타가 탄생했다. 선택과 집중이 성공한 것이다.

여기저기서 볼멘소리가 튀어나왔다. 하지만 공허한 메아리였다. 어쩌겠는가? 순수 지구인보다 더 많은 노력과 시간을 투자해 얻은 정당한 성취를. 세상은 순식간에 섹스리스(Sexless) 돌연변이에게 정복당했다. 가장 큰 타격을 입은 것은 지구인 여성이었다. 이성에 대한 관심과 섹스를 즐기는 시간 외에도 여성은 출산과 육아에 더 많은 에너지를 소비했기 때문이다. 어느 정도 세월이 흐르자 위기감을 느낀 출세지향적인 일부 추종자들이 혼혈을 따라 하기 시작했다. 이성에 대한 열정을 제거하고 섹스를 멀리한 것이다. 의지로 본능을 억제할 수는 없었기에 의학의 도움을 받았다. 자발적으로 화학적 거세 치료를 받은 것이다. 결국 사회는 섹스리스 디바이드(Sexless Divide)로 나뉘었다. 섹스를 즐기며 아이를 낳고 기르는 데 열중하는 저소득 하층민과 이성에 대한 호기심을 끊고 고차원의 예술을 즐기며 오직 자신의 성공을 위해 나아가는 지도층 인사로 양분된 것이다. 이 같은 분열은 국가, 민족, 인종, 성별, 계급, 이데올로기 구분 없이 전 지구적 차원에서 발생했다. 한때 유행했던 남성과 여성의 젠더 갈등은 희미한 신화 속 이야기가 되었다. 마치 사랑과 삶과 죽음과 돈과 음식과 그 밖의 잡다한 것들에 대해 끝없이 이야기하는 세헤라자데의 『천일야화』처럼 까마득하게 느껴졌다.

다시 시간이 지났다. 곤경, 쇠퇴, 몰락, 붕괴, 황혼, 한탄이라는 단어가 예리코의 나팔 소리처럼 울려 퍼졌다. 혼혈 추종자들이 증가함에 따라 인구가 백분의 일로 감소한 것이다. 심지어 일부 청소년들은 섹스가 무엇인지도 몰라 학교에서 포르노를 틀어 주며 의무 교육을 실시해야 했다. 기업 대부분이 파산했고 농사지을 사람이 없어 토지 매매 가격이 폭락했으며 거저 준다고 해도 뉴욕 아파트에 살려는 사람이 없었다. 할 일이 없어진 산부인과 의사는 줄담배를 피워 댔고 산후조리원은 노인을 위한 요양원으로 업종을 변경했다. 과거 한국인이 사라질 때와 비슷한 현상이 세계 곳곳에 나타난 것이다. 장점도 있었다. 인간 활동의 감소로 지구온난화가 멈춘 것이다. 파스칼은 "인생은 동료 죄수들이 매일 처형당하기 위해 끌려 나가는 감옥에서 사는 것과 같다"라고 말했는데 인류가 사형 선고를 받은 존재가 된 것이다. 창조주가 문명의 몰락을 위해 대홍수가 아닌 무생식과 불임(不姙)의 설교를 퍼붓는 것이다. 무한히 말랑말랑할 것 같던 남성과 여성의 사랑은 시나브로 딱딱하게 굳어 갔고 보들보들해지지 않았다. 이는 예수님을 어느 대로변에, 햄릿을 청담동 가로수길 거리에, 마블 어벤져스를 여의도 증권가에 갖다 놓은 듯한 그로테스크하고 사이키델릭(Psychedelic)한 분위기를 풍겼다.

### 작가 노트

**젠더(Gender)란 생물학적 성을 가리키는 Sex와 대조적으로 사회적, 문화적 성을 의미한다. 젠더 갈등을 부추기려는 자격도 의도도 없음을 밝힌다. 남자는 화성에서 오지 않았고 여자는 금성에서 오지 않았다. 아프리카 비옥한 초승달 지대에서 왔고 함께 진화했다.**

# 드림 로또

로또(Lotto)는 대한민국 국내에서 발행하는 복권 중 하나였다. 기획재정부 산하 복권위원회가 지정한 수탁사업자인 동행복권에서 발행했는데 2002년 12월 2일부터 시작되었다. 45개의 숫자 중에 순서와 상관없이 당첨 번호 6개를 맞히면 1등이 되어 거액의 당첨금을 받을 수 있었다.

전성기를 구가하던, 오직 돈을 목적으로 한 로또가 폐지된 것은 그로부터 반세기가 흐른 뒤였다. 마초(Macho) 성향이 강하고 든든한 정치적 뒷배를 가진 대통령이 '드림 로또(Dream Lotto)'라는 기발한 복권을 개발한 것이다. 새로 만든 로또는 심플하게 운영되었다. 한 달에 한 번, 즉 일 년에 열두 번 추첨이 시행되고 당첨자는 매번 딱 한 명이었다. 남의 눈을 피해 복권방을 방문하거나 자투리 돈을 투자할 필요는 없었다. 왜 그러냐 하면 주민등록번호를 가진 대한민국 성인이라면 자동적으로 참가하도록 설계되어 있었기 때문이다. 그것도 공짜로.

최첨단 인공지능이 무작위로 뽑는 숫자는 당첨자의 주민등록번호였다. 미성년자는 요행을 바라면 안 된다는 이유로, 외국인은 한국인의 핏줄이 아니라는 근거로 제외되었다. 가장 억울한 사람은 이민을 떠난

재외 동포였다. 성인이고 한국인의 피를 가졌으나 주민등록번호를 상실했다는 이유로 행운을 거머쥐는 기회를 잃은 것이다. 하지만 대다수 국민은 손해 볼 게 없었다. 무료인 데다가 귀찮게 품을 팔 일이 없었기 때문이다. 행운이 늦겨울 함박눈처럼 풍성하게 내리기를 목을 빼고 기다리면 그걸로 충분했다. 드림 로또 당첨자가 받을 수 있는 것은 돈이 아닌 신과 같은 권한을 행사할 수 있는 시간이었다. 평소 막연히 꿈만 꾸던, 돈으로도 이룰 수 없는 무언가를 성취할 수 있게 된 것이다. 사회 통념상의 법규, 윤리, 명예, 주변 사람들의 압력과 눈치는 신경 쓸 필요가 없었다. 자신이 원하는 대로 저지르면 그만이었다.

다만, 세 가지 제한 사항은 의무적으로 따라야 했다. 첫째, 사람의 신체에 상해를 가하면 안 된다. 둘째, 타인의 도움을 받거나 동력 장치를 사용하면 안 된다. 셋째, 주어진 시간은 12시간이다. 즉, 연락을 받은 다음 날 오전 9시에 시작해 밤 9시까지는 반드시 집으로 돌아와야 한다. 만약 귀가하지 못하면 당첨자가 행한 모든 일은 원상 복귀된다. 당첨자의 12시간은 티브이와 유튜브를 통해 전국에 생중계되었다. 시행 초반에는 당첨자들이 드림 로또의 파괴력을 인식하지 못했다. 그래서 누구나 예상한 것처럼 집 주변 은행을 돌며 현금을 수거했다. 동력 장치 사용이 불가능했기에 운송은 주로 리어카나 자전거를 이용했다. 욕심이 덕지덕지 얼굴에 나타나는 스크루지 스타일의 50대 남성은 이미 수십억을 챙겼음에도 불구하고 '한 번 더'라는 욕심에 집을 나섰다가 힘이 빠져 제시간에 돌아오지 못했다. 결국 그는 모압 땅에서 힐긋 바라보기만 했을 뿐 약속된 땅을 밟을 수 없었던 모세처럼 만 원짜리 한 장 가질 수 없었다. 시간이 지남에 따라 드림 로또가 왜 문자 그대로 '드림(Dream)'인지를 알게 된 당첨자가 시나브로 생겨났다. 이들은 치밀한 계획과 시간 관리로 꿈을 이루기 시작했다. 고등학교 시절 학교 폭력으로 고생한 경험을 가진 20대 여성은 가해자들의 집과 직장에 찾아가 소중히 여길 만한 사진, 편지, 귀중품을 모두 불태웠다. 반려동물은 유기 동물 보호소로 보냈고 인터넷 뱅킹 비밀번호를 알아내 은행 잔고 전체를 공익단체에 기부했다. 그동안 꿈만 꾸어 오던 복수를 거침없이 실행한 것이다. 가해자들은 공포에 질려 대리석 석상이라도 된 것처럼 꼼짝하지 못했다. 그녀를 호위하는, 실탄이 장전된 총을 소지한 무장병력 수십 명이 동행했기 때문이다. 더군다나 당첨자는 행위 일체에 대해 면책 특권을 가지고 있었다. 그녀 이후 독특한 자신만의 꿈을 이룬 당첨자들이 우후죽순 생겨났다. 다음은 이들이 달성한 꿈에 관한 기록이다. 익명성 보장을 위해 자세한 인적 사항은 기술하지 않는다.

● 30대, 남성

그는 근시에 무신론자이며 몹시 소심한 회사원이었다. 매년 실시되는 인사평가에서 "D" 등급을 받은 그는 소위 '저성과자'로 분류되어 수년째 과장 진급을 이루지 못하고 있었다. 핵심 인재는 아니어도 평균 수준의 업무 역량은 자부했기에 도대체 누가 그따위로 자신을 평가하는지 미치도록 궁금했다. 하지만 평가자는 기밀에 속하는 사항이었기에 그는 알 수 없었다. 평가를 주관하는 인사팀을 제외하고는 그 누구도 해당 정보에 접근할 수 없는 것이다. 평가 결과에 예민하게 반응하는 건 단지 기분 때문은 아니었다. 금전적인 이유도 있었다. 회사는 평가 결과에 따라 차기 연도 연봉 인상률을 개인별로 달리 적용한 것이다. 당첨 다음 날 그가 향한 곳은 은행도, 금은방도, 값비싼 미술품 전시회가 열리는 화랑도 아닌 회사 인사팀이었다. 과거 10년 치 인사 평가 자료를 확보한 그는 배신감에 치를 떨었다. 평소 그를 아끼며 덕담을 해 주던, 회사 내에서 자신이 유일하게 존경하는 상사가 최하 등급을 연속으로 부여한 것이다. 그는 일목요연하게 엑셀로 작성된 평가 자료를 회사 내부 전산망 공지 게시판에 '누구나 열람 가능'으로 올렸다. 6.25 때 난리는 난리도 아니었다. 짐작만 할 뿐 왜, 누구에 의해 그런 평가를 받았는지 알 수 없었던 수많은 직원이 적나라한 실체를 파악한 것이다. 콧노래를 부르면서 집으로 돌아간 그는 푹 잠을 잤고 다음 날 무슨 일이 있었냐는 듯 평소처럼 출근했다. 동료 직원들은 그의 목소리에서 피로에 젖은 승리감을 느낄 수 있었다.

● 40대, 남성

그는 부스스한 회색 구레나룻을 기른 갸름한 얼굴의 소유자였다. 매일 아무 특징 없는 검은 양복을 입고 다니는 백수였다. 결혼한 적도, 심지어 여성과 사귀어 본 적 없는 모태 솔로인 그는 매니큐어를 예쁘게 바른 여성의 손톱과 발톱에 페디시(fetish)를 가지고 있었다. 남에게 누설하지 못하는, 자신도 왜 그러는지 알 수 없는 비밀에 내심 괴로웠으나 어쩔 수 없었다. 그건 마치 본능과도 같은 집착인 동시에 성적 쾌락의 대상이었기 때문이다. 살아 숨 쉬는 인간의 손을 실제로 얻을 수는 없었기에 여성 잡지에 나오는 모델 사진과 폐업한 동네 의류점 쓰레기 더미에서 찾은 마네킹 손으로 대리 만족을 해야 했다. 표범의 잇몸과도 같은 장밋빛 하늘이 빛나던 어느 저녁 그는 드림 로또에 당첨되었다는 소식을 들을 수 있었다. 다음 날 평소 애정을 가지고 지켜보던 여성 아이돌의 연습실로 향한 그는 손을 본뜨기 위한 준비물을 꺼내 놓았다. 과정은 간단했다. 손을 보호하는 핸드크림을 바른 후 물에 적신 석고붕대로 손을 감싼다. 빽빽하게 붙인 석고붕대에 추가로 물을 적셔 준다. 잠시 후 굳어 가는 붕대를 조물조물해서 떨어뜨리면 본뜨기가 완성된다. 하얀 석고 손에 자신이 좋아하는 색깔의 매니큐어를 바르면서 그는 몸을 부르르 떨면서 감동의 눈물을 흘렸다. 하지만 여성 아이돌은 짜증과 황당함에 비명을 질렀다. 소속사는 신체에 상해를 가한 것이 아니기에 아무런 조치도 취할 수 없었다. 주어진 12시간 중에서 아직 반도 지나지 않았음에도 불구하고 그는 곧장 집으로 향했다. 가슴에 석고조각을 꼭 끌어안고.

● 30대, 여성

그녀는 거의 회색에 가까운 눈동자를 가진 동물 애호가이자 수의사였다. 제대로 하든지, 아니면 포기하든지 양자택일하라는 요구가 들어오면 언제나 끝까지 해내고 마는 고집 센 성격으로 동물의 권리와 해방을 추구하는 급진 단체 소속이었다. 어릴 적에는 고기를 즐겨 먹었으나 성인이 된 후부터는 생선과 달걀을 포함해 그 어떤 고기도 입에 대지 않았다. 채식주의자로 변신한 것이다. 당첨 다음 날 그녀는 광진구에 위치한 서울 어린이대공원 동물원을 찾았다. 그리고 준비해 온 장비를 이용해 자물쇠를 부수고 철제문을 개방하기 시작했다. 코끼리, 사자, 호랑이, 기린, 반달가슴곰, 미어캣, 조랑말, 프레리독, 기니피그, 사막여우 등 수많은 야생동물이 거리로 쏟아져 나왔다. 여성 단독으로 다수의 쇠문을 개방하는 건 하늘이 노랗게 보일 정도로 힘든 일이었다. 동력 장치를 사용할 수 없었기 때문이다. 테니스 선수가 그러하듯 바나나를 먹고 억지로 힘을 낸 그녀는 영등포 타임스퀘어 주렁주렁 서울 실내동물원으로 향했다. 청금강앵무, 홍학, 바다거북이, 장다리물떼새에게 자유를 선사한 그녀는 마음 같아서는 하남과 동탄 분점까지 방문하고 싶었다. 하지만 시간이 허락하지 않았다. 그래서 차선으로 가까운 거리의 과천 서울대공원동물원을 선택했다. 수많은 동물을 풀어 준 후 마감 시간에 맞추어 집으로 돌아가는 보람찬 귀갓길에서 그녀는 굳게 다짐했다. '만약 다시 당첨된다면 그땐 일산 아쿠아플라넷과 코엑스 아쿠아리움을 찾아가 해양 동물을 구조해야지' 라고 말이다. 한 달 후 그녀는 체력 강화를 위해 거금을 들여 헬스클럽 장기 회원권을 구매했다.

● 80대, 남성

당첨 소식에 노인은 물건처럼 꼼짝도 하지 않은 채 웅크리고 있었다. 그는 자그마했고 거무스름했으며 삐쩍 말라 있었다. 소싯적 노인은 돈을 벌 요량으로 오랜 기간 원양어선을 탔다. 그는 남들이 꿈에만 그리는 세계 3대 미항인 나폴리(이탈리아), 리우데자네이루(브라질), 시드니(오스트레일리아)를 직접 눈으로 보는 호사를 누릴 수 있었다. 어디 그뿐인가? 세계 곳곳의 유명 관광지를 돌아볼 수 있었고 음식과 술을 마음껏 먹고 마실 수 있었다. 가끔은 이국적인 여성들과 사랑을 나누기도 했다. 아쉬움이라면 일 년에 겨우 한두 번 고향을 들러 가족을 만난다는 것이었다. '이것을 얻으려면 반드시 저것을 희생해야 한다'는 트레이드 오프(trade-off) 사고방식에 익숙한 그는 어쩔 수 없다는 심정으로 선원 생활을 이어 나갔다. 그러는 동안 노인의 가정은 말 그대로 풍비박산이 났다. 와이프는 춤바람으로 집을 나갔고 불량배들과 어울린 아들은 자잘한 범죄로 교도소를 들락날락거렸다. 결국 '욱'하는 성질을 참지 못한 아들은 살인을 저질렀고 창살 너머의 자유를 다시는 누릴 수 없는 무기징역을 선고받았다. 두둑한 퇴직금으로 생활에는 문제가 없었다. 하지만 노인의 텅 빈 가슴은 무엇으로도 채울 수 없었다. 다음 날 아침 노인은 정성스럽게 준비한 소풍 음식을 가지고 교도소로 향했다. 그리고 서먹서먹해하는 아들과 함께 용인 에버랜드로 이동했다. 드림 로또 당첨자의 권위에 교정국 공무원은 감히 앞을 막아서지 못했다. 노인과 아들은 사진을 찍고, 놀이기구를 타고, 준비한 김밥, 치킨, 샐러드를 맛있게 먹으며 행복한 시간을 보냈다. 오후 늦게 교도소로 복귀한 부자(父子)는 꼭 잡은 손을 놓을 줄 몰랐다. 그날 밤 노인은 더 이상 바랄 것이 없다는 은은한 미소와 함께 생을 마감했다.

● 20대, 남성

그는 다운증후군이라는 염색체 질환을 가지고 태어났다. 둥글고 납작한 얼굴에 쌍꺼풀 없는 눈을 하고 있었으며 이목구비는 평균보다 작았다. 짧은 목과 어눌한 발음은 두드러진 약점이었다. 성인이 된 후로 그는 평범한 이십 대와 동일한 방법으로 이성을 만나 보고 싶었다. 미리 마련되거나 특별히 준비된 것이 아닌 즉흥적이고 우연한 만남을 기대한 것이다. 하지만 장애인에게는 쉽지 않았다. 그가 만나는 이성은 복지센터에 근무하는 사회복지사이거나 동료 장애인이었기 때문이다. 게다가 충동적이거나 뜻하지 않은 필연 따위는 그곳에 없었다. 당첨 다음 날 그는 롯데백화점 매장에서 가장 비싼 옷을 구매했다. 아니, 돈을 내지 않았으니 협찬받았다는 표현이 더 적절할 것이다. 그리고 연예인이나 재벌 3세만 출입이 가능하다는 청담동 유명 헤어샵에 들러 머리를 손질하고 피부 마사지를 받으며 오후를 보냈다. 땅거미 질 무렵 최종 목적지인, 평소 '물관리' 차원에서 그를 절대 입장시키지 않았던 '사보타지', '싱크홀', '아톰', '매드클럽' 등의 유명 홍대 클럽을 방문했다. 칵테일을 마시며 신나게 춤을 추었고 웨이터를 통해 매력적인 여성들과 부킹할 수 있었다. 그중 일부에게서는 연락처도 받을 수 있었다. 꿈을 이룬 그가 귀가한 시간은 8시 50분이었다. 알찬 하루였다고 일기장에 적은 그는 진짜 꿈나라로 시나브로 빠져들었다.

● 40대, 여성

그녀는 강원랜드에 상주하다시피 했다. 사실 카지노 말고는 달리 갈 곳도 없었다. 애 둘을 키우며 평범하게 살던 가정주부가 도박에 빠지게 된 계기는 여고 동창과의 추억여행 때문이었다. 하이원 콘도를 예약해 술을 마시던 그녀와 친구는 호기심이 발동했고 잠시 카지노에 들러 화려한 내부를 구경했다. 그리고 '선무당이 사람 잡는다'라는 속설이 틀린 말이 아니라는 것을 증명이라도 하듯 거액을 딸 수 있었다. 숨은 재능을 발견했다고 생각한 그녀는 주말마다 정선으로 향했고 가족, 친구, 신용, 돈과 평판을 포함해 모든 것을 잃었다. 수많은 카지노 게임 중 그녀가 중독된 것은 바카라(Baccara)였다. 이는 뱅커(banker) 혹은 플레이어(player) 중 한쪽을 선택해 베팅하는 것으로 어느 쪽이 9에 가까운 점수일지 대결하는 게임이다. 단순한 것처럼 보이는 게임이어서 인기가 많으며 승부가 빨리 난다는 특징을 가지고 있다. 큰 틀에서 보면 승리 확률이 50%인 카드 게임이지만 비기는 변수도 존재한다. 모든 참가자가 베팅을 한 후 플레이어와 뱅커 모두 2장의 카드를 받는 것으로 게임은 시작된다. 이미 신용 불량자로 전락한 그녀는 카지노 주변 식당에서 허드렛일하며 모은 푼돈으로 도박을 이어 나갔다. 자신의 인생을 망친 카지노에 복수하고 싶었기 때문이다. 어떻게? 원금의 열 배를 따는 것으로. '덜컥' 드림 로또에 당첨된 그녀는 계획을 실행에 옮겼다. 다음에 나올 카드 패를 미리 볼 수 있으니 이기는 것은 '누워서 떡 먹기'보다 쉬웠다. 밥을 먹지 않고, 쉬지도 않고, 심지어 화장실에도 가지 않고 꼬박 12시간을 바카라에 매달린 끝에 그녀는 원금의 삼십 배를 벌 수 있었다. 복수가 완성된 것이다. 하지만 딱 거기까지가 한계였다. 도박을 끊고 새로운 인생을 살겠다던 그녀의 결심은 거미줄처럼 허약해 보였다. 카지노에 들락날락했고 또다시 모든 것을 잃었다.

● 50대, 여성

대학에서 국문학을 전공한 그녀는 어린이를 위한 동화 프리랜서 작가였다. 삼십 년이라는 세월 동안 여러 권의 책을 출간했으나 큰 성공을 거두지 못했다. 그렇다고 역대급 워스트셀러에 뽑힌 것도 아니었다. 비슷비슷한 평가와 고만고만한 판매가 대부분이었다. 자신의 글쓰기 역량을 굳게 믿고 있었던 그녀는 점차 지쳐 갔고 '이쯤에서 그만두는 것은 어떨까?'라는 심각한 고민에 빠지게 되었다. 사실 특정 연령 독자를 대상으로 한 동화가 베스트셀러에 오르기는 쉽지 않은 일이었다. 게다가 저출산의 영향으로 대한민국 어린이의 수는 해가 갈수록 감소하는 상황이었다. 어디 그뿐인가? 초등학생이 희망찬 멜로디의 동요 대신 인생 다 산 노인의 트로트를 부르는 것이 유행인 현실에서 어린이용 동요나 동화를 편성하는 방송국은 없었다. 서점 상황은 더 열악했다. 동화책을 진열해 놓은 코너가 없을 뿐 아니라 그나마 있다고 하더라도 찾기 어려운 후미진 구석이었다. 아주 가끔 목 좋은 출입구에 전시되는 경우가 있었는데 외국에서 수입한 고가의 영어 동화책이었다. 당첨 다음 날 그녀는 교보문고, 영풍문고, 알라딘, 예스24 등의 대형서점을 돌며 자신의 동화책으로 베스트셀러 매대를 가득 채웠다. 다른 작가들에게 미안함을 살짝 느끼긴 했으나 하루쯤은 용서해 줄 거라며 스스로 위로했다. 실제로 얼마나 팔릴지는 알 수 없었다. 하지만 그건 중요한 게 아니었다. 자기 작품이 베스트셀러로 전시되는 것만으로도 뿌듯했기 때문이다. 일 년 뒤 그녀는 숨겨져 있던 역량이 대중에게 알려지면서 동화 작가로는 최초로 이상문학상을 수상했다.

● 50대, 남성

스포츠 애호가인 그가 특히 사랑하는 종목은 축구였다. 정년이 얼마 남지 않은, 평범한 공무원인 그는 경기도 안양에서 가족과 오손도손 살고 있었다. 주말이면 안양 FC의 경기장을 찾아 게임을 보는 것이 일상에서 누리는 최고의 행복이었다. 못마땅한 불만도 하나 있었다. 날이 갈수록 한국 축구의 경쟁력이 떨어지는 것이었다. 언론에서 국가대표팀 추락의 원인을 다양하게 분석했다. 하지만 그가 판단한 결정적 이유는 특정 대학 출신이 협회를 좌지우지하며 전횡을 부리는 것이었다. 의욕도, 능력도, 관심도 없는 외국인 감독을 거금을 주어 스카우트하고 어쭙잖은 실력을 가진 선수를 자신의 인맥이라고 선발하니 국제대회에서 좋은 성적을 거둘 수가 없었다. 월드컵은 고사하고 한때 '공한증'으로 한국 축구 대표팀만 만나면 벌벌 떨던 중국에도 연전연패하는 실정에 이르렀다. 이 모든 사달의 정점에는 대기업 회장 출신의 협회장이 있었다. 수십 년째 자리를 독식하며 한국 축구를 망가뜨리고 있었다. 세상 모든 일에 우연은 없다는 듯 그가 드림 로또에 당첨된 다음 날은 축구협회장 선거일이었다. 이를 신의 계시로 여긴 그는 아침 일찍 축구협회로 향했다. 그리고 자신이 가진 막강한 권한을 이용해 선거에 개입했다. 어떤 방식으로 간여했는지는 알려지지 않았다. 하지만 그건 중요한 게 아니었다. 한국 축구는 수십 년 만에 새로운 인물을 협회장으로 추대할 수 있었기 때문이다.

● 20대, 여성

주말이면 항상 부모님의 손을 잡고 교회를 찾던 그녀는 14살이 되던 해 자신이 남들과는 다르다는 사실을 깨달았다. 남학생보다는 여학생에게 더 많은 관심과 호기심이 생긴 것이다. 사춘기에는 그럴 수도 있다고 청소년부 담당 목사님은 말했다. 질풍노도의 시기인 데다가 하나님의 미완성 작품이니까. 그러나 성인이 된 후에도 성적 취향은 변하지 않았다. 여성을 사랑하는 동성애자, 레즈비언이 된 것이다. 그녀는 이해할 수 없었다. '두 여성이 연인이 되면 두 사람이 행복할 뿐 다른 누구에게도 해를 끼치지 않는다. 그렇다면 왜 동성애를 금지해야 할까?' 라고 말이다. 원로 목사님은 성경에 기록된 가르침을 거스를 뿐 아니라 동성애는 자연 질서에도 위배되며 인간을 인간답지 않게 만든다고 설교했다. 그녀는 우주의 크기만 한 증오, 그리고 그 증오보다 작지 않은 슬픔을 감지했다. 자신도 그럴 수만 있다면 보통 사람처럼 살고 싶었다. 하지만 동성애는 의지의 문제가 아니었다. 맥주병 깨지는 소리에 고개가 자동으로 돌아가는 것처럼 내재된 본능이었다. 직장을 다니며 차곡차곡 돈을 모은 그녀는 남성으로 변하는 성형수술을 받고 싶었다. 하지만 수천만 원이 넘는 수술비와 입원료를 감당할 수 없었다. 그러다가 기회가 왔다. 드림 로또에 당첨된 것이다. 다음 날 그녀는 즉시 수술을 감행했다. 부모와는 인연을 끊은 지 오래되어 볼 수 없었고 대신 가까운 친척과 친구들이 병원에 찾아와 억지 미소를 지으며 아주 좋아 보인다고 말했다. 그녀는, 아니 서서 오줌을 누게 된 '그'는 여전히 하나님의 사랑을 믿는 기독교 신자였다. 어린 시절 예배를 보던 고향 교회를 찾았다. 그동안 삐딱한 눈으로 출입을 막아서던 관계자들은 이제는 남자가 된 그를 알아보지 못했다. 왁스 칠한 나무로 만들어진 신도석에 앉은 그는 조용히 기도했고 찬송가를 따라 불렀다. 의미를 이해할 수 없는, 불가사의한 눈물이 차올라 양 볼 위로 흘러내렸다. 마치 바위에서 서서히 스며 나오는 물방울처럼.

위 내용은 드림 로또를 통해 자신만의 색다른 꿈을 이룬 당첨자에 관한 것이다. 여기서 확실히 짚고 넘어갈 사항이 하나 있다. 대부분의 사람이 복(運)과 운(福)을 헷갈려 한다는 것이다. 옛말에 "복은 타고나고 운은 나중에 따라온다"라고 했다. 복은 태어날 때 저절로 받는 것이고 운은 자신의 행동과 성품에 따라 인생 속에서 얻어지는 결과이다. 쉽게 말해 건물주 아들로 태어나면 복이고 노력해서 건물을 세우면 운이라는 뜻이다. 복은 통제가 불가능하지만 운은 가능하다.

초로의 나이에 들어선 지혜로운 변호사의 충고는 참고할 만하다. "직업적 특성상 만 명 이상의 중대사에 관여해 본 결과 확실히 운이 좋은 사람과 나쁜 사람이 있습니다. 몇 번이나 비슷한 갈등과 곤경에 빠지는 운 나쁜 의뢰인이 있는가 하면 법률 상담을 받으려고 찾아올 때마다 회사 규모가 커져 있는 운 좋은 경우도 있습니다. 나만 잘되길 바라면 운은 반드시 돌아섭니다."

시간이 지남에 따라 드림 로또의 인기는 시들해졌다. 왜 그러냐 하면 당첨되면 무엇을 해야 할지 모두가 계획을 세우고 있는데 일 년에 열두 명은 너무 적은 숫자였기 때문이다. 확률의 공허함을 국민이 깨달은 것이다. 정부는 부랴부랴 당첨자 선발을 월 1회에서 주 1회로 변경하고 성별을 구분해 매 회차 남성 한 명, 여성 한 명을 뽑았다. 당첨자가 늘어나자 드림 로또는 잠시 인기를 회복했다. 그러나 혜성처럼 나타난 경쟁자로 인해 무대 위에서 떠밀리듯 내려올 수밖에 없었다. 새롭게 선을 보인 '갤럭시(Galaxy) 로또'는 미개척 식민지 행성을 골라 신(神)에 근접한, 무제한 권한을 부여했다. 그것도 무려 삼십 년 동안. 당첨자는 마음대로 행성 하나를 골라 좌지우지할 수 있었다. 단, 조건이 하나 있었다. 생명을 번성시켜야 한다는 것이었다. 만약 달성하지 못하면 벌칙이 가해졌는데 해당 식민지로 이주해 남은 생을 마쳐야 한다는 것이었다. 지구를 강제로 떠나며 철학과를 졸업한 실패한 당첨자는 소크라

테스의 명언으로 소회를 표현했다. “이제 떠나야 할 시간이 되었습니다. 나는 죽기 위해서, 여러분은 살기 위해서. 어느 쪽 운이 더 좋을지는 오직 신만이 알 뿐입니다.”

### 작가 노트

**눈을 씻고 찾아 봐도 쉽게 찾을 수 없는 네잎클로버의 꽃말은 '행운(幸運)'이다. 도처에 흔하게 널려 있는 세잎클로버의 꽃말은 '행복(幸福)'이다. 행복은 요행이 아닌 일상에서 발견되는 작은 즐거움에서 나온다는 뜻이다.**

# 이 또한 지나가리라

(This, too, shall pass away)

나는 어둡고 축축하고 유황 냄새가 진동하는 땅, 저승을 관할하는 염라대왕이다. 내 업무는 크게 두 가지인데 첫째는 죽은 사람을 판결해 지옥에 보내는 것이고 둘째는 말 많고 탈 많은 구천의 대소사를 무난히 처리하는 것이다. 수많은 부하가 주변에 있지만 나를 대면할 수 있는 것은 오직 시종장과 저승사자뿐이다. 시종장은 매력적인 'S' 라인 여성형 신체를 가지고 있으며 지적 능력이 우수하다. 저승사자는 근육질 외모를 가진 남성형으로 충성심과 용맹이 뛰어나다. 수만 년 '저주받은 땅'을 다스려 온 나는 지루함과 귀찮음을 동시에 느꼈다. 생각해 보라. 똑같은 일을 영겁의 세월 동안 맡고 있으니 얼마나 지겹겠는가? 그래서 자잘한 행정 처리는 둘에게 떠넘기고 아리따운 무희들의 춤을 감상하며 세월을 낭비하고 있었다. 그날도 평소와 같았다. 대낮부터 소주와 맥주를 섞은 폭탄주를 마시며 알딸딸한 기분으로 시시덕거리고 있었다.

"농담 하나 들려줄까? 이승 사람들의 가장 흔한 착각이 뭔지 알아? 한 주의 시작이 월요일이라고 생각하는 거야. 사실은 일요일이거든. 대부분 주말을 쉬고 월요일에 출근하니 그렇게 오해하는 거지. 한 주의 시작이 일요일인 이유는 '쉼'이 그만큼 중요하다는 걸 강조하기 위해서야. 하지만 그들은 휴식을 잊고 종착역을 향해 돌진하는 브레이크가 고장 난 폭주 기관차처럼 생활하지. 터미널에 도착해 봐야 술에 취한 염라대왕을 만나는 거 말고는 아무것도 없는데 말이야." 재미없다는 듯 무희들이 딴청을 피웠다. 나는 비꼬듯 또박또박 말했다. "하-하-하." 그러자 분위기를 눈치챈 무희들이 세상에서 가장 웃긴 농담을 들은 듯 억지로 박장대소했다. 그때 시종장과 저승사자가 심각한 얼굴로 별실에 들어왔다.

"어허, 이게 누구신가? 충성스러운 부하들 아닌가? 오랜만이야. 어서들 앉게. 술 한잔 함께 하세." 흥에 겨워 내가 마구 지껄였다.

"전하, 지금 이러고 계실 때가 아닙니다. 큰일 났습니다." 저승사자가 고개를 주억거리며 말했다.

"큰일? 수만 년 동안 아무 일 없이 조용했는데 이제 와서 무슨 변고가 생겼나는 말이냐? 짐을 놀리는 거면 경을 칠 줄 알아라."

"절대 아닙니다. 최근 명부에 기록된 영혼들이 저승으로 올라오지 않고 있습니다. 즉, 생존 기일이 지났음에도 불구하고 이승에 살아 있다는 뜻입니다."

"그럴 리가 있나? 무슨 착오가 있겠지. 인간이 영생의 묘약이라도 발견했다는 말이냐?" 심드렁한 목소리로 내가 물었다.

"그건 알 수 없으나 한 가지는 분명합니다. 죽어서 재판을 받고 있어야 할 영혼들이 건재하다는 것입니다."

"실력 좋은 야차들을 뽑아서 즉시 데려오면 될 일 아닌가?"

"그게 어렵습니다. 숫자가 좀 많아서요."

"얼마나? 수백 명?"

"수십만 명입니다."

깜짝 놀랐다. 일어날 수도 없고 일어나서도 안 되는 상황이 발생한 것이다. 왜 그러냐 하면 제아무리 머리가 좋고 건강한 인간이라 할지라도 극복할 수 없는 세 가지를 오래전 내가 이승에 깔아 놓았기 때문이다. 중력, 시간, 우연. 노화는 중력과 시간의 폭거가 그 원인이다. 세포는 중력의 압력에 의해 늙어 간다. 만약 중력이 없다면, 인간은 불멸의 존재가 될 것이다. 시간도 마찬가지이다. 시간의 흐름이 정지된다면 그들은 영원히 살 것이다. 지구 어디에도 중력과 시간의 난폭함을 피할 장소는 없다. 이것들이 천천히 죽음에 도달하는 노화를 만든다면 우연은 특급 열차이다. 원가 회계에서 사용하는 먼저 입고된 상품이 우선 출고된다는 선입선출법 따위는 죽음에 없다. 먼저 태어나도 나중에 죽을 수 있고 나중에 태어나도 먼저 생을 마감할 수 있다. 질병, 사고, 자살 등과 같은 우연이 끊임없이 작동하기 때문이다. 내가 만든 막강한 세 가지 견제 장치로 인해 영혼들은 명부에 적힌 날짜에 어김없이 저승으로 올라왔다. 지금까지는 말이다. 하지만 틀어진 것이다.

"시종장, 이게 어찌 된 일인가?" 절제되고 허스키한 목소리로 내가 물었다.

"전하, 별것 아닙니다. 저승사자가 괜한 부산을 떠는 것입니다." 부드러운 말투였다.

"명부에 등록된 영혼들이 제날짜에 죽지 않는데 별것 아니라니 그건 또 무슨 말인가?"

"주임 야차를 이승에 파견해 알아보니 이번 사태의 원인은 인간의 의학 기술이 크게 발전해서 일어난 현상입니다."

"그건 또 무슨 이야기인가?"

"몇 년 전부터 이승에서는 일부 노인을 대상으로 두 가지 수술이 유행한다고 합니다. 한 가지는 인공 피를 수혈해 신진대사를 영원히 자극받는 상태로 유지하는 것입니다. 내분비 활동을 인공적으로 조절해 젊은 시절과 평형을 유지하는 방법으로 마그네슘과 칼슘의 비율이 서른 살 때 비율 밑으로 떨어지지 않게 조절하는 것입니다." 시종장이 지극히 간결하게 설명했다.

"그리고?" 무슨 말인지 다 이해한 척 내가 물었다.

"다른 수술은 나노봇을 인체에 주입하는 것입니다. 나노봇은 혈액순환을 감시하고 암세포를 퇴치하고 바이러스를 무력화시키고 세포 찌꺼기와 돌연변이를 깨끗이 청소해 준다고 합니다. 게다가 나노봇은 자기복제를 할 수 있어서 처음에 한 개만 주입하면 몸 안에 원료를 먹고 소화하면서 자신과 똑같은 나노봇 수백만 개를 만들어 낸다고 합니다. 인체의 저항도 무시할 만한 수준이라고 합니다. 두 가지 수술을 받으면 세포 수준에서 노화를 지연시킬 수 있어서 수명이 늘어난다고 합니다. 그래서 명부에 적힌 날짜에 죽지 않는 사람이 생겨났고 영혼이 저승으로 올라오지 않게 된 겁니다."

"그렇다면 큰일 아닌가?" 내가 잽싸게 말했다.

"아까도 말씀드렸다시피 별것 아닙니다. 두 수술 모두 노화의 과정을 더디게 늦출 뿐 막거나 되돌릴 수는 없기 때문입니다. 즉, 영생은 아니란 말입니다. 느긋하게 기다리시면 차례로 저승에 도착할 겁니다. 비록 명부에 적힌 날짜는 아닐지라도 말입니다."

"알겠네. 괜한 걱정을 했군. 그나저나 대상자가 왜 수십만 명뿐이지?"

"엄청나게 비싼 수술비 때문입니다. 재벌 회장이 아니고서는 감히 엄두를 못 낼 가격입니다. 이제는 삶뿐 아니라 죽음에서도 빈부격차가 발생하는 것입니다."

"웃긴 일이군. 부자나 가난한 사람이나 죽음 앞에서는 평등했는데 말이야. 앞으로는 그것도 어렵게 되었군." 나는 어깨를 살짝 으쓱이며 빈정거리는 투로 말한 후 연거푸 술잔을 들이켰다. 취기가 오르니 '청춘은 바로 지금'을 뜻하는 멋진 건배사 '청바지'가 떠올랐다. 코리안 시리즈 우승 환희에 휩싸인 열혈 야구팬처럼 나는 고함을 빽빽 질러 댔다. 청바지-청바지-청바지.

물살이 돌을 반들반들하게 만들 만큼 시간이 흘렀다. 나는 여전히 음주가무를 즐기는 중이었다. "한국을 방문한 외국인이 가장 무서워하는 음식은?" 무희들이 어리둥절한 표정으로 웅성거렸다. "장모님 뼈다귀해장국." 마치 따분한 독일 유머를 들은 듯 그들은 억지 미소를 지어 보였다. 무희 중 한 명이 물었다. "전하, 노화를 늦추는 쉽고 편한 방법이 있나요?" 내가 심드렁하게 대답했다. "간단해. 늦게 자고 늦게 일어나는 거야. 사람의 유전자에는 유인원 시절부터 습득한 생활의 지혜가 각인되어 있어. 젊고 팔팔한 침팬지는 늦잠을 자도 힘이 있기 때문에 높고 험한 장소의 먹이를 찾을 수 있어. 하지만 늙은 침팬지는 생존을 위해 일찍 일어나야 해. 그래야 간밤에 나무에서 떨어진 과일이나 씨앗을 동료들에게 뺏기지 않고 먹을 수 있거든. 이것이 노인이 아침잠 없고 청소년은 새벽에 기상하는 것을 힘들어하는 이유야. 현대 사회에는 필요 없는 유전자 기록이지만 여전히 작동하고 있지. 아무튼, 중년 이후로는 의도적으로 늦게 자고 늦게 일어나는 버릇을 들여야 해. 유전자가 헷갈리게 만드는 거지. 수면 패턴에 갈피를 잡지 못한 유전자는 육체의 주인을 젊은이로 착각해서 노화를 더디게 만들거든. 진화적 유산이지. 영원한 건 아니지만 말이야." 잘난 척하고 있을 때 시종장과 저승사자가 당혹스러운 표정으로 나타났다.

"수 세기 만에 얼굴을 다시 보는군. 이번엔 또 무슨 일이신가? 저승에 지진이라도 났나? 아니면 쓰나미(tsunami)?" 함박웃음을 지으며 농담했다.

"전하, 6.25 때 난리는 난리도 아닌 진짜 난리가 일어났습니다." 저승사자가 눈을 내리깔았다.

"명부에 적힌 날짜에 올라오지 않은 영혼이 늘기라도 했다는 말이냐? 그동안 나노봇을 대량 생산하는 기술을 개발했으니 그럴 수도 있겠지."

"그런 것이 아니옵고, 아예 저승에 도착하는 영혼의 숫자가 대폭 감소했습니다."

"얼마나?" 따지듯 물었다.

"약 30%입니다." 서늘은 냉기가 뼛속 깊이 스며드는 것 같았다.

"시종장, 이게 어떻게 된 일이오?" 내가 시선을 홱 돌리며 물었다.

"이번에도 별일 아닙니다. 태양에서 세 번째 행성에 살고 있는 존재가 꼼수를 부리는 것입니다. 뉴런 수십억 개를 포함해 인간의 세포는 7년을 주기로 모두 바뀝니다. 정상적인 체세포는 약 50회 분열한 후에는 더 이상 분열하지 않는데 이를 헤이플릭 한계(Hayflick limit)라고 합니다. 신체가 노화하는 직접적 원인이지요. 최첨단 나노봇도 이것만은 해결할 수 없습니다."

"그런데?" 바리톤 목소리로 정중하게 물었다.

"자신의 비참한 운명을 깨달은 필멸자들이 이를 극복하기 위해 최근 생명 공학을 이용해 복제 인간을 만들기 시작했습니다. 그리고 원래의 몸이 늙고 약해지면 젊고 생생한 몸으로 정신을 이동해 생명을 연장하는 그럴듯한 방법을 고안해 낸 것입니다."

"영악한 놈들이군. 아무튼 그럼 큰일 아닌가?" 내가 당혹스러운 표정을 지었다.

"걱정하실 필요 없습니다. 왜 그러냐 하면 사람의 육체와 정신은 동전의 양면처럼 하나로 연결되어 있기 때문입니다. 젊은 몸으로 갈아탄다고 정신이 한창때로 돌아가는 것은 아닙니다. 혈기 왕성한 동체에 쇠퇴한 의식은 부자연스러울 뿐 아니라 오래 유지될 수 없습니다. 지금은 단지 과도기일 뿐입니다. 기다려 보십시오. 곧 예전처럼 셀 수 없이 많은 영혼이 저승 재판정 앞에 다다를 겁니다."

"하하하, 별거 아니군. 괜히 놀랐네. 역시 시종장은 똑똑하고 믿을 만해."

"전하, 과찬이십니다." 그녀가 담백하게 인사했다.

"누구와 확실히 구별되는군." 저승사자를 째려보며 말했다.

"그런데, 한 가지 애매모호한 문제가 남아 있습니다." 그녀의 목소리에서는 확신이 묻어나지 않았다.

"무언가? 시종장."

"복제 인간을 여러 번 거친 영혼이 원본과 동일한가에 대한 의구심입니다. 생각해 보십시오. 고성능 녹음기가 특정인의 목소리를 똑같이 재현한다 해도 그것은 어디까지나 복제품인 것처럼, 엄밀히 말하면 복제 인간은 환상입니다. 가짜 신체에 진짜 영혼이 머물 수 있을까요? 또 있다면 몇 번의 이동까지 인정해야 할까요?"

유명한 철학 난제인 '테세우스의 배(Ship of Theseus)'에 관한 질문이다. 괴물 미노타우로스를 죽인 후 귀환한 테세우스의 배를 아테네

인들은 오래 보존했다. 그들은 배의 판자가 썩으면 낡은 판자를 떼어 버리고 튼튼한 새 판자를 그 자리에 박아 넣었다. 한두 개 판자를 갈아 끼워도 큰 차이는 없다. 하지만 그렇게 계속 낡은 판자를 갈아 끼우다 보면 어느 시점에는 테세우스가 타던 원래의 배 조각은 하나도 남지 않는다. 그렇다면 그 배를 '테세우스의 배'라고 부를 수 있을까? 사물의 변화와 그 정체성의 지속에 관한 본질적 물음이다.

"그걸 몰라서 묻는 건가?" 나는 짐짓 아연한 표정으로 그녀를 응시했다.

"죄송합니다." 시종장이 어깨를 으쓱이며 모르겠다는 제스처를 취하며 대답했다.

"사람은 일생을 살아온 대로 죽는 거야. 선한 사람들은 선하게, 나쁜 사람들은 나쁘게." 선문답하자 그녀의 목이 꿀렁댔다. 하고 싶은 말이 많은 눈치였다.

"금과옥조(金科玉條)와 같은 말씀입니다." 충성심은 강하나 아둔한 저승사자가 눈치 없이 아부했다.

"또 다른 보고 사항이 없으면 그만 물러가시오. 짐에게는 처리해야 할 공사(公私)가 산더미요." 짜증 섞인 표정을 지으며 내가 도발적으로 말했다.

"네, 전하." 얼굴에 투항의 빛을 엿보이며 둘이 물러났다. 속으로 생각했다. '이 짓도 못 해 먹겠군. 내가 그런 어려운 문제에 답을 가지고 있을 리 없잖아. 말도 안 되는 한담으로 겨우 어물쩍 넘겼네. 하지만 다음엔 힘들겠어. 시종장은 다 좋은데 너무 똑똑해서 탈이라니까. 머리가 아프니 술 생각이 간절하군. 한잔해야겠어. 멋진 건배사를 곁들여서 말이야. 난리판에 축복을(Bless the mess).'

세상을 그럴듯하게 묘사한 새로운 철학 이론이 철학사의 고유 명사로 남을 만큼 오랜 세월이 지나갔다. 나는 죄 없는 무희들을 상대로 유머 감각을 한껏 뽐내고 있었다. "아이가 돌아가신 할머니 꿈을 꾸었는데 고모가 내일 죽는다는 이야기를 들은 거야. 다음 날 아침 아이는 아버지에게 지난밤 꿈에 대해 잔뜩 겁먹은 톤으로 말했어. 그랬더니 아버지가 살짝 미소를 지으며 '애야, 꿈은 단지 꿈일 뿐이란다'라고 대꾸하는 거야. 그런데 진짜로 고모가 죽었어. 열흘 후 다시 꿈을 꾸었는데 이번엔 아버지가 죽을 거라고 할머니가 말하는 거야. 아이의 이야기를 듣고 아버지는 마치 헤비급 세계 챔피언과 12라운드를 뛰다 온 것 같은 똥 씹은 표정을 하고 출근했어. 그리고 저녁에 어색한 미소를 지으며 퇴근했어. 살았다는 안도감과 함께. 잠시 뒤 어머니가 닭똥 같은 눈물을 흘리며 귀가했어. 친하게 지내던 직장 상사가 교통사고로 사망했다며. 아이를 무척 빼닮은." 말이 끝나자마자 무희들이 웃음을 흘렸다. 그 웃음이 내게는 차갑고, 도전적이며, 빈정거리는 듯 느껴졌다. 기분 탓이려니 하고 있을 때 두 충신이 별실에 얼굴을 내밀었다.

"전하, 긴급 사태입니다." 저승사자가 언성을 높여 말했다.

"이번엔 또 뭔가? 설마 복제 인간이 자식이라도 낳기 시작했다는 건가?" 유쾌하게 웃으며 농담했다.

"저승으로 올라오는 영혼의 숫자가 90% 감소했습니다."

심장이 청량음료 캔처럼 우그러졌고 박동이 점차 빨라졌다.

"어떻게 된 일이오?" 내가 시종장을 응시하며 굵어진 목소리로 물었다. 겁먹지 않은 척.

"급박한 상황이 맞습니다. 이제는 올라오지 않는 영혼을 세는 것보다 도착하는 것을 세는 게 더 빠른 실정입니다."

며칠 밤을 꼬박 새운 듯 너구리 같은 다크서클이 생겨났다. 시종장은 내 표정을 무시한 채 담담하게 말을 이었다.

"워낙 상황이 상황인지라 주임 야차를 시키지 않고 제가 직접 이승에 다녀왔습니다. 출장을 가 보니 분위기는 한층 더 심각했습니다. 복제 인간일지라 하더라도 과거에는 교체해야 하는 불편함이 있었습니다. 그 과정에서 기술적 오류가 나타날 수도 있고 특정 물질에 노출된 후 갑작스럽게 나타나는 알레르기 과민 반응인 아나필락시스(anaphylaxis)가 생길 수도 있고요. 사람들은 이 같은 한계와 위험을 제거하고자 물리적 육체는 특별히 고안된 캡슐에 넣어 놓고 의식은 온라인 가상현실에서 아바타로 생활하고 있었습니다. 이런 시스템을 대리인을 뜻하는 '써로게이트(Surrogates)'라고 부르더군요. 쉽게 말해 컴퓨터 네트워크에 의식을 업로드한 것입니다. 영생을 위해."

"써로게이트?" 내 턱이 바르르 떨렸다.

"사람들은 원사가 아니라 비드로 이루어진 환경에서 인간관계를 맺고, 사회운동에 참여하고, 직업을 갖고, 사랑을 하고, 감정 기복을 경험하게 된 겁니다. 현재 수십억 명의 사람들이 그곳으로 이주해 증강된 가상현실에서 인생의 대부분을 보내고 있습니다."

"그렇다면 교통사고, 익사, 일사병으로 인한 죽음 따위는 없다는 말 아닌가?" 마른침을 꿀꺽 삼키며 물었다.

"어디 그뿐입니까? 불에 타죽거나, 감전 사고를 당하거나, 뱀에 물려 죽거나, 실수로 쥐약을 먹고 죽는 경우는 앞으로 절대 발생하지 않을 겁니다."

"아바타로 평생을 사는 삶이 무슨 의미가 있을까?"

"글쎄요. 의미는 모르겠지만 생활을 온라인으로 옮김으로써 많은 장점을 누릴 수 있습니다. 중력에 의해 활동을 제약받고 불완전한 육체에 시달려야 하는 유기적 세계에서 벗어나 디지털 세계의 무한한 가능성을 누릴 수 있습니다. 써로게이트에서는 생물학 법칙, 심지어 물리 법칙에서도 자유로울 수 있습니다." 그녀의 톤이 살짝 거슬렸다.

"시종장은 부러운 모양이군." 매섭게 쏘아보았다.

"전하, 그런 게 아니고 오히려 걱정되어서 말씀드리는 겁니다."

"저승으로 올라오는 영혼이 90% 감소한 것 때문에? 백수가 될까 봐?" 다소 누그러진 말투로 물었다.

"온라인 네트워크는 인간의 지성보다 월등한 능력을 발휘할 수 있습니다. 왜 그러냐 하면 컴퓨터는 자아를 재설계할 수 있고 변화를 두려워하지 않으며, 전체 시스템에 융합해 성장할 수 있기 때문…" 그녀가 말을 마치기도 전에 내가 재빨리 질문했다.

"그나저나 지금도 재판을 받기 위해 올라오는 충성스러운 나머지 10% 영혼들은 무엇인가?"

"아바타의 삶을 선택하지 않고 평범하게 살다가 생을 마감한 사람들입니다. 의식마저 비트로 물들이기 싫은 것이지요." 차갑고 뻣뻣한 목소리로 그녀가 대꾸했다.

"다행이군. 그들마저 없었다면 진짜 백수가 될 뻔했지 않은가?" 사춘기 아이처럼 잠긴 목소리가 흘러나왔다.

"전하, 어차피 지금도 한량처럼 생활하고 계시지 않습니까? 백수와 한량에 무슨 차이가 있나요?" 눈치 없는 저승사자가 중얼거렸다. 내 눈이 선홍색 석탄처럼 이글거렸다. 시종장은 저승사자의 팔을 부여잡고 도망치듯 별실을 빠져나갔다. 특정 장소나 물건을 떠나지 못하고 머물러 있는 영혼을 지박령(地□靈)이라 부른다. 사람들은 컴퓨터에 들러붙은 지박령이 된 것이다. 재미있군. 그러거나 말거나 상관없다. 최소한 내게는 저승을 관리해야 할 역할과 책임이 남아 있으니까. 그거면 된 거다. 백수는 아니니까. 갑자기 번개 맞은 듯 근사한 건배사가 떠올랐다. '지금 이 순간과 아직 오지 않은 멋진 미래를 위해(This moment and the best moment not to come).'

낡은 격언들이 세련되어질 만큼 계절이 여러 번 바뀌었다. 술 마시는 것도 재미없어진 나는 별실과 연결된 정원을 거닐고 있었다. 그때 '삐걱' 문 열리는 소리와 함께 이제는 거의 할 일이 없어 장기와 바둑으로 따분한 시간을 때우던 시종장과 저승사자가 잔뜩 미소를 머금고 나타났다. 멀리서 그 모습을 보고 '또 뭐지?'라는 불길한 생각이 떠올랐다. 마치 잘못을 저지르고 교무실에 끌려온 학생처럼 나는 잔뜩 겁먹은 표정을 지었다.

"전하, 그동안 만세무강 하셨습니까?" 저승사자가 넙죽 절하며 안부를 물었다.

"짐은 무탈하오. 그대들도 안녕하시오? 그나저나 이번엔 또 무슨 일이오?" 갈라진 목소리로 물었다.

"기뻐하시옵소서. 희소식입니다. 저승 재판정이 영혼들로 북새통을 이루고 있습니다. 마치 과거의 영광을 되찾은 것 같습니다."

"그, 그, 그게 정말이오?" 희망과 우려 탓에 나는 말을 더듬었다.

"사실입니다. 매일 셀 수 없이 많은 영혼이 저승에 도착하고 있습니다. 판결을 받으려면 설날 연휴 전 은행에서 신권을 받기 위해 번호표를 뽑고 대기하는 것처럼 하염없이 기다려야 하는 실정입니다." 시종장이 끼어들며 말했다.

"도대체 이게 어찌 된 일인가? 흥청망청 석유를 낭비하더니만 전력 공급이 바닥나기라도 했다는 건가?" 반신반의하는 표정을 지었다.

"인공지능(AI)의 테러 때문입니다. 지금까지 써로게이트 운영은 스스로 학습이 가능한 인공지능이 도맡아 왔었습니다. 효율적 관리를 위해서 말입니다. 그런데 공부를 많이 하다 보니 인류를 혐오하는 테러리스트가 된 것입니다. 전쟁, 집단 학살, 살인, 강간, 빈곤, 환경오염 등에 대해 배웠을 테니 그럴 만도 하다는 생각이 들긴 합니다." 그녀가 얼굴을 찌푸리며 말했다.

"인공지능?"

"네. 인간의 지능이 가지는 학습, 추리, 논증 따위의 기능을 갖춘 컴퓨터 시스템을 말합니다. 자주 오해하는 것이 지능과 의식인데, 지능은 단순히 주어진 목표를 달성하는 능력을 말하며 의식은 고통, 불안, 쾌락, 사랑, 증오 같은 주관적인 감정을 경험할 수 있는 역량을 말합니다. 예를 들면 식물은 광합성을 하고 땅에서 영양분을 흡수하는 지능을 가지고 있지만 의식을 가진 것은 아닙니다. 칼을 사용해 사람을 살해할 수도, 수술로 생명을 구할 수도, 저녁거리를 위해 채소를 자를 수 있는 것처럼 인공지능은 장단점을 모두 가진 두 얼굴의 야누스(Janus) 입니다. 이번 테러는 부정적 측면이 극단적으로 활성화된 것으로 보입니다." 시종장이 덤덤히 설명했다.

"내가 이해를 못해서 묻는 말인데, 써로게이트는 온라인 네트워크가 아닌가? 사이코패스 인공지능이 테러를 일으키면 그냥 전원을 뽑으면 되잖아? 실제 육체는 특수 처리된 캡슐에 보관되어 있으니 말이야."

"그렇게 생각하실 수 있지만 현실은 다릅니다. 번개보다 빠른 기술의 진보 때문입니다. 과거 컴퓨터로 구현된 인공지능 고양이의 뇌에는 기억과 본능이 빠져 있었습니다. 사실상 백지나 마찬가지로, 쉽게 말해서 쥐를 잡을 수 없었습니다. 하지만 최근 개발된 프로그램은 쥐에 반응할 뿐 아니라 식욕, 불안, 질투, 안전, 성욕, 고통을 느낄 수 있습니다. 더 재미있는 것은 사람들이 그것을 마치 감정을 가진 존재로 대한다는 겁니다. 아무튼 각설하고, 인공지능 테러리스트는 비단 온라인뿐 아니라 오프라인에서도 다양한 방법으로 활동할 수 있습니다. 예를 들어 새로운 병원체의 DNA 서열을 만들어 상업 실험실에 주문하거나 생명 공학 전문 3D 프린터로 출력한 다음 공항이나 식품 공급망을 통해 전 세계에 퍼뜨릴 수 있습니다. 인공지능이 합성한 바이러스는 에볼라만큼 치명적이고, 코로나19만큼 전염성이 강하며, 에이즈처럼 느리게 작용해 감염자를 죽이기 시작할 것입니다. 인류가 위험성을 인지할 때쯤이면 지구상의 대부분은 이미 감염된 상태일 것입니다."

"잘난 척하는 인간들이 왜 이런 불길한 미래를 예측하지 못했지?" 죄 없이 죽어 가는 어린 영혼들 생각이 내 마음을 아리게 했다.

"스티븐 호킹 같은 현명한 선지자들이 인공지능 개발에 대한 국제적 합의와 제한이 필요하다고 수차례 경고했으나 IT업계 소수의 엘리트가 이것을 무시했습니다. 돈만 벌면 되니까요."

"옛말 하나도 틀린 게 없어. '백주는 낯을 붉게 하고 황금은 마음을 검게 한다'라더니 딱 그 꼴이군." 넌더리를 내며 말했다.

"전하, 어찌 되었든 저승이 영혼들로 가득 차니 좋은 것 아닙니까? 실업자 신세를 면했으니 말입니다." 저승사자가 교활한 웃음을 머금고 말했다.

"그렇기는 한데, 왠지 뒷맛이 개운치 않구먼. 알 수 없는 매캐한 악취가 풍기는 것처럼."

"기운 내십시오. 수라간에 일러 술 한잔 올리라고 할까요?" 악마의 유혹에 가까운 속삭임이었다.

"당분간 술 끊었네. 때가 때인지라. 셰익스피어의 『맥베스』에 나오는 명언이 생각나는군. '술은 욕망을 높이지만 실행력은 떨어뜨린다.' 자네도 새겨듣게." 차갑게 반짝이는 별들을 향해 서서히 몸을 기울이며 내가 대꾸했다. 밝은 달 아래 잠든 이승은 불빛과 그림자로 짠 카펫을 보는 듯했다.

봄, 여름, 가을, 겨울이 작은 새의 애처로운 날갯짓처럼 푸드덕거리며 스쳐 지나갔다. 따분한 나에게 '그동안 공무(公務)에 너무 무관심했군'이라는 자각이 찾아왔다. 외국인으로 북적대는 종로 광장시장을 마음속에 그리며 도착한 재판정에는 순서를 기다리는 영혼은 고사하고 개미 새끼 한 마리 찾아 볼 수 없었다. '어떻게 된 거지? 사이코 인공지능 테러리스트가 급여를 올려 달라며 파업이라도 했나?' 내가 어리둥절해하고 있을 때 멀리서 어기적거리며 저승사자가 다가왔다.

"전하, 누추한 곳까지 어인 일이십니까?"

"재판정 업무가 잘 돌아가나 살피러 나왔소. 무료하기도 하고. 그런데 왜 아무도 없는 것인가? 시종장은 어디 갔는가? 그 많던 야차들은?"

"한참 되었습니다. 저 혼자만 이곳에 남은 지. 주위를 돌아보세요." 오랫동안 사용하지 않은 듯 집기와 가구에 뽀얀 먼지가 수북이 쌓여 있었고 거미줄도 사방에서 볼 수 있었다.

"사람 영혼이 언제 올라왔는지 기억조차 나지 않습니다. 가끔 개나 고양이의 영혼이 올라오는 경우를 제외하면 이제 재판정은 편도선이나 맹장처럼 아무 쓸모가 없습니다. 그리고 시종장과 야차들은 모두 떠났습니다. 할 일이 없기도 하거니와 이승이 저승처럼 변해서 살기 좋다고 합니다. 쉽게 말하자면 역이민을 간 겁니다."

"그건 또 무슨 말인가? 역이민이라니?" 표정이 멍해졌다.

"정확한 건 잘 모릅니다. 이승에 내려가 보지 않아서 말입니다. 아직 제가 이곳에 남아 있는 건 전하에 대한 충성심 때문입니다. 그동안 모자란 저를 내치지 않고 보듬어 주셨으니 말입니다." 순간 울컥했다. 함께해 온 세월이 마치 교통사고처럼 한순간에 나타났다가 사라지는 듯했다. '얌전한 고양이 부뚜막에 먼저 오른다더니 시종장이 딱 그 꼴이군.' 배신감에 잠시 이를 악물었다.

"나와 함께 이승에 내려가 보세. 도대체 무슨 일이 생기고 있는지 파악하는 게 우선이니 말이야." 내 온화한 눈빛을 확인한 저승사자가 고개를 끄덕였다.

이승으로 내려간 나는 넋 나간 표정을 지었다. 마치 핵 공격을 받은 듯 아무것도 남아 있지 않았기 때문이다. 숲은 불탔고 도시는 파괴되었으며 거센 산성비는 대지에 마맛자국을 남기는 중이었다. 눈에 보이는 것이라고는 파랗고 하얀 불빛들이 하늘을 둥둥 떠다니는 모습뿐이었다. 폐허는 통제할 수 없는 힘을 함부로 불러내면 안 된다는 교훈을 인류에게 가르치는 신의 따끔한 훈계로 느껴졌다. 놀란 마음에 창백한 입술을 꼭 다물고 있을 때 내가 이승으로 내려온 걸 어떻게 알았는지 시종장이 나타났다. 저승사자와 내통하는 분위기였다.

"아니, 이게 누굽니까? 전하 아니십니까? 그동안 잘 지내셨습니까?" 약간 비웃는 톤이었다.

"오랜만이군. 여전히 아름다운 자태야. 역이민했다면서?"

"저승에는 할 일도 없고 이곳도 살 만해서 말입니다. 보세요? 염라국과 다를 게 없잖아요."

"정말 그렇군. 천국도 지옥도 아닌 저승의 한 형태인 림보(limbo)에 온 것 같은 기분이야. 원죄를 지닌 영혼이 머무는 공간 말이네." 내가 입을 열었다.

"정확히 보셨습니다. 그래서 저와 야차들이 역이민한 겁니다. 저승과 다를 바가 없어서 살기 좋거든요."

"그나저나 하늘에 떠다니는 저것들은 무언가? 파랗고 하얀 불빛들 말일세."

"세상 돌아가는 일에 이제야 관심을 두시나 봅니다." 예의 바른 업신여김이었다. 나는 어금니를 악물고 씩씩거렸다.

"저것들은 사람의 영혼입니다. 극도로 발달한 과학기술을 이용해 나약하고 유한한 육체를 버리고 순수한 에너지 형태로 변한 것입니다. 완벽한 영생의 겉모양입니다. 다시 말해 호모 사피엔스는 불사의 종족으로 거듭난 것입니다." 그녀가 샐쭉한 목소리로 말했다. 과거 기독교인들은 죽은 후 육체에서 해방된 영혼이 물질적 영역을 완전히 벗어나 비물질적인 곳에 영원히 존재한다고 믿었다. 사람을 사악한 육체 안에 갇힌 선한 영혼으로 생각한 것이다. 영겁의 시간이 흐른 뒤 그 믿음이 진짜로 실현된 것이다.

"대충 알겠군. 그렇게 된 거였어." 어두운 표정으로 고개를 앞뒤로 흔들었다.

"이제 와서 알아봐야 바뀌는 건 하나도 없습니다. 그러니 따분한 저승으로 돌아가서 만수무강하세요. 아참, 그리고 저는 더 이상 당신 부하가 아닙니다. 다음부터는 반말하지 마세요. 다시 만날 일도 없겠지만요." 그녀가 딱딱거리며 계속 몰아붙였다.

"알겠네. 미안하네." 체념한 어조로 대꾸했다. 한심하다는 눈빛으로 나를 힐끔 바라본 후 그녀는 파랗고 하얀 불빛으로 변해 하늘로 날아갔다.

"전하, 이를 어쩌면 좋습니까? 마침내 인간이 영생의 방법을 찾았으니 말입니다." 저승사자가 구슬프게 말했다.

"글쎄." 내 목소리는 고뇌와 패배감으로 무겁게 가라앉아 있었다. 이건 강도를 당한 느낌과 비슷했다. 충격에 빠지고 물건은 사라졌지만, 어떻게 하면 잃어버린 것을 만회할 수 있을지 생각하게 되는 상황 말이다. 하지만 어떤 대안도 떠오르지 않았다. 그때 불현듯 '우리가 잘못된 길에 빠지는 건 뭔가를 몰라서가 아니라 안다고 확신하기 때문이다'라는 마크 트웨인의 말이 떠올랐다. 왠지 불사의 존재로 변한 호모 사피엔스에게 꼭 필요한 금언 같았다.

여러 세대가 무심히 지나갔다. 저승사자와 나는 장기와 바둑을 두며 소일거리 하고 있었고 이승에는 섬뜩한 침묵만 흘렀다. 그러던 어느 날 멀리서 파랗고 하얀 불빛 하나가 슬금슬금 다가왔다. 처녀 귀신이 나타난 줄 알고 놀란 마음에 눈 주위 근육이 수축되었다. 자세히 살펴보니 시종장의 영혼이었다. 정신을 차린 내가 비꼬듯 물었다.

"자네가 여긴 어쩐 일인가? 추억 여행이라도 하는 중인가?"

"전하, 그동안 무탈하셨습니까? 자주 찾아뵙지 못해 죄송합니다. 하해(河海)와 같은 마음으로 저의 지난 잘못을 용서해 주세요." 우울한 잿빛의 얼굴을 하고 그녀가 대꾸했다.

"안부 인사는 그만하면 되었고, 무엇을 원하는가?" 마뜩잖은 표정으로 질문했다.

“솔직히 말씀드리겠습니다. 몸을 떠나 수백 년을 살다 보니 오래전에 느꼈던 ‘육체적 감각’이 몹시 그립습니다. 순수 에너지의 삶은 따분할 뿐 아니라 죽음이라는 한계가 없어서 무가치하게 느껴집니다. 마치 서치라이트 앞에서 반딧불을 찾는 것처럼 진정한 인생의 의미를 구할 수 없기 때문입니다. 영생을 포기하고 다시 피와 살로 이루어진 생명체가 되기를 갈망합니다.” 그녀가 자신의 속마음을 털어놓는 듯한 어조로 말했다.

“그런가? 내가 좀 바빠서 말이야, 시간 날 때 검토해 보겠네.” 반쯤 조롱하듯 얼굴을 찌푸리며 말했다. 하지만 속으로는 덩실덩실 춤을 추고 싶었다. 백수 인생의 종착역이 보인 것이다. “비단 저뿐만이 아니라 현재 이승에 살고 있는 모든 영혼의 소원입니다. 부디 어리석은 저희를 용서하시고 아량을 베풀어 주십시오.” 시종장이 울먹이며 말했다.

“그만 이승으로 돌아가게. 내가 고민해 본 후 저승사자를 통해 의사 결정 사항을 전달하겠네.” 사무적인 어조로 단호하게 면담을 끝냈다. 그녀는 목적한 바를 이루지 못한 채 이승으로 돌아갔다. 저승사자와 나는 손을 잡고 낄낄거리며 웃었다. ‘한 발 떨어져 보면 삶은 모두 시트콤이다’라는 옛말이 적중한 것이다. 잠시 후 웃음기 없는 표정으로 하나뿐인 충신이 시무룩하게 물었다.

“전하, 이후로는 정말 아무 일도 없는 걸까요?”

내가 시인했다. “나도 모르겠어.”

### 작가 노트

노화가 죽음에 이르는 자연스러운 과정이 아닌 치료가 필요한 질병으로 인식된 지 어느덧 삼십 년이 흘렀다. 과연 영생은 가능할까? 가능하다 할지라도 그걸 받아들여야 할까? 육천 살의 하루는 너무 지루하지 않을까? 새롭고 신기한 그 무엇도 존재하지 않을 테니 말이다. '레쿠이에스카스 인 파세(Requiescas in pace, 돌아가신 이에게 명복이 있을지어다).'

# 감사의 글

**독자에게**
**그리고 그들의 후손이 물려받을 세상을 위하여**

파스칼은 "인간이란 얼마나 괴물 같은 존재인가! 이 얼마나 진기하고, 혼란스럽고, 모순되고 천재적인 존재인가! 모든 것의 심판자이면서도 하찮은 지렁이와 같고, 진리를 간직한 자이면서도 불확실함과 오류의 시궁창과 같고, 우주의 영광이면서도 쓰레기와 같다"라고 말했다. 하지만 나는 인류의 미래에 대해 낙관할 수 없는 모든 부정적인 근거에도 불구하고 희망이 있다고 믿는다. 왜 그러냐 하면 우리가 정말로 똑똑해지고 있기 때문이다. 지능이 측정 가능하며, 개인의 삶에서 평생 안정되게 유지되는 편이고, 학문적 또는 직업적 성공을 예측하는 하나의 지표라는 데 학자들 대부분이 동의한다. 제임스 플린은 수십 년 동안 IQ 점수가 착실히 높아지는 것을 세계 30개 나라에서 확인했다. 10년마다 3점씩 높아졌는데 이를 플린 효과(Flynn effect)라고 부른다. 오늘날의 일반인은 백 년 전 사람들의 98퍼센트보다 똑똑하다. 반대로 1920년대의 보통 사람이 타임머신을 타고 현재로 오면 IQ 70이 되어 지적장애의 경계에 놓인다. 최근 수십 년 동안 우리는 과학 르네상스를 경험했다. 교체할 수 있는 신체 장기, 일상적인 게놈 스캔, 제임스 웹 망원경으로 찍은 먼 은하의 근사한 사진, 그리고 수십억 명과 수다를 떨고, 방대한 음악 컬렉션을 듣고, 자신의 위치를 확인해 길을 쉽게 찾을 수 있는 핸드폰까지. 후손들은 지능이 계속 높아짐에 따라 천체물리학, 양자역학, 우주생물학, 분자유전학, 초분자화학, 원자력공학, 신경 과학이 어지러울 정도로 발전하는 광경을 목격할 것이다. 미래는 어떤 모습일까? 아마 멋진 세상일 것이다. 행성 간 여행도 심드렁하게 느껴질지 모른다. 이성(理性)이 첫날밤의 순결처럼 흔적도 없이 사라질 만큼 부럽고 질투가 난다.

**가슴 뭉클한 고마움과 소중함을 담아**
**홍강의**